W0383501

*Für meine Familie – für euer Verständnis, eure Geduld und eure Liebe*

# *Ein Alpaka in der Dusche*

Willi Weber genoss sein Leben. Vor einiger Zeit war er aufgebrochen, um von Norden nach Süden zu wandern. In Nickis Vorstellung sang der Bursche ein fröhliches Lied, während er dem Höhenweg über die Raufasertapete folgte. Die Sonne hatte sich vor einigen Minuten hinter den Wolken hervorgeschoben und erinnerte jeden in dem kleinen Schlafzimmer daran, dass es längst Zeit war aufzustehen. Die Sonnenstrahlen drangen zwischen den Lamellen der heruntergelassenen Rollos hindurch und zauberten Streifen auf Boden, Möbel und die Zimmerwand.

Ob Willi das Licht fürchtete, wusste Nicki nicht. Alles in allem beneidete er Willi Weber aber gerade um dessen Leben, denn er war sich sicher, dass die Blase des hungrigen Weberknechts nicht so drückte wie seine eigene. Natürlich blieben die Fragen, ob diese Spinnentiere eine Blase besaßen und ob sie philosophische Betrachtungen über das Leben anstellten. Das war Nicki aber genauso egal wie die Frage, ob Willi überhaupt ein Willi war oder nicht doch weiblichen Geschlechts – für Nicki hieß das Tierchen in seiner Zimmerecke jedenfalls Willi.

Walburga Weber war vor Nickis Urlaub einen grausamen Tod gestorben. Willi verdankte sein Überleben nur der Tatsache, dass Nicki beim Staubsaugen über den Koffer gestolpert war. So hatte Willi genug Zeit gehabt, um dem saugkräftigen Rohr zu entkommen. Die Zeit, als Nicki auf Reisen gewesen war, hatte Willi nicht genutzt, um den Tod seiner Gefährtin zu verarbeiten und eine neue Gattin zu finden. So mussten sich Mann und Spinne nun damit abfinden, zu zweit in Nickis kleiner Wohnung zu leben.

Nicki wandte sich von Willi ab und sah zur Seite. Die helleren Sonnenstreifen leuchteten ihm von den grauen Flächen entgegen, und er runzelte die Stirn. Sein Kopf schmerzte. Die Rückfahrt mit dem Jeep und dem Wohnwagen von Klaus' Vater hatte mehrere Tage gedauert. Ihre Reise hatte sie über Danzig und Stettin geführt, da sein Kumpel Björn – kein Weberknecht, sondern Student der Kunstgeschichte im fünften Semester – dort den Kunstkenner hatte heraushängen lassen. Nicki und die anderen hatten sich eher mit der dortigen Bierkultur beschäftigt.

Allzu viele Erinnerung besaß er an die Abende nicht mehr. Ihr Ausflug an die Ostseeküsten verschiedener Länder war lange geplant gewesen. Am Ende waren sie in Lettland angekommen. Dort hatten sie eine Woche in der rauen Wildnis verbracht, ehe sie die Heimreise angetreten hatten. Die Rückfahrt war wie die Hinfahrt ein wahrer Spaß gewesen.

Nickis Hand wanderte suchend über die Matratze. Er erinnerte sich nicht daran, wie er in sein Bett gekommen war. Vermutlich handelte es sich um eine interessante Geschichte. Als er vor ein paar Stunden das erste Mal aufgewacht war, war es noch dunkel gewesen, und er hatte seine verdreckten Schuhe getragen. Er hatte sie erst einmal ausgezogen, die Tatsache, dass er das Bett dringend frisch beziehen musste, ignoriert, sich aus der Jeans gekämpft und wieder umgedreht. Das Handy versteckte sich vermutlich noch immer irgendwo unter seiner Decke.

Mit einem dumpfen »Plopp« rutschte es in diesem Moment auf den Boden, und Nicki seufzte. Damit gab es schon zwei Gründe, wieso er sich langsam aus seinem Bett bequemen sollte, statt weiter die Zimmerecke anzustarren. Träge drehte er sich auf die Seite und richtete sich auf.

Ein paar Wirbel knackten, als er seinen Rücken durchstreckte. Er warf die Beine über den Bettrand, senkte den Kopf und fuhr sich durch die Haare. Gelangweilt nahm er zur Kenntnis, dass die natürliche Fettproduktion seiner Kopfhaut im Moment ausreichte, um ihm den von Laura einst so geliebten Wuschelhaar-Look zu verleihen. Nun würde sie den Look aber sicher genauso widerlich finden wie alles andere, was sie ihm vor der Reise an den Kopf geworfen hatte. Auf dem Nachttischchen war das Foto von Laura und ihm umgefallen, was wohl bezeichnend genug war.

Er stemmte sich von der Matratze hoch, umrundete die Jeans auf dem Boden und tappte müde aus dem Schlafzimmer. Der Flur war in Dunkelheit getaucht. Die Rollos im Wohnzimmer und der Küche waren ebenfalls heruntergelassen.

Verschlafen rieb sich Nicki mit der Hand über die spröden Lippen und den kratzigen Bart, als plötzlich ein strenger Geruch an seine Nase drang. Im Halbdunkel sah er auf seinen Ärmel hinab, ehe er ihn anhob und schnüffelte.

»Uah!« Angewidert verzog er das Gesicht, griff nach dem Sweatshirt, blieb für einen Moment stehen und zog es sich kurzerhand über den Kopf. Für eine Sekunde erstickte er beinahe in dem seltsamen Geruch, der ihn an das Affenhaus im Tiergarten erinnerte, und er warf das Shirt vor dem Garderobenspiegel auf den Boden.

Lustlos und fröstelnd kickte er die Badezimmertür auf und drückte den Lichtschalter. Die Neonröhre flammte auf. Nicki schlappte zur Toilette und sah auf die Brühe in der Toilettenschüssel hinunter. Ihre gelbe Farbe ließ sich unmissverständlich auf einen nächtlichen Toilettenbesuch zurückführen, und Nicki verzog den Mund zu einem amüsierten Grinsen – immerhin keine Stückchen. Mit ausgestrecktem Zeigefinger drückte Nicki die Spültaste und beobachtete, wie sich das Wasser klärte.

Nicki schob seine Shorts hinunter, kratzte sich mit der rechten Hand kurz am Hodensack, und für drei Sekunden suchte er die perfekte Schussposition in einem imaginären Fadenkreuz über der Toilettenschüssel.

Der erste Schuss saß.

Splitter respektive Tropfen stoben empor, und mit jedem Milliliter weniger in seiner Blase fühlte Nicki sich glücklicher. Er legte den Kopf in den Nacken, schloss die Augen und wiegte den Kopf hin und her.

»Das ist gut«, murmelte er die Decke an.

Das leise Schnauben bestätigte seine Erfahrung, und er atmete tief ein. Der Affenhausgeruch war noch da. Nicki legte die Stirn in Falten, sah kurz auf die kaputten Fliesen hinter der Toilette und schnüffelte dann an seiner linken Achsel.

Ein paar Tropfen landeten auf der Klobrille.

»Hmm …«, machte er nachdenklich und senkte den Arm wieder. »Ich brauche wohl dringend eine Du-«

Er zuckte zusammen, als das trötend-trillernde Geräusch plötzlich durch den Raum hallte. Erschrocken wirbelte er herum. Warmer Urin spritzte über die Klobrille und seinen Fuß.

Im nächsten Moment erstarrte er.

»Scheiße!« Nicki stolperte nach hinten und stieß gegen die Toilette. Für eine Sekunde ruderte er mit den Armen, um das Gleichgewicht zu halten. Seine Shorts rutschten vollends hinunter, und die Haare an seinem Hintern stellten sich auf. »Scheiße!«, wiederholte Nicki entgeistert. Er blinzelte dreimal, aber der Verursacher des seltsamen Geräusches verschwand nicht.

Mit der linken Hand tatschte Nicki sich zum Waschbecken vor. Er bekam das kühle Porzellan zu fassen und fuhr mit den Fingern den Rand entlang. Der Zahnputzbecher fiel klirrend in das Becken, und fahrig ergriff Nicki die Zahnbürste. Wie ein Schwert hielt er sie in Richtung des Tieres, das an der Duschstange festgebunden war.

Nicki trat einen ersten Schritt vor. Sein Fuß verhedderte sich in seiner leicht feuchten Boxershorts, aber jegliches Schamgefühl war ihm in diesem Augenblick abhandengekommen. Das Tier zeigte sich von seiner zur Schau gestellten Männlichkeit unbeeindruckt. Die Stirn war von dunkelgrauem lockigem Fell überzogen, genau wie der restliche Körper des seltsamen Fellträgers. Die einzige beinahe unbehaarte Stelle war die seltsam geformte Schnauze mit den wulstigen Lippen und zwei auffallenden Nüstern. Das Fell sah ungemein weich aus, vielleicht erwies sich die dicke Wolle sogar als wärmend genug, um daraus eine Unterhose für Nickis nackten Hintern anzufertigen.

Die braunen Augen – leicht treudoof, wie man es von dieser Tiergattung gewohnt war – verfolgten jede seiner Bewegungen äußerst aufmerksam. Dichte, lange Wimpern säumten die Lider, und Nicki erkannte sie trotz der plüschigen Stirn und der miserablen Beleuchtung in seinem Badezimmer gut.

Er machte einen zweiten Schritt.

Das Tier grinste ihn unverwandt an. Die obere Lippe war gespalten. Natürlich grinste es nicht wirklich, und Nicki wusste, dass dieser Gedanke lediglich seiner von anthropomorphen Tieren wie Donald Duck, Kermit dem Frosch und Judy Hopps durchwirkten Fantasie entsprungen war.

Die Spitze der Zahnbürste wackelte.

Die Ohren mit längeren Fellbüscheln zeigten wie zwei Speerspitzen nach oben. Unter der verbesserungswürdigen Geruchsmischung seines Badezimmers und sich selbst nahm Nicki den Gestank wahr. Es roch nach Tier – eine wenig spezifische Feststellung –, ein wenig herb und mit einer deutlichen Heunote, wie er sie aus dem Käfig von Lauras Hamster kannte.

Bei allem, dem er sich gerade gegenübersah und an das er sich aus Tierdokumentationen erinnerte, war Nicki sich ziemlich sicher, dass in seiner Dusche ein Alpaka stand, das sich sowohl von seinem Penis als auch von seiner Zahnbürste nicht aus der Ruhe bringen ließ.

# Der Alpakanotruf

Die Sekunden verstrichen. Das Schlagen seines Herzens war das Einzige, was Nicki in diesen Momenten hörte, während das Alpaka und er still Blicke austauschten. Jeder von ihnen dachte wahrscheinlich darüber nach, was man als Nächstes tun sollte.

Im Fall des Alpakas war es vermutlich wesentlich interessanter als in Nickis, denn dessen Entscheidung für die Zahnbürste war gefallen. Dabei handelte es sich aber um eine Waffe, die nichts gegen die Bisse und Tritte eines Alpakas aussetzen konnte.

Nickis Blick wanderte zu dem Halfter. Mit einem Mal begriff er, dass er sich in der besseren Position befand.

»Ha!« Er ließ die Zahnbürste auf den Boden fallen. »Ich hab dich!«

Er kämpfte sich aus seiner Boxershorts frei und huschte nackt aus dem Bad in das Zimmer, in dem Willi gerade ein Päuschen machte. Sein Blick fiel auf die Spinne in der Ecke. Sie hatte sich ihrer – vermutlich noch warmen – Beute angenommen. Auf dem Boden fand er sein Handy, schnappte es sich und eilte zurück in den Flur.

Vor der Badezimmertür blieb er stehen. Nach ein paar flüchtigen Wischbewegungen war die Verbindung aufgebaut.

»Komm schon!«, sprach er mit dem Freiton.

Es knackte. »Nicki?« Klaus' Stimme klang verschlafen durch die Lautsprecher seines Handys. »Was ist denn los?«

»Was soll das?!«, rief er seinem besten Kumpel ohne jeden Gruß entgegen. Im Hintergrund knarzte ein Bett. Nicki hörte ein leises Nuscheln. Offenbar war Georgina bei Klaus, und Nicki spürte einen leichten Stich. »Was steht da in meinem Badezimmer?!«

Klaus ließ ein seltsames Geräusch verlauten. »Woher soll ich wissen, was in deinem Ba–?« Er verstummte abrupt.

»Ja?!«, schnappte Nicki. »Da steht ein verdammtes Alpaka in meinem Badezimmer!«

»Ach, ist das kein Lama?«

»Nein?« Nicki wirbelte herum und stieß mit der Faust gegen die Wand. »Es ist ein beschissenes Alpaka!«

»Ich dachte immer, dass Lamas und Alpakas das Gleiche sind«, sinnierte Klaus.

»Nein.« Nicki verdrehte die Augen, auch wenn Klaus diese Geste nicht sehen konnte. Klaus war sein bester Freund, aber seine Engstirnigkeit grenzte manchmal beinahe an Blödheit. Nicki fragte sich, ob gefühlt hundert Wandertage in den Tiergarten bei ihm keine Spur von Wissen hinterlassen hatten. »Das Lama stammt vom Guanako ab, das Alpaka vom Vikunja.«

»Echt? Woher weißt du so was?«

»So etwas weiß man eben!«, gab Nicki patzig zurück. »Aber was macht es in meiner Dusche?!«

»Duschen?«

Nicki rollte erneut mit den Augen. Er legte allen Ernst, den er trotz der Tatsachen, dass ein Neuweltkamel in seiner Dusche stand und er nackt mit seinem besten Kumpel telefonierte, aufbringen konnte, in seine Stimme. »Was macht es in meiner Dusche?!«, wiederholte Nicki seine Frage. »Ist das irgendein blöder Witz von euch?!«

»Nein.« Klaus' Antwort klang lahm. »Bist du eigentlich total bescheuert, Nicki?!«

»Ich? Was habe ich denn getan?!« Nicki schnaubte. *Spinnt der jetzt vollkommen?*

»Ja, denkst du, ich bin vor Freude im Dreieck gesprungen, als wir endlich daheim waren und ein verdammtes Lama im Wohnwagen meines Vaters alles vollgeschissen hat?!«

»Alpaka ... Was faselst du da?!«

»Ja, du warst wohl zu besoffen«, spottete Klaus. »Björn und Peter hatten auch keine Ahnung, wo das Lama herkam, und so bist nur du übrig geblieben!«

»Aber ich habe kein La- ... Alpaka?!« Nicki fuhr sich mit der Zungenspitze über die trockenen Lippen und starrte auf die Wand. Krampfhaft versuchte er, in seinen Gedanken ein Alpaka zu finden, aber da war nichts außer eines grandiosen Filmrisses, den er auf den polnischen Wodka zurückführte. »Wo soll ich das denn herhaben?!«

»Woher soll ich das wissen?« Klaus öffnete offenbar die Kühlschranktür, und einige Gläser klirrten. »Wir haben das Vieh in deine Wohnung gebracht und dann dich ... Scheiße, Nicki, was hast du eigentlich gemacht?«

»Ich habe gar nichts gemacht!«

Zumindest war es das, was Nicki bis zu dem Moment, in dem er ein Alpaka in seiner Dusche entdeckt hatte, geglaubt hatte. Langsam beschlich ihn aber die dumpfe Vermutung, dass auf den letzten hundert Kilometern nach Hause irgendetwas geschehen war, was er einfach vergessen hatte.

»Du warst sturzbesoffen.« Klaus machte eine Pause. »Vermutlich bist du es immer noch, so planlos wie du bist.«

»Ich bin eben erst aufgestanden, geh pinkeln, und dann steht da ein Alpaka in meinem Badezimmer!« Nicki presste die Zähne aufeinander und erinnerte sich an das, was Klaus ihm eben erzählt hatte. *Sie* hatten das Alpaka in seine Wohnung geschafft. »Wie habt ihr das an den Nachbarn vorbeigebracht?!«

»Pah, genau wie dich. Zumindest war es kooperativer und hat sich bewegt, *dich* mussten wir schleppen!«

»Ihr könnt nicht einfach ein Alpaka in meine Wohnung bringen!« Nicki fasste sich an den Kopf. »Scheiße, der Fischer duldet keine Haustiere!« Er dachte nach. »Wieso hast du es nicht bei dir behalten? Dein alter Herr hat eine Villa mit einem halben Park!«

»Spinnst du?! Ich bin froh, dass ich die Scheiße aus dem Wohnwagen rausbekommen habe! Wenn der das mitbekommen hätte, würde ich das Ding nie wieder geliehen kriegen!« Am anderen Ende der Leitung nahm Klaus einen Schluck von dem, was auch immer er sich aus dem Kühlschrank geholt hatte, und wie auf Kommando knurrte Nickis Magen leise.

»Ich wohne zur Miete!«

»Und ich schmarotze in der Einliegerwohnung über der Garage meines Vaters!« Klaus schmatzte widerlich in das Handy, dann klirrte es erneut. »Hör zu, Nicki. Ich habe keine Ahnung, wo du das Lama herhast.«

»Alpaka!«, verbesserte Nicki automatisch.

»Sieh es doch positiv!«

»Positiv?«

»Ja, alle Weiber stehen auf die Viecher! Vielleicht kannst du so Laura zurückgewinnen! Die liebt Tiere doch so.«

*Das hat gesessen.* Nicki bezweifelte, dass ein Alpaka mit roter Schleife um den Hals etwas retten konnte – ein Friese mit wallender Mähne, seidigem Schweif und dem verheißungsvollen Namen *Black Glory* wäre in Lauras Fall wohl das bessere Lockmittel gewesen.

Er biss sich auf die Unterlippe. »Es. Ist. Ein. Alpaka.«

»Ist doch egal! Gaul, Lama, Alpaka ... Sieht aus wie die Viecher, die jetzt überall auf Tassen, Kissen und Grußkarten gedruckt werden.« Klaus machte eine Pause. »Und nach allem, was ich im Wohnwagen gesehen habe, finde ich sie hässlicher als je zuvor.«

»Verdauung ist ein natürlicher Prozess«, gab Nicki trocken zurück. Himmel, das Tier stand in seiner Dusche! Vermutlich hatte es bereits eine halbe Tonne Alpakadung hinterlassen, und die Verlässlichkeit der Rohre war ein beliebtes Thema beim sonntäglichen Handwerkernotdienst-Bingo. »Scheiße, ich muss das Vieh loswerden!«

»Ja.«

»Kannst du mir helfen?«

Klaus schnaubte abfällig. »Und wie stellst du dir das vor? Hast du einen Plan?«

Nicki sah vor seinem inneren Auge regelrecht, wie sein Kumpel den Kopf schüttelte. Wenn er nicht gerade mit seinem iPhone telefonieren würde, würde er sicher in seiner gewohnt arroganten Art die Arme verschränken und Nicki einen herablassenden Blick spendieren. »Wenn du eine vielversprechende Idee hast, bei der du Hilfe brauchst, lasse ich mich vielleicht überzeugen.«

»Ich habe keine«, murmelte Nicki.

»Dann lass dir was einfallen.«

*Das ist leichter gesagt als getan.* Durch seine Gedanken schossen allerlei Ideen, wie er das Alpaka wieder loswerden konnte, aber keine der Ideen war einfach. Von *vielversprechend* wollte Nicki gar nicht erst anfangen, und er stieß einen leisen Seufzer aus. »Aber es kann nicht hierbleiben!«, startete Nicki einen weiteren Versuch. »Das ist meine Dusche und kein Alpakastall!« Er überlegte. »Dein Alter ist doch eh auf Teneriffa, das Alpaka kann doch so lange in euren Garten, bis ...«

*Scheiße, das Vieh braucht sicher etwas zu fressen.*

Er fasste sich mit der freien Hand an den Kopf. Sein Schädel brummte noch immer. »... bis ich einen Käufer gefunden habe?!«

»Du kannst doch nicht einfach ein Alpaka verkaufen, von dem du nicht weißt, woher ...« Klaus beendete seinen Satz nicht.

»Scheiße, meinst du ...« Nicki fuhr sich mehrmals mit der Hand über den Mund. Klaus' Einwand war berechtigt. Wie er in den Besitz des Alpakas gekommen war, wusste Nicki nicht mehr. Er wollte und konnte dummerweise nicht ausschließen, dass es sich bei diesem Tier um das Diebesgut eines betrunkenen Vollidioten handelte. Immerhin hatte er es schon einmal in die Zeitung geschafft: Mit eins Komma acht Promille war Nicki der Meinung gewesen, dass ein Parkverbotsschild eine unglaubliche Bereicherung für sein Schlafzimmer darstellte.

»Ich habe keine Ahnung, woher du das Alpaka hast«, wiederholte Klaus. »Du musst dich einfach erinnern ... Dann sehen wir weiter.«

»Aber ...« Nickis Blick flatterte zu der offenen Badezimmertür. »Bitte, nimm das Alpaka in deinen Garten! Fischer bringt mich um. Oder die alte Petrovitch, die fängt sicher gleich wieder mit ihrer beknackten Tierhaarallergie an, wenn sie das mitkriegt!«

»Keine Chance.«

»Bitte, Klaus!«

»Nein.«

»Muss ich wirklich betteln?«

»Du solltest lieber herausfinden, woher du das Alpaka hast, und es zurückbringen.«

»Du weißt schon, dass Alpakas nicht reden können?«

Er hörte Klaus' Schulterzucken regelrecht durch die Leitung. »Dann wirst du abwarten müssen, bis du dich wieder erinnerst – sollte ja nicht allzu lange dauern.« Für eine Sekunde verschlechterte die Verbindung sich. »Aber ich muss jetzt Schluss machen, Georgina ist da und braucht meine Hilfe.«

In Nicki zog sich erneut etwas zusammen. »Dachte ich mir schon.« Er entschied sich, für den ersten Moment aufzugeben. »Hey, sag bitte Georgina nichts davon. Wenn die das hört, erzählt sie das sicher Laura und dann ...«

»Ich sage ihr nichts«, versprach Klaus.

»Ja?«

»Meld dich einfach, wenn du mehr weißt.«

Das ungute Gefühl verstärkte sich. »Klar.«

Im nächsten Moment ertönte das Freizeichen aus der Leitung, und Nicki nahm das Gerät von seinem Ohr. Nachdenklich blickte er auf das Bild von Klaus in seinen Kontakten, ehe er zweimal die Zurück-Taste drückte. Das Bild wechselte, und er sah in das lachende Gesicht von Laura.

»Alpaka«, sagte Nicki, legte das Telefon auf dem Schuhschrank im Flur ab und ging zurück ins Bad.

# *Gespräch mit einem Alpaka*

Nicki blieb in der Tür stehen. Das Alpaka wandte ihm den Kopf zu. An seiner Nacktheit nahm es weiter keinen Anstoß. Sein eigenes Unbehagen konnte Nicki aber genauso wenig abstellen wie das Frösteln. Mit der Spurensuche wollte er bei dem auffälligsten Hinweis, den dieses vierbeinige Rätsel mitbrachte, beginnen. *Korrektur: Es ist nicht nur der auffälligste, sondern auch der lauteste Hinweis.* So, wie es sich gerade in Nickis fensterlosem Bad anhörte, summte dieses verdammte Tier so laut wie ein ganzer Bienenschwarm.

Nicki betrat das Badezimmer und stellte sich vor das Waschbecken. Er ignorierte die Kälte, verschränkte die Arme und betrachtete das Tier. »So, ein Alpaka also …«

Er beugte sich nach rechts und sah an dem Tier vorbei. Wie erwartet lag ein großer Haufen von runden Kotkügelchen am hinteren Ende der Dusche, und Nicki freute sich schon darauf, das zu beseitigen. Herunterspülen konnte er vergessen.

»Wie bist du hierher gekommen?«

Das Summen verstummte nicht. Bei jedem der unangenehm an den Badwänden widerhallenden Töne hob und senkte sich die Bauchdecke des Alpakas. Für einige Zeit sahen sie einander nur an, und Nicki verwunderte die Ruhe des Tieres. Er wusste allerdings, dass sie als geduldige Wesen bekannt waren. Man setzte sie sogar für meditative Wanderungen oder Therapien ein.

Nicki stieß sich von dem Waschbecken ab und trat einen Schritt auf das Alpaka zu. Er streckte sich nach vorn und berührte es sacht an der Nase. Die großporige, von kurzem Fell bedeckte Haut fühlte sich kühl unter seinen zitternden Fingern an. Langsam fuhr er mit der Hand nach hinten und bekam das Nylon des Halfters zu fassen. Das Tier schnaubte unwirsch, als Nicki näher auf es zukam. Das Summen wurde für einen Augenblick lauter, und Nicki spürte die Vibrationen in dem Körper des Alpakas, die mit dem Summen einhergingen.

Das Halfter war sein erster Anhaltspunkt. Eine Ohrmarke, wie man sie von Kühen kannte, trug das Tier nicht. Nicki vermutete auch, dass sich unter dem dichten Fell kein Brandzeichen, das ihm Aufschluss über die Herkunft des Alpakas brachte, verbarg, geschweige denn, dass er Lust hatte, dem Tier eine Ganzkörperrasur zu verpassen.

Seine Finger wanderten über das gelbe Nylon. Er überprüfte den oberen Teil des Halfters, aber dort fand er nichts.

Da muss doch irgendetwas sein, überlegte er verzweifelt und probierte, das Nylon zu wenden. Das Alpaka stieß ein missgünstiges Summen aus. Vergeblich versuchte es, nach hinten zu entkommen, aber die blaue Schnur hielt erstaunlich gut. Ein paar Stücke der gebrochenen Fliese, an der die Duscharmatur befestigt war, fielen in die Duschkabine.

Als er vor über zwei Jahren in die Wohnung gezogen war, war die Duschstange bereits locker gewesen. Er hatte es Fischer mehrmals gesagt. Der alte Sack wartete mit einer Reparatur aber lieber so lange, bis die Ausbreitung des Schimmels in dem Loch dahinter nicht mehr zu stoppen war. Bis dahin hatte Nicki vermutlich längst unheilbare Lungenschäden erlitten, die ihn eher das Leben kosteten als Fischer seine Raucherlunge.

Er wandte sich wieder dem Alpaka und dem Halfter zu. Dunklere Flecken zeigten sich auf dem spröden Nylon. »Ja!«, entfuhr es ihm, und er schnellte nach vorn.

Das Tier versuchte zurückzuweichen, doch das Seil hielt es fest in seinem Griff.

Die Buchstaben waren verschmiert. Nickis Finger kratzten über das fettige Nylon. Trotz unzähliger Rezepte seines Arztes und somit einer gewissen Erfahrung mit unleserlichen Schriften konnte er keinen einzigen Buchstaben entziffern. Enttäuscht sackten seine Schultern nach unten. Für einen Moment blickte Nicki in die treuherzigen Augen des Alpakas, ehe er an dem Halfter zerrte.

Unter seinem Zug musste das Tier seinen Kopf bewegen. Nicki griff mit der freien Hand nach dem Halfterriemen auf der anderen Seite. Nachdenklich runzelte er die Stirn, als er zwei deutliche Kringel auf der gelben Kunstfaser ausmachte.

»Ist das dein Name?«, fragte er das leise summende Tier. »Gigi?«

Natürlich könnte er sich auch irren, und es handelte sich nicht um zwei Gs, die englisch ausgesprochen einen coolen Namen ergaben oder lustigerweise den Kosenamen, den Klaus für Georgina gefunden hatte, sondern zweimal um die Ziffer Sechs.

Nicki neigte den Kopf etwas. »Oder Nummer 66?«

Die Sekunden verstrichen, und das Tier summte ihn nur an. »Kein Name?«, fragte Nicki weiter und ließ das Halfter los.

Der Alpakakopf zuckte zurück.

»Ich nenne dich *Nummer 66*«, erklärte er. »Gigi klingt nach Gigolo und ...« Er blickte an der schlanken Gestalt des Alpakas vorbei, und ihm wurde bewusst, dass er nichts zum Geschlechtsunterschied dieser Tiere wusste. Nicki lehnte sich zurück. »Ja, es bleibt bei Nummer 66.«

Das Tier schnaubte unwillig.

»Wenn dir der Name nicht gefällt, kannst du gern bessere Vorschläge bringen.« Er bückte sich nach seiner Boxershorts. Enttäuscht stellte er fest, dass sie feucht war, und sein Blick schweifte erneut zu dem Alpaka. »Aber dass du in meiner Dusche stehst, ist suboptimal, Nummer 66, denn ich stinke in etwa so schlimm wie du, und *ich* würde gern duschen!«

Ihm fiel allerdings auch kein besserer Platz für das Alpaka ein, und er sah auf seine Boxershorts hinunter. Er musste wohl in den sauren Apfel beißen.

Er wandte sich erneut dem Alpaka zu. »Ich werde jetzt kurz weggehen. Du wirst dich nicht bewegen und keinen Laut von dir geben, solange ich weg bin.« Er machte eine Pause. »Und mit diesem nervigen Summen hörst du auch auf!«

Ein paar Minuten und Klamotten später stand er vor Judiths Tür, und er bereute seine Entscheidung jetzt schon, denn er ahnte, wie es enden würde.

Judith war ein besonderer Fall. Als er vor über zwei Jahren eingezogen war, war sie die erste Nachbarin gewesen, der er begegnet war. Zu seinem Bedauern hatte er sie in den Monaten nach seinem Einzug besser kennengelernt, als es ihm recht gewesen war. Sie hatte es nie so recht verwunden, als er nach einiger Zeit ihr Spiel durchschaut hatte. Sonderlich viel Attraktivität sprach er sich nicht zu, aber er wollte nicht nur einer von vielen sein, und außerdem hatte er Laura gehabt.

Er drückte auf die Klingel, und augenblicklich schellte die Glocke durch Judiths Wohnung. Nach wenigen Sekunden öffnete sie die Tür.

»Nicki«, grüßte sie und legte den linken Arm auf den Türrahmen. »Du bist aus dem Urlaub zurück?«

»Hey, Juju.« Nicki lächelte gezwungen. »Sieht so aus.«

»Der Bart ist ein Witz, oder?«, bemerkte Judith trocken.

Ihr Blick wanderte abschätzig an ihm hinunter. Für eine Sekunde blieb ihre Aufmerksamkeit an seiner Jeans mit den braunen Flecken hängen, die Nicki sich genauso wenig erklären konnte wie das Alpaka in seiner Dusche.

Judith verzog das Gesicht. »Und du stinkst wie ein betrunkener Iltis!«

»Jaa …« Nicki nickte. »Genau das ist der Grund, wieso ich hier bin, Juju.«

»Aha? Du willst mich mit deinem Gestank belästigen?« Judith verzog den Mund.

Ihre blauen Augen hielten seinem gelangweilten Blick erstaunlich gut stand. Er bemerkte das verräterische Funkeln, das ihm am Anfang so verführerisch vorgekommen war, während er es jetzt nur noch als Verzweiflung verstand. Nicki konnte allerdings nicht sagen, ob es ihre oder seine war; vermutlich war es einfach etwas von beidem, denn im Grunde waren sie beide auf ihre eigene Art am Verzweifeln. »Oder bist du aus anderen Gründen hier?«

»Meine Dusche ist kaputt«, erklärte er, ohne auf ihre Anspielung einzugehen. Nicki legte das gewinnendste Lächeln, das er im Angesicht seines sicheren Todes aufbringen konnte, auf die Lippen. »Könnte ich bitte bei dir duschen?«

»Duschen?« Judith hob eine Augenbraue. Sie betrachtete ihn erneut, und er wusste, er hatte verloren. Für sie hatte es nie eine Rolle gespielt und für ihn nun auch nicht mehr, so bitter es klang. »Na, wenn es unbedingt sein muss.«

»Vielen Dank, du rettest mir das Leben.«

Sie überhörte den Sarkasmus und öffnete die Tür weiter. Judith trat zur Seite, und Nicki umfasste das Bündel mit seiner Kleidung – es war erstaunlich schwierig gewesen, in seinem Kleiderschrank noch etwas Frisches zu finden – fester. Als er Judiths Wohnung betrat, roch er den kalten Zigarettenduft.

Sie stieß die Tür hinter ihm zu. »Du weißt, wo das Badezimmer ist.«

»Klar.« Die Grundrisse ihrer Wohnungen waren Spiegelbilder. Nicki ging in Judiths Badezimmer und drückte den wackeligen Lichtschalter. Er kannte jeden Mangel ihrer Wohnung, was nicht nur an seinen gelegentlichen Besuchen in den letzten Wochen lag. Ohne auf Judith zu achten, die ihm gefolgt war, begann er, sich in der Mitte ihres Badezimmers zu entkleiden. Das Sweatshirt, das nach Affenhaus stank, fiel als Erstes auf den Boden. Nicki blickte an sich hinunter und kratzte sich am Bauch, der schon einmal eine bessere Form gehabt hatte. Mit der Fitness hatte er es in den letzten Wochen nicht so genau genommen, aber es galt auch niemanden mit vermeintlicher Männlichkeit zu beeindrucken.

»Brauchst du ein Handtuch?«

Nicki spürte Judiths Blick in seinem Rücken. Er schlüpfte aus seiner Jeans und seinen Boxershorts und bückte sich danach. Sorgsam trennte er die beiden Hosen voneinander, faltete die schmutzige Hose zusammen und legte sie auf dem Deckel von Judiths deutlich sauberer Toilette ab. Er wandte sich zu ihr um, und sie ließ sich nichts anmerken, dass er nackt vor ihr stand. »Ein Handtuch wäre nett, danke.«

»Ich bringe dir eines.« Sie verschwand in Richtung Schlafzimmer.

Nicki wartete ihre Rückkehr nicht ab, sondern stieg in die Dusche. Genau wie in seiner eigenen schoss zunächst ein Strahl eisigen Wassers aus dem Duschkopf, der im Gegensatz zum Rest der Dusche neu war. Schmunzelnd sah er sich in der Dusche um. Das Wasser blieb in der Duschwanne stehen, und an seinen Füßen wurde es wärmer. Er drehte die Shampooflasche im Halter um.

Vanille, stellte er fest, aber das war vermutlich besser als nichts.

»Das Handtuch liegt auf der Heizung«, erklang Judiths Stimme direkt hinter ihm, und er drehte sich um. Judith hob ihre Hand zu seiner Brust und fuhr an seinem Brustbein entlang, während sein Blick über ihre Stirn, die Ohren und ihre nackte Schulter hinunterwanderte. Er hob die Hände zu ihren ebenso nackten Hüften. Judith blickte auf. Drei Sekunden später hatte Nicki das Alpaka vergessen, während in Judiths Dusche das lauwarme Wasser auf ihre Köpfe hinabprasselte. Die feuchten Küsse waren nur von sexuellem Verlangen getrieben. Bei keiner Berührung zielte er auf Zärtlichkeit ihr gegenüber ab, denn diese Zeiten waren lange vorbei, aber gegen schnelle Nummern hatte er seit ein paar Wochen nichts mehr einzuwenden.

## *Erste Hinweise*

Es hatte so geendet, wie er es vermutet hatte. Gedankenverloren zog er seine frische Jeans hoch und knöpfte sie zu. Er strich einmal über den Stoff und verfluchte sich für die Beliebigkeit und Gutmütigkeit, die er an diesem Vormittag bewiesen hatte. Mit spitzen Fingern pickte er das Kondom aus der Duschkabine auf und warf es in den Mülleimer. Dann raffte er seine Sachen zusammen, klemmte sie sich unter den Arm und verließ das Badezimmer.

»Was war das gestern für ein Lärm?«

Mit verschränkten Armen lehnte Judith an der Flurwand. Sie trug nur rote Spitzenunterwäsche, und der Anblick war eigentlich ganz schön. Ihre blonden Haare klebten feucht an ihrem Hals, und Nickis Blick wanderte an ihr hinunter. Mit ihrem linken Fuß stützte sie sich an der vergilbten Raufasertapete ab und betrachtete Nicki ebenso prüfend.

»Lärm?«, gab er sich überrascht.

»Gestern Abend?« Sie fuhr sich mit der Zunge über die Unterlippe. »Hattest du Besuch?«

Nicki zuckte mit den Achseln. »Soweit ich weiß, waren das meine Kumpels, die mich hereingetragen haben, da ich sturzbetrunken war.« An dieser Tatsache zweifelte er nicht. Nach wie vor konnte Nicki sich aber nicht erklären, wie es dazu gekommen war.

Judith hob eine Augenbraue. »Du?« Sie schnaubte abfällig. »Wie ist das denn passiert? Und blökst du immer so herum, wenn du besoffen bist?«

»Blöken?«

*Verdammt, das Alpaka!* Er hatte es unter dem Anblick von Judiths wackelnden Brüsten und wiegendem Hinterteil beinahe vergessen, während sie es in der Dusche miteinander getrieben hatten.

»Vermutlich kann ich mich glücklich schätzen, dass du eh auf dumme Ponyhofmädchen stehst.«

Der Spott in ihrer Stimme war unüberhörbar, genauso, wie der verächtliche Blick in ihren blauen Augen nicht zu übersehen war. In einer Sache wollte er Judith recht geben, auch wenn seine innere Stimme über seine Ansichten nur kicherte. Es war dumm von Laura gewesen, ihn gegen einen blasierten Lackaffen mit schwarzem Friesenhengst einzutauschen.

Leider glaubte er selbst nicht daran.

Abgesehen von Geld besaß Stefano laut verlässlicher Quellen in Form von Nickis Schwester Claudia, Liam, Georgina, Maria, Verena und vielen anderen das Aussehen eines griechischen Gottes, den Humor eines gefeierten Schriftstellers und die sexuelle Energie eines Stieres. Bei Letzterem hoffte Nicki, dass sie diese Aussagen nicht auf eigene Erfahrungen zurückführten und ihn seine Freunde damit einfach nur aufziehen wollten.

»Tja«, machte Nicki tonlos und blickte auf seine zusammengeknüllten Sachen hinunter. Es gefiel ihm nicht, dass sie das Thema auf Laura gebracht hatte, genauso, wie er sich nach wie vor nicht erklären konnte, was Judiths Problem mit seiner Ex war.

Für ihn spielte es keine Rolle mehr.

Dank ihrer Bemerkung wusste er, dass er vorsichtig sein musste. »Du warst wach, als ich heimgekommen bin?«

»So spät war es ja nicht«, antwortete Judith.

»Hast du etwas ... mitbekommen?«

»Was willst du von mir hören?«, gab sie schnippisch zurück und stieß sich von der Wand ab. Ihre Augen verengten sich zu schmalen Schlitzen. »Verschwinde endlich, ich habe heute noch etwas vor!«

Nicki verdrehte die Augen. »Jaja, ist ja schon gut, Juju.«

Judith folgte ihm zur Tür. Er spürte ihren bohrenden Blick im Rücken, als er den Türknauf herumdrehte und die Tür öffnete. Er trat in den nach Urin und altem Mann stinkenden Flur hinaus. Still hoffte Nicki, dass an dem Uringestank nicht das Alpaka in seiner Wohnung schuld war, sondern der inkontinente Meyer aus dem Erdgeschoss.

Judith blieb hinter ihm stehen.

Er drehte sich ein letztes Mal um, beugte sich zu ihr vor, und unter der Bewegung nahm er erneut den Gestank seiner Kleidung wahr. »Es wird dich sicher freuen zu hören, dass Laura mit mir vor Wochen Schluss gemacht hat.« Judith sah ihn verdutzt an. Nicki klopfte mit dem Knöchel gegen den Türrahmen. »Danke für die Dusche und alles andere, Judith.«

»Du bist ein Arschloch, Nicki«, giftete sie ihn an.

In der nächsten Sekunde knallte sie ihm die Tür vor der Nase zu, und Nicki wich erschrocken zurück. Selbstgefällig drehte er sich um und ging zurück in seine Wohnung im dritten Stock.

Nummer 66 wartete und summte.

Beunruhigt stellte Nicki fest, dass der Kothaufen unter dem Hinterteil des Tieres leicht angewachsen war. Braune Schlieren zogen sich in Richtung Abfluss. Die Tatsache, dass das Tier genauso pinkeln wie koten musste, verwunderte ihn jetzt nicht, und Nicki beschloss, sein dürftiges Wissen zu Neuweltkamelen zunächst einmal aufzufrischen.

Er packte seine schmutzige Wäsche in den Wäschekorb.

»Ich komme gleich zurück, Nummer 66«, erklärte er.

Im Flur griff er nach seinem Handy und ging in das abgedunkelte Wohnzimmer. Während er seine Nachrichten überprüfte – es waren keine vorhanden –, ging er an den Fenstern entlang und zog die Rollos in die Höhe, um das Tageslicht hereinzulassen. Das Sofa ächzte, als er sich darauf fallen ließ.

Er gab seine Suchanfrage ins Handy ein.

Das erstbeste Suchergebnis eines Alpakahofs genügte ihm, und er klickte die Webseite an. In überschwänglichen Tönen lobten die Ersteller der Webseite – aufgrund des Designs vermutete Nicki, dass es die Alpakazüchterinnen selbst gewesen waren – ihre Tiere, die einfache Haltung, ihr angenehmes Wesen und gaben allerlei Haltungstipps zu Alpakas. Die Wohnungshaltung gehörte nicht dazu.

Da die wenigsten Wohnungen 1000 Quadratmeter Weidefläche beinhalteten, verwunderte Nicki das eher weniger, aber sein Badezimmer war damit als Alpakastall definitiv raus.

Der Garten von Klaus' Vater wäre ein besserer Ort für Nummer 66, stellte er erneut fest und schluckte den aufkeimenden Ärger über Klaus' Weigerung, das Alpaka aufzunehmen, herunter.

Gelangweilt scrollte Nicki über die Seiten, als mit einem Mal die Telefon-App seines Handys aufging und er sich Klaus' Profilbild gegenübersah. Nicki wischte nach oben, um den Anruf anzunehmen. »Hallo, Klaus.«

»Hey, Nicki.«

»Was ist denn?«

»Was macht das Lama?«

Nicki rollte mit den Augen. »Es ist ein Alpaka und es steht«, sein Blick wanderte in Richtung Zimmertür, »nach wie vor in meiner Dusche.«

»Du musst es füttern.«

»Ach wirklich?« Nicki gab sich überrascht. »Das wollte ich mir eigentlich sparen, nachdem es schon eine geschätzte Tonne Scheiße in meiner Dusche hinterlassen hat.«

»Soll ich etwas Heu besorgen?« Klaus zögerte. »Lamas fressen doch Heu?«

»Es ist ein Al-«

»Alpaka!«, unterbrach Klaus ihn genervt. »Das weiß ich doch, aber Lama ist kürzer. Georgina und ich fahren später zum Stall, da könnte ich sicher eine Handvoll mitnehmen.«

Nicki biss sich auf die Unterlippe und erinnerte sich an das, was er zur Fütterung von Alpakas gelesen hatte. »Glaubst du wirklich, dass eine Handvoll reicht?«

»Ich kann ja schlecht meinen TT bis oben hin mit Heu beladen.«

»Du könntest Georgina im Stall lassen.«

»Sehr witzig.«

»Es wäre auf jeden Fall hilfreich.« Nicki überlegte. »Georgina hat nichts mitbekommen, oder?«

»Die ist noch mit ihren Instagram-Posts beschäftigt – gestern war Sale bei Rossmann, sie hat wieder Tonnen an Make-up gekauft.«

Nicki verzog den Mund. Im Klartext bedeutete das, dass Georgina vorhin Klaus' Spiegelreflexkamera und sein Fotokönnen benötigt hatte. Er hatte ansprechende Fotos ihres Handrückens und später ihrer Lippen oder Augen schießen müssen. Nun lud sie die Bilder mit zig Hashtags versehen auf Instagram hoch und sahnte ihre Likes ab, während sie weiter von einer Karriere als Beauty-Bloggerin träumte. In dieser Hinsicht unterschieden sich die Schwestern Bronn wohl, denn während für Georgina nichts Schöneres als Make-up existierte, waren es für Laura die Pferde.

Und ganz besonders Black Glory, setzte Nicki grimmig nach.

»Hast du schon eine Idee, was du mit dem Lama machst?«

»Alpaka«, verbesserte Nicki automatisch. Nachdenklich sah er auf seine Fingernägel hinunter. »Ich habe überlegt, beim Tierheim anzurufen und zu fragen, ob sie es abholen.«

In der Leitung blieb es für einen Moment still. »Hältst du das für eine gute Idee?«

Nicki sog hörbar die Luft ein. »Ich könnte sagen, dass ich es am Straßenrand gefunden habe und ... in Ermangelung von Alternativen ... erst einmal mit nach Hause genommen habe. Wie die Schildkröte in der sechsten Klasse, erinnerst du dich?«

»Das klingt so plausibel wie der angeblich gefundene Hund, wenn das Auto bis oben hin mit Reisegepäck beladen ist«, bemerkte Klaus trocken. »Du wohnst im dritten Stock.«

»*Du* könntest es ja zum Tierheim bringen!«

»Klar, ich setze es auf den Beifahrersitz und dann cruise ich mit dem Lama zum Tierheim.« Klaus' Tonfall blieb spöttisch. »Nein, das geht nicht.«

Der Transport war tatsächlich ein Problem. Nicki besaß kein Auto. Ein langer Spaziergang stellte wohl seine einzige Möglichkeit dar, um das Alpaka von einem Ort zum anderen zu bringen. Er bezweifelte, dass der öffentliche Nahverkehr Neuweltkamele als Passagiere mitnahm. »Ich könnte es einfach vor dem Tierheim anbinden«, überlegte Nicki laut.

»Echt jetzt?«

Nicki zuckte mit den Schultern, auch wenn Klaus diese Geste nicht sehen konnte. »Ich habe keine Lust auf den Scheiß mit dem Vieh, ich weiß ja nicht einmal, wo ich es herhabe!« Er dachte kurz nach. »Und wieso habt ihr eigentlich nichts mitbekommen?! Ihr wart doch auch da!«

»Ach ja ...« Klaus machte eine Pause. »Da ist mir was eingefallen: Björn hat sich vorhin bei mir gemeldet, weil er einen Pullover vermisst.«

Nicki legte verwirrt die Stirn in Falten. »Was hat Björns Pullover mit dem Alpaka zu tun?«

»Er hat gefragt, wer eigentlich Lana ist.«

»Lana?«

»Lana wie Lama«, wiederholte Klaus amüsiert. »Du hast diesen Namen wohl im Schlaf gebrabbelt.«

»Ich rede nicht im Schlaf!«

»Doch, anscheinend schon. Ich habe nichts mitbekommen, aber vielleicht ist das ja ein Hinweis?«

»Moment ...« Nicki hob die Hand in die Höhe. Hinweis war ein gutes Stichwort, er wollte von Klaus jetzt erst einmal ein paar Informationen erhalten. »Also gut, fangen wir von vorn an: Wir waren auf dem Rückweg, und irgendwo habe ich ein Alpaka bekommen. Wo?«

»Der letzte Stopp war doch dieser Parkplatz im Bayerischen Wald«, erinnerte sich Klaus laut. »Peter ist gefahren, ich habe kaum auf den Verkehr geachtet.«

»Wir *sind* im Bayerischen Wald«, erklärte Nicki und fasste sich an die Stirn. Sein Blick fiel auf den zusammengeklappten Laptop auf seinem Couchtisch. »Erinnerst du dich an den Namen des Parkplatzes?«

»Nein, keine Ahnung, haben die Namen?«

»Viele Parkplätze haben Namen.«

»Hm ... wir haben auf jeden Fall angehalten, weil Björn ja so Probleme hatte, und ... ja ... du bist dann mal pinkeln gegangen, aber irgendwie bist du nicht mehr zurückgekommen. Auf Nachrichten hast du nicht reagiert. Wir haben dann entschieden, eine

Runde auf dem Parkplatz zu schlafen, bis du wieder auftauchst.« Er schnaubte. »Wir haben halt gedacht, dass du dir einen Baum zum Heulen gesucht hast und einfach deine Ruhe wolltest.«

Als Nicki an dem Morgen aufgewacht war, war sein Handy ausgeschaltet und der Akku leer gewesen. Das Kabel? Er hatte keine Ahnung. Nicki hatte das Ersatzkabel aus dem Nachttisch nehmen müssen, um überhaupt einen Blick auf seine Nachrichten werfen zu können. »Mein Handyakku war leer.« Nicki biss sich auf die Unterlippe. »Und ich suche mir keine Bäume zum Vollheulen!« Er sollte besser nie auf mysteriöse Art verloren gehen. Bei solchen Kumpels durfte er nicht damit rechnen, dass sich irgendwer tatsächlich Sorgen um ihn machte.

»Jaja«, winkte Klaus ab. »Irgendwann bist du ja aufgetaucht, zwar ziemlich verdreckt und stinkend, aber das war uns egal. Wir haben dich ins Auto gepackt, und dann hast du erst einmal reingekotzt.«

In Nicki zog sich etwas zusammen. »Ich habe ... gereihert?«

»Volle Kanne auf Björns Hose. Den Geruch durften wir die restliche Fahrt ertragen, weil ja seine Sachen im Koffer waren ...«

»Vielleicht auch wegen der Chicken Wings?«, schlug Nicki zaghaft vor.

»Ich glaube nicht.« Klaus' Stimme blieb ohne Wertung. »Scheiße, wir hätten das Vieh schon viel eher entdecken können, wenn Björn seine Hose gewechselt hätte!« Klaus stieß einen tiefen Seufzer aus. »Als wir hier ankamen, haben wir hinten das Lama gefunden, was du wohl irgendwie an uns vorbei in den Wohnwagen gebracht und von dem du uns nichts erzählt hattest.«

»Ich bin echt toll«, murmelte Nicki.

»Absolut.« Die Ironie war nicht zu überhören. »Vielleicht hat dir diese Lana das Lama geschenkt?«

»Daran würde ich mich doch erinnern!« Nicki schüttelte den Kopf. »Und ich wäre sicher nicht so blöd und würde ein verdammtes Alpaka als Geschenk annehmen – ich wohne zur Miete!«

»Wie gesagt, du warst sturzbetrunken«, erwiderte Klaus lahm. Er machte eine nachdenkliche Pause. »Ich bringe dir später etwas Heu vorbei.«

»So fünf Kilo vielleicht«, schlug Nicki vor.

»Fünf Kilo?!«

»Ich habe gelesen, dass ein Alpaka in etwa ein Kilogramm pro Tag frisst.«

»Da wird man ja arm.«

»Ein Pferd frisst mehr«, gab Nicki zurück.

»Ich weiß schon, wieso ich keine Viecher mag«, erklärte Klaus. »Gut, ich schaue, was ich tun kann. Was machst du?«

Nickis Blick wanderte zur Zimmertür. »Mich erinnern«, antwortete er hoffnungsvoll. »Außerdem muss ich ein paar Eimer Scheiße entsorgen und mir überlegen, wie ich verhindere, dass das Alpaka sich irgendwie bemerkbar macht.« Er zögerte. »Es summt die ganze Zeit.«

»Es summt?«

Nicki seufzte. »Das ist auch ein Zeichen für Stress«, erklärte er. Erst vor ein paar Minuten hatte er gelesen, was es mit dieser Lautäußerung auf sich hatte, und er konnte nicht behaupten, dass ihm das gefiel. »Wenn es mir in der Dusche den Stresstod stirbt, habe ich noch ein Problem.«

»Aber keine Scheiße mehr!«

»Schon mal was von spontaner Darmentleerung bei Eintritt des Todes gehört?«, gab Nicki düster zurück.

»Schmeckt Lama eigentlich gut?«

»Alpaka ... und keine Ahnung«, gestand Nicki. »Kann ich ja später mal googeln.«

»Vielleicht ist das eine Delikatesse?«

»Das ist mir egal«, gab Nicki zurück.

»Sag mal, das Lama steht doch in deiner Dusche?«, sagte Klaus plötzlich. »Stinkst du immer noch wie ein vollgekotzter Iltis?!«

»Ähm ... nein, ich hoffe nicht.«

Ein paar Sekunden verstrichen. »Echt jetzt?«, fragte Klaus. »Du warst wieder bei Judith?«

Nicki zuckte in die Einsamkeit seines Wohnzimmers hinein mit den Schultern und legte seine Füße auf den Couchtisch. »Was hätte ich denn sonst tun sollen? Ich kann das Alpaka nicht lange allein lassen. Wie gesagt, es *summt.*« Er wackelte mit den Zehen und wartete auf Klaus' Reaktion.

»Wow.«

Nicki hielt im Zehentanz inne. »Das ist alles, was du dazu zu sagen hast?«

»Ja.«

»Okay?«

»Ich überlege gerade, ob ich das so nebenbei Georgina stecke, die es dann Laura erzählt ... aber ich befürchte, das wird ihr am Arsch vorbeigehen.«

Er spielte Klaus' Gedanken durch und atmete tief ein. »Vermutlich.«

»Es ändert halt nichts – selbst wenn du jetzt deine verdorbene Seite entdeckst, bist du immer noch der gleiche Versager, den sie abserviert hat.«

»Vielen Dank.« Nicki fasste sich an die Stirn. »Du bist ein wahrer Freund.«

»Darum bringe ich dir später Heu vorbei«, antwortete Klaus. »Jetzt mal ernsthaft – was erwartest du? Laura ist Georginas Schwester. Ich befinde mich in einem Interessenskonflikt!«

Mit einem Mal hörte Nicki im Hintergrund einen lauten Ruf, und er ahnte, dass das Gespräch im nächsten Moment ein abruptes Ende fand. »Frau schlägt Kumpel, ich verstehe.«

»Vor allem verlangt Frau eben nach Kumpel«, bestätigte Klaus seinen Verdacht. »Ich komme gleich, Gigi!«

»Dann bis später?«, fragte Nicki.

»Bis dann.«

Nur einen Augenblick später ertönte das Freizeichen in der Leitung, und Nicki war mit seinem Alpakaproblem namens Nummer 66 wieder allein. »Na, hoffentlich wird es nicht zum Problemalpaka«, sagte er sich, legte sein Handy aufs Sofa und stemmte sich empor. »Ich gehe wohl erst einmal *ausmisten.*«

# *Das vermisste Alpaka*

Mit Kehrichtschaufel und Putzeimer bewaffnet nahm Nicki sich seine Dusche vor. Nummer 66 erwies sich als kooperativ. Dem Summen des Alpakas begegnete Nicki mit den Kopfhörern seines Handys. Immer darauf bedacht, Nummer 66 keinen Angriffspunkt zu geben, schaufelte er die Köttel in den Eimer und stellte ihn zum Ausdünsten auf den schmalen Balkon.

Danach nahm er die Kopfhörer wieder heraus und schaute nach, ob es im Kühlschrank etwas für Nummer 66 zu fressen gab, solange Klaus das Heu noch nicht gebracht hatte. Er fand nur einen verschimmelten Joghurt, der prompt im Müll landete.

Immer noch hungrig, denn für ihn gab es damit genauso wenig wie für Nummer 66 etwas Essbares, schluckte er eine Aspirin und schickte Nachrichten an Björn und Peter. Viel erhoffte er sich nicht davon. Nicki bezweifelte, dass Klaus ihm etwas vormachen würde, geschweige denn, dass einer seiner Freunde auf die verrückte Idee kommen würde, ihm ein Alpaka anzuhängen.

Alpakas waren wie alle Kamele Wiederkäuer und Schwielensohler, wie er aus dem Internet wusste. Sie besaßen keine Hufe wie Pferde oder Klauen wie Kühe, sondern weiche Fußsohlen mit zwei Zehennägeln. Für den Aufenthalt in seiner Wohnung brachte das nur einen unbedeutenden Vorteil, denn der Altbau war äußerst hellhörig. Gegen eine kleine Absicherung hatte Nicki nichts einzuwenden.

Aus der Kiste mit einzelnen Socken suchte er drei dicke Grobstricksocken und eine Tennissocke heraus.

Im Badezimmer wartete Nummer 66 weiter auf das, was auch immer ein Alpaka erwartete, das an eine Duschstange festgebunden war.

»So«, begann Nicki und warf die Socken auf den Boden. Sein Blick wanderte zu den schlanken Fesseln des Alpakas. Die alten Socken hielten so vermutlich nicht, und er machte auf dem Absatz kehrt, um ein paar Hilfsmittel zu holen.

In seinem Schreibtisch fand er Klebeband und Schere. Mit beidem bewaffnet machte er sich wieder auf den Weg zu seinem Gast.

Das Tier beobachtete neugierig, wie Nicki mit der ersten Socke und einem großzügigen Streifen vom Klebeband auf es zutrat. »Jetzt schauen wir mal, wie gut du erzogen bist, oder ob du so ein Arschlochtier wie Hippolly bist«, erklärte Nicki.

Die dunklen Augen verfolgten jede seiner Bewegungen, als er – wie Laura es ihm einmal gezeigt hatte – mit der Hand am linken Vorderfuß entlangfuhr. Wie automatisch ging der Fuß nach oben, und Nicki hob eine Augenbraue.

Offenbar sah er sich keiner Hippolly II gegenüber. Erleichtert atmete er aus. Auf unsanfte Tritte und Bisse, wie sie ihm das Reitschulpferd verpasst hatte, konnte er verzichten. Er zog dem Alpaka die erste Socke über. Mit dem Klebeband verengte er ihren oberen Rand, sodass sie nicht herunterrutschen konnte.

Nummer 66 ertrug es gelassen. Nachdem Nicki alle vier Füße mit Socken versehen hatte, betrachtete er zufrieden sein Werk, bevor er sein Handy holte. Das Frotteetuch, das seit über zwei Wochen auf dem Handtuchhalter hing, warf er auf den Boden. Er fuhr dreimal über die altmodischen Fliesen und wischte sein Pinkelmalheur auf. Mit einem Kick beförderte er das Handtuch unter das Waschbecken und ließ sich dann vor dem Alpaka auf dem Badezimmerboden nieder.

Es überraschte ihn wenig, dass sich immer noch niemand gemeldet hatte, und so las er im sozialen Netzwerk nach, was er in den letzten zwei Wochen verpasst hatte.

Lauras Beziehungsstatus hatte sich zu seiner Enttäuschung nicht geändert, während Maria ihre Freunde mit einem Ultraschallbild über das Ergebnis ihres One-Night-Stands auf dem Laufenden gehalten hatte.

»Mein kleiner Bauchmensch«, las Nicki laut vor und hob den Blick zum Alpaka. »Maria erinnert sich an den Vater des Bauchmenschen ungefähr so gut wie ich daran, wo ich dich herhabe, 66!«

Das Alpaka brummte.

Nicki verdrehte die Augen. »Nein, *daran* würde ich mich erinnern.«

Nummer 66 schnaubte abfällig.

»Spar dir deine Kommentare«, meinte er. »Das mit Judith war«, er suchte nach dem richtigen Begriff, und ein wenig hasste er sich dafür, »geplant.«

Ungeachtet dessen, dass Maria nicht sein Typ war, war er mit Laura ein Paar gewesen, als Maria ihren folgenreichen, anfangs verfluchten One-Night-Stand gehabt hatte. Zu diesem Zeitpunkt waren Laura und Nicki noch glücklich gewesen.

Gut, Nicki war immer glücklich gewesen, bis zu dem Tag, an dem Laura mit gepacktem Koffer vor ihm gestanden war und ihm alles, was sich angeblich über die Jahre angesammelt hatte, an den Kopf geworfen hatte.

Erst später hatte er festgestellt, dass das mit Stefano Maccianelli – dem Besitzer ihres neuen Pflegepferdes – schon seit einigen Wochen lief. Am Anfang hatte Nicki sich dafür gehasst, beruflich so eingespannt gewesen zu sein und es nicht bemerkt zu haben. *Ich schlafe heute im Stall*, war die beliebteste Ausrede von Laura gewesen. Nicht selten hatte Nicki sich dabei ertappt, wie er Laura eine Futterumstellung für Black Glory hatte nahelegen wollen, wenn den Rapphengst wie so oft *leichte Koliken* geplagt hatten.

In Wahrheit war es vermutlich nicht Black Glorys Verdauung gewesen, die gebebt hatte, sondern eher Stefanos Matratze.

Nicki wandte sich wieder den unzähligen Statusmeldungen zu und scrollte durch die Liste. Während seines Urlaubs hatte er nicht viel verpasst.

So machte sich Nicki auf die Suche nach Informationen zu Alpakas. Mit jeder Seite hoffte er, der Antwort auf die Frage, wie ausgerechnet *er* zu einem Alpaka gekommen war, näherzukommen, aber nach der Häkelanleitung für Alpakas bezweifelte er das genauso wie den Geisteszustand mancher Leute.

Er las gerade etwas zu Alpakatrekking in den Schweizer Alpen, als es plötzlich klingelte. Nicki schreckte zusammen, und sein Blick wanderte zur Zimmertür. Mit Besuch um diese Uhrzeit hatte er nicht gerechnet.

Nummer 66 schien es ähnlich zu gehen. Das Alpaka hatte neugierig den Kopf zur Quelle des Lauts gedreht und die Ohren alarmiert aufgerichtet. In der nächsten Sekunde setzte das warnende Summen wieder ein.

Hoffentlich nicht der Fischer, überlegte Nicki und richtete sich auf.

Er griff nach Klebeband und Schere, die verloren vor ihm auf dem Badezimmerboden lagen, und packte beides auf den Rand des Waschbeckens. Langsam ging er aus dem Bad.

Es schellte erneut. Die warnenden Laute des Alpakas folgten augenblicklich, und Nicki biss sich auf die Unterlippe. *Vielleicht hätte ich die Schnauze noch irgendwie schließen sollen.*

Zu seinem Glück hielt Nummer 66 sich nicht lange mit der Warnung vor der potenziellen Gefahr auf.

Nicki strich seine Hände an der Hose ab und öffnete die Tür. »Ja, ha-« Saubere Schuhe, dunkle Jeans ...

Nicki fiel ein Stein vom Herzen, als er seinen besten Kumpel erkannte.

Klaus hielt einen blauen Müllsack in die Höhe. »Hier ist das Heu.«

Nicki starrte auf den Sack und schluckte die Frage, wieso Klaus schon hier war, vorerst herunter. Normalerweise dauerte es Ewigkeiten, bis Laura und Georgina sich trennen konnten. »Scheiße, wie viel ist das?«

»Fünf Kilo?«, gab Klaus zurück. »Lass mich rein, der Fischer hat schon so neugierig geschaut.«

Nicki nickte, machte einen Schritt zur Seite, und Klaus trat ein. Sein Kumpel sah deutlich weniger mitgenommen aus als er selbst. Die blonden Haare waren ordentlich nach hinten gegelt, und er war frisch rasiert, während Nicki sich mit seinem Dreitagebart, der in Wirklichkeit ein mickriger Zweiwochenbart war, abgefunden hatte.

Er schloss die Wohnungstür hinter Klaus. »Wieso bist du schon da?«

»Ich habe Gigi bei Laura abgeliefert und bin gegangen. Auf das Weibergeschwätz hatte ich keine Lust.«

Nicki überlegte. Er verzichtete darauf, Klaus darauf hinzuweisen, dass er genau das vorgeschlagen hatte. »Gut für mich.«

Klaus nickte. »Viel Zeit habe ich allerdings nicht. Wo ist das Lama?«

»In der Dusche.«

»Immer noch?« Klaus drehte sich um und streckte Nicki den Sack mit dem Heu entgegen.

Nicki nahm ihm den Sack ab und stellte ihn neben seine Garderobe. Es waren sicher keine fünf Kilogramm. »Wo soll ich es denn sonst hinstellen? Ins Schlafzimmer?«

»Dann wäre wenigstens mal was drin ...« Klaus ging zum Badezimmer, lehnte sich an den Türrahmen und betrachtete Nummer 66. Auf seinem Gesicht spiegelte sich Ekel wider. Klaus war kein Tierfreund. In seinen Augen machten Tiere nur Arbeit und kosteten Geld. So weit stimmte Nicki mit seinem Kumpel überein. Im Gegensatz zu Nicki oder Laura bekam Klaus das Geld von seinem Vater regelrecht hinterhergeworfen, weshalb Nicki dem Argument in seinem Fall wenig Gewicht beimaß und es eher auf Klaus' Faulheit schob.

»Scheiße, ich frage mich echt, was du dir dabei gedacht hast.«

Nicki trat neben ihn und verschränkte die Arme. Gemeinsam blickten sie zu Nummer 66, die immer noch in Ermangelung von Alternativen beharrlich nach vorn blickte. »Das wüsste ich auch gern.«

»Keine Idee?«

»Nein.« Nicki schüttelte den Kopf. »Ich habe einen totalen Filmriss.«

Klaus musterte ihn skeptisch. »Meinst du, es bringt etwas, dir eine runterzuhauen?«

»Das Aspirin hat gerade angefangen zu wirken – erspar es mir bitte«, bat Nicki trocken. »Ich habe Björn und Peter angeschrieben, aber die beiden antworten nicht.«

»Björn ist vermutlich bei seinen Eltern und lässt sich bemuttern und Peter ...« Klaus zuckte mit den Achseln. »Keine Ahnung ... auf Arbeit? Er muss doch heute schon wieder anfangen.«

Nicki legte den Kopf in den Nacken. »Ich wüsste echt gern, was da passiert ist.«

»Tja.« Klaus sah zu ihm und dann wieder zu dem Alpaka. Er runzelte die Stirn. »Vielleicht ist das ja deine neue Freundin?«

»Ein Alpaka?« Nicki hob eine Augenbraue, und er schauderte bei der Vorstellung, die in Klaus' Worten lag. »So verzweifelt bin nicht einmal ich.«

»Du hattest schon immer einen komischen Geschmack.« Klaus wandte sich von dem Alpaka ab, zückte sein iPhone und warf einen Blick darauf. Gedankenverloren ging er zurück in den kleinen Flur.

Nicki drehte sich ebenfalls um. »Laura und Georgina sind Zwillinge.«

Klaus zuckte mit den Achseln. »Und wenn schon ...« Er sah auf. »Ich muss los, Mann! Gigi hat doch keine Lust mehr, auf dem Reiterhof zu bleiben ...« Er machte eine Pause. »Stefano ist aufgetaucht.«

»Oh.«

»Ja, der überlegt wohl, noch so einen Gaul zu kaufen, damit sie auch mal gemeinsam ausreiten können.«

In Nicki zog sich etwas zusammen. »Wie romantisch.«

Klaus wies mit dem Zeigefinger in seinen offenen Mund, als ob er sich übergeben wollte. »Laura hat mich gefragt, ob ich Black Glory und sie nicht mal fotografieren könnte.«

»Äh?« Nicki blinzelte irritiert.

»Gigi hat ihr so ein paar Pferdeaccounts gezeigt.«

»O Mann ...« Nicki versuchte, sich *seine* Laura als Model vorzustellen, aber der Gedanke erschreckte ihn mehr, als er sich eingestehen wollte. Es war nicht, weil sie nicht hübsch genug war, sondern fußte einfach auf der Tatsache, dass er sie nie so eingeschätzt hatte. Vermutlich bekam ihr die Beziehung zu dem selbstverliebten Schnösel nicht.

»Und was hast du geantwortet?«

»Ich habe ihr meinen Stundensatz genannt.«

Nicki biss sich auf die Unterlippe. Er kannte Klaus' Preise für die Fotoshootings. Georgina konnte sich glücklich schätzen, dass sie mit Klaus das Bett teilte, aber sie war vermutlich auch Klaus' einzige Kundin, die bei einem Shooting gewisse Ansprüche stellte. Einige Male hatte Nicki ihn zur technischen Unterstützung begleitet. Dabei hatte er schnell festgestellt, dass ein Großteil der Models – meistens Frauen, die sich von Georgina zur Aufbesserung ihres Auszubildendengehalts schminken ließen – sich mit unkreativen Fotos in Lost Places und herbstlichen Wäldern zufriedengab. Für Klaus spielte nur die Bezahlung eine Rolle.

»Und?«

»Sie muss Stefano fragen«, antwortete Klaus.

»Toll.«

»Willst du zum technischen Support mit?« Klaus grinste.

»Ich verzichte.«

Klaus verstaute sein iPhone wieder in der Jackentasche. »Wir sehen uns, okay?«, erklärte er. »Und versuche, dich zu erinnern!«

»Leichter gesagt als getan.« Nicki begleitete Klaus zur Tür und öffnete sie.

»Trink einfach ein Konterbier, vielleicht fällt es dir dann ein, wenn du in den Spiegel schaust – weißt schon, große dramatische Erkenntnis vor dem Spiegel.« Klaus trat aus der Wohnung und hob die Hand zum Gruß. »Ciao!«

»Bis dann«, rief Nicki ihm hinterher, und Klaus ging in Richtung Treppenhaus. »Wieso nimmst du nicht den Aufzug?«

»Der ist wohl wieder kaputt!«, antwortete Klaus von der Treppe. »Gestern ging er noch.«

Nickis Schultern sackten nach unten. Er sah seinem Kumpel nach, als ihm plötzlich eine Idee kam. Schwungvoll knallte er die Wohnungstür zu und ging schnell zurück zu Nummer 66.

## *Spurensuche in der digitalen Welt*

Im Bad bückte Nicki sich nach dem Handy und öffnete die Fotogalerie. Seine Finger huschten über das Display, als er nach visuellen Beweisen für seine Aktion suchte, aber da war nichts – das letzte Bild in seiner Galerie war ein unscharfes Etwas aus Schwarz, Rot und Blau.

Im ersten Moment hielt er es für seine Jacke, aber es ergab keinen Sinn. Wieso sollte er ein Foto von sich selbst machen?

Nicki seufzte und schob sein Handy in die Hosentasche.

Die Galerie seines Handys war seine letzte Idee gewesen, um seiner Erinnerung auf die Sprünge zu helfen. Klaus' Methode mit dem Konterbier stellte er infrage, denn er bezweifelte, dass tatsächlich Bier zu seinem Absturz geführt hatte.

Nicki warf einen letzten Blick auf Nummer 66, die ihn unverwandt beobachtete.

»Ach.« Er erinnerte sich an Klaus' Mitbringsel und hastete hinaus.

Das Heu raschelte im Plastiksack, als er ihn in sein Badezimmer schleppte und mit der freien Hand hineingriff. Irritiert blickte er auf den Haufen in seiner Hand hinunter. »Echt jetzt?« Bei einem Großteil der Halme handelte es sich wohl um Stroh, und Nicki legte den Kopf in den Nacken. »Ach, Klaus ...« Er seufzte. Klaus musste wohl ein bisschen mehr Zeit mit seiner Freundin im Stall verbringen, wenn er es nicht einmal fertigbrachte, Heu von Stroh zu unterscheiden.

»Aber es ist besser als nichts!«, erklärte Nicki Nummer 66 und warf dem Alpaka die erste Handvoll hin. Das Tier senkte hungrig den Kopf, nur um im nächsten Moment von dem Halfter und der Schnur aufgehalten zu werden.

»Scheiße«, murmelte Nicki.

Sein Blick wanderte zu der lockeren Duschstange, ehe er sich in seinem Badezimmer umsah. Die Einrichtung war spärlich. Sonderlich viel konnte Nummer 66 nicht anstellen, aber er konnte nicht riskieren, dass jemand das Tier trotz seiner Vorsichtsmaßnahmen herumlaufen hörte.

»Ich gebe dir etwas mehr Spielraum«, erklärte er dem Alpaka und trat auf das Tier zu. Geschickt löste er den doppelten Knoten und verknotete flink die Plastikschnur neu.

Nummer 66 senkte den Kopf, und Nicki schob den Heu-Stroh-Haufen näher an das Tier heran. Zufrieden grub es seine Nase in die Halme, und einen Augenblick später hörte Nicki das Geräusch mahlender Alpakazähne. Während er das Tier beobachtete, meldete sich sein eigener Magen lautstark zu Wort.

Das ungewohnte Geräusch erregte die Aufmerksamkeit von Nummer 66 und das Alpaka hob erschrocken den Kopf.

Nicki fasste sich an den Bauch. »Tja, ich habe auch Hunger.« Wie auf Kommando knurrte sein Magen erneut, und Nicki fragte sich, wann er das letzte Mal etwas gegessen hatte.

Vermutlich die Chicken Wings, erinnerte er sich.

Im Gegensatz zu Björn hatte er jedoch ein Menü genommen, keinen ganzen Eimer Hähnchenflügel mit Extrapommes. Einerseits erwies sich das seiner Gesundheit als zuträglich, aber andererseits hielten sechs kleine Chicken Wings, eine Portion labbrige Pommes und eine mittlere Coke, die man immer wieder mit Wodka gestreckt hatte, nicht lange vor.

Nicki griff nach dem Sack und gab Nummer 66 zwei weitere Handvoll des Gemisches, bevor er das Badezimmer verließ und die Tür leise hinter sich schloss.

In der hintersten Ecke seines Vorratsschrankes fand Nicki ein Glas mit Wiener Würstchen. Während er wartete, bis sie sich erwärmt hatten und sich die Ansteckungsgefahr mit irgendwelchen tödlichen Bakterien wenigstens etwas minimiert hatte, suchte er weiter. Mithilfe der Handynavigation hatte er Peters mutmaßliche Route ermittelt. Diese Strecke half ihm nun auf der Suche nach der möglichen Herkunft des Alpakas.

Das Würstchenwasser blubberte, und Nicki schaltete den Herd aus. Er zog das Senfglas näher zu sich und griff nach einer Gabel. Wahllos pickte er sich ein Würstchen aus dem heißen Wasser heraus und ließ es abtropfen, während er die Navigationsleiste des dürftigen Internetauftrittes einer Alpakafarm nahe der tschechischen Grenze überflog. Er klickte den Menüpunkt »Hengste« an und tauchte die Würstchenspitze in den Senf.

Gelangweilt scrollte er durch die Vorstellungen der Tiere und aß das Würstchen, aber bei keinem der Tiere handelte es sich um Nummer 66. Nachdem er die fünf Würstchen gegessen hatte, war Nicki sich sicher, dass auf keiner der Alpakafarmen, die er gefunden hatte, ein Tier vermisst wurde. Er überprüfte kurz, was Nummer 66 im Badezimmer trieb – nach zwei weiteren Handvoll Heustroh sah er sich schon überteuerte Heutütchen im Supermarkt kaufen – und ließ sich dann auf sein Sofa fallen.

Die zweite Möglichkeit von Nummer 66s Herkunft gefiel Nicki noch weniger als ein Diebstahl von der Weide einer Alpakafarm, denn Alpakas wurden nicht nur als Tassenmotiv immer beliebter, sondern auch als Haustiere.

Die wenigsten setzten ihre Lieblinge vermutlich so in Szene wie Züchter, bei denen Nicki von den Unterschieden zu Lamas, die Vielzahl an Alpakafarben oder die Bewertungskriterien für Alpakawolle gelesen hatte. Nicki wollte aber noch nicht so leicht aufgeben, auch wenn der Gedanke, das Alpaka ins Tierheim zu bringen, nach wie vor Favoritenstatus genoss. Er wechselte zur Nachrichtenübersicht seines Handys.

Für eine Sekunde überlegte er. Dann gab er einfach das Stichwort »Alpaka« und den erstbesten Stadtnamen, der ihm auf der Route einfiel, ein und klickte auf Suchen.

Gedankenverloren scrollte er durch die News, als ihm eine Überschrift ins Auge stach: *Alpaka von Weide gestohlen!*

Er schluckte schwer, bevor er den Artikel überflog. Auf einer Alpakafarm im Norden des Bayerischen Waldes war am Vortag ein Alpaka verschwunden. Der Name der Farm wurde nicht erwähnt. Die Polizei ging nicht davon aus, dass das Tier von einem Wolf oder einem anderen Tier gerissen worden war, da sich dafür keinerlei Hinweise finden ließen, wohl aber ein Fahrzeug am Rand der Weide unterwegs gewesen war.

Nicki runzelte die Stirn. Vom Ort passte es vermutlich zu der Route, die Peter gefahren war, aber das war auch das Einzige. Nicki konnte sich nicht erinnern, in einem anderen Auto als dem Jeep von Klaus' Vater unterwegs gewesen zu sein, geschweige denn, dass er selbst eines gefahren hatte.

Er klickte kurzerhand auf den Teilen-Button und schickte Klaus den Link zu dem Artikel, ehe er zum Chat wechselte. *Was meinst du?*

Nicki wartete einige Sekunden ab. In seiner Erinnerung suchte er nach einem Hinweis darauf, dass Nummer 66 dieses vermisste Alpaka war, aber es blieb bei diffusen Erinnerungsfetzen an Cola mit Wodka, Björn und sein Eimer mit Chicken Wings und Gedanken zu einer Spinne im Schlafzimmer.

Klaus' Status wechselte. *Ich muss ranfahren.*

Das hatte Nicki ganz vergessen. Vermutlich war Klaus immer noch auf dem Weg zurück zum Reiterhof.

Während er auf eine Antwort wartete, ging er die Informationen aus dem Artikel noch einmal durch. Mit jedem Augenblick, den er darüber nachdachte, hielt er es für wahrscheinlicher, dass das Alpaka in seiner Dusche das vermisste Vieh war.

*Hast du ein aufblasbares Auto in der Tasche gehabt?*

Nicki verdrehte die Augen. *Nein, aber vom Ort her haut es hin, oder?*

*Reifenspuren?*

Keine Ahnung, antwortete Nicki im Stillen.

Klaus verstummte. Sein Status wechselte von online zu offline. Entweder war Klaus weitergefahren oder er bereitete eine längere Antwort vor, in der er Nicki vorwarf, komplett zu spinnen. Alarmiert richtete Nicki sich vom Sofa auf und blickte auf den Handybildschirm hinunter.

Klaus schickte ihm einen Link. Gedankenverloren klickte Nicki ihn an, und als er das Bild einer jungen Frau vor einer Wand aus blühenden Stockrosen sah, erinnerte er sich schlagartig an das, was gestern geschehen war.

# *Die Challenge*

Sie mussten das dritte Mal wegen Björns Magen anhalten.

»Vielleicht sollten wir übernachten und morgen weiterfahren«, schlug Klaus vor und sah nach hinten. Björn hing halb aus der Tür hinaus, und seine Würgegeräusche widerten nicht nur Nicki an.

»Hier?«, fragte Nicki und nahm einen weiteren Schluck von seiner abgestandenen Cola mit Wodka.

»Mann!« Peter hielt das Lenkrad mit beiden Händen umschlossen, und seine Stirn ruhte auf dem Lenkrad. »Das ist echt zum Kotzen mit euch! Ich muss morgen arbeiten!«

»Kannst du dich nicht krankschreiben lassen?«, gab Klaus zurück. »Ich habe keine Lust, dass Björn den Jeep vollkotzt, mein Alter bringt mich um!« Er warf einen Blick aus dem Fenster. »Wo sind wir überhaupt?«

Peter war bei einem Wanderparkplatz rausgefahren, als Björn verräterische Geräusche von sich gegeben hatte. Nicki hatte nach einem kurzen Blick zur Seite erklärt, dass ihr Kumpel nicht am Sterben war, sich aber wohl gleich wieder erbrechen musste. Nun standen sie mitten im Nirgendwo.

Nicki schwenkte seinen Pappbecher. »Mir ist das egal, ich habe noch eine Woche frei.«

Peter schlug mit seinem Kopf auf das Lenkrad. Der Jeep hupte ins Nichts. »Das ist nicht dein Ernst!«

»Es macht halt wenig Sinn.« Klaus sah nach hinten zu Nicki. »Wenn wir alle eine Runde schlafen, können wir ja auch in der Nacht weiterfahren.«

Peter brummte. »Klar, aber wer? Die Brechmaschine? Die Wodkanase? Du?« Peters Blick wanderte zu der Flasche mit

Wodka, mit der Klaus immer wieder Nickis Pappbecher auffüllte. »Du bist mindestens genauso betrunken wie Nicki.«

»Ich bin nicht betrunken!«

»Klar.« Peter schüttelte den Kopf und starrte das Markenlogo auf dem Lenkrad an. Er stieß einen ergebenen Seufzer aus. »Aber ich bin eh überstimmt, und der Gestank von Björn nervt mich.« Er schnallte sich ab und stieg aus. »Ich gehe eine Runde spazieren.«

»Können wir einfach hier campen?«, fragte Björn kläglich und richtete sich auf. »Ich würde mich gern hinlegen.«

Klaus schnallte sich ebenfalls ab. »Du wirst dich sicher nicht in den Wohnwagen legen! Nicki, verschwinde von der Rücksitzbank – du kannst deine Jacke nehmen, Björn, und dich auf der Rücksitzbank hinlegen!«

»Ich will aber nicht auf den unbequemen Sitz!« Björn stieß einen jammervollen Ton aus, ehe ihn eine neue Welle der Übelkeit erfasste und er sich wieder aus dem Wagen beugte.

Nicki trank seine Cola mit Wodka aus, schnallte sich ab und stieg aus dem Jeep. Er griff nach seiner blauen Jacke, die zusammengeknüllt im Fußraum lag, und zog sie sich über. »Wo sind wir denn?«

»Irgendwo in der Nähe von Lam, glaub ich.«

»Hmm ...«, machte Nicki. »Ich geh mal pinkeln.«

»Sei vorsichtig«, krächzte Björn von der anderen Seite des Wagens.

»Klar.« Unbekümmert schob Nicki seine Hände in die Jackentaschen, ging um das Auto herum und stieg über die Anhängerkupplung. Hinter einer Sitzgruppe aus Waschbeton verschmolz der Parkplatz in einem sanften Anstieg mit dem angrenzenden Wald. Kurzerhand stapfte Nicki über das niedrig gewachsene Gras.

Brombeeren und Heidelbeerbüsche strichen um seine Füße, abgebrochene Fichtenzweige verhedderten sich in den Bändern seiner Sneakers. Das klamme Laub knirschte unter seinen Schritten. Nicki stampfte an einer umgefallenen Eiche vorbei und gelangte auf eine Anhöhe mitten im Wald. Auf der anderen Seite ging es steil nach unten, und in der Ferne erkannte er einen schmalen Wirtschaftsweg.

Der Wunsch nach Erleichterung drängte ihn noch nicht so, dass ihn sein Spaziergang sofort an den nächsten Baum führen musste, und Nicki trottete zu dem Weg hinunter.

Sein Blick wanderte den Pfad entlang, und er stieß einen Seufzer aus. Der Weg war noch matschiger als der Waldboden. Traktoren und andere forstwirtschaftliche Fahrzeuge hatten tiefe Furchen gezogen, in denen sich das Regenwasser der vergangenen Tage – heute war der erste Tag, an dem die Sonne wieder vom Himmel strahlte – gesammelt hatte. Nicki hüpfte über eine Pfütze und schwankte beim Aufkommen – die Cola mit Wodka forderte ihren Tribut. Er stieß auf, der Geschmack des Getränks vermischte sich mit dem von fettigen Pommes und bitterer Galle. Angewidert verzog er das Gesicht und schluckte schwer. Immerhin musste er nicht damit rechnen, dass einer seiner Kumpels es hier mitbekam. Auf weitere charmante Spitznamen konnte er verzichten.

»Wodkanase ist nett genug«, murmelte er niedergeschlagen.

Allerdings hatte sich der Name Wodkanase im Moment und auch in den vergangenen Wochen als durchaus treffend für ihn erwiesen. Neben Gin Tonic und dem üblichen Bier gehörte Wodka momentan zu seinen Favoriten im Glas.

Er erreichte eine Kreuzung. Zu allen Seiten gingen andere schlammige Pfade ab, und Nicki blieb für einen Moment stehen.

»Ene, mene …« Er entschied sich für links und umrundete eine riesige Pfütze. Immer wieder tauchten Pferdeäpfel auf dem Weg auf, und bei jeder weiteren Hinterlassenschaft eines Equiden zog sich etwas in seinem Magen zusammen.

Scheiße, das kann doch nicht wahr sein, jammerte er innerlich. *Nicht einmal im tiefsten Bayerischen Wald kann ich sie vergessen.*

Er hatte gehofft, der Urlaub würde ihm helfen, Laura endgültig hinter sich zu lassen. Seine Hoffnungen waren, wie er sich eingestehen musste, vergebens gewesen. Letztendlich hatte er sich mit den Worten Björns zu diesem Thema abgefunden: *Nach einer Trennung braucht man Zeit.* Björns Erfahrungen mit Beziehungen ließen sich wie bei Nicki an einer Hand abzählen, aber im Grunde war es sowieso ein Klatschblatt-Rat. Andere Optionen als Resignation und Akzeptanz – irgendwann – sah Nicki sowieso nicht mehr, nachdem der Versuch, sie zurückzuerobern, gescheitert war.

Nach einigen Minuten lichteten sich die Bäume. Weite grüne Wiesen und Felder mit Mais und Getreide erstreckten sich vor ihm im Sonnenschein. Eine rote Kirchturmspitze ragte hinter einem besonders gut gewachsenen Maisfeld empor, und Nicki blieb stehen, um die Aussicht zu genießen.

Er schloss die Augen und atmete tief ein. Es war herrlich, mal nicht den sauren Geruch von Erbrochenem in der Nase zu haben oder die abgasverseuchte Luft eines Autobahnparkplatzes einzuatmen, während sein Kumpel mit den Abwasserleitungen telefonierte.

Nicki öffnete die Augen. Sein Blick schweifte nach links. Ein Weidegatter zog sich am Weg entlang, und er lief darauf zu. Auf der Koppel grasten keine Rinder oder Pferde, sondern Alpakas, was ihn im tiefsten Niederbayern für eine Sekunde durchaus verblüffte. Neben dem Zaun parkte ein getunter BMW, und Nicki verlangsamte seine Schritte.

Eine Gruppe Menschen stand neben dem BMW. Im Mittelpunkt hielt eine junge Frau ein Glas mit prickelndem Sekt in die Höhe und lachte einen der Männer an, die ebenfalls Sekt tranken.

Nickis Blick wanderte zu ihren Füßen. Die Frau mit den langen blonden Locken trug einen Minirock, ein knappes Shirt und hohe Absatzschuhe, was in Anbetracht der Tatsache, dass sie auf einem Feldweg neben einer Alpakaweide stand, durchaus seltsam war.

Neben einem Mann ruhte eine schwarze Kameratasche auf dem Boden, und Nicki runzelte die Stirn. Der Blick der Frau fiel auf Nicki. Für eine Sekunde sah sie ihn nur an, dann schlich sich ein Lächeln auf ihre Lippen, und sie überließ einem ihrer Begleiter ihr Glas.

Sie kam ihm entgegen, als er sich näherte.

»Grüß Gott«, hieß sie ihn mit einem strahlenden Veneers-Lächeln willkommen. »Wohin des Weges, einsamer Wanderer?«

»Hallo.« Nicki legte die Stirn in Falten. »Interessante Begrüßung.«

Sie zuckte mit den Achseln. »Man trifft hier oben nicht oft auf Wanderer.«

»Ich bin kein Wanderer«, erwiderte Nicki. Ihre Aussage bezweifelte er, die Gegend sah nach idealer Wanderlandschaft aus. Aus nahe liegenden Gründen vermutete er auch, dass die Frau eher selten wanderte. Mit seinen durchweichten Sneakers sah er aber selbst nicht wie ein typischer Wanderer aus. »Ich suche nur einen guten Platz zum Pinkeln.«

»So?« Die junge Frau kicherte und warf einen verlegenen Blick über die Schulter. »Wie heißt du?«

»Mein Name ist Niko – Nicki«, antwortete Nicki und betrachtete den BMW genauer. Es war ein BMW E46, wie Klaus ihn vor seinem Audi TT gefahren hatte. Die Chromfelgen funkelten schmerzhaft im Licht, und Nicki verkniff es sich, angeekelt das Gesicht zu verziehen.

»Ohh …« Ihr Gesichtsausdruck wurde nachdenklich, und sie musterte Nicki interessiert. »Hast du vielleicht Lust auf ein kleines Spiel … Nicki?«

Nicki runzelte die Stirn. »Ein Spiel?«

Die Frau deutete auf ihre Begleiter. »Ja, mit meinen Begleitern und mir.«

»Was spielt man denn am Waldrand als Frau mit«, er sah an ihr vorbei, »vier Männern?«

Sie kicherte. »Oh, nicht das, an was du offenbar gerade denkst.« Sie griff an seine Schulter und zog ihn mit sich. »Ich möchte eine kleine Challenge für meine Follower machen, und du würdest sehr gut dazupassen.«

»Ähh …« Nicki ließ sich von ihr zu den anderen Männern führen. »Was für eine Challenge?«

Sie holte einen ihrer Begleiter zu sich. Sein Haarschnitt und seine Brille konkurrierten in Sachen Langeweile um den ersten Platz, und um den Hals trug er eine Kamera. Auf seinen pausbäckigen Wangen zeigte sich ein rosafarbener Hauch. Es behagte ihm offenbar nicht, im Mittelpunkt zu stehen. »Das ist Matt, mein

Kameramann«, erklärte sie und deutete dann auf die anderen drei Männer. Einer der drei hatte einen Sonnenstudio-Teint, die blonden Haare waren streng nach hinten gegelt, und die obersten Knöpfe des strahlend weißen Hemdes waren geöffnet.

Vermutlich der Besitzer des Autos, schloss Nicki.

»Patrick, mein Fahrer, und diese zwei stattlichen Herren sind die Kandidaten für meine kleine Challenge.«

Die anderen zwei Männer sahen mit ihrem beinahe quadratischen Kopf, den breiten Schultern und der stämmigen Gestalt so aus, als ob sie jeden Abend damit verbrachten, ganze Kühe zu stemmen. Sie musterten Nicki misstrauisch. Langsam beschlich ihn ein dunkler Verdacht, wie es zu dieser illustren Gruppe gekommen war und welche Rolle sie in diesem Spiel einnehmen würde.

Nicki nickte. »Und du bist?«

»Ich bin Lana.« Sie lächelte gewinnend und strich sich eine Strähne ihrer blonden Locken über die Schulter. »Ich mache immer so Shootings und Challenges im Internet für meine Community, viel –«

»So 'n Instagram-Scheiß?«, sprach Nicki seinen Verdacht aus.

Verdutzt hielt sie inne. »Als Scheiß würde ich es jetzt nicht bezeichnen«, erklärte Lana. Ihr beleidigter Tonfall blieb Nicki trotz seines Blutalkoholspiegels nicht verborgen. »Ich betreibe den größten deutschsprachigen Alpaka-Fanaccount und habe Tausende von Followern!«

»Alpakas?« Sein Blick schweifte zu der Weide und den dort grasenden Tieren. Eines stand mit hoch erhobenem Kopf etwas abseits und beobachtete die Menschengruppe.

Ein Lächeln erschien auf Lanas perfekt geschminkten Lippen. »Wie gesagt, ich möchte gern eine kleine Challenge veranstalten, und für die Credibility wäre es echt cool von dir, wenn du mitmachen würdest. Du bist ja nicht von hier, oder?«

»Credibility?«, echote Nicki belustigt. Mit ihrem bayerischen Akzent klang das Wort ungemein lustig in seinen Ohren.

»Glaubwürdigkeit«, übersetzte Lana unnötigerweise. »Es gibt immer wieder Hater, die nach dem kleinsten Ansatzpunkt suchen und, na ja ...« Ihr Blick wanderte zu den zwei anderen Kandidaten, die für das, was auch immer sie geplant hatte, auserkoren worden waren. »Wilhelm und Karl kommen halt von hier. Da ernte ich dann gern die Sprüche mit dem Stammbaum und dem Kreis, außerdem sind sie rechte Kletzen.«

»Das glaube ich gern«, gab Nicki trocken zurück und sah erneut zu den zwei Quadratschädeln. Sie hatten Lanas Bemerkung überhört und standen mit ihren Sektgläsern immer noch wie bestellt und nicht abgeholt neben dem BMW.

Sie kicherte. »Sie sind Cousins dritten Grades oder so, keine Ahnung!«

Es war Nicki herzlich egal, wer hier wie miteinander verwandt war. »Und worum geht es in dieser Challenge?« Nicki dachte kurz nach. Er hatte von solchen Challenges gehört – *Ice Bucket Challenge, Planking* oder die *Kylie Jenner Challenge*, nicht selten waren sie eher dämlich als interessant oder lustig, und er wusste nicht, ob er sich wirklich für so etwas hergeben sollte. »Und was habe ich davon?«

»Es gibt natürlich was zu gewinnen! Ich habe ein paar coole Sachen hinten im Auto!« Sie sah zu Patrick, ehe sie wieder Nicki anstrahlte. »Möchtest du vielleicht erst einmal einen Sekt?«

Patrick zauberte die Sektflasche und ein leeres Glas hervor, flugs schenkte er Nicki ein Glas ein und streckte es ihm entgegen.

Nicki blickte auf die prickelnde Flüssigkeit hinunter. Ein wenig Abwechslung nach der ganzen Wodka-Cola schadete nicht. »Klar, danke.« Er nahm Patrick das Glas ab. Lana und Patrick wechselten einen Blick miteinander, dann folgte Nicki Lana zu dem BMW.

»Es sind halt Preise von Sponsoren«, erklärte sie und wies auf einen Pappkarton. »Hier, ein cooles beheizbares Katzenbett.«

»Oh, super.« Ein beheizbares Katzenbett stand ganz oben auf seiner Wunschliste. Nicki nahm einen Schluck von dem prickelnden Sekt und verzog augenblicklich das Gesicht. »Der schmeckt aber komisch?«

Lana blickte verwundert zu ihm. »Wirklich?«

»Ja, etwas bitter.« Nicki sah auf die strohfarbene Flüssigkeit hinunter, dann zuckte er mit den Schultern. »Kann natürlich auch daran liegen, dass ich seit der Abreise in Berlin nur Wodka-Cola gesoffen habe.«

Lanas Lächeln wurde breiter. »Das muss es sein.«

Nickis Blick wanderte über die nutzlosen Sachen im Kofferraum und dann zu der Weide mit den Alpakas. »Spielen Alpakas eine Rolle in der Challenge?«

»Nein, wieso sollten sie?«

»Alpakaaccount?«

Lana schüttelte den Kopf. »Nein, die Challenge ist so ein bisschen an das Dschungelcamp angelehnt – kennst du das?«

»Klar.«

»Sehr gut!« Sie klatschte in die Hände. »Machst du mit? Du müsstest halt einverstanden sein, dass Matt dich filmt …« Sie fasste an Nickis Arm und zog aufmunternd am Stoff seiner Jacke. »Wie gesagt, die Challenge ist für den Account und soll die Leute unterhalten.«

Nicki blickte erneut auf den Sekt hinunter und dann in Richtung des Waldes, hinter dem irgendwo seine Freunde warteten. »Klar, was habe ich zu verlieren?«

## *Lana, das Alpakagirl*

Nicki starrte auf den Text unter dem Video. Er konnte kaum glauben, was er eben gesehen hatte. Es entsprach absolut nicht dem, was sich an diesem Tag am Waldrand abgespielt hatte, und das wollte er nicht auf sich sitzen lassen.

Nicki klickte Lanas Profil an, und eine Sekunde später sah er sich ihrem herausgeputzten Profilbild im Chat gegenüber.

*Hallo,* textete er.

Die grüne Markierung verriet ihm, dass Lana Weißer gerade online war. Einen Augenblick später antwortete sie mit einem dämlichen Smiley und so vielen kleinen i und Ausrufezeichen, das Nicki schon vom Lesen schlecht wurde:

*Hiiiiiiiiiiiiiiiii!!!!!!!!!!!!!!!!!*

*Erinnerst du dich noch an mich?*

*Hihi, nein?*

*Gestern,* tippte er.

Der Chat verstummte. Nicki vermutete, dass sie sich entweder erinnerte oder damit angefangen hatte, seine Timeline durchzusehen. Er verfluchte sich dafür, dass er sie nicht auf privat gestellt hatte, denn ein paar der Fotos sah er mittlerweile durchaus kritisch.

Dann kam die Antwort: *Oh, du bist das!*

*Was erzählst du da für einen Scheiß?!,* schrieb er wütend.

*Was meinst du?!*

*Das Alpaka wurde nicht gestohlen! Ich habe es GEWONNEN!*

Er ignorierte die Tatsache, dass er damals wie heute überhaupt kein Alpaka gebrauchen konnte, und die Frage, wieso er trotzdem ein Alpaka als Preis hatte haben wollen, musste er wohl eher sich selbst stellen als Lana.

*Jaaaa, das ist eine längere Geschichte.*

Für den Äffchen-Smiley verfluchte Nicki sie.

*Das ist absolut keine lange Geschichte! Du hast das Video! Wieso erzählst du, dass das Alpaka gestohlen wurde?!*

*Das ist nicht nur irgendein Alpaka!*

*Es ist das Alpaka, das ich gewonnen habe.* Er setzte den genervten Smiley hinten dran, und er wusste nicht, was er davon halten sollte. Als er Lanas Challenge gewonnen hatte, was ihn ernsthaft erstaunt hatte, hatte er sich einen Preis aus dem BMW aussuchen dürfen. Das Katzenbett hatte ihn allerdings nicht überzeugt. Mit einem herausfordernden Blick und immer noch dem ekligen Geschmack im Mund hatte er sich zu Lana umgedreht und eine angemessenere Belohnung eingefordert. Im ersten Moment war sie zu verdutzt gewesen, aber sie hatte zugestimmt – er wusste nicht genau, was sie erwartet hatte, aber seine Wahl hatte Lana offensichtlich enttäuscht.

An seine fadenscheinigen Argumente, wieso Lana ihm ein Alpaka als Preis überlassen sollte, erinnerte er sich noch. Lana hatte sich seltsamerweise davon beeindrucken lassen, und Matt und Karl hatten ihm letztendlich ein Alpaka von der Weide holen dürfen.

Dieses Alpaka stand nun in seiner Dusche.

*Jaaaa, du hast es gewonnen, und das ist auch okay so!!!,* las er.

*Nein, du erzählst allen, dass es gestohlen wurde! Was ist denn da mit deiner »Credibility«?*

*Da muss ich ein wenig ausholen, Süßer.*

Verdutzt sah Nicki auf den kleinen Bildschirm hinunter.

Süßer? Er war doch kein Süßer und sicherlich nicht Lanas »Süßer«, wobei das vielleicht gar nicht so übel sein konnte, wie es im Moment klang.

*Das Alpaka ist irgendwie eine ganz besonders wertvolle Zuchtstute, die Einzige ihrer Farbe in Deutschland oder so. Darum macht mein Vater allen die Hölle heiß. Er hat sofort die Polizei gerufen!*

Nicki ließ ihre Worte auf sich wirken, und irgendwie kam in ihm das Gefühl auf, dass Lana doch nicht die Alpakafreundin war, als die sie sich im Internet präsentierte. Sie hatte nicht einmal das Alpaka auf der Weide eingefangen, was er anfangs auf die Schlammlöcher und ihre High Heels geschoben hatte.

*Und das hast du nicht gewusst?*

*Woher sollte ich das denn wissen?*

*Größter deutscher Alpaka-Fanaccount?*, tippte er entnervt. Musste er sie wirklich daran erinnern?

*Mein Vater hat so viele von denen, da erkenne ich doch nicht jedes!!!*

Nicki runzelte die Stirn. Bei seiner Suche im Internet waren ihm tatsächlich wenig Alpakas in diesem dunklen Grau begegnet. Die meisten Tiere waren weiß oder weiß gescheckt.

*Dann hol das Scheißalpaka wieder ab!*

*Das geht nicht!!!*

Nicki stutzte. *Wieso? Einfach herkommen, einladen und wegfahren!*

*Das geht nicht!!!*

*Wieso geht das nicht?* Nicki schnaubte. Verärgert blickte er auf die drei roten Smileys hinter ihrer letzten Antwort.

*Hör mal zu, du kannst nicht einfach ankommen und hier Forderungen stellen, Süßer!!! Für mich ist das genauso scheiße! Der ganze Dreh war umsonst!!!*

Entgeistert sah er auf ihre Worte hinunter. Ihre Challenge war ihr wichtiger als die Wahrheit? Ihm war klar, dass sie dieses Video nicht online stellen konnte, denn am Ende hatte sie ihm das Alpaka überlassen.

*Das meinst du doch nicht ernst? Du hängst mir einen Diebstahl an!*

*Nein, das tu ich nicht!!!*

*Doch. »Bitte helft mir, das Alpaka wiederzufinden, damit es wieder mit seiner Herde vereint ist!«* Ungefähr so hatte ihre Ansage in dem veröffentlichten Video gelautet, während sie auf dem Zaun, der Nicki durchaus vertraut war, gesessen und einem anderen Tier über den Kopf gestreichelt hatte.

*»Haltet die Augen offen, ob irgendwo ein Alpaka auftaucht, auf das die Beschreibung passt.« – Hallo!? So ein verdammtes Alpaka ist in meiner Dusche aufgetaucht!*

*Jetzt beruhige dich mal, Süßer!!!*

*Beruhigen? Du stellst mich als Dieb dar!*

*Ich habe eine Idee, wie wir das wieder hinkriegen!!!*

»Wir?« Nicki schnaubte in die Stille seines Wohnzimmers hinein.

Er bezweifelte, dass ihm die Idee gefallen würde, und er bedauerte, dass er sich zu dieser dämlichen Challenge hatte hinreißen lassen. Wenn er genauer darüber nachdachte, war es überhaupt etwas, was ihn verwunderte.

Natürlich war er betrunken gewesen, als er Lana, Patrick und den Kameramann Matt an der Alpakaweide getroffen hatte, aber er war bei Weitem nicht so abgefüllt gewesen wie damals, als er das Parkverbotsschild gestohlen hatte.

*Du musst das Alpaka nach Lohberg zurückbringen!!!*, schrieb sie.

Nicki starrte auf ihre Nachricht hinunter. *Ach, wirklich?*

*Ja. Wenn es wieder da ist, mache ich ein Welcome-Home-Video!!!*

*Willst du mich verarschen???* Nicki ließ sich selten zu mehreren Satzzeichen hinreißen, aber in diesem Fall hielt er es für angebracht.

*Das gibt Likes!!!*

Für den Smiley mit Herzchen in den Augen verdammte er sie in die Untiefen der Social-Media-Hölle, und für eine Sekunde überlegte er, ihr das auch zu sagen. Lana erinnerte ihn an Georgina, aber bei Georgina war der Wahnsinn, was Likes und Follower anbelangte, bei Weitem noch nicht so weit fortgeschritten. Nicki wechselte kurz zu Lanas Profil und überprüfte ihre Follower-Zahl.

Gut, es waren ein paar mehr als bei Georgina, aber Georginas Beautyblogger-Konkurrenz dürfte deutlich härter sein als die Konkurrenz bei den Alpakaenthusiasten.

*Ist dir dein Insta-Fame etwas zu Kopf gestiegen?*, tippte er.

*Hör auf, mich zu beleidigen! Ich meine das ernst!!! Du bringst das Alpaka wieder hierher auf die Weide, und dann mache ich ein Video, so à la: »Die Diebe zeigten Reue«!!!*

Entgeistert sah er auf die Konversation hinunter. So einfach war es sicherlich nicht. Die Polizei verfolgte den Fall weiter, auch wenn das Alpaka wieder aufgetaucht war, und wenn …

*Du kannst ja dann ein anderes Alpaka aussuchen!!!*

Hatte sie das eben tatsächlich vorgeschlagen? Wollte sie ihn in die Alpakadieb-Hölle bringen? *Ich brauche kein anderes Alpaka!*

*Dann eben nicht! Bring es einfach wieder her!!!*

»Scheiße.« Neben seinen Freunden wussten auch Wilhelm, Karl, Matt und Patrick von Nickis vermeintlichem Alpakagewinn. *Das kann nicht funktionieren! Was ist mit den anderen?*

*Patrick und Matt halten dicht, die habe ich im Griff. Wilhelm und Karl haben nur Kühe im Kopf.*

*Kannst du das Alpaka nicht einfach abholen?*

Dieses Mal brauchte die Antwort etwas: *Nein, das geht nicht!!!*

*Du willst aber doch die Likes haben.* Seine Finger schwebten über der eingeblendeten Tastatur seines Handys. *Ich habe überlegt, es zum nächsten Tierheim zu karren.*

*Nein. Bring es zu mir!!!*

*Das sind Hunderte von Kilometern!* Nicki erinnerte sich vage an die Landkarte.

*Dir wird schon was einfallen. Irgendwie hast du es ja auch ZU dir gebracht!!!*

Nicki verdrehte die Augen. *In einem Wohnwagen.*

*Dann nimm den wieder!!!*

*Der gehört einem Kumpel.* Ihre Gedankenarmut erstaunte Nicki nicht wirklich, und er wusste, dass es eigentlich gemein war, so etwas zu denken. *Typisch Blondine.*

*Weißt du was? Schick mir deine Handynummer! Wir reden besser weiter!!!*

Nicki verdrehte die Augen, aber vielleicht eignete sich die direkte Kommunikation eher für solche Gespräche. Er schickte ihr die Nummer, und nach einigen Sekunden antwortete sie.

*Ich schicke dir die Adresse! Alles Weitere besprechen wir dann!!!*

Nicki seufzte. In den nächsten Minuten würde ihm seine Gutmütigkeit sicher weitere Probleme einhandeln. Obwohl er das genau wusste, sah er keine Alternativen, bei denen er sich nicht selbst verdächtig machte.

Er biss sich auf die Lippen. Von Tierliebe ließ sich in keinem Fall etwas erkennen, denn entweder hatte er ein Alpaka gestohlen oder er hatte ein Alpaka als Preis eingefordert. In den Augen seiner Ex-Freundin stellte dies nur einen weiteren Beweis von Nickis Unreife dar, und irgendwie ahnte er, dass sie damit recht hatte.

# *Mitfahrgelegenheit für Alpaka gesucht*

Lanas Vorschlag zur Lösung ihres gemeinsamen Problems gefiel Nicki nicht, denn letztendlich bewahrheitete sich das, was er bereits vermutet hatte: Die Arbeit blieb an ihm hängen.

Lana forderte – anders ließ es sich kaum ausdrücken –, dass er das Alpaka in den nächsten Tagen zurück auf die Weide bringen sollte. Wie das gehen sollte, überließ sie ihm. Sein Argument, dass er kein Auto besaß, galt in ihren Augen nicht. Seine Freunde wollte er auf keinen Fall weiter in die Sache mit hineinziehen.

Als sie ein paar Minuten am Handy miteinander gechattet hatten, hatte Lana ihn darauf aufmerksam gemacht, dass sie ihn nun in der Hand hätte, und Nicki verfluchte sich.

Er hatte ihr seine Handynummer gegeben.

Wenn er ihr blöd kam und sie es wollte, konnte sie ihn bei der Polizei verpfeifen. Er bekäme dann das volle Programm zu spüren. Diese Raffinesse hatte er ihr anfangs gar nicht zugetraut. Nicki ärgerte sich für seine Kurzsichtigkeit und dass er sich von ihrem vermeintlich harmlosen Aussehen hatte täuschen lassen.

Lana war sich ihrer Siegerrolle dummerweise bewusst, und am Ende hatte er sich ihrem Willen ergeben.

»Du hast ein Scheißfrauchen«, erklärte er Nummer 66, als er wieder einmal überprüfte, was das Alpaka in seiner Dusche machte. Bei der ganzen Diskussion über vermeintliche Diebstähle hatte er Lana gar nicht nach dem Namen des Tieres gefragt, und er zückte sein Handy.

Rasch tippte er ihren Chat an.

*Wie heißt das Vieh eigentlich?*

Ihr Status wechselte sofort. *Keine Ahnung.*

*Ernsthaft?* Er schüttelte den Kopf und seufzte genervt. Nicki fragte sich, ob irgendeinem Follower überhaupt auffiel, dass sie keine Ahnung von den Tieren, die sich zu Dutzenden in ihrem Feed tummelten, hatte. Wie wollte sie ihre Follower über die unterschiedlichen Alpakafarben aufklären oder ihnen stolz den letzten Messwert von Nummer 66s Alpakawolle mitteilen, wenn sie nicht einmal wusste, was das bedeutete?

Er wechselte zu der App für Mitfahrgelegenheiten. Kurzerhand gab er die Zieladresse ein und stellte ernüchtert fest, dass in der nächsten Zeit niemand einen Ausflug in den tiefsten Bayerischen Wald geplant hatte.

»Das wäre ja auch zu einfach gewesen«, murmelte er.

Nummer 66 ließ ein tiefes Summen verlauten, und ihre besockten Schwielensohlen kratzten über die Duschwanne.

Nicki sah von seinem Handy auf. »Schade, dass ich dich nicht einfach in ein Paket packen und zu ihr schicken kann. Das würde alles einfacher machen.«

Am einfachsten wäre es gewesen, wenn er mit dem Alpaka zum Reiterhof gegangen wäre. Dort hätte er einen Angestellten fragen können, ob er das Alpaka zurück in den Bayerischen Wald fahren konnte.

Aber das warf so viele Fragen auf!

Nicki wog sein Smartphone in der Hand, während er mit Nummer 66 stille Blicke austauschte. »Das wird lustig, dich hinunterzubringen.« So, wie Nicki Fischer kannte, dauerte es Wochen, bis er einen Handwerker für den kaputten Aufzug kommen ließ.

Vermutlich musste erst Frau Fratinelli aus dem fünften Stock mit dem Anwalt drohen, da sie gehbehindert und die Treppe für sie auf Dauer zu anstrengend war.

Nicki kratzte sich an der Wange. »Aber das ist jetzt egal, 66.« Er hob sein Handy und überlegte. Das Gesuch hielt er am besten so einfach wie möglich. Je mehr er schrieb, desto mehr Fragen kamen auf.

*Suche schnellstmöglich Mitfahrgelegenheit für Lama.*

Er stellte das Datum, den Heimat- und den Zielort ein, dann klickte er auf Absenden und sah erneut zu Nummer 66. »Dann wollen wir mal abwarten, oder?«

Sein Blick schweifte zu dem Heuhaufen vor den Füßen des Alpakas. Er gab dem Tier eine weitere Handvoll von dem dürren Heu-Stroh-Gemisch und verließ das Badezimmer, um Klaus von den neusten Entwicklungen zu berichten.

»So eine verfluchte Schlampe!« Klaus fand keine netten Worte für Lana, was Nicki in vielerlei Hinsicht nachvollziehen konnte. »Aber sieht geil aus, oder?«

»Ja, ganz nett.« Nickis Stimme war tonlos. Er hatte Klaus der Einfachheit halber angerufen, und nachdem er ihm alles erklärt hatte, war Klaus' Meinung festgestanden. »Ich hätte nachdenken sollen …«

»Vor allem, als du deinen Preis verlangt hast«, spottete Klaus. »Ein Alpaka? So besoffen warst du doch gar nicht, als du vom Auto verschwunden bist?!« Er machte eine kurze Pause. »Aber danach warst du echt durch.«

»Das verstehe ich auch nicht«, gab Nicki zu. Wenn er genauer über Klaus' Bemerkung nachdachte, kam ihm durchaus eine Idee, und diese gefiel ihm gar nicht.

»Genau, hättest mal was Sinnvolleres verlangen sollen – einen Blowjob oder so.«

»Ähh … nein?«

Nicki konnte Klaus' Schulterzucken regelrecht durch die Leitung hören. »Wieso nicht? Hast du die Fotos von ihrem letzten Shooting gesehen – geile Titten! Der Arsch ist auch nicht übel. Vielleicht sollte ich Gigi mal Yoga vorschlagen.«

»Ähm … mich interessiert eher das Alpaka in meiner Dusche und wie ich es wieder zu ihr bringe«, erklärte Nicki trocken. *Was Georgina wohl dazu sagen würde, wenn sie ihn so reden hören würde?*

»Vielleicht sollte ich dich doch fahren?«

»Auf einmal?« Nicki verzog den Mund. Kaum gab es etwas Interessantes zu sehen, vergaß Klaus alles, was er bereits hatte und was in Nickis Augen sogar besser war. »Nein, ich will euch da nicht unnötig mit hineinziehen. Die Sache ist scheiße genug, und wenn sie doch die Polizei einschaltet, um sich irgendwie zu profilieren …« Nicki hielt das leider für möglich.

»Ja.« Klaus machte eine nachdenkliche Pause. »Ich kann es echt nicht fassen, dass du das gemacht hast. Das ist so widerlich!«

In Nicki zog sich etwas zusammen. Am Anfang hatten sich ihre Herausforderungen als harmlos entpuppt.

Seine Mitstreiter und er mussten mit verbundenen Augen allerlei Sachen probieren, von denen Lana ihnen nicht verraten wollte, was es war. Sie mussten es erraten. In der letzten Runde stieg Wilhelm als Mitkämpfer aus. Karl gab schon bei der dritten Herausforderung, einem Löffel voll Zimt, auf. Für einen Augenblick hatte Nicki gezögert, aber Lana erklärte ihm, er sei nur noch einen Bissen vom Sieg entfernt. Den Geschmack im Mund war er trotz des Siegessekts nicht mehr losgeworden.

»Vielleicht solltest du lieber zum Arzt gehen – nicht, dass du dir da etwas eingefangen hast.«

»Du klingst wie Björn.«

»Ich meine ja nur.«

Nickis Smartphone vibrierte in seiner Hand, und er nahm es kurz von seinem Ohr weg. In der Benachrichtigungsleiste poppte eine Nachricht von der Mitfahrgelegenheits-App auf.

Er hielt das Handy wieder an sein Ohr. »Ich muss Schluss machen«, erklärte Nicki. »Mit etwas Glück habe ich eine Mitfahrgelegenheit für das Vieh gefunden.«

»Super.« In der Leitung knackte es. »Gib dann Bescheid, ob was daraus wird!«

»Klar.«

Klaus legte auf, und Nicki wischte die Telefon-App beiseite, um die Nachricht zu öffnen.

*Hi, fahr ich heute Abend. Gruß Tomas*

Verdutzt blickte Nicki auf die Mitteilung. Aus dem gebrochenen Schriftdeutsch und dem Namen schloss er, dass es sich bei dem Anbieter um einen Tschechen oder Slowaken handelte.

*Hallo, danke für die Nachricht. Ist die Mitnahme eines Lamas kein Problem? Gruß, Nikolas*

*Habe Erfahrung mit Tiertransport.*

*Was kostet die Mitfahrgelegenheit für das Lama und mich?*

*20 Euro.*

Nickis Verwunderung wuchs. So günstig reiste man nicht einmal mit der Bahn. Ein besseres Angebot bekam er heute oder morgen vermutlich nicht mehr. Dass es sich bei seiner potenziellen Mitfahrgelegenheit um einen Ausländer handelte, ließ ihn ebenfalls hoffen, dass Tomas Nummer 66 nicht als das gestohlene Alpaka von der Farm erkannte.

*In Ordnung. Das machen wir so. Wo müssen das Tier und ich hin?*

Tomas schickte ihm einen Standort.

*Ich bin dort bis fünf, dann muss los.*

Nickis Blick wanderte hinauf zu der Uhranzeige. In Gedanken überschlug er, wie er am besten zu dem Bahnhofsparkplatz, den Tomas ihm geschickt hatte, kam. Wenn Nummer 66 sich als kooperativ erwies, was er hoffte, war es machbar. Immerhin hatten seine Freunde das Alpaka auch in den dritten Stock geschafft, und ihm sollte es doch wohl möglich sein, das Tier wieder herunterzubringen.

Vor allem unbemerkt, fügte er im Stillen an.

Ein Schauer jagte ihm über den Rücken, als er sich die Reaktion von Fischer oder einem anderen Nachbarn vorstellte. Seinem Ruf im Haus diente es sicher nicht, wenn ihn jemand erwischte.

Aber diesem Problem wollte er sich widmen, sobald er Nummer 66 zum Bahnhof brachte. Er öffnete erneut die Chat-App seines Handys und wechselte zu Lanas Chat.

*Ich habe eine Mitfahrgelegenheit.*

*So schnell???*

Der grübelnde Smiley verriet ihm, dass Lana sich genauso über Nickis Erfolg mit der Mitfahrgelegenheit wunderte wie Nicki selbst.

Nicki zuckte mit den Schultern. *Ja, hat mich auch erstaunt. Wohl mit einem Tschechen.*

*Das ist super!!! Wann bist du da????*

Nicki runzelte die Stirn. *Das weiß ich noch nicht, aber …*

*Was aber?*

*Das ist eine Mitfahrgelegenheit in eine Richtung.* Er hoffte, die versteckte Nachricht kam an. Sie hatte gesagt, dass sie kein Auto hatte, und er bezweifelte, dass Patrick ihn nach Hause fahren würde. Mit etwas Glück ließ sich eine Zugverbindung finden.

Lana schickte ihm den Äffchen-Smiley, der sich die Augen zuhielt. *Da finden wir sicher eine Lösung, Süßer!!!* Ihr Status blieb auf aktiv. *Und wenn du erst einmal bei mir bleibst!!!!*

Nicki verdrehte die Augen über die Reihe von zwinkernden Smileys und schob sein Handy zurück in die Hosentasche. Wenn Lana ihm keine andere Wahl ließ, konnte er Nummer 66s Eignung als Lasttier auch ausprobieren und ein wenig Gepäck mitnehmen.

## *Das Alpaka und die Treppe*

Nicki packte Kleidung, Essen, zwei Wasserflaschen und etwas für die tägliche Pflege ein, bevor er zurück ins Bad ging. Nummer 66 wartete auf ihn. Der blaue Heusack war beinahe leer. Nicki rollte die Plastiktüte zusammen, band eine Schnur um die Öffnung und hängte den Sack um Nummer 66s Hals. Die Alpakastute zuckte sichtlich verwirrt zurück, aber nach wenigen Sekunden fand sie sich mit ihrer Rolle als Lasttier ab, und Nicki seufzte leise. *Sieht so aus, als ob ich alles habe.*

»So, meine Liebe«, erklärte er. »Dann wollen wir uns auf den Weg machen, oder?«

Die Alpakastute betrachtete ihn, als er näher trat, und er hatte das Gefühl, deutliche Zweifel in den braunen treuherzigen Augen zu erkennen. Vorsichtig löste er den Knoten und zog an der Schnur. »Na, komm!«

Vielleicht hätte ich Lana fragen sollen, ob es irgendwelche speziellen Alpakakommandos gibt, überlegte er. Im nächsten Moment erinnerte er sich an Lanas offenkundige Unwissenheit über diese Tiere. Vermutlich musste er auf sein dürftiges Wissen über Pferde hoffen, wenn er mit dem Tier zurechtkommen wollte.

Er zog stärker an dem Seil, und Nummer 66 folgte der Aufforderung. Langsam schritt das Alpaka über den Rand der Duschwanne. Das Heu knisterte unter seinen besockten Sohlen, und Nicki zupfte erneut an dem Seil. Er hatte sich noch keine Gedanken gemacht, wie er das Alpaka die Treppe hinunterbekommen sollte.

Leider stand ihm dafür nur ein kleines Zeitfenster zur Verfügung. Der Pflegedienst von Frau Fratinelli war bereits da gewesen und hatte ihr das Mittagessen vorbeigebracht. In der Regel besuchte sie eine Stunde später ihre Schwiegertochter mit den zwei Enkeln.

Ohne den Aufzug hatte Nicki nun eine Stunde, um Nummer 66 über die enge Treppe ins Erdgeschoss zu bringen. Er führte das Alpaka zu der Wohnungstür und blickte in den Flur hinaus. Angestrengt lauschte er in das Mietshaus hinein. Aus Judiths Reich hörte er Musik.

»Komm!«, forderte er das Alpaka auf und trat aus der Wohnung.

Das Tier trottete langsam hinter ihm her, und Nicki sperrte die Wohnungstür ab, bevor er mit sachten Zügen am Seil Nummer 66 dazu brachte, ihm zur Treppe zu folgen.

Vorsichtig blickte er sich um. »Wie bringe ich dich die Treppe hinunter?«

Mit dem Kopf voran probierte er besser nicht aus. Nicki konnte sich vorstellen, dass das Alpaka dann Panik bekam, und gerade das musste er vermeiden, wenn er ungestört bleiben wollte. Auch die glatten, mit Linoleum überzogenen Stufen stellten eine Schwierigkeit dar, mit der Nicki nicht gerechnet hatte. Mit den Socken hatte er es sich weiter erschwert.

Vermutlich ist es einfacher gewesen, das Tier hochzubringen, stellte Nicki ernüchtert fest.

Er wollte es seitlich probieren. Nicki drückte mit der rechten Hand gegen die linke Pobacke von Nummer 66, und das Alpaka drehte sich um neunzig Grad. Nun stand es parallel zur ersten Treppenstufe, und Nicki lächelte zufrieden, als er vor dem Kopf des Tieres vorbeiging.

»Ich weiß, Scheißidee«, erklärte er leise. »Nach der Sache schaue ich mich vielleicht mal nach einer neuen Wohnung um – entweder mit funktionierendem Aufzug oder im Erdgeschoss.«

Nicki trat auf die drittletzte Stufe der Treppe und langte nach dem hinteren Fuß. Automatisch hob die Stute ihn an. Nicki umfasste die Fessel mit festem Griff und zog den Fuß in die Luft.

Nummer 66 strauchelte, aber Nickis Plan ging auf. Voller Panik setzte die Alpakastute den rechten Vorderfuß auf die erste Stufe. Nicki riss beide Hände zum Bauch des Alpakas hoch, um ein Umfallen und einen gemeinsamen Absturz zu verhindern.

Nicki schimpfte sich für seine Dummheit.

Er hoffte, dass seine achtundsechzig Kilogramm – laut der Waage seiner Eltern – gegen die geschätzten siebzig Kilogramm, die ein Alpaka laut Internet auf die Waage bringen konnte, standhielten.

Es knackte verräterisch in Nickis Hüfte und die Sekunden verstrichen. Sein Herz schlug wie wild, während er sich gegen Nummer 66s Bauch stemmte.

»Ho!«, sagte er nach dem ersten Schreckmoment. »Ganz ruhig!«

Nummer 66 stand nun schief auf der letzten Stufe und dem Treppenabsatz, und Nicki beugte sich nach vorn. »Und jetzt die nächsten zwei Beine!«

Er ging erneut vorn um das Tier herum, ohne das Seil loszulassen. Nicki umfuhr mit der Hand den hinteren Fuß. Wie auf der rechten Seite hob Nummer 66 augenblicklich das Bein an, und Nicki drückte es in Richtung des anderen Beines.

Die Alpakastute begriff und nahm ihm die Arbeit ab. Er ließ ihren Hinterfuß los, als Nummer 66 sich gegen seinen Griff wehrte. Als die Stute sicher auf der Stufe stand, zog sie von allein ihren linken Vorderfuß nach.

»Sehr gut!« Nicki ging um sie herum. »Das machen wir jetzt bei jeder Stufe. Hast du das verstanden?«

Das Tier brummte, und Nicki tätschelte ihm sanft den Hals. Nummer 66 verfolgte seine Bewegungen aufmerksam. »Das wird schon schiefgehen. Einfach schön langsam und bloß nicht so laut summen!«

Nicki schulterte sein Gepäck. Gemeinsam brachten sie die ersten zwei Stockwerke hinter sich. Als Nicki mit Nummer 66 die letzte Treppe in Angriff nehmen wollte, hörte er aus einem der oberen Stockwerke Lärm.

Er verharrte. Von oben drang Frau Fratinellis laute Stimme zu ihm hinunter, sie redete offenbar gerade mit jemandem.

*Scheiße, heute ist ja Donnerstag!*

Am Donnerstag bekam Frau Fratinelli immer Besuch von ihrem besonderen Freund – einem älteren Witwer aus dem Nachbarhaus. Den Gerüchten, die im Haus kursierten, begegnete Frau

Fratinelli meist mit der Androhung von Unterlassungsklagen, was die Leute nur mehr anspornte. Ihre Wohnungstür fiel zu.

*Hoffentlich will sie ihm nicht entgegengehen!*

Nicks Blick wanderte zur Unterseite der Treppe. Das Geräusch von Frau Fratinellis Gehstock hallte durchs Treppenhaus.

Verflucht, jammerte er in Gedanken und sah zu Nummer 66s Kopf. Frau Fratinelli mit ihrem Ordnungswahn war beinahe so schlimm wie die Petrovitch mit ihrer angeblichen Tierhaarallergie.

»Komm!«, forderte er das Alpaka auf und umgriff das hintere rechte Bein. »Wir müssen uns ein wenig beeilen.«

Nummer 66 hob gehorsam das Bein. Wie viele Male zuvor nahm das Alpaka die nächste Stufe in Angriff. Nicki wusste gar nicht, wie viele Treppenstufen das Haus hatte. Für solche Informationen war tatsächlich Frau Fratinelli die passende Ansprechpartnerin. Gerüchten zufolge hatte sie jede einzelne Stufe einmal vermessen, um Fischer im Falle des Falles – im wahrsten Sinne des Wortes – dranzukriegen.

Der Gehstock verstummte nicht. Nummer 66 und er nahmen zwei weitere Stufen, während Frau Fratinelli langsam, aber stetig die Stufen hinunterstieg. Zwischen dem dumpfen Geräusch der Schwielensohlen und dem Geklapper von Fratinellis Gehhilfe hörte Nicki immer wieder leise Meckereien der alten Frau.

Dann blieb Nummer 66 stehen.

*Verdammt!*

Energisch drückte er gegen Nummer 66s Fuß, aber das Alpaka rührte sich nicht.

»Komm schon!«, zischte Nicki der Stute zu und trat nach vorn. Er sah in die treuen, braunen Augen und zerrte an dem Seil. »Wir müssen weiter.«

Nummer 66 brummte. Das Geräusch von Frau Fratinellis Gehstock näherte sich, und Nicki huschte zurück. Er startete einen erneuten Versuch, das Alpaka die nächste Stufe hinunterzulotsen.

»Jetzt mach schon!«, drängelte er.

Dann hörte er das leise Zischen.

Nickis Augen weiteten sich, und sein Blick wanderte zum Hinterteil des Tieres.

Es pupste erneut.

Im nächsten Moment gab Nummer 66 ihren Widerstand auf.

Was zum Teufel, fragte Nicki sich, aber es war nicht der richtige Zeitpunkt, um über die Verdauung des Alpakas nachzudenken.

»Ah, Livia!« Die Stimme von Frau Gregorowitsch aus dem zweiten Stock dröhnte durch den Flur, und Nicki fiel ein Stein vom Herzen. Der Gehstock von Frau Fratinelli klapperte auf dem Linoleum. »Möchten Sie vielleicht ...«

Nicki verstand nicht, was Frau Fratinelli zu ihrer Freundin aus dem zweiten Stock sagte, aber die Tür von Gregorowitsch fiel zu. Das Geräusch des Gehstocks verstummte. Er atmete beruhigt aus. »Da haben wir gerade noch mal Glück gehabt.«

Das Alpaka zeigte sich von seiner Rettung genauso unbeeindruckt wie von der Gefahr der Entdeckung, in der Nicki es zwischenzeitlich gesehen hatte.

Er führte das Tier die letzten Stufen hinunter. Unten angekommen seufzte Nicki erleichtert und blickte zu Nummer 66.

»Das war doch gar nicht so schwer, oder?«

Sein Blick schweifte zur Treppe. Er hatte nicht gedacht, dass sich das Alpaka so problemlos aus dem dritten Stock herunterschaffen ließ. »Komm, wir verschwinden, bevor uns jemand sieht!«

Gehorsam folgte ihm das Alpaka aus dem dunklen Altbauflur. Seine besockten Sohlen hinterließen auf dem Linoleum kein Geräusch, was Nicki nur recht war. Als sie vor dem Haus standen und die Haustür hinter ihnen zufiel, hob Nummer 66 den Kopf und sah sich alarmiert um.

Sein Bauch hob und senkte sich im raschen Takt. Leise Summgeräusche drangen über die weichen Lippen.

Nicki zupfte an dem Seil. »Schschsch ...«

Das Tier rührte sich immer noch nicht.

Er zog stärker am Seil. »Komm jetzt, das ist ein denkbar schlechter Ort für eine Panikattacke. Du hast die Treppe so schön hinter dich gebracht.« Er zögerte. »Jetzt wäre es super, wenn du mir«, Nicki blickte die zugeparkte Straße entlang, »zum Park folgen würdest?«

Nummer 66 brummte unleidlich.

»Ist halt genauso scheiße, wenn ich mit dir vor dem Haus stehe«, erklärte er. »So sehr hat sich der Fischer das Hirn noch nicht weggesoffen, dass er da nicht eins und eins zusammenzählen kann.« Nicki zerrte erneut an dem Seil.

Von dem manchmal etwas sturen Kopf der Alpakas hatte er bereits auf verschiedenen Seiten gelesen. Er hoffte, dass sich Nummer 66 doch noch dazu durchringen konnte, ihrem temporären Besitzer zu gehorchen.

Nickis Blick fiel auf die Füße des Alpakas. Die Socken konnte er sich draußen sparen. Nicki sah sich kurz nach allen Seiten um und ging dann neben Nummer 66 in die Knie.

Wie beim Anziehen der Socken erwies sich das Alpaka als kooperativ, und Nicki blieb links von Nummer 66 stehen. »Bereit?«

Die Ohren vibrierten neugierig, und das Tier sah – es kam Nicki wie ein fragender Blick vor – zu dem Menschen an seiner Seite. Nicki deutete mit den vier Socken den Bürgersteig entlang. »Einfach der Schnauze nach.«

Nicki stopfte die Socken in seine Jackentasche und schulterte seinen Rucksack erneut. Dann machte er sich mit Nummer 66 auf den Weg zum Treffpunkt.

## Tomas, die Mitfahrgelegenheit

Den Spaziergang durch die Stadt brachten sie gut hinter sich. Nicki hatte sich für eine Route fernab der Hauptverkehrsstraßen entschieden, um nicht unnötige Aufmerksamkeit auf sich zu ziehen. Nummer 66 spielte gut mit, und Nickis Zweifel darüber, dass Alpakas als Lasttiere in den Gebirgen Südamerikas eingesetzt werden konnten, verflogen beinahe. Nur ab und an hielt die Stute an, um ein paar einsame Grashalme vom Wegrand zu fressen, was Nicki ihr gönnte.

Nach einer Stunde erreichten sie den Bahnhofsparkplatz. Nicki ließ seinen Blick über die unzähligen Fahrzeuge von Pendlern und Reisenden schweifen, die sich das teure Parken leisten konnten.

»Da kann ich lange suchen«, murmelte er, auch wenn er bereits eine Vermutung hegte, nach was für einem Fahrzeug er Ausschau halten musste.

Nicki zückte sein Handy und öffnete die Mitfahrgelegenheiten-App.

*Hallo, ich bin am Parkplatz, wo stehen Sie?*

Es dauerte nicht lange, bis er eine Antwort bekam.

*Weiser Transporter, Kurzzeitparkplatz.*

Nicki ignorierte den Schreibfehler, sperrte sein Handy und sah sich um. Die Kurzzeitparkplätze waren nahe dem Zugang zum Bahnsteig. Er zog am Seil. Nummer 66 trottete langsam neben ihm über den Parkplatz. Suchend sah Nicki sich nach einem weißen Transporter um und entdeckte ihn am hinteren Ende der voll geparkten Kurzzeitparkplätze.

Ein Mann stand vor dem Transporter und blickte auf sein Handy. Tomas war ein paar Jahre älter als er, und die braunen

Haare lichteten sich an den Schläfen. Nicki zupfte an Nummer 66s Seil, und sie folgte.

»Hallo!«, rief er dem Mann entgegen.

Tomas sah auf. »Da bist ja«, sagte er in gebrochenem Deutsch. Das und ein Blick auf das Kennzeichen des Transporters, der schon einmal bessere Zeiten gesehen hatte, bestätigten Nickis Vermutung, dass Tomas aus Tschechien kam.

»Ich bin Nicki«, er wechselte die Hand mit dem Seil und streckte die rechte Hand aus, »und das ist das Lama.«

Tomas ergriff seine Hand. »Tomas.« Der Tscheche musterte Nummer 66. »Schönes Tier. Deins?«

In Nicki zog sich etwas zusammen. »Ja.«

»Will verkaufen?«

»Nein.« Nicki schluckte. »Ist eine Stute, sie soll …« Er hob fahrig die Hand und strich sich über den dürftigen Bart. »Zum Decken, aber mein Auto ist in der Werkstatt.«

»Zuchtstute!« Tomas nickte eifrig und ging um Nummer 66 herum. »Hast guten Hengst?«

»Ja, schon.« Er erinnerte sich an die gesalzenen Decktaxen, die er für Alpakahengste mit ähnlichen Farben wie Nummer 66 im Internet gesehen hatte. »Wird eine ziemlich teure Angelegenheit«, setzte er nach und grinste.

»Ah ja, jaja.«

Nicki deutete auf den Transporter. »Wie soll das Lama da mitfahren? Ich sehe keine Anhängerkupplung.«

»In Laderaum.« Tomas öffnete flink die hinteren Flügeltüren und wies hinein.

In Nicki zog sich etwas zusammen, als er in den ausgebauten Laderaum blickte. Nach vorn trennte eine Spanplatte den Laderaum vom Fahrerraum ab. Mehrere Ösen waren in das Holz eingelassen, stabile Ketten hingen bereit. An beiden Seiten zogen sich Regale mit allerlei Gitterkäfigen empor. In der Mitte war eine Art Wanne mit einem fünf Zentimeter hohen Rand eingelassen. Es stank nach Urin, Kot und Tier.

*Scheiße!*

»Erfahrung mit Tiertransport«, bekräftigte Tomas.

»Super.«

Er hatte sich unter einer Mitfahrgelegenheit etwas anderes als einen vermutlich illegalen Tiertransport vorgestellt. Nicki sah zu Nummer 66. Das Tier ahnte nicht, was ihm in den nächsten Minuten bevorstand, falls Nicki sich nicht anders entschied. *Aber was habe ich für Alternativen?*

Nicki musste es riskieren. Mit den rostigen Stellen am Türrahmen sah der Transporter nicht sehr vertrauenerweckend aus, und der Boden war schon einmal mit einer Metallplatte verstärkt worden. Er hoffte, dass es während der Fahrt keine Probleme gab.

»Später kommen Hunde«, fuhr Tomas fort. »Wollen Lama schnell verladen? Ist besser und ruhig.«

»Klar«, krächzte Nicki, zog Nummer 66 den Heusack vom Hals und streckte Tomas das Seil entgegen. »Wohin soll das Heu?«

Ihm war klar, dass Tomas das nicht aus Sorge um das Tier vorgeschlagen hatte, sondern einzig und allein deswegen, weil ein »Lama« auf einem Kurzzeitparkplatz ein seltsamer wie seltener Anblick war und sicher Aufmerksamkeit erregte.

Der Tscheche nahm ihm den Heusack und die behelfsmäßige Führungsleine der Alpakastute ab und zerrte an Nummer 66. Unwillig folgte ihm das Tier.

»Helfe mal!«, forderte Tomas ihn auf, nachdem er den Sack achtlos in den Transporter geschleudert hatte. »Du rechts, ich links – schieben!«

Nicki nickte. Gemeinsam brachten sie Nummer 66 dazu, die dreißig Zentimeter hohe Stufe zu nehmen. Tomas drängelte sich an dem Alpaka vorbei und band es fest. Nach wenigen Sekunden war das Tier verladen. Tomas hüpfte von der Ladefläche hinunter und knallte die Tür zu. Nummer 66 brummte wütend aus dem Innenraum, und Nicki wusste, dass das ein verdammter Fehler gewesen war.

Die Hunde kamen um kurz vor fünf Uhr, und das Dutzend Mopswelpen war vermutlich viel zu jung, um von seiner Mutter getrennt zu werden. Nachdem die jammernden Hundewelpen in die Boxen eingepfercht worden waren, fuhr Tomas los.

Nicki begegnete dem ständigen Wimmern aus dem Laderaum mit Musik. Tomas war zum Glück der wortkarge Typ. Er versuchte gar nicht, Nicki in ein Gespräch zu verwickeln, sondern summte leise vor sich hin, während er Richtung Norden fuhr. Immer wieder nahm der Tscheche einen Schluck aus einer Zwei-Liter-Cola-Flasche, und bei jedem Mal zog der Transporter nach links oder rechts.

Nicki war das Schweigen nur recht. Je weniger er wusste, desto besser – er fand es ohnehin seltsam, dass der Hundewelpen-Schmuggler ihn überhaupt mitgenommen hatte.

Um kurz nach sechs stand die erste Pinkelpause, mit der Nicki längst gerechnet hatte, auf einem Rastplatz an. Tomas fuhr an zwei großen Lastkraftwagen vorbei und parkte den Transporter nahe den Toiletten. Auf der anderen Seite des Toilettenhäuschens standen weitere Lastkraftwagen. Links rauschten die Autos über die Bundesstraße, an die rechte Seite des Parkplatzes grenzte der Wald. Dieser Rastparkplatz erinnerte Nicki erschreckend an den, auf dem er letztens eine verhängnisvolle Pause gemacht hatte.

»Pause«, erklärte Tomas unnötigerweise. »Fünf Minuten.«

Nicki nahm seine Ohrstöpsel heraus, schaltete die Musikwiedergabe seines Handys ab und schob alles in seine Jacke. Er stutzte für einen Moment, dann fing er sich. »Ich vertrete mir kurz die Beine.«

Tomas schnalzte mit der Zunge und stieg aus dem Transporter aus. Nicki wartete ab, dann stopfte er die Socken aus seiner Jackentasche in den Rucksack. Danach kramte er nach einem Schokoriegel und tat es schließlich dem Tschechen gleich. Seine Wasserflasche im Fußraum fiel um. Vor dem Wagen hob Nicki die Arme in die Höhe und streckte seinen Rücken durch. Der Gestank von Benzin und Urin lag in der Luft. Nicki verzog angewidert das Gesicht, ehe er die Hände in die Jackentaschen schob und auf den Gehsteig am Rand des Parkplatzes ging.

Die Führerkabinen der Lastwagen waren verhüllt. Nicki spazierte an einem großen Lastkraftwagen aus Ungarn vorbei. Der zweite kam aus der Türkei.

Gedankenverloren packte Nicki den Schokoriegel aus. Das Papier raschelte, und Nicki schob sich die Süßigkeit schnell zwischen die Zähne. Das Papierchen steckte er ein und erstarrte, als ein Auto auf den Parkplatz fuhr.

*Scheiße, das hat mir gerade noch gefehlt!*

Nickis Herz schlug bis zum Hals. Der Streifenwagen rollte an ihm vorbei und verschwand hinter dem türkischen Lastkraftwagen aus Nickis Blickfeld.

*Ich muss hier weg!*

Er machte kurzerhand auf dem Absatz kehrt und hastete an den beiden Lkws vorbei. Der Streifenwagen schien verschwunden, aber dann knallte eine Autotür. Offenbar hatten sie auf der anderen Seite des Toilettenhäuschens geparkt.

*Scheiße! Scheiße! Scheiße!*

Nicki sprang zu Tomas' Transporter, riss die Beifahrertür auf, stopfte seine Flasche zurück in den Rucksack und warf ihn sich über. Mit schnellen Schritten umrundete er den Transporter und öffnete die Tür. Die Hundewelpen jaulten auf, als das Licht in den dunklen Raum drang, aber Nicki ignorierte sie. Es stank nach eingenässtem Hund und Alpaka. Nicki sprang hinein und schob sich an Nummer 66s dickem Hintern vorbei, um zu den Ösen zu gelangen, an denen Tomas die Alpakastute festgebunden hatte.

Fahrig löste er den Knoten und verharrte für einen Augenblick. Von außen hörte er laute Stimmen in einer fremden Sprache. Alle möglichen Gedanken schossen durch seinen Kopf, angefangen bei dem, dass Nicki auf keinen Fall mit Tierschmuggel in Verbindung gebracht werden wollte. Immerhin handelte es sich bei seinem Alpaka um vermeintliches Diebesgut. Seine Version der Geschichte würde ihm sicher niemand glauben. *Zu abgedreht, zu unglaubwürdig!*

»Wir müssen hier weg«, flüsterte er und mit beiden Händen trieb er das Alpaka zur Hecktür. »Komm, keine dummen Sachen jetzt! Raus hier!«

Die Alpakastute brummte, aber sie ließ sich von ihm erstaunlich gehorsam nach hinten treiben. Der Ausstieg entpuppte sich als kurzer Absturz. Nummer 66s unleidigem Tröten begegnete Nicki damit, dass er der Stute wie automatisch die Schnauze zuhielt. »Pssscht«, zischte er und warf einen Blick über die Schulter.

Vom Toilettenhäuschen hörte er immer noch die laute Unterhaltung. Außerhalb des Transporters erkannte er eine der Stimmen als die von Tomas.

Nicki schloss leise die Tür, umgriff die Führungsleine von Nummer 66 und führte das Alpaka auf den Gehsteig. Die Stute folgte ihm. Auf Höhe des türkischen Lastkraftwagens lenkte Nicki sie nach links in den angrenzenden Wald hinein.

Das Gebrüll der Männer hinter ihm wurde lauter. Nicki beschleunigte seine Schritte. Er zog Nummer 66 tiefer ins Dickicht. Nicki wollte möglichst weit weg von dem Parkplatz sein, wenn Tomas auf die Idee kam, den Polizisten zu erzählen, dass er einen Mitfahrer gehabt hatte, der ihm die Mitfahrgebühr schuldig geblieben war.

Die Sohlen des Alpakas tauchten genauso wie Nickis Schuhe in das klamme Laub ein. Hier, inmitten der hohen Eichen und Hainbuchen, war die Luft deutlich besser als auf dem Parkplatz. Das Rascheln der Blätter beruhigte ihn ein wenig. Nicki führte Nummer 66 an einer Gruppe von jungen Eichen vorbei. Die Stute schnappte nach einem Zweig. Sekunden später zermahlten ihre Zähne das Grün. Er beneidete das Alpaka darum, dass es einfach den Hals ausstrecken musste, um etwas zu fressen zu finden, während er nur etwas Trockenobst, Schoko- und Müsliriegel und zwei Flaschen mit Wasser dabei hatte.

Nicki blickte ein letztes Mal über die Schulter.

*Scheiße, das ist absolut nicht so gelaufen, wie ich es mir vorgestellt habe!*

## *Das Krisengespräch im Wald*

Nach zehn Minuten gönnte er ihnen eine Pause. Außer Atem ließ Nicki sich auf einen umgestürzten Baumstamm fallen. Seine Hände ruhten auf seinen Oberschenkeln, und er senkte den Blick. »Scheiße«, murmelte er den feuchten Waldboden und seine durchnässten Sneakers an.

Nummer 66 trat näher. Ihre Schnauze wanderte über den Waldboden, und sie fand einen Eichenschössling. Unwirsch rupfte sie das junge Grün heraus und fraß es. Nicki beobachtete sie für einige Sekunden, dann zog er sein Handy heraus. Er öffnete die Chat-App. In den Chats von Klaus, Björn und Peter sowie dem Gruppenchat mit dem erweiterten Freundeskreis gab es neue Nachrichten, aber das interessierte Nicki gerade nicht.

Er öffnete den Chat mit Lana. *Ich habe ein Problem.*

*Ein Problem???* Er fand es immer wieder erstaunlich, wie schnell sie antwortete.

*Meine Mitfahrgelegenheit war ein Tierschmuggler.*

Nicki blickte auf seine Nachricht hinunter. Im nächsten Moment poppte die Telefon-App auf, und er sah sich dem Bild von Lanas Profil gegenüber.

»Oh-oh-oh«, machte Nicki und sah zu Nummer 66. Das Alpaka hielt im Kauen inne. »Jetzt gibt's Anschiss.«

Er wischte nach oben und hielt das Smartphone an sein Ohr. Er hatte nicht wirklich Lust, mit Lana zu sprechen – er bezweifelte, dass sie tröstende oder gar hilfreiche Worte für ihn parat hatte.

»Ja, was ist de–?« Erschrocken riss Nicki das Telefon von seinem Ohr weg.

»DU HAST DIR DAS ALPAKA KLAUEN LASSEN?!!«

Er starrte auf das Telefon.

»ANTWORTE GEFÄLLIGST!«, schepperte ihm Lanas Stimme aus den Lautsprechern entgegen.

»Sei du lieber ruhig«, murmelte Nicki. Er wartete eine weitere Sekunde ab, ehe er das Smartphone wieder ans Ohr nahm. »Ich habe das Tier noch.«

»Gut.« Lana schnaubte. »Was ist dann dein Problem?«

Nickis Blick schweifte durch den Wald. »Abgesehen von dem Alpaka ...«, begann er. »Ich bin mitten in einem Wald und habe keine Ahnung, wo.«

»Und was soll ich da tun?«, schnappte Lana. »Soll ich dir einen Kompass schicken?«

»Dazu müsste ich ja wissen, wo ich bin, und dann bräuchte ich keinen Kompass.«

»Oh, du bist ja so witzig.« Er hörte regelrecht, wie Lana die Augen verdrehte. »Such halt ein Dorf, dein Handy hat doch GPS!«

»Und was soll ich in einem Dorf?!« Nicki rollte mit den Augen. »Ich sitze hier fest, Mann!«

»Das ist doch nicht mein Problem.« Lana machte eine kurze Pause. »Wieso bist du denn nicht bei dem Tierschmuggler geblieben, das war doch eine gute Mitfahrgelegenheit?«

Hatte Lana einen Tierschmuggler eben als gute Mitfahrgelegenheit bezeichnet, fragte er sich fassungslos.

»Ja, klar – bis wir eine Rast gemacht haben und die Polizei aufgetaucht ist.«

»Und?«

»Hallo? Du erzählst der ganzen Welt, dass das Alpaka gestohlen ist?« Nicki schüttelte den Kopf. »Da hätte ich es genauso gut daheim auf die Polizeiwache bringen können!«

»Ist ja gut!« Lana schnaubte in den Hörer. »Hör zu, ich kann dich nicht abholen. Für unseren Pferdeanhänger braucht man den Anhängerführerschein und«, sie räusperte sich vernehmlich, »ich habe den nicht und sowieso gerade Fahrverbot.«

»Fahrverbot?«, echote Nicki. »Ich dachte, du hast kein Auto?«

»Jaa ... aber auch Fahrverbot.«

*Das wird ja immer besser hier!* »Was ist mit Patrick? Oder Matt?«

»Die haben auch keinen BE.«

»Na super ... hast du keinen Bruder, Kumpel oder Cousin ... eine Schwester?« Nicki konnte die Liste ewig fortführen, aber es machte keinen Unterschied. Er kannte Lana kaum, aber er war sich sicher, dass ihre Unwilligkeit, ihm zu helfen, auf reine Bequemlichkeit zurückzuführen war. Mit dem Argument, dass sie sich so selbst um ihre Likes brachte, musste er ihr nicht kommen.

Miststück, nannte er sie in Gedanken.

»Nee ... meine Schwester ist gerade nicht da, die hätte den BE. Papa kann ich nicht fragen.«

*Das ist mir klar.* »Habt ihr keine Alpakapfleger?«, fragte er. Den bockigen Tonfall in seiner Stimme verkniff er sich nicht mehr.

»Bist du blöd?«

»Vielleicht«, murmelte Nicki kaum hörbar. Mit jeder Minute, die verging, wurde ihm diese Tatsache bewusster – egal, wie er es drehte und wendete: Alles, was ihm gerade widerfuhr, war auf seine eigene Blödheit zurückzuführen. Er hatte bei Lanas Dschungelcamp-Challenge mitgemacht. Er war so blöd gewesen und hatte ein Alpaka von der Betreiberin von Deutschlands größtem Alpaka-Fanaccount gefordert.

»WAS?«

»Egal!«, wimmelte er Lana ab.

»Wenn du mich hier beleidigst, kannst du gleich vergessen, dass ich dir helfe!« Lana schnaubte in das Telefon. Ehe Nicki ihr erklären konnte, dass sie nicht alles auf sich beziehen sollte und sie vieles, aber sicher keine Hilfe war, sprach sie weiter: »Denk dran, ich habe deine Telefonnummer!«

»Das vergesse ich sicher nicht.« *Vor allem, weil wir gerade miteinander telefonieren.*

Nicki ließ das Seil von Nummer 66 los. Die Alpakastute trottete gelangweilt von ihm weg. Suchend wanderte ihre Schnauze über den Waldboden. Am anderen Ende des Hörers hörte er Plastikrascheln.

»Am besten ist es, wenn du läufst!«

Die Sekunden verstrichen. Nicki starrte einfach nur geradeaus, während Lanas Worte auf ihn wie eine eiskalte und lähmende Dusche einwirkten.

*Laufen?*

Er war gerade aus einem Urlaub mit vielen Wandertouren, wenn auch großenteils von einer Bar zur nächsten, zurückgekehrt. Nun sollte er, wenn es nach Lana ging, schon wieder laufen? Mit einem Alpaka? Wie so ein – er erinnerte sich an die Frauen und Mädchen, die von Alpakas und ihrem flauschigen Fell schwärmten – Girlie?

»Bist du verrückt?«, fragte er geradeheraus, als er die Sprache wiederfand. »Ich kann doch nicht tagelang wandern, nur um dir das Alpaka zu bringen?«

»Wie willst du es denn sonst machen?«

*Gute Frage, nächste Frage!*

Leider war die Frage zu wichtig, um einfach übergangen zu werden. »Keine Ahnung. Vielleicht nach Hause und dann ...« Nicki verstummte. Er konnte mit dem Alpaka nicht zurückkehren. Das war wohnungstechnischer Selbstmord.

»Ich könnte es zu einem Freund mit Garten bringen, und du organisierst einen Transporter«, startete er einen erneuten Versuch, aber bei beiden Gedanken blieb die Frage, wie er aus dem Wald nach Hause finden sollte.

»Nein!«, widersprach Lana vehement. »Das sind doch nur ein paar Kilometer.«

»Ein paar Kilometer??«

Nicki hatte leider keine Ahnung, wie viele Kilometer er mit Tomas hinter sich gebracht hatte, aber er sah noch andere Probleme bei Lanas Vorschlag.

»Und wo soll ich schlafen?« Sein Blick fiel auf den feuchten Waldboden. »Auf dem Boden?«

»Hast du kein Zelt?«

»Ich dachte, ich fahre mit der Mitfahrgelegenheit bis zu deiner Haustür!« *Quasi.* Eigentlich hatte er mit Tomas nie darüber geredet, wie Nicki erst jetzt auffiel, und er ärgerte sich ein weiteres

Mal über seine Dummheit. »Denkst du allen Ernstes, dass ich da ein Zelt mitgenommen habe?«

»Dann kauf dir eines?!«

»Ich stehe mitten im Wald!«

»Boah, das ist doch nicht mein Problem!« Lana schnaubte. »Dann gehst du eben aus dem Wald raus und kaufst dir ein Zelt! Oder muss ich dir da auch noch das Händchen halten?!«

»Danke, ich verzichte.« Nicki wusste, dass er schnippisch klang.

Langsam zweifelte er an seinem Verstand. Lana verlangte von ihm beinahe Unmögliches. Das mit der Mitfahrgelegenheit war schon verrückt genug gewesen, denn normalerweise brachte man ein Neuweltkamel mit einem Pferdeanhänger von einem Ort zum anderen und nicht im Transporter eines Hundewelpenschmugglers.

Womit er aber absolut nicht gerechnet hatte, war, dass er den Rest seines Urlaubs auf einer Campingtour mit einem Alpaka verbringen sollte, und er fühlte sich in keiner Weise dazu bereit.

Nicki seufzte. Neben seinen eigenen Unzulänglichkeiten musste er natürlich auch an die denken, die seine Begleitung womöglich mitbrachte. Er hatte zwar viel im Internet gelesen, aber mit reinen Zahlenwerten konnte er in diesem Fall wenig anfangen. »Hält das ein Alpaka überhaupt durch?«

»Klar«, antwortete Lana. »Das sind doch Lasttiere.«

»Echt? Ist doch ein Zuchttier, müssen die das nicht üben? Konditionsmäßig und so?«

»Du, das wird schon klappen!« Lana atmete tief ein. »Mein Vater ist auch bei so einem Alpaka-Trekkingkram dabei. Ein paar von den Viechern sind da immer unterwegs, und die Touren gehen manchmal über mehrere Tage.«

Nickis Blick wanderte zu Nummer 66, die nach weiterem Grünzeug auf dem Waldboden suchte. Lana hatte es bereits angesprochen, es würde eine mehrtägige Wanderung werden, solange Nicki nicht eine bessere Idee kam. »Na, wenn du meinst ... Ich will mir aber nichts anhören dürfen, wenn ihm ein paar Härchen gekrümmt werden oder ein Wolf ihm ein oder zwei Beinchen abfrisst.«

»Ach, wie witzig du doch bist.« Lana klang gelangweilt. »Ich muss jetzt Schluss machen. Melde dich, wenn du mehr weißt.«

Sie legte auf. Irritiert nahm Nicki den Hörer von seinem Ohr und blickte auf Lanas Bild hinunter.

*»Melde dich, wenn du mehr weißt«,* äffte er sie nach und senkte die Hand. Im Grunde hatte er aber keine andere Wahl, und sein Blick schweifte erneut zu der Alpakastute. »Wir machen noch kurz Pause, dann gehen wir ins nächste Dorf«, erklärte er dem Tier. Sein Blick wanderte von ihrer bebenden Flanke zum nächsten Baum und hinauf in die Krone der Fichte. »Wenn wir hier herausfinden ...«

Nach der Pause hatte Nicki sich mit Nummer 66 auf den Weg in die nächste Ortschaft gemacht. Die Suche im Internet hatte ihm bereits verraten, dass es dort keinen Outdoorladen gab, in dem er sich ein Zelt hätte kaufen können. Sein Erstaunen darüber hatte sich in Grenzen gehalten. In dem Tante-Emma-Laden hatte er wenigstens eine Karte des Bayerischen Waldes erstanden. Außerdem hatte er seinen Proviant aufstocken können, soweit es sein Bargeld zugelassen hatte. Kartenleser? Fehlanzeige bei dem alten Mütterchen, das ihn sichtlich misstrauisch bedient hatte.

Er hatte sich an einen Survivaltrip erinnert, von dem Peter in ihrem Lettland-Urlaub erzählt hatte. Also hatte Nicki sich eine große Plastikplane, eine Reepschnur und ein halbes Dutzend Jute-Kartoffelsäcke in einem Geschäft für Landwirtschaftsbedarf gekauft. Dann war er mit dem Alpaka nach Norden aufgebrochen.

Nach einer halben Stunde schweigsamer Wanderung in strahlendem Sonnenschein erreichte er den Wanderweg, den er sich als Route herausgesucht hatte. Nummer 66 schritt brav neben ihm her. Ausladende Baumkronen erstreckten sich über den Kiesweg, und Nicki atmete tief ein. Der Waldgeruch durchströmte seine Lunge, und die frische Luft war das einzig Positive, was er seiner ungewollten Wanderung im Moment abgewinnen konnte.

*Langweiliger Stubenhocker.* Diesen Vorwurf hatte Laura ihm bei ihrer Trennung gemacht. Dabei hatte er sogar Reitstunden für sie genommen. Nicki kickte einen dürren Zweig beiseite. »Das musst du dir mal vorstellen«, murmelte er. »Reitstunden!« Nummer 66 brummte. »Auf einem Gaul!«

Laura hatte es nicht zu würdigen gewusst. Nach der Trennung hatte sich Nicki wieder darauf beschränkt, auf virtuellen Pferden durch Fantasiewelten zu reiten.

Sie erreichten eine Kreuzung. Nicki hatte die Karte gut genug im Kopf, um zu wissen, dass ihn sein Weg weiter Richtung Norden führen würde, und er ließ seinen Blick den langen, geraden Kiesweg entlangschweifen.

Nicki drehte sich zu Nummer 66 um. »Wenn man leichter ist, kann man auf einem Alpa–«

Verdutzt hielt Nicki an. Nummer 66 rührte sich nicht mehr, einzig ihre Ohren vibrierten aufmerksam. Angestrengt lauschte die Alpakastute in den Wald hinein, und Nicki bemerkte, dass ihr Bauch sich schneller hob und senkte als in der übrigen Zeit, die er bereits mit dem Tier verbracht hatte.

Irgendetwas hatte Nummer 66 in Aufregung versetzt. Nach ein paar Sekunden hörte Nicki die Stimmen. Er umgriff das Seil fester und trat an das Alpaka heran, um einen Blick auf den kreuzenden Weg zu werfen.

An der Spitze gingen eine junge Frau und ein Mann mit ergrautem Haar. Beide trugen Wanderkleidung und Rucksäcke. Hinter ihnen folgten, immer nebeneinander, weitere Wanderer. Sie unterhielten sich. Ab und an lachte einer aus der Gruppe. Sie hatten Nicki noch nicht bemerkt.

Das war aber wohl nicht das, was Nummer 66 so nervös machte. Ihre Nüstern bebten, und Nickis Blick wanderte verblüfft zu den Alpakas, die die Wanderer mit sich führten.

»Das ist doch verrü–«

Er vollendete seine Feststellung nicht, als Nummer 66 einen weithin hörbaren Warnruf ausstieß und die Gruppe auf ihn aufmerksam wurde.

## *Die Trekkingtour*

Wie auf Kommando erstarrten die Alpakas der Gruppe. Rasch zählte Nicki durch. Nachdem sich schon achtzehn Alpakaaugen neugierig in die Richtung von Nummer 66 und Nicki gerichtet hatten, folgten neun Menschenaugenpaare.

Nervös biss er sich auf die Unterlippe. Niemand musste ihm sagen, um was es sich bei diesen Wanderern handelte. Er hatte allerdings nicht damit gerechnet, inmitten des größten bayerischen Waldgebiets auf eine Gruppe von Leuten zu treffen, von denen jeder wie er ein Alpaka an der Leine führte. Für Nicki zeugte es von einer unangenehmen Ironie, dass das Leben ihm im Moment so viele Begegnungen mit Alpakas bescheren musste, obwohl er nichts mit ihnen anfangen konnte. Immerhin hatten sie ihm bisher mehr Ärger als Gutes eingebracht.

»Womit habe ich das verdient?«, murmelte er.

Die einzige Antwort, die er erhielt, war ein erneutes Brummen von Nummer 66. Nicki ignorierte das sachte Vibrieren des Seiles zwischen seinen Fingern und ließ die Wandergruppe nicht aus dem Blick.

Den Mann an der Spitze schätzte Nicki auf etwa 50 Jahre. Er trug eine olivgrüne Wanderhose, eine typische Outdoorjacke mit unzähligen Taschen, und seine Füße steckten in schweren Wanderstiefeln. Um seinen Hals hing eine Kamera. Am Ende des Führstricks fand sich ein weiß geschecktes Alpaka mit Windstoßfrisur.

Seine Begleiterin war etwa halb so alt wie er. Ihre dunkelblonden Haare waren zu einem unordentlichen Pferdeschwanz zusammengebunden, ihr Wanderoutfit war etwas lockerer als das des Mannes. Ein misstrauischer Ausdruck lag auf ihrem sonst ganz hübschen Gesicht. Sie führte ein rehbraunes Alpaka mit sich.

Der Mann sagte etwas zu ihr. Sie antwortete ebenso knapp, ehe beide sich wieder Nicki zuwandten. Ihr argwöhnischer Gesichtsausdruck blieb, und Nickis Unbehagen wuchs. Eigentlich hatte er gehofft, auf seiner Wanderung niemandem zu begegnen, aber das Glück war ihm einfach nicht hold. *Vielleicht sollte ich das Beste daraus machen?*

Nickis Blick wanderte zu den schlammbedeckten Stiefeln des Mannes. Die Alpakas trugen, genau wie ihre Führer, Rucksäcke. Drei Gurte, zwei um den Bauch, einer um die Brust, hielten die Taschen auf ihren Rücken. Sie waren sicher länger unterwegs, was nur von Vorteil für Nicki war. Nach diesen ersten Blicken würde er sich nur verdächtiger machen, als er vermutlich ohnehin schon aussah, wenn er ohne jeglichen Gruß weiterging.

»Komm«, flüsterte er zu Nummer 66, zupfte am Seil und ging auf die Gruppe zu. Die Alpakastute zögerte einen Augenblick, dann trottete sie hinter ihm her.

In sicherer Entfernung blieb er stehen. Nicki hatte keine Ahnung, wie Nummer 66 oder ein anderes Tier reagieren würde, wenn man sie zusammenbrachte, und wenn er ehrlich war, wollte er es gar nicht herausfinden.

»Hey«, grüßte er und rang sich ein breites Grinsen ab. In der Ferne hämmerte ein Specht. »Schöner Tag für einen Spaziergang, oder?«

Der Mann fand als Erstes seine Sprache wieder. »Guten Tag.«

»Schöne Alpakas habt ihr.« Nicki hatte keine Ahnung vom Small Talk unter Alpakaenthusiasten. Er hob den Führstrick von Nummer 66 an. Andere Mitglieder des Trupps hatten sich in der Zwischenzeit ebenfalls genähert. Ihre Alpakas, eine bunt gemischte Truppe, blickten ebenso aufmerksam wie die Tiere an der Spitze zu Nummer 66 und Nicki hinüber. »Wir freuen uns, eu–«

Nummer 66 machte einen Satz zur Seite, und Nicki riss den Kopf herum. Ihre Nüstern zitterten, ihre Aufmerksamkeit richtete sich auf eine Stelle zwischen den Bäumen. Sie stieß einen lauten

Pfiff aus, und Nicki erinnerte sich an seine Erlebnisse mit der zickigen Hippolly.

»Ruhig.« Ihre silbergrauen Flanken bebten unter dem Meer aus dichter Wolle. Entschuldigend wandte sich Nicki an die Wanderer. Eines der Alpakas hatte ebenso aufgeregt wie Nummer 66 den Kopf erhoben. »Sie ist etwas schreckhaft heute.«

»Sie halten den Führstrick falsch«, bemerkte der Mann. Er wies auf das Seil in seiner anderen Hand. »Man soll ihn nicht um die Hand wickeln, falls das Tier erschrickt.«

Verdutzt folgte Nicki dem Hinweis. »Oh …« Hastig streifte er sich das Seil von den Fingern und lächelte. »Da war ich wohl in Gedanken. Vielen Dank.«

Nummer 66 nutzte das kleine Mehr an Freiheit sofort. Die Alpakastute drängelte sich an Nicki vorbei. Sein behelfsmäßiger Führstrick glitt durch seine Finger und entschlüpfte seinem Griff.

*Scheiße.*

Wieso kann dieses Alpaka nicht einfach brav stehen bleiben? Er sah sich schon durch den Wald hetzen, um die Alpakastute wieder einzufangen, aber zu seinem Glück trat Nummer 66 nach vorn zu der Frau. Zögerlich streckte diese ihre Hand zu der plüschigen Stirn aus. Die Alpakastute blieb stehen und schnaubte zufrieden unter der Berührung.

Mit angehaltenem Atem beobachtete Nicki, wie sich die Finger der Frau durch das weiche Fell gruben. Das Seil baumelte an Nummer 66s Halfter hinunter. Das aufregende Geräusch im Wald schien vergessen. Nicki wusste nicht so recht, was er davon halten sollte. Er zwang sich ein schiefes Lächeln auf die Lippen. »Sie mag dich.«

Die Frau sah von Nummer 66 zu Nicki. Ihre Zweifel verschwanden nicht aus ihrem Gesicht, ehe sie langsam und zustimmend nickte. Ihre Hand löste sich aus dem flauschigen Fell des Alpakas. »Sieht so aus.«

»Wohin geht die Wanderung denn, Herr …?«, wandte Nicki sich wieder dem Mann zu.

»Robert Ruffenach.« Der Mann räusperte sich und wies auf die Frau. Sein Alpaka brummte missmutig unter dem Wink. Im Gegensatz zu Nummer 66 ließ es sich nicht von fernen Geräuschen aufregen und unbedachten Bewegungen erschrecken. »Natalie leitet diese Trekkingtour.«

Nicki blinzelte irritiert. »Oh.«

*Volltreffer.* Für Fettnäpfchen hatte er ein Gespür, wie er immer wieder zu seinem Bedauern feststellen musste.

»Ja.« Das kleine Wörtchen und ihr grimmiger Gesichtsausdruck bohrten sich in Nickis Gedanken. Natalie sah nicht so aus, als ob sie jeden Ärger herunterschluckte. Vermutlich war es Zeit für einen Themenwechsel. »Entschuldigung, ich …«

Mit einem Mal schoss ein dunkler Vogel knapp über Ruffenachs Kopf hinweg. Zehn Alpakaköpfe schnellten in die Höhe, und ein Warnpfiff jagte zwischen den Bäumen hindurch. Der keckernde Ruf eines Waldvogels gellte durch die Luft, ein weiterer Pfiff folgte. Alle Alpakas, bis auf das Tier des jungen Mannes, der hinter Ruffenach und Natalie gegangen war, hielten erschrocken inne. Das weiße Alpaka trippelte nervös zur Seite. Seine Anspannung übertrug sich auf den Mann. Unbeholfen zerrte er an dem Seil, und das Alpaka tänzelte immer wilder über den Waldweg.

»Jetzt ni–« Die neongelbe Führleine entglitt den Händen seines Führers. Ein Schatten schoss über ihre Köpfe hinweg, und das Alpaka sprang zur Seite. »Scheiße!«

Erschrocken hetzte der Mann hinter dem Tier her. Äste knackten unter seinen Füßen und denen des Tieres.

»Nein, Henry, mit Ruhe!«, rief Natalie ihnen hinterher.

Zwei Wanderinnen kicherten. Natalies rehbraunes Alpaka stieß ebenfalls einen Warnpfiff aus, und Nicki fragte sich, ob es sich bei Henry um das Tier oder den Mann handelte. Nach wenigen Sekunden waren beide nicht mehr zu sehen.

Natalie seufzte und fuhr ihrem Tier beruhigend über die Nase, ehe sie sich zu einer der Wanderinnen umdrehte. »Emma? Hilfst du Henry bitte?«

Offenbar war Henry der Name des Mannes. Die Angesprochene, kaum älter als zwanzig Jahre, nickte eifrig. Sie drückte den Führstrick ihres Alpakas der anderen Frau in die Hand, die ihr bis auf die Haarfarbe verblüffend ähnelte. Mit raschen Schritten verschwand sie wie Henry und das flüchtende Alpaka im Wald.

Nicki fuhr sich verlegen über die Nase. »Die Arbeit mit Alpakas ist sicher toll, immer spannend und äußerst erfüllend.« Er warf einen Blick zu Nummer 66. Bei der Vorstellung grauste es ihm genauso wie bei dem Gedanken, mehrere Tage mit dem Alpaka auf Wanderschaft zu gehen. »Ich wünsche mir manchmal, ich könnte den ganzen Tag mit Alpakas verbringen.«

Natalie griff nach Nummer 66s Führstrick, trat auf Nicki zu und streckte ihm das Seil entgegen. Ihr Blick wanderte an Nicki hinunter. »Das glaube ich gern.«

»Danke.« Den Sarkasmus in ihrer Stimme ignorierte er.

Unwillig trottete Nummer 66 auf ihn zu, und Nicki drückte seine Hand in ihr Fell. Sie machte einen Schritt zur Seite und blieb brav stehen. Er hoffte wirklich, die Stute half ihm, diese Farce eines wandernden Alpakafreundes durchzuziehen, bis Nummer 66 und er wieder die einzigen Wanderer unter den grünen Wipfeln der Bäume waren.

»Kommst du aus Mauth?«

Wie ertappt hielt Nicki die Luft an. Mauth war eine der Ortschaften in der näheren Umgebung, die er auf der Karte entdeckt hatte, und Nickis Blick fiel auf Natalies Alpaka. Wenn sie aus Mauth kamen, handelte er sich mit einer unbedachten Antwort sicherlich ein Problem ein. Alpakas waren keine Allerweltshaustiere.

»Nein, ich …« Er fuhr in Gedanken die Bundesstraße hinunter, während er sich an die Werbetexte zu Wanderungen mit Alpakas auf den verschiedensten Internetseiten erinnerte. »Freyung. Wir wollten mal etwas frische Luft schnappen und zur Ruhe kommen – eigentlich genau wie ihr.«

Natalie runzelte die Stirn und nickte in Nummer 66s Richtung. »Ohne Tragetasche?«

»Leichtes Gepäck.« Er tätschelte den Hals des Alpakas. »Sie soll ja auch entspannen.«

»Mit Sneakers?«

Nicki blickte zu seinen Schuhen hinunter. Die Spitzen waren grau von angetrocknetem Schlamm, das Plastik – er hatte die Schuhe seit mehreren Jahren – wurde langsam brüchig. Er zuckte mit den Achseln. »Das sind meine bequemsten Schuhe.«

»Ah ja.« Die Zweifel verschwanden nicht aus ihren Gesichtszügen, doch das Rascheln von Laub zog ihre Aufmerksamkeit auf sich. Zwischen zwei jungen Hainbuchen am Wegrain hindurch führten Henry und Emma das Alpaka zurück auf den Weg. Es hatte sich offenbar beruhigt. Henry rieb sich mit der Hand über die Stirn, auf der sich deutlich ein roter Fleck abzeichnete.

»Was ist passiert?«, fragte Natalie.

»Ich bin gegen einen Ast gelaufen.«

Natalie legte die Stirn in Falten und betrachtete den Fleck. »Aber sonst ist es okay?«

Henry nickte heftig. »Ja, kein Problem – das passiert mir dauernd.«

»Es war nur ein dünner Ast«, setzte Emma nach. Ihre Doppelgängerin streckte ihr den Führstrick des hellbraunen Alpakas entgegen. Emma trat an das Tier heran, legte den Arm um seinen Hals und kuschelte sich dagegen. »Er hat ihn einfach nicht gesehen, als er hinter Spucki hergerannt ist.«

Natalies Blick blieb zweifelnd. »Gut, dann zurück in die Reihe.«

»Dort hinten ist eine nette Lichtung an einem Bach«, sagte Emma plötzlich und deutete mit der freien Hand auf den Durchgang zwischen den beiden Hainbuchen. Sie wechselte einen Blick mit ihrer Doppelgängerin. »Können wir nicht eine Pause machen? Pocket wird immer unruhiger – er fängt schon an, nach Marabu zu schnappen.«

»Pocket weiß halt, wie der Igel läuft!« Der deutliche Akzent verriet seine italienische Abstammung. Der Mann grinste breit und entblößte zwei Reihen makellos weißer Zähne.

Emma verdrehte die Augen. Ihr Klon kicherte. »Lorenzo, lass es einfach!«

»Hase«, korrigierte Natalie. Sie rollte ihren Jackenärmel nach oben und warf einen Blick auf die Uhr. »Eine Pause ist eine gute Idee.«

»Liegen wir denn in der Zeit?« Ruffenach runzelte die Stirn. »Laut meinem GPS sind es noch gut fünfzehn Kilometer.«

Natalie zog den Jackenärmel nach unten, und für den Bruchteil einer Sekunde hatte Nicki das Gefühl, dass sie sich zusammenreißen musste, nicht genervt die Augen zu verdrehen. Nicki schmunzelte. Mit der Vermutung, dass Ruffenach die Trekkingtour leitete, hatte er falsch gelegen. Dennoch war Ruffenach zweifelsohne der Typ Mensch, der alles planen und kontrollieren musste und das jeden spüren ließ.

»Wir sollten es bis heute Abend zur nächsten Station schaffen, wenn es keine weiteren«, sie sah kurz zu Henry, dann zu Nummer 66 und Nicki, »Zwischenfälle gibt.«

Verlegen huschte Nickis Blick zu seinem Alpaka. Die Stute blieb interessiert an ihren Artgenossen. Nicki wunderte es nicht. Wie alle Kamele waren Alpakas Herdentiere und fühlten sich in einer Gruppe am wohlsten.

Da Nummer 66 und Nicki vermutlich mehrere Tage für die Wanderung nach Lohberg brauchten, gönnte er dem Tier die Gesellschaft. Er würde keinesfalls einen passenden Ersatz für einen Artgenossen darstellen, aber das Argument hatte Lana nicht gelten lassen, als er es bei ihrem letzten Gespräch angeführt hatte.

Nicki sah auf den Führstrick in seinen Händen hinunter. Vielleicht bot sich ihm hier eine Gelegenheit, unauffällig sein Wissen zu Alpakas, so sehr er auch bezweifelte, es jemals wieder zu brauchen, zu vergrößern und Nummer 66 eine schönere Zeit als in seiner langweiligen Begleitung zu verschaffen.

Wenn auch nur kurz, setzte er in Gedanken nach.

Nicki musste vorsichtig bleiben. Die Gefahr, dass jemand Nummer 66 als ein gestohlenes Alpaka erkannte, bestand nach wie vor.

Er hob den Kopf und lächelte Natalie an. »Können Nummer 66 und ich uns eurer Pause anschließen?«

# *Neue Wegbegleiter*

Natalie hob eine Augenbraue. Im Augenwinkel bemerkte er, dass alle Wanderer genauso gespannt waren wie er, und Nicki hatte sogar den Eindruck, dass jedes Alpaka neugierig auf ihre Antwort wartete.

»Dein Alpaka heißt Nummer 66?«

Nicki runzelte die Stirn. »Ähm, ja?«

»Wow.« Sie verlagerte ihr Gewicht und betrachtete Nummer das Tier nachdenklich. »Das ist ein sehr kreativer Name.«

»Danke.«

»Wieso heißt sie so?«

Die Wahrheit behielt er besser für sich, auch wenn ihm die Erklärung keine Probleme bereiten sollte – er kannte genug Leute, die seltsame Namen für ihre Haustiere gefunden hatten. Die meisten davon waren Männer. Nicki entschied sich für die unverfänglichste Erklärung, die ihm einfiel. »Das ist ihre Zuchtbuchnummer.«

»Klar.« Natalie nickte.

Nicki ertappte sich dabei, wie er unter ihrem prüfenden Blick die Schultern durchstreckte und den Bauch einzog. Emma und ihr Klon kicherten.

»Und du heißt?«

*Ganz vergessen.* »Oh!« Er lächelte und nahm den Führstrick hastig in die andere Hand, ehe er die rechte ausstreckte. »Niko-Nicki Brandl.«

Natalie blickte auf die angebotene Hand hinunter. Als sie nach mehreren Sekunden den Gruß nicht annahm, kamen in Nicki Zweifel, ob er sich wirklich mit echtem Namen hätte vorstellen sollen. Er senkte die Hand. Ihre steife, an Unfreundlichkeit grenzende Reaktion ärgerte ihn – genau wie seine Gedankenlosigkeit.

»Dürfen wir uns euch jetzt anschließen?«

Natalie betrachtete das silbergraue Alpaka erneut und seufzte. »Von mir aus ...« Sie wandte sich zu der Gruppe um. »Wir machen eine Pause! Vergesst die Panikdämpfer nicht, wenn ihr die Tiere anpflockt.«

*Panikdämpfer? Anpflocken?* Er fand hoffentlich bald heraus, was sie damit meinte.

»Alle wieder in die Reihe!«, setzte Natalie nach. »Und Henry, sei mit Spucki vorsichtig!«

Der Mann nickte beflissen und ging mit Spucki zurück zu dem Treck.

Schweigend beobachtete Nicki, wie die Wandergruppe sich sammelte. Jeder wusste, was zu tun war. Ruffenach blieb mit seinem gescheckten Alpaka stets in Natalies Nähe und redete auf sie ein. Ihr leicht genervter Gesichtsausdruck bestätigte Nickis Eindruck nur, ehe er sich abwandte. Unschlüssig sah er die Reihe entlang. Zwischen Emmas namenlosem Klon und einer anderen Frau, die mit ihrem beigefarbenen Alpaka kämpfte, war eine kleine Lücke. Er zog an Nummer 66s Strick.

»Nein.«

Nicki drehte sich verblüfft zu Natalie um. Hatte er etwas falsch gemacht? »Was ist denn?«

»Geh mit deinem Alpaka hinter Amelia.« Sie deutete auf eine Frau, die mit Henry und einer anderen Frau mit struppigen, kurzen Haaren und drei Alpakas am Ende des Trecks stand. Die Gruppe unterhielt sich, während Spucki unruhig umhertänzelte.

Vielleicht ist das so ein Rangordnungsding, überlegte er. »In Ordnung.« Er zupfte an der Führleine. Die Alpakastute trottete hinter ihm her, und er ging auf die drei Wanderer zu. »Hey.«

»Hallo«, gab die Frau mit dem Strubbelkopf zurück. Amelia schwieg, und Henry hatte seinen Gruß offenbar nicht mitbekommen, denn Spuckis Interesse an Faulbaumblättern erforderte seine ganze Aufmerksamkeit.

»Mein Name ist Nicki«, stellte er sich vor.

»Ich bin Stella Markmann«, sie zog an dem Führstrick ihres Alpakas und das weiß gescheckte Tier machte einen Schritt nach vorn, »und das ist Tuttifrutti.«

»Wie die Fernsehshow?«

»Ich habe keinen Fernseher.«

Nicki runzelte die Stirn. *Tutti Frutti* war vor seiner Zeit ausgestrahlt worden, aber er hatte trotzdem davon gehört und wusste, man kannte unter diesen Namen nicht nur eine Süßspeise. »Nun, da hast du nichts verpasst.«

»Da bin ich mir sicher.« Sie atmete tief ein, und Nicki bemerkte, wie die andere Frau die Augen verdrehte. Stella ignorierte es. »Fernsehen ist ab–«

»Wir gehen los!«

Natalies Ruf verhinderte, was auch immer Stella ihm zum Thema Fernsehen erzählen wollte. Nicki war darüber nicht sonderlich traurig. Die kurzen Haare, die Buttons an ihrer olivgrünen Jacke und der Rucksack aus Jutestoff genügten ihm, um zu wissen, dass Stella Markmann einen eher alternativen Lebensstil pflegte, dem Nicki wenig bis nichts abgewinnen konnte. Das Gleiche galt für Diskussionen mit solchen Leuten – er fand sie genauso unerquicklich wie Unterhaltungen über Essen mit Vegetariern oder Veganern.

Die Gruppe setzte sich in Bewegung.

Ruffenach und Natalie schlugen den gleichen Weg ein, dem Emma und Henry gefolgt waren, als Spucki aufgescheucht worden war. Das Laub knisterte unter seinen Sneakers, als Nicki den Wegrain verließ und sich unter dem dichten Blätterdach der Buchen wiederfand. Zwischen den Stämmen ragten größere Findlinge aus dem Meer aus roten, braunen und gelben Blättern empor. Er beugte sich zur Seite, um an der stillen Amelia und ihrem beigefarbenen Alpaka vorbeizuschauen. Die Lichtung lag vor ihnen.

Gesittet folgten die Alpakas ihren Führern auf die Waldwiese. Er hörte den Bach, den Emma erwähnt hatte, unter den Geräuschen des Waldes und den Schritten der Leute plätschern. Die Ersten blieben stehen.

Von der Planlosigkeit, mit der er seinem Alpaka in der Dusche begegnet war, sah er bei keinem etwas. Nicht einmal Henry zögerte, er suchte sich mit Spucki einen schönen Platz.

Ruffenach blieb wie gehabt in Natalies Nähe. Zu Nickis Verwunderung hielt Amelia kurz bei ihm an. Die beiden wechselten ein paar knappe Worte, ehe sie Stella in die Nähe des Pfades, der zum Bach führte, folgte.

Nicki wandte sich wieder um und beobachtete interessiert, wie Natalie sich suchend am Lichtungsrand umsah. Ihr Alpaka trottete hinter ihr her. Nach wenigen Augenblicken fand sie einen kräftigen Ast, den sie unter dem neugierigen Blick ihres Alpakas in den Boden einarbeitete. Aus ihrem Rucksack zog sie einen längeren Führstrick hervor, den sie an dem Pflock festmachte; einen weiteren kleinen Gegenstand, von dem Nicki vermutete, dass es sich um diesen ominösen Panikdämpfer handelte, befestigte sie ebenfalls. Mit flinken Griffen wechselte sie den Führstrick ihres Alpakas, nahm ihm die Tragetaschen ab und klopfte dem Tier kurz auf den Hals. Dann ging sie zu Lorenzo weiter, der mit Marabus Gurten kämpfte.

*Das ist also Anpflocken.*

Das rehbraune Alpaka versenkte den Kopf in einem nahen Grasbüschel. Nicki war froh, abgewartet zu haben. Suchend sah er sich um. Ein langer, etwa drei Fingerbreit dicker Ast lag in seiner Nähe. Nicki ließ Nummer 66s Leine los, fischte den Stock aus dem Gras heraus und fuhr mit der Handinnenfläche über das feuchte Holz. Dann griff er erneut nach dem Führstrick und suchte nach einem Platz für Nummer 66s Pause.

Einen Panikdämpfer besaß er nicht. Nicki hoffte allerdings, Nummer 66 behielt im weiteren Verlauf seiner Wanderung ihre Ruhe bei und bereitete ihm keinen Ärger. Wie er es sich wünschte, trottete sie hinter ihm her, und er führte sie zu einem freien Platz zwischen Henry und Emmas Doppelgängerin.

Wie er es bei Natalie beobachtet hatte, rammte er den Pflock in den Boden. Unter Nummer 66s neugierigem Blick vergewisserte er sich doppelt, dass der Ast fest verankert war.

»Dann wollen wir mal«, murmelte Nicki und betrachtete den behelfsmäßigen Führstrick, von dem er nicht wusste, wo Klaus ihn eigentlich gefunden hatte. Nach einigen Sekunden zauberte er einen in seinen Augen mehr oder weniger geschickten Knoten um den Ast. Zweifelnd betrachtete er sein Werk. Die Alpakastute senkte ihren Kopf. Der Führstrick ließ ihr kaum Freiraum, und Nicki hoffte, dass das Material durchhielt. In dem Geschäft für Landwirtschaftsbedarf hatte er nicht daran gedacht, dass er Nummer 66 irgendwo anbinden würde. Vorsichtig strich er über die weiche Nase, das Tier ließ sich beim Fressen nicht stören.

»Autsch!«

Nicki blickte zu Henry hinüber. Der Mann pulte an seinem Handballen herum. Der Strick von Spucki hing neben dem schief in den Boden gerammten Pflock verloren in der Luft, aber das Alpaka hatte seine neuerliche Freiheit noch nicht mitbekommen. Henry bemerkte Nickis plötzliche Aufmerksamkeit, und seine Ohren liefen rosa an.

»Spreißel«, erklärte er gequält.

Nicki lächelte mitleidig, richtete sich auf und warf einen letzten Blick auf Nummer 66. Die Alpakastute schien mit ihrem Platz zufrieden zu sein.

»Du solltest Spucki anpflocken.«

Henry riss ruckartig den Kopf zu dem Alpaka herum. Die unvermittelte Bewegung erschreckte Spucki erneut. Ein warnender Pfiff kam über seine hervorstehenden Unterzähne, und Henrys Hand schnellte nach vorn.

Er bekam den Strick des Alpakas zu fassen.

Schweigend und immer noch von so viel Unruhe in einer Person verwundert beobachtete Nicki, wie Henry den Panikdämpfer befestigte. Mit einem erstaunlich geschickten Knoten band er Spucki fest.

»Hast du keinen anderen Strick dabei?«

Nicki zuckte zusammen und drehte sich um. Natalie war hinter ihm stehen geblieben. Mit verschränkten Armen erwiderte sie seinen erschrockenen Blick.

Braun.

Er wunderte sich, in diesem Atemzug dem unwichtigen Detail ihrer Augenfarbe Aufmerksamkeit zu schenken. Im nächsten Moment verfluchte er sich dafür – sie waren braun wie Lauras. Am Ende ihrer Beziehung war in ihren Augen genauso viel Abscheu und Zweifel gelegen wie nun in Natalies Blick.

»Wieso einen anderen?«

»Einen *längeren*?«, gab Natalie zurück. Sie nickte in Nummer 66s Richtung. »Sie kann sich ja kaum bewegen.«

»Sie bewegt sich doch genug?« Nicki grinste und verdrängte jeden Gedanken an Laura, Black Glory und Stefano, den anderen und nun einzigen Mann in Lauras Leben.

Ihre Miene hellte sich nicht auf. »So sieht sie aber nicht aus.«

»Hey, willst du sagen, Nummer 66 sei fett?«, empörte sich Nicki gespielt.

Natalie rollte mit den Augen. »Komm mit, ich habe einen Ersatzstrick.«

Nicki sparte sich die Frage, ob der Strick für das Alpaka oder ihn bestimmt war. Er ließ Nummer 66 mit ihrem Gras allein und trottete hinter Natalie her. Nachdenklich sah er auf die schlanke Gestalt der Trekkingtour-Leiterin. Jedem humorvollen Vorstoß begegnete sie mit gelangweilten Erwiderungen, die an Sarkasmus grenzten, und er fragte sich, wie die Mitglieder der Trekkingtour das erlebten.

So macht das doch keinen Spaß, sagte Nicki sich und blickte flüchtig zu den anderen. Lorenzo, die beiden Emmas, Amelia und Stella hatten sich auf einem umgefallenen Baumstamm niedergelassen.

Natalie durchwühlte ihren Rucksack. Gedankenverloren stellte sie einen Campingkocher, ein Erste-Hilfe-Set und ein paar Dosen neben sich ab. Dann zog sie einen blauen Synthetikstrick hervor und streckte ihn Nicki entgegen.

»Danke.« Nicki nahm ihr den Strick ab.

Sie wandte sich wortlos wieder ihren Sachen zu und packte sie zurück in den Rucksack. Das Erste-Hilfe-Set war angerissen, und Natalie presste einen verpackten Mullverband zurück in das Täschchen, ehe sie sich den Dosen mit Chilibohnen, Mais und passierten Tomaten widmete. Auf jeden Fall war sie besser als er auf eine größere Alpakawanderung vorbereitet – Nicki hatte Müsliriegel, Trockenobst und Kekse zu bieten.

»Hey, du hast mir gar nicht gesagt, wohin eure Reise geht.«

Natalie blieb hocken, und ihre Schultern sackten nach unten. Drei Sekunden verstrichen, ehe sie sich umdrehte. »Ist das denn wichtig?«

Nicki zuckte mit den Achseln und nickte in Richtung der Alpakas. »Vielleicht können wir ja einen Teil des Weges gemeinsam gehen?«

»Bis zum Waldrand?« Zweifelnd wanderte ihr Blick zu seinen Sportschuhen.

Nicki deutete mit beiden Zeigefingern auf seine Schuhspitzen. Das Seil entglitt halb seinen Händen. »Das sind *meine* Füße, keine Sorge.«

»Vermutlich kann ich darüber froh sein ...« Sie erhob sich elegant und strich über ihre Wanderhose.

»Für Nummer 66 ist es sicher schön, wenn sie mit Artgenossen zusammen ist.« Die Vorteile für sich behielt er besser für sich, denn das interessierte Natalie sicherlich nicht.

»Ist sie das sonst nicht?«, gab Natalie schroff zurück.

Nicki stöhnte und legte den Kopf in den Nacken. »Nein, so meinte ich das nicht – natürlich lebt sie sonst mit anderen Alpakas zusammen.« Er hoffte es zumindest. In seiner Wohnung gab es trotz des allgemeinen Trends, alles mit Alpakas – oder Lamas, so genau hatte Nicki die Motive nie angesehen – zu bedrucken, keinen einzigen Gegenstand mit einem grinsenden Neuweltkamel.

»Wie lässt sich das mit Ruhe und Entspannung vereinbaren?«

*Scheiße, sie hat mir zugehört.* Für den Bruchteil einer Sekunde ärgerte er sich, sich immer wieder zu unbedachten Äußerungen hinreißen zu lassen – am Ende war er immer derjenige, der in den Augen anderer sprunghaft handelte und keine Ziele verfolgte.

»Ach ...« Er zuckte mit den Schultern. »Zusammen ist es doch immer schöner.«

»Da bin ich mir nicht sicher.«

*Sehr charmant.* Sein Mitleid für die Wandergruppe wuchs mit jedem Augenblick, den er sich länger mit Natalie unterhielt, aber er wollte sich nicht auf diese Art von Schlagabtausch einlassen.

»Es ist einfach nur eine Idee«, erklärte er. »Wenn die Richtung stimmt, spricht doch nichts dagegen, einen Teil des Weges gemeinsam zu gehen.«

Sie seufzte. »Die Tour geht über Spiegelau, Frauenau, Landberg, an Eisenstein vorbei nach Lohberg und Eggersberg.«

*Das ist verrückt.* Er wusste nicht, ob er lachen oder weinen sollte. Bis auf Eggersberg sagten ihm die Ortschaften etwas. Sie lagen auf dem Weg, den er sich ausgesucht hatte, und es konnte kaum noch von einem *Teil des Weges* die Rede sein, wenn Natalie zustimmte.

Nicki pfiff leise durch die Zähne. »Das ist ja eine ganz schöne Strecke, die ihr noch vor euch habt.«

»Aus dem Grund tragen wir festes Schuhwerk.«

»*Meine* Füße«, erinnerte Nicki und grinste schief. »Aber wie gesagt«, er verzichtete darauf, ihr von seiner Routenplanung zu erzählen, »einen Teil des Weges könnten wir gemeinsam gehen.«

Eine gute Idee? Nicki wusste es nicht. Bevor er sich auf den Weg gemacht hatte, hatte er sich einen Überblick über die Reichweite der Diebstahlmeldung im Internet verschafft. Tatsächlich spielten verschwundene Alpakas kaum eine Rolle in den Nachrichten, aber er wusste von den Algorithmen. Einmal falsch gesucht und schon zeigten die Werbebanner monatelang Angebote für Nassstaubsauger an. Bei Menschen, die eine Alpakawanderung mitmachten, sahen die Suchergebnisse anders aus, und Nicki war sich sicher, dass jedes Gruppenmitglied ein Handy dabeihatte. *Gut, bei Stella bin ich mir nicht sicher.*

Natalies Blick schweifte zu Nummer 66. Die Alpakastute graste zufrieden neben Spucki und dem Alpaka des namenlosen Emma-Klons. Ihr kurzer Schwanz schlug von einer Seite zur anderen. »In Ordnung.«

»Super, freut mich.«

Sie betrachtete ihn erneut voller Zweifel, ehe sie ohne ein weiteres Wort an ihm vorbeiging. Mit langen Schritten kehrte sie zum Rest der Gruppe zurück, und Ruffenach fing sie mit seinem GPS ab. Nicki beobachtete einige Sekunden, wie er ihr etwas an dem Gerät erklärte. Zum ersten Mal glaubte Nicki, den Hauch eines Lächelns auf ihren Lippen zu sehen, und er ahnte, dass er seinen Vorschlag auf die eine oder andere Weise bereuen würde.

## Die Challenge

Er hatte tatsächlich nichts zu verlieren. Selbst wenn Lana auf einen Einsatz von seiner Seite bestand, gab es außer der Kleidung, die er an seinem Körper trug, nichts, was er ihnen bieten konnte. Er war sich ebenfalls sehr sicher, dass sich unter seiner knittrigen blauen Jacke nichts verbarg, was Lana interessieren könnte, so leid es ihm für sich tat.

Patrick stellte einen Campingtisch und vier Klappstühle in der Nähe der Alpakaweide auf. Mit Matt besprach er, wie sie dem Zuschauer ein gutes Bild lieferten und vor allem Lana ins beste Licht rückten.

Lana hatte sie allein gelassen. Im BMW legte sie letzte Hand an ihr Make-up, was Nicki durchaus bedauerte, denn sie war ein schönerer Anblick als Patrick, Matt, die Kirchturmspitze oder die Alpakas auf der Weide. Wilhelm und Karl waren recht schweigsame Genossen. Einen Gesprächsversuch hatten sie mit tiefem Brummen abgeschmettert, und Nicki fühlte sich etwas verloren neben ihnen, während sie immer wieder an ihrem Sekt nippten.

Er hatte sein Glas schnell ausgetrunken und stellte es auf dem Tisch ab. »Entschuldigt ihr mich bitte?«

Ohne auf eine Antwort von den Bauernbrüdern zu warten, schob Nicki sich an Wilhelm vorbei, versenkte seine Hände in den Jackentaschen und trottete in Richtung des Waldes. Nach wenigen Schritten tauchte er in den Schatten unter den Bäumen ein. Fern von ihm rauschte es, vermutlich die Bundesstraße, und für einen Augenblick überlegte Nicki, seinen Freunden Bescheid zu geben. Doch er verwarf den Gedanken schneller, als er ihn zu Ende gedacht hatte. Peters Laune war ohnehin nicht die beste. Auf eine spaßige Aktion am Zaun einer Alpakaweide hatte er sicher keine Lust. Björn kotzte sowieso nur, und Klaus mochte Tiere in etwa so gern wie eine Darmspiegelung.

Nicki blieb stehen, schwankte und sah sich um. Kurzerhand entschied er sich für die nächste Buche, kaum einen Meter vom Waldrand entfernt, und stapfte über junge Blaubeeren, Baumschösslinge und welkes Laub zu dem grau glänzenden Stamm. Ein Ast krachte, als er stehen blieb, und er tüftelte an seinem Hosenknopf herum, bis dieser nachgab. Der Rest verlangte weniger Geschick. Nicki seufzte erleichtert auf, als der Druck in seiner Blase nachließ. Nach wenigen Sekunden verklang das Spritzgeräusch auf der Wurzel.

Nicki zog die Boxershorts wieder hoch. Rasch schob er alles zurecht, ehe er sich umwandte. Mit der Hand nestelte er am Hosenknopf herum und blickte zwischen den Büschen am Waldrand hindurch.

Lana stapfte auf die Anhöhe zu. In ihren blonden Locken steckte nun eine große künstliche Blume.

»Hui«, murmelte Nicki.

Der störrische Knopf entschlüpfte immer wieder seinen Fingern, die ihm nicht so recht gehorchen wollten. Hastig blickte er auf. Lana näherte sich, und der Knopf entkam einem weiteren Versuch, seine Hose zu schließen.

*Verflucht …*

Er wollte sie nicht warten lassen. Nicki ließ den Knopf einfach Knopf sein und stolperte den Hang hinunter und ihr entgegen. Am Rand der Wiese trafen sie sich.

»Da bist du ja!«, zischte Lana und packte ihn an der Schulter. »Wir wollen anfangen!«

»Hey!« Nicki sah auf ihre Hand an seinem Ärmel hinunter. Knallroter Nagellack leuchtete ihm im Sonnenschein entgegen. »Immer langsam mit den jungen Alpakas, ich bin nur pinkeln gewesen.« Er knispelte wieder an seiner Hose herum.

Lana verdrehte die Augen. »Du bist wohl ein ganz toller Schmarrnbeppi?«

»Das höre ich dauernd.«

Eigentlich hatte er es noch nie gehört. Er konnte sich aber vorstellen, was sie meinte. Laura hatte seine Sprüche früher lustig gefunden, »Schmarrnbeppi« hatte sie ihn aber nie genannt.

Lana schürzte missbilligend die Lippen, dann wanderte ihr Blick hinunter zu seiner Hose. Ihre Augen verengten sich zu schmalen Schlitzen. »Mach das zu!«

»Versuche ich ja.« Seine Unfähigkeit verblüffte ihn selbst. Nach den zahlreichen Wodka-Colas war es eine Sache, nicht mehr geradeaus gehen zu können, aber den momentanen Eigenwillen seiner Hände verstand er selbst kaum. »Aber irgendwie ...« Er wedelte vor ihrem Gesicht herum.

Sie beobachtete den Tanz seiner Finger für eine Sekunde und sah dann nach unten. Ihre Miene blieb ausdruckslos. »Wenigstens hast du dich nicht angepisst.«

»So unfähig bin ich nun auch wieder nicht.«

»Zefixmaledei ...« Lana schnaubte, dann beugte sie sich nach unten. Erschrocken von ihrem Tun riss Nicki die Augen auf und blickte auf ihren Hinterkopf und die Blume hinunter. Dann richtete sie sich auf. Sie hatte – ohne Schwierigkeiten, wie Nicki sich eingestehen musste – sein Hosenproblem gelöst. Aus ihren blauen Augen sprach blanker Hohn, um ihren Mund zeigte sich ein verächtlicher Zug, der nichts Gutes verhieß, und beides fand sich auch in ihrer Stimme wieder. »Bist du eigentlich echt so blö–«

Nicki wusste nicht, was ihn trieb. Blindlings fasste er nach ihren Oberarmen und zog sie zu sich. In der nächsten Sekunde presste er seine Lippen auf ihre, und er schmeckte den fettigen Geschmack ihres roten Lippenstifts.

Sie riss sich von ihm los. »Spinnst du?!«, keifte Lana.

Mit dem Handrücken fuhr sie sich über die Lippen, ein roter Streifen zeigte sich auf ihrer Schneewittchenhaut. Mit einem Mal erinnerte sich Nicki an Georgina. Sie hatte genauso fuchsteufelswild werden können, wenn Klaus in einem seiner seltenen Anfälle von Zärtlichkeit und Zuneigung ihr Make-up zerstört hatte. Laura hatte sich nie für Concealer, Lippenstift und Lidschatten interessiert, bis Black Glory und Stefano in ihr Leben getreten waren. Nicki seufzte innerlich und die Erinnerung jagte ihm einen wohligen Schauer über den Rücken.

»Scheiße, jetzt darf ich nachziehen!« Lana fuchtelte mit der Hand.

»Du bist doch Profi.«

»Und du bist widerlich!« Sie funkelte ihn wütend an.

Nicki zuckte mit den Achseln. Seine Aktion hatte ihn selbst überrascht, aber er bedauerte es nicht. Seine innere Zerrissenheit bei dieser Überlegung erschreckte ihn mehr als der Gedanke, sich für einen Sekundenbruchteil von Laura gelöst zu haben. In all den Wochen seit ihrer Trennung hatte er das nie geschafft. *Muss dafür echt erst ein Alpakamädchen daherkommen?*

»Ach, komm – es hat dir doch gefallen.«

»Du stinkst wie ein Tresen in einer verratzten Bar!«

»Hey, *du* hast mir den Sekt gegeben.«

Und ich bin mir echt nicht sicher, ob das nur Sekt war, ergänzte er gedanklich und sah auf seine Finger hinunter. Sein Zeigefinger zuckte, und Nicki schwankte für einen Moment, ehe er den Blick wieder hob. Laura – ihre Namen waren sich sehr ähnlich. Wenn er die Augen schloss, konnte er sich vorstellen, wie …

Sollte er es noch einmal versuchen, brachte Lana ihn vermutlich um.

Sie schnaubte und deutete zur Alpakaweide hin. »Komm jetzt, du Depp!«

»Wenn es unbedingt sein muss.« Nickis Schultern sackten nach unten, und er trottete an Lana vorbei. Er spürte ihren wütenden Blick in seinem Rücken, aber ein Lächeln konnte er sich nicht verkneifen.

Vielleicht gibt es für den Gewinner ja eine persönliche Belohnung, unkte er im Stillen.

Das Gras wisperte unter seinen Schritten. Sand und Lehm knirschten, als er auf den Feldweg trat und zum BMW zurückging. Patrick hatte seine Vorbereitungen beendet. Eine Vase mit ein paar lieblos gepflückten Wiesenblumen stand in der Tischmitte, ein Stapel bunter Tücher lag daneben, und Nicki runzelte die Stirn.

»Setzt euch hin«, wies Lana sie an und drängelte sich an Nicki vorbei. Sie zupfte die Tischdecke zurecht. Nicki folgte ihr langsam, Wilhelm und Karl kamen von der anderen Seite auf den Tisch zu, Wilhelm hielt immer noch ein halb volles Sektglas in der Hand. »Ist das so in Ordnung mit der weißen Decke, Matt?«

Der Mann sah von dem Smartphone in seiner Hand auf. »Ja.«

Lana nickte geistesabwesend, dann blickte sie zu Nicki und den Bauernbrüdern. »Du setzt dich in die Mitte, oder, Matt, was meinst du?«

»Ja.«

»Kannst du auch was anderes sagen?«, fragte Nicki laut.

Matt sah kurz zu ihm, dann stopfte er sein Handy in die Hosentasche und stapfte zu dem BMW.

*Scheinbar nicht.* Beschwingt ging Nicki zu dem Klappstuhl zwischen den beiden Brüdern. Wilhelm stellte sein Sektglas am Boden ab.

»Sind wir jetzt so weit?« Patrick trat an den Tisch. In seiner Hand glänzte ein iPhone, und sein Blick wanderte zwischen Lana und den Teilnehmern der Challenge hin und her.

»Ich muss noch einmal meinen Lippenstift nachziehen.«

»Schon wieder?«

Sie kniff die Augen zusammen. Nicki konnte sich regelrecht vorstellen, wie sie Patrick in ihren Gedanken mit allerlei Schimpfwörtern bedachte. Ihr Blick und die leicht gespitzten Lippen, als ob sie ihm das, was Nicki ihr aufgezwungen hatte, unter die Nase reiben wollte, ließen den Schnösel kalt. Unbeeindruckt sah er auf sein iPhone hinunter.

Nicki ertappte sich erneut bei der Frage, ob die beiden eigentlich ein Paar waren oder nicht; sonderlich liebevoll gingen sie nicht miteinander um. Es erschien ihm eher wie eine rein geschäftliche Beziehung, was nicht weniger lächerlich war. Immerhin handelte es sich bei Lana nur um das Gesicht eines Alpaka-Fanaccounts auf Instagram. Alpakas stellten sicher keine Konkurrenz für die Stylingqueens unter den Mode-Influencern oder die Globetrotter unter den Reisebloggern dar.

Lana ging ohne ein weiteres Wort zurück in ihr mobiles Schminkstudio.

Die Scharniere des Klappstuhls knackten vernehmlich, als Nicki sich in ihn fallen ließ. Erwartungsvoll legte er die Fingerspitzen aneinander und blickte zu Karl. »Und? Bist du auch gespannt, was jetzt passiert?«

Karl brummte eine unverständliche Antwort, und Nicki seufzte. Für die Challenge-Teilnehmer hatte Lana hoffentlich keine großen Sprechrollen vorgesehen, denn mit Karl und Wilhelm hätte sie sich da keinen Gefallen getan.

Nach einer Minute kehrten Lana und Matt zurück. Das Rot auf ihren Lippen konkurrierte nun wieder mit dem Rot auf ihren Fingernägeln um den Titel des stechendsten Rottons. Matt trug ein Stativ.

»Vorher hat es mir besser gefallen.«

»Halt die Klappe!« Sie stützte sich auf dem Tisch ab und sah ihm und den Brüdern entgegen, während Matt das Stativ aufstellte. »Seid ihr bereit?« Sie zögerte erwartungsvoll, dann schüttelte sie den Kopf. »Nein.«

Neben ihm zuckte Wilhelm zusammen, und Nicki hob erstaunt eine Augenbraue. Lana stieß sich energisch vom Tisch ab und kam herum. »So geht das nicht, habt ihr das nicht gelernt?« Sie trat auf Wilhelm zu. Unter seinem empörten Blick legte sie seinen Kragen zurecht. Dann sah sie zu Nicki und kräuselte die Lippen. »Und du ziehst deine Jacke aus.«

»Äh?«

»Los!«

Irritiert lehnte Nicki sich nach vorn und schälte sich aus den Ärmeln. »Aber wieso denn?«

»Matt, bring die Jacke aus dem Bild«, befahl Lana.

»Ja.« Der Angesprochene trottete um den Tisch herum.

Sprachlos und immer noch verwirrt streckte Nicki ihm den Anorak entgegen. »Wieso?«

»Mir gefällt das Blau nicht, das ist so ... Blau, wie für kleine Buben«, erklärte sie und verzog den Mund. »Ich will ja ernst genommen werden.«

»Das ist meine Jacke.« Nicki bezweifelte, dass es irgendeinen Zuschauer interessierte, welche Farbe seine Jacke hatte oder ob gar jemand den gleichen Vergleich wie Lana zog. Er kannte ihr wahres Problem mit der Jacke und rieb sich über den dürftigen Bart an seiner Wange.

*Von wegen kleiner Bub ...*

Verdrossen blickte er zu Patrick hinüber, während Matt den Anorak zum Rest der Kameraausrüstung warf und dann zurückkam.

Patricks Gesichtsausdruck war genervt. »Können wir jetzt mit der Abschlussbesprechung anfangen?«

»Ist das nicht eher ein Kick-off-Meeting?«, warf Nicki ein. Offenbar übernahm Patrick nicht nur die Aufgaben ihres Fahrers, sondern auch die eines Drehkoordinators.

»Halt die Klappe.« Lana drehte sich zu Patrick um. »Patrick?«

»Matt?«, gab Patrick die Frage weiter.

Matt deutete auf eine Stelle neben Patrick. »Das ist, bittschön, der beste Platz für die Kamera, aber nur, solange ...« Er wies zaghaft in den Himmel, und ein rosafarbener Hauch zeigte sich auf seinen Wangen. »Die Wolken, bittschön. Die machen mir Sorgen.«

Lana und Patrick folgten seinem Wink. Energisch schüttelte Lana ihre blonden Locken. »Das wird schon gehen. Im Wetterbericht ist Regen erst ab dem späten Abend angekündigt, wir machen einfach schnell, und ihr spielt gut mit.« Die letzten vier Worte betonte sie in einer Weise, die keinen Widerspruch duldete, und ihr Blick verharrte auf Nicki.

Blöde Kuh, dachte er, während er auf ihre zusammengekniffenen knallroten Lippen stierte.

»Eine Frage ...« Nicki stemmte sich von der Lehne des Stuhls empor und hielt den rechten Zeigefinger in die Höhe. »Muss ich in die Kamera schauen?«

Lana kämpfte sichtlich mit sich, ihm nicht erneut den Mund zu verbieten. Sie schob die Vase mit den Wiesenblumen zur Seite, dann griff sie nach dem Tuchstapel und legte ihn vor sich wieder ab.

»Nein, achte einfach auf die Sachen auf dem Tisch …«, erklärte sie schließlich. »Die erste Challenge ist sowieso mit verbundenen Augen. Da kannst du einfach blöd in die Gegend schauen.«

Er sah ihr regelrecht an, wie sie in ihren Gedanken ›*Wie du es eh schon tust*‹ nachsetzte, aber es kümmerte ihn nicht. Zerstreut umspielte er seine schmerzenden Finger, sie knackten vernehmlich, und er fröstelte.

»Patrick, du reichst mir den Kram dann immer und räumst es ab, ne?«

»Von mir aus.« Seine Vielfalt verblüffte Nicki, aber er verkniff sich jeden Kommentar. Patrick sah nicht so aus, als ob ihm die von ihr zugedachte Rolle als Kellner gefiel.

»Aber …« Matt fuhr sich verlegen über die Nase, der Farbton seiner Wangen näherte sich mehr und mehr dem Rot eines gekochten Hummers an. »Achtest du dann bittschön darauf, dass du bittschön nicht zu sehr ins Bild drängelst, weil ich muss ja Lana immer im Mi–«

»Schon klar.« Patrick rollte mit den Augen.

»Wieso eigentlich?«

Verdutzt wandten Lana und Patrick sich zu Nicki um. »Was?«, fragte Lana schnippisch. Seine erneute Zwischenfrage verärgerte sie sichtlich. »Wir wollen jetzt anfa–«

»Die meisten Alpakafans sind doch weiblich, was spricht gegen Patrick im Bild?«

»Äh …« Lana blinzelte. »Das ist *mein* Account?«

»Ja, klar, aber ich meine – ich bin ein Milchbubi, die zwei Schränke hier sind auch nicht sonderlich attra–«

»Halt die Klappe!« Lana schnaubte.

Das missfällige Brummen der Bauernbrüder überhörte jeder, und Nicki konnte wohl dankbar sein, dass sie körperlich genauso träge waren wie geistig.

»Die Leute besuchen den Account wegen der Alpakas.«

»Okaaay?« Nicki warf einen Blick über die Schulter. Die Alpakas grasten friedlich auf der Weide und schenkten dem Treiben auf der anderen Seite des Feldweges keine Beachtung. »Sollte der Tisch dann nicht inmitten der Alpakas stehen? Oder ein Alpaka …«, er drehte sich um und zog eine gelbe Blume aus der Vase heraus, »… neben dem Tisch stehen? So für die *Credibility*?«

»Halt die Klappe!«, wiederholte Patrick, und sein schroffer Ton ließ Nicki zusammenzucken.

Die Blume entglitt seinen Fingern. Lana starrte ihn mit zusammengepressten Lippen an, und Matt nestelte verlegen an den Knöpfen der Kamera herum.

Nicki beließ es dabei. Er hatte ja keine Ahnung von Instagram und Social Media, sein Wissen beschränkte sich auf Folgen, Likes verteilen und das, was er zu seinem Bedauern aus Georginas Erzählungen mitbekommen hatte.

Er wischte die Blüte vom Tisch. »Ist eure Sache …«

»Eben.« Lana wandte sich Patrick zu. »Und?«

Der hochgewachsene Mann nickte und fuhr sich über seine gegelten Haare. »Matt, denk dran – das Stichwort für das Ende ist *Gewinner*, danach noch fünfzehn Sekunden auf Lana.« Patrick wies in Lanas Richtung. »Die Siegerehrung machen wir nach einer Pause, ja?«

»Ja, das ist sicher besser.«

Nicki hob die Hand. »Eine Frage noch …«

»Was?« Genervt blickten Lana und Patrick zu ihm.

»Wenn ich ›Gewinner‹ sage …« Er deutete auf Matt. »Hört er dann auf zu filmen?«

»Äh …«

»Ihr haltet einfach die Klappe!« Lanas Blick sprang zwischen Nicki, Karl und Wilhelm umher. Ihre Augen blitzten. »Ihr redet nur, wenn ihr etwas gefragt werdet, und ihr werdet *nie* das Wort ›Gewinner‹ sagen!«

»Aber wenn ich eine Frage dazu habe, wie ich Gewi–«

»Halt jetzt endlich die Klappe!«

»Na gut.« Nicki lehnte sich zurück und knackte erneut mit den Fingern. Das selbstgefällige Grinsen konnte er sich nicht verkneifen. Die Idee dieser Challenge war wirklich dämlich, aber versprach viel Spaß. Am Anfang hatte er Zweifel gehabt, aber nun wollte er sich das nicht entgehen lassen, und er hatte irgendwie das Gefühl, aus dieser Sache als großer Sieger hervorzugehen.

»Als Gewinner«, setzte er ironisch nach und kicherte innerlich wie ein kleines Kind, für das Weihnachten und Geburtstag zusammengefallen waren.

Patrick seufzte und drehte sich zu Matt um. »Dann fangen wir endlich an.«

# Die Wandergruppe

»Hey.«

Lorenzo, Emma und ihr Klon, Amelia und Stella blickten von ihrer Brotzeit auf. Unter den fünf Augenpaaren wuchs sein Unbehagen, und wieder kamen ihm die Zweifel. Nachdem Natalie ihn stehen gelassen hatte, war er zu Nummer 66 gegangen. Er hatte ihr ein paar Minuten beim Grasen zugesehen, bis sich sein Magen zu Wort gemeldet hatte.

Ganz cool bleiben, ermahnte er sich und schulterte seinen Rucksack. Ruffenach, Natalie, Henry und das letzte Mitglied der Trekkingtour, eine Frau, standen etwas abseits.

Lorenzo musterte Nicki unverhohlen. »Hey.«

»Ich bin Nicki«, stellte er sich vor. »Ich werde ein Stück des Weges mit euch gehen.«

Die beiden Emmas wechselten einen Blick miteinander. Die namenlose Emma legte ihr Knäckebrot zurück in die Dose und streckte ihre rechte Hand aus. »Ava Kaluza, sehr erfreut«, sagte sie. »Das ist meine Schwester Emma.«

Nicki nahm die angebotene Hand. Endlich ein Name! Er war sich schon dämlich vorgekommen, sie in seinen Gedanken immer als Klon oder Doppelgängerin zu bezeichnen, aber die beiden sahen sich wirklich sehr ähnlich. Er konnte aber nicht sagen, ob Emmas rote Haare gefärbt waren oder nicht – ihre Schwester war unauffällig blond.

Er trat zurück. »Wer ist die Jüngere?«

»Ich«, antwortete Emma prompt.

»Aber nur zwei Jahre ...« Ava lehnte sich nach vorn, stützte sich mit dem Ellbogen auf ihren Oberschenkeln ab und legte ihr Kinn auf die Handballen. Ihr Blick wanderte zu Nummer 66. »Du hast eine sehr schöne Alpakastute.«

»Danke.«

»Ich hätte auch gern ein eigenes Alpaka«, sinnierte Ava.

Lorenzos genervter Gesichtsausdruck verriet Nicki alles. Ava war genau die Art von Frau, die den süßen Öhrchen, dem treuen Blick und dem flauschigen Fell von Alpakas verfallen war und das jeden gern wissen ließ.

Emma knuffte sie in die Seite, und Avas Kinn rutschte von ihren Händen. Empört sah Emma zu ihrer jüngeren Schwester. »Aus dem Grund habe ich dir doch diese Wanderung zum Geburtstag geschenkt!«

»Du hattest Geburtstag? Dann herz–«

»Vor ein paar Monaten schon.« Ava gab mit gespielt beleidigter Miene den Knuff zurück. »Vor allem hast du *dir* ja damit ein Geschenk gemacht!«

»Gar nicht.«

»Du hättest mir einfach ein Alpaka schenken können, Em!«

Emma rollte mit den Augen. »Du wohnst in einer Mietwohnung, Ava.«

»Ach, auf meinem Balkon ist genug Platz!« Versonnen sah sie zu den grasenden Alpakas hinüber. »Ich würde es vermutlich die ganze Zeit knuddeln.«

»Das arme Tier – bei Sonne draußen auf deinem Südbalkon?«

»Ich kann es ja ins Badezimmer stellen.« Ava kicherte. »Da ist es gefliest, und wer weiß, vielleicht kriege ich es ja dazu, das Klo zu benutzen!«

»Hoffentlich lebst du nicht in einem Altbau.«

Verdutzt sahen die beiden Frauen zu Nicki. »Altbau?«, fragte Ava.

*Ich muss mir wirklich abgewöhnen, ohne nachdenken zu sprechen.* Er kickte mit seiner Schuhspitze gegen ein paar Grashalme. »Alte Rohrleitungen könnten Probleme mit den Hinterlassenschaften kriegen.«

Emma runzelte die Stirn. »Bist du Installateur?«

»Zum Glück nicht.« Vermutlich würde der Fischer von ihm dann kostenlose Reparaturen verlangen.

»Das sind doch nur kleine Köttel.«

»Kleinvieh macht auch Mist«, erwiderte Nicki trocken und erinnerte sich an den Eimer voller Alpakahinterlassenschaften, der auf seinem Balkon zum Ausdünsten stand.

Ava kicherte. »Alpakas sind sehr reinli–«

Von der anderen Gruppe schallte lautes Gelächter zu ihnen herüber. Für einen Moment blickte jeder auf. Die unbekannte Frau, Natalie und Ruffenach standen beieinander, während Henry mit seiner Thermoskanne wie das fünfte Rad am Wagen wirkte. Ihre Brotzeit hatten sie offenbar bereits beendet.

»Entschuldigt ihr mich kurz ...« Amelia stellte die Plastikdose neben sich ab und erhob sich anmutig von dem Baumstamm.

»Klar.« Unverhohlen sah Lorenzo ihr nach.

Mit langen Schritten ging sie auf die andere Gruppe zu, die ihr Näherkommen bald bemerkte. Amelia sagte ein paar Worte zu der Frau, die augenblicklich Henry am Arm packte. Die Thermoskanne landete im Gras. Unter dem Geschimpfe seiner Begleiterin hob Henry sie fahrig auf, bevor er ihr hinterher trippelte. Sie gingen einige Schritte von Ruffenach, Amelia und Natalie fort. Die Frau zückte ein Handy und widmete sich grimmig dem Gerät, während Henry seine Thermoskanne immer wieder auf- und zuschraubte.

»Was war das denn?«, fragte Nicki leise.

Lorenzo beugte sich nach vorn und knetete seine Finger ineinander. »Amelia ist Roberts Ehefrau.«

»Wirklich?« Nicki folgte unauffällig seinem Blick, und das alte Sprichwort vom schwächer werdenden Biss und dem zarter werdenden Fleisch kam ihm in den Sinn. Ruffenach wirkte angespannt. »Sie ist doch mindestens zwanzig Jahre jünger als er.«

»Ja.« Lorenzos anzüglicher Gesichtsausdruck verriet viel.

Nicki vermutete, dass das nicht alles war. Amelias Reaktion war in seinen Augen eindeutig gewesen, sie gönnte den anderen den Spaß nicht. Was auch immer sie gesagt hatte, hatte genügt, um Henry und die Frau zu vertreiben. Ein Gespräch über die Gruppe war sicherlich interessanter als Avas Alpakawunschträume.

»Und die Frau und Henry?«

»Sie heißt Luisa und ist Roberts Sekretärin, soweit ich das mitbekommen habe – er leitet eine Firma für Baubedarf in Traunreut.« Ava biss sich auf die Unterlippe. »Henry ist Luisas Begleiter, aber keine Ahnung …« Der Rest ihres Satzes ging in Kichern unter.

»… vermutlich ein Alibi«, fügte Emma wispernd an. Ein verschwörerischer Ausdruck zeigte sich in ihren blauen Augen. »Wir glauben, zwischen Robert und Luisa läuft was.«

»Echt?« Bisher hatte er sie nie zusammen gesehen.

»Ja, da gab es am ersten Abend etwas Zoff«, erzählte Ava. »Amelia hat ihm Vorwürfe gemacht, wieso er seine Sekretärin mitgenommen hat.«

»… aber die behauptet wohl, es wäre purer Zufall.« Emma kicherte.

»Das glaubt aber keiner«, setzte Lorenzo nach.

»Macht euch das eigentlich Spaß?«

Nicki zuckte bei Stellas schroffer Frage zusammen und sah zu der Frau. Sie knabberte an einem Stück Paprika. Eine Edelstahlbrotdose mit Bambusdeckel lag auf ihrem Schoß.

»Was meinst du denn, Sternchen?« Lorenzo grinste.

»Das, worüber ihr da quatscht, ist doch alles absolut unwichtig.«

»Natürlich.« Lorenzo richtete sich auf. »Aber es macht die Wanderung erst richtig interessant.«

»Es ist trotzdem das Privatleben anderer Leute!« Stella schnaubte. »Das geht euch nichts an.«

»Du bist nur neidisch, weil sich keiner für *dein* Privatleben interessiert.«

»Sicherlich nicht.« Stella schüttelte die kurzen Haare. »Ich bin froh, wenn ich nicht das Ziel von solch unreifen Gedankengängen bin, die ihr da teilt.« Sie musterte ihn verächtlich. »Und *du* wieder ganz vorn dabei.«

Lorenzo lehnte sich nach hinten und stützte sich mit beiden Händen auf dem Baumstamm ab. »Na und?«

Stella stöhnte genervt. Sie pickte einen weiteren Paprikaschnitz aus ihrer Brotdose und wandte sich demonstrativ ab.

Nicki schmunzelte. Er nahm seinen Rucksack von der Schulter und stapfte durch das knöchelhohe Gras zu dem Baumstamm. Ohne dass er ein Wort sagen musste, rutschte Emma ein Stück zu ihrer Schwester hinüber. »Danke.« Nicki warf seinen Rucksack vor sich ins Gras, öffnete die Bänder und sah auf seine spärlichen Vorräte hinunter, die er ganz oben in seinen Rucksack gestopft hatte. Unauffällig wanderte sein Blick zu Stellas Edelstahlbrotdose. »Wie handhabt ihr das mit dem Proviant?«, fragte er wie beiläufig und zog einen Müsliriegel hervor. Das Plastik raschelte, als er ihn auspackte. Er sah auf die getrockneten Cranberrys und Schokoladenstückchen hinunter. »Ihr habt ja noch einen ganz schönen Weg vor euch.«

»Die Route ist so geplant, dass wir eigentlich jeden Tag in eine größere Ortschaft kommen«, antwortete Emma. »Ein paar von uns gehen dann einkaufen, man gibt halt seine Liste ab. Abends gibt es was Warmes – am Lagerfeuer oder über dem Grill, wenn wir eine Station erreichen.«

»Eine Station?«

»Ab und zu befinden sich Hütten auf dem Weg«, erklärte Ava. »Dann liegen wir eine Nacht auf einer bequemen Matratze statt auf der Isomatte und in dem ollen Schlafsack«, ergänzte Lorenzo.

Die Kaluza-Schwestern kicherten im Duett. »Wir fragen uns immer wieder, was du eigentlich hier willst?«, fragte Emma.

Nicki horchte interessiert auf. Lorenzo war ohne Begleitung unterwegs, aber Nicki sah keinen Grund, allein auf eine Alpaka-Trekkingtour zu gehen, wenn man nicht gerade der größte Alpakafan auf Erden war. Mit seinem Zahnpastalächeln und dem perfekt geschnittenen Haupthaar sah Lorenzo definitiv nicht so aus.

Lorenzo grinste. »Ich wollte einfach mal raus aus der Stadt – frische Luft genießen und entspannen.«

Nicki hob kaum merklich eine Augenbraue. Die Verpackung des Müsliriegels segelte auf seinen Schoß, und er drehte die Süßigkeit zwischen seinen Fingern. *Dass die es nie schaffen, die Schokostückchen ordentlich zu verteilen.*

»Aber bitte ohne Isomatte und Schlafsack?« Der Spott in Emmas Stimme war nicht zu überhören, und amüsiert biss Nicki in den Riegel.

Lorenzos Lächeln wuchs in die Breite. »Mein armer Rücken soll doch auch entspannen.« Er klopfte auf seine linke Schulter. »Du kannst mir natürlich helfen, Emma. Eine kleine Massage wäre jetzt genau richtig.«

»Sicher nicht!«

»Nur ein bisschen?«, bettelte Lorenzo.

Nicki konnte nicht sagen, ob sie ihn tatsächlich durchschaut hatte, aber Lorenzos vorgeschobene Behauptung, Ruhe und Entspannung zu suchen, verriet Lorenzos wohl gänzlich andere Absichten. Nicki wusste nicht so recht, was er davon halten sollte. In seinen Augen war es einerseits eine sehr billige und durchschaubare Masche, andererseits zeigte Lorenzo eine gewisse Kreativität und bewies durchaus Körpereinsatz.

Andere stellen sich einfach mit einem Friesenhengst auf den Reiterhof, ergänzte Nicki bitter und blickte auf den Müsliriegel hinunter. Mit zwei weiteren Bissen war er verschwunden.

»Keine Chance.« Selbstsicher lehnte Emma sich zurück.

»Vielleicht du, Ava?«

Emmas Schwester schüttelte entschieden den Kopf. »Nein.«

»Frag doch Amelia«, kicherte Emma, und ihr Blick wanderte zu Ruffenach, seiner Frau und Natalie. »Vielleicht will sie Robert etwas eifersüchtig machen?«

»Fangt ihr schon wieder an?«

Nicki verkniff sich den Vorschlag, Lorenzo solle doch Stella nach einer Massage fragen. Vermutlich hagelte es dann von beiden Seiten Protest, und er wollte es sich nicht sofort mit den Leuten verscherzen. Wenn er den Rest des Weges mit dieser Gruppe gehen wollte, musste er sich möglichst unauffällig und vertrauenswürdig verhalten. Auf solche Neckereien und Tändeleien, wie sie sich in dieser Wandergruppe bereits eingebürgert hatten, durfte er sich nicht einlassen.

Auch wenn es schwer wird, stöhnte er innerlich.

Manche der Vorlagen waren zu verlockend, und bis auf wenige Ausnahmen waren ihm die Gruppenmitglieder durchaus sympathisch.

»Würdest du bitte deinen Müll aufheben?« Pikiert deutete Stella auf Nickis Beine.

Verdutzt folgte er ihrem Wink. Im Gras leuchtete ihm die braune und rote Verpackung des Müsliriegels entgegen. »Das ist mir wohl vom Schoß gerutscht ...«, bemerkte er und bückte sich.

Stella schnaubte. »Trotzdem kann man es aufheben. Über zehn Millionen Menschen sterben pro Jahr an den Folgen der Umweltverschmutzung! Es ist in deinem eigenen Interesse, wenn du deinen Müll aufsammelst und dem entsprechenden Recyclingkreislauf zuführst.«

»Es ist mir vom Schoß gerutscht«, wiederholte Nicki genervt. Von Stella durfte er wohl keine Sympathiepunkte erwarten.

»Und Müsliriegel lassen sich sehr gut selbst machen und umweltbewusst in Bienenwachspapier einschlagen.«

»Mhm, klar ...« Lorenzo nickte eifrig und betrachtete Nicki eingehend. »Er sieht schon so aus wie jemand, der täglich in der Küche steht und Getreidebacksteine selbst herstellt.«

»Du etwa nicht?« Nicki verzog den Mund.

Mit seiner Vermutung hatte er offenbar recht gehabt – Stella versorgte ihre Wanderkollegen gern mit ihren Ansichten zu einem umweltbewussten Leben, und sein Blick fiel auf die restlichen Paprikaschnitze. »Am besten schmecken sie mit Agavendicksaft und getrockneten Früchten wie Datteln und Feigen, ganz frisch aus Hinterusbekistan eingeflogen.«

Stella presste ihre Lippen zu einer schmalen Linie zusammen. »Agaven stammen aus Mittelamerika.«

»Das macht die Umweltbilanz nicht besser.« Nicki hielt das Plastik in die Höhe und grinste. »Habt ihr einen Mülleimer gesehen?«

»Dein ›leichtes Gepäck‹ kannst du vergessen, Nicki.« Das süffisante Lächeln verschwand nicht von Lorenzos Lippen. Stellas wütendem Blick hielt er ohne Probleme stand. »Unsere kleine Umweltpolizistin wird dich dazu zwingen, jedes Fitzelchen Müll mitzunehmen, das du produziert, um es ordnungsgemäß in der nächsten Ortschaft zu entsorgen.«

»Ich bin nicht *deine* kleine Umweltpolizistin!« Stella knallte den Bambusdeckel auf ihre Brotdose und sprang auf. Ein paar Alpakas hoben neugierig den Kopf, als sie zu ihnen stapfte.

»Ich sagte ja auch *unsere!*« Lorenzo lehnte sich zurück.

Für einige Sekunden sahen sie ihr nach. Stella band Tuttifrutti vom Pflock los, nach kurzer Suche pflockte sie das Alpaka an einer anderen Stelle wieder an, ehe sie nach einem Blick zu den anderen Leuten in Richtung Bach ging.

»Ist Stella immer *so*?« Nicki stopfte die Plastikverpackung in seinen Rucksack zurück und zog einen weiteren Riegel hervor. Es raschelte erneut.

»Mach dir nichts draus.«

»Sei nicht so gemein, Lorenzo«, mischte sich Ava ein. »Sie meint es doch nur gut.«

»Mit manchem hat sie ja auch recht«, stimmte Emma zu. Ein ernster Zug legte sich um ihre Mundwinkel, sie strich sich eine Strähne ihrer roten Locken hinters Ohr. »Lacht nicht, aber all das hier«, sie nickte in Richtung der Alpakas, »hat mir schon gezeigt, dass man mehr auf die Umwelt achten sollte.«

Lorenzo schnaubte. »Als ob ... Ich bin auch Teil der Umwelt! Wer nimmt denn auf mich Rücksicht?«

Ava kicherte. »Ich glaube nicht, dass Em *das* meinte.«

»Sicher nicht.« Avas Schwester behielt ihren ernsten Blick bei. Auf Lorenzos fehlende Zuwendung durch seine weibliche Umwelt wollte sie offenbar nicht weiter eingehen. »Wenn ich wieder zu Hause bin, werde ich wohl einiges ändern.«

Nicki betrachtete seinen Müsliriegel. »Was denn?«

»Das weiß ich noch nicht so genau – aber irgendwas muss ich ändern. Es hilft ja schon, wenn jeder ein kleines bisschen an seiner Lebensweise verändert.« Nachdenklich wanderte ihr Blick von ihrer Schwester zu Nicki und Lorenzo, wie geistesabwesend strich sie über ihre Brotdose aus Plastik. »Kennt ihr dieses Gefühl nicht?«

»Nein«, antwortete Lorenzo wie aus der Pistole geschossen.

Laura hatte es ihm gesagt. In den letzten Monaten ihrer Beziehung sogar immer wieder. *Wenn du das nicht änderst* – Nicki wusste nicht, wie oft sie ein Gespräch mit diesen Worten beendet hatte. Viel Bedeutung hatte er ihren Worten nicht beigemessen. *Wieso auch?*

Drei schöne Jahre waren sie ein Paar gewesen, nachdem sie sich über Klaus und Georgina kennengelernt hatten. Am Anfang hatte Laura über seinen schrecklichen Kleidungsgeschmack Witze gerissen oder sich über seine Begeisterung für Onlinegames lustig gemacht, sie hatten aber auch lange Zeit zusammen gespielt. Sogar seinen Arbeitseifer hatte sie in der Anfangszeit mit schönen Worten umschrieben, da war er noch *fleißig* gewesen. Später war er zum Arbeitstier geworden, das nie Zeit für sie gehabt hatte, und sie hatte immer mehr Zeit im Stall verbracht.

Nicki zuckte mit den Achseln. »Das letzte Mal, als ich so etwas gedacht habe, ist eine meiner Mitbewohnerinnen gestorben.« Seine Worte schlugen ein. Lorenzo hob eine Augenbraue, die beiden Schwestern sahen ihn entgeistert an. »Aber letztendlich blieb alles beim Alten.«

»Wie bitte?!« Emma fand als Erstes die Sprache wieder.

Nicki biss von dem Müsliriegel ab und erinnerte sich an den einsamen Willi in der Schlafzimmerecke. Mit einem verschmitzten Grinsen senkte er die Hand und sah zu den beiden Frauen. »Keine Sorge, es war nur eine Spinne.«

# *Auf der Lichtung*

Moosbedeckte Steine säumten das Ufer des Baches, der sich zwischen den Stämmen der Fichten und Eichen im dunklen Grün des Waldes verlor. Das klare, von der Sonne in rostiges Licht getauchte Wasser leckte an ihnen. Es folgte dem Lauf und der gleichen Richtung, in der Nickis Ziel lag. Ein ausladender Wurmfarn streifte um Nickis Beine, als er sich wieder umwandte und weiter am Ufer entlang stapfte. Sein rechtes Hosenbein war bis zum Knöchel feucht, die Socke durchnässt. Nicki ärgerte sich nach wie vor über seine Gedankenlosigkeit. Nach seiner Pinkelpause war er zu einem Spaziergang am Bach entlang aufgebrochen und dabei abgerutscht. Noch bevor Nicki fertig geflucht hatte, war sein Fuß tropfnass gewesen. Den Strumpf hatte er etwas ausgewrungen, aber für den Sneaker hatte er nicht viel tun können. An Ersatzschuhwerk hatte er nicht gedacht.

Wieso auch? Es lief absolut nicht so, wie er es geplant hatte. *Und so kommt es, dass ich, der Idiot, der letzte Woche durch Lettland gewandert ist, jetzt in Sneakers und mit kargem Proviant durch den Bayerischen Wald stiefelt!*

Er hätte sich wirklich besser vorbereiten sollen. Hatte er wirklich gedacht, dass es so einfach werden würde?

Immer wieder schob er Farnwedel oder Büsche zur Seite, um sich seinen Weg durch das niedere Grün am Bachlauf zu bahnen und zurück zur Gruppe zu gelangen. An der umgestürzten Eiche bog er ab. Das Stimmengemurmel der anderen drang an sein Ohr und löste das Wispern des Baches ab.

Er hüpfte über eine knorrige Wurzel, die quer über den Pfad zum Bach wuchs. Ruffenach und Amelia tauchten in seinem Blickfeld auf. Das Ehepaar – Nicki konnte immer noch kaum glauben, dass sie tatsächlich verheiratet sein sollten – unterhielt sich angespannt, aber sie bemerkten Nickis Rückkehr nicht.

»Da bist du ja.«

Nicki zuckte zusammen. *Hat die jetzt ernsthaft gewartet, bis ich zurückkomme?*

Natalie trat hinter dem Baum hervor. Abwartend verschränkte sie die Arme und musterte ihn argwöhnisch.

»Musst du mich so erschrecken?« Grimmig rieb Nicki sich die Hände an der Hose ab. Die Frage war so überflüssig wie ein Alpaka in der Dusche.

Sie zuckte mit den Schultern. »Wieso hat das so lang gedauert?«

»Ich habe die Ruhe und die Schönheit der Natur genossen.«

Natalie hob eine Braue. Demonstrativ blickte sie an ihm hinunter, und für einen Moment hatte er den Eindruck, dass ihre Aufmerksamkeit länger auf seinem feuchten Hosenbein und dem nassen Schuh verweilte.

*Verfluchter Bach.*

»Das kann ich mir sehr gut vorstellen.«

»Sehr witzig.« Nicki rollte mit den Augen.

»Robert hat einen Ersatzpacksattel«, wechselte sie das Thema. Natalies Blick wanderte zu den Alpakas von Lorenzo und Luisa, die in der Nähe grasten. Die kurzen Schwänze schlugen im stetigen Gleichtakt nach links und rechts. Sie drehte sich wieder zu Nicki um und seufzte, ehe sie weitersprach. »Er kann ihn dir geben.«

Der Gedanke gefiel ihm. Die Jutesäcke und sein Behelfszelt, die er nach dem Kauf in seinen Rucksack gestopft hatte, drückten ihn beim Laufen in den Rücken. »In Ordnung, danke.«

»Gut.« Sie wandte sich um und ging zurück zur Gruppe.

Geistesabwesend sah er ihr nach. Sein Ärger über Natalies Auftritt verflog langsam, auch wenn er es seltsam fand, dass sie extra für diesen Hinweis auf ihn gewartet hatte.

Wenigstens ist sie mir nicht nachgegangen, gruselte er sich.

Ein entrüstetes Schnauben von Amelia riss ihn aus seinen Gedanken und einige Alpakas aus ihrem Futtertrott. Sie wandte sich von ihrem Ehemann ab. Mit langen Schritten ging sie, genau wie Natalie, zurück zur Gruppe. Man kannte das Klischee des älteren Mannes mit der jungen, hübschen Frau. Es aber zu sehen, weckte neue Fragen in Nicki, auf die er zu gern eine Antwort hören würde.

Nicki strich sich ein letztes Mal über die Hose und stapfte durch das Gras auf den anderen Mann zu. »Hey.« Er lächelte verschmitzt und rieb sich die Hände. »Natalie meinte, Sie hätten einen Ersatzpacksattel für Alpakas.«

Ruffenach musterte ihn kurz. »Ja.«

Nicki nickte. »Sie können ihn mir geben? Scheinbar«, er überlegte, »bekomme ich doch noch etwas Entspannung, zumindest auf den Schultern.«

»Warum nicht, die Tasche ist in meinem Rucksack.« Ruffenach wies auf den umgestürzten Baumstamm, der ihm und den anderen als Sitzplatz gedient hatte. Ein halbes Dutzend Rucksäcke schmiegte sich gegen den entrindeten Stamm. »Komm mit!«

Nicki folgte ihm. Er hatte keinen Gedanken daran verschwendet, wieso ausgerechnet Ruffenach die zusätzliche Tragetasche trug. In der Nähe von Ruffenachs überdimensioniertem Backpack lehnte Natalies Rucksack mit deutlichen Gebrauchspuren gegen das Holz. Vielleicht hatte Natalie den gleichen Gedanken gehegt, der nun Nicki kam, und sie hatte ihm die tragende Rolle – ein Lastesel im wahrsten Sinne des Wortes – überlassen. Nicki schmunzelte kaum merklich.

Ruffenach durchwühlte den Rucksack. Nach wenigen Augenblicken fand er ihn und streckte Nicki den blauen Packsattel entgegen.

Zögernd nahm Nicki ihm das Ding ab. »Sie sind ja ziemlich gut vorbereitet«, bemerkte er und nickte in Richtung Rucksack.

»Ja.« Ruffenach legte seine Hand darauf. »Du kannst gern Robert sagen, wie alle hier – wir sind ja nicht im Geschäft, sondern hier, um Spaß zu haben.«

»Oh, klar.« Nicki lächelte gezwungen. Von Spaß hatte er bisher wenig mitbekommen. Er stand mit einer Alpakatragetasche mitten im Wald, weil er einen Regenwurm gegessen hatte und eine gewisse Influencerin keinen Anhängerführerschein besaß, aber ein ausgeprägtes Prinzessinnenverhalten an den Tag legte. Er war nicht hier, weil es ihm Spaß machte, mit Alpakas quer durch den Bayerischen Wald zu wandern.

Er bezweifelte, dass Ruffenach – Robert, verbesserte er sich – die Wanderung tatsächlich als spaßig empfand. Während der Pause hatte Nicki immer wieder Gesprächsfetzen zwischen dem Ehepaar mitbekommen. Was ihre Freundlichkeit zueinander anbelangte, empfahl Nicki eher einen Paartherapeuten als eine Alpakawanderung, aber letztlich wollte er sich lieber wie die Kaluza-Schwestern und Lorenzo jeglichen Kommentares enthalten.

»Soll ich dir helfen?«

Nicki zuckte zusammen. »Oh ... was?«

Robert stand auf und nickte in Richtung des Packsattels. »Mit der Tasche für dein Alpaka.« Robert strich seinen Ärmel nach oben und warf einen Blick auf die dicke Uhr an seinem Handgelenk. »Wir brechen demnächst auf.«

Nicki runzelte die Stirn, dann schüttelte er heftig den Kopf. »Nein danke, ich kenne mich damit aus.«

Robert rollte den Stoff nach unten. In seinen Augen zeigten sich Zweifel. »Wenn du Hilfe brauchst, melde dich einfach.«

»Klar.«

Nicki wandte sich ab. Er eilte quer über die Lichtung zu Nummer 66 und spürte Roberts Blick in seinem Rücken. Die Alpakastute beachtete ihn nicht, als Nicki bei ihr stehen blieb. Für einen Moment sah er zu, wie sie die letzten Reste des Grases mit ihren Schneidezähnen abzwickte.

Unschlüssig fuhren seine Hände über die Stützriemen, ehe er die Tasche emporhob und das Gewirr aus Gurten näher betrachtete. *Was davon ist der Brustgurt?*

Natürlich hätte er Roberts Angebot einfach annehmen können. Es widerstrebte Nicki allerdings, seine Unwissenheit zuzugeben. Nicht einmal Weihnachtsmann und Osterhase gemeinsam könnten Nicki weismachen, dass Robert sich mit dieser Wanderung einen lang gehegten Wunsch erfüllt hatte. Da steckte etwas anderes dahinter. Es hielt Robert aber nicht davon ab, jedem gegenüber den Manager herauszukehren.

Nicki hatte schon von jeher ein Problem mit solchen Menschen. *Da versuche ich es lieber selbst.*

Er senkte das Gurtzeug, und sein Blick wanderte hinüber zu Spucki. Henrys Alpaka graste neben Nummer 66. Auf seinem weichen Fell zeichnete sich deutlich der Abdruck von der Tragetasche ab, aber wie alle hatte Henry die Tasche am Anfang der Pause abgenommen.

»Scheiße«, murmelte er.

So kam er nicht weiter. Mit den Fingern umspielte er eine Schnalle an den Gurten. Nicki sah sich auf der Lichtung um. Robert hatte wieder Natalie in Beschlag genommen. Seine Ehefrau stand mit grimmigem Gesichtsausdruck neben ihnen; Luisa redete auf Henry ein, der immer wieder am Inhalt seiner Thermoskanne nippte und ins Nichts starrte. Lorenzo ging nahe seinem Alpaka auf und ab. Die Sonne spiegelte sich im Display seines Smartphones. Er hielt einen Schokoriegel in der rechten Hand und schien alles um sich herum vergessen zu haben. Stella und die Kaluza-Schwestern saßen auf einem Baumstamm.

Vielleicht sollte ich eine Runde mit Nummer 66 spazieren gehen, überlegte Nicki. Im Moment beachtete ihn niemand, aber das konnte sich schnell ändern.

»Packt alles zusammen!« Natalies Ruf schallte über die Lichtung.

*Oder auch nicht.*

»Und vergesst euren Müll nicht!« Die scharfe Ergänzung von Stella schnitt durch die Luft.

Nicki seufzte und warf einen Blick über die Schulter. Stella hielt Lorenzo ein Stück Plastikverpackung vor die Nase. Genervt riss er es ihr aus der Hand und stopfte es in seine Jackentasche. Das Anlegen der Tragetasche für sich in einer stillen Ecke des Waldes auszuprobieren, das konnte Nicki vergessen.

Rasch kam Henry auf Nicki zu. Über seiner linken Schulter hing sein Rucksack, über dem Unterarm lag der Packsattel von

Spucki, und mit der rechten Hand hielt er die Thermoskanne umklammert.

Spucki riss ängstlich den Kopf empor, als Henry neben ihm stehen blieb und sich bückte, um die Thermoskanne abzustellen. Ein Warnpfiff jagte über Spuckis Lippen, das Fell auf seinen Flanken bebte im schnellen Takt, und dann erkannte das Alpaka seinen Führer. Es beruhigte sich.

Die Schnallen klickten. Nicki beugte sich ein Stück nach vorn. Henrys breiter Rücken verdeckte ihm die Sicht auf dessen Handgriffe, und als Henry sich bückte, um den Brustgurt festzuziehen, sah Nicki, dass er beinahe fertig war. Henrys Geschick verblüffte ihn. Die meiste Zeit schien Henry kaum einen Schritt vor dem nächsten tun zu können, ohne irgendein Chaos auszulösen. Mit der Arbeit am Alpaka aber hatte er kein Problem.

»Henry?«

Der Angesprochene sah verdutzt zu Nicki. »Ja, was ist denn?«

Nicki hob das blaue Exemplar in seinen Händen ein wenig an. »Könntest du mir damit bitte helfen?«

Henry runzelte die Stirn. »Du weißt nicht, wie …«

»Ich bin ein anderes System gewohnt«, unterbrach Nicki ihn hastig. Diese Erklärung klang in Henrys Ohren hoffentlich genauso schlüssig wie in seinen, und Nicki sah bittend zu dem anderen Mann hinüber.

Dann fasste Henry sich ein Herz. »In Ordnung. Ich mach das hier noch schnell fertig.« Er wandte sich wieder Spucki zu. Sorgfältig ruckte Henry den Gurt mit dem Polster auf Spuckis Brust zurecht und überprüfte ein letztes Mal den Sitz der Taschen. Er langte nach der Thermoskanne und stopfte sie grob in ein Fach. Das Alpaka brummte missmutig, seine Lippen vibrierten in Henrys Richtung. Ohne Spucki zu beachten, drehte Henry sich zu Nicki und Nummer 66 um.

»Gibst du mir bitte die Tasche?«

Spucki fand sich mit seinem Schicksal als Lasttier ab. Das Alpaka senkte den Kopf ins Gras, und Nicki streckte dem anderen Mann das Gewünschte entgegen.

»Das ist eigentlich ganz einfach.« Henry zog einen Gurt, bei dem es sich offenbar um den Brustgurt handelte, heraus, dann legte er die Tasche über seinen linken Unterarm und öffnete sie. »Das Polster müsste hier …« Er zückte es, und verdutzt beobachtete Nicki, wie Henry es über den Brustgurt zog. Als er fertig war, hielt er die Tasche empor. Der breite Brustgurt, den Nicki vermisst hatte, hing unübersehbar nach unten.

*So sieht es gar nicht so schwer aus.*

»Jetzt müssen wir die richtige Stelle für den Tragsattel finden.« Henry trat an Nummer 66 heran. Das Alpaka sah misstrauisch zu ihm, und Nicki kam ebenfalls näher. »Die Tasche darf nicht so weit vorn liegen, in etwa hier …« Henry vergewisserte sich, dass die Alpakastute nicht nach ihm schnappen konnte, und legte den Packsattel auf ihren Rücken. »Du musst dann …« Er zog einen Riemen unter Nummer 66s Bauch hervor. Die Schnalle klickte. »… so den Gurt befestigen. Nicht zu fest, aber auch nicht zu locker, damit die Tasche nicht runterrutscht.« Henry fuhr mit seinen Fingern zwischen den Gurt und Nummer 66s Bauch, um Nicki zu zeigen, was er damit meinte.

So schwer war es gar nicht. Es ähnelte dem Aufsatteln von Pferden sehr, und wie so oft freute Nicki sich über sein gutes Erinnerungsvermögen.

»Danke.« Er lächelte Henry an und blickte auf die gesattelte Nummer 66 hinunter. Er dachte an seine Reitstunden auf Hippolly. So sehr er es gehasst hatte, so sehr sah er in Anbetracht von rund hundert Kilometern, mehreren Müsliriegeln und nassen Sneakers den Vorteil, den ihm ein Pferd statt eines Alpakas bringen könnte. »Schade, dass wir keine Sättel haben und laufen müssen.«

Henry riss ruckartig den Kopf hoch. »Spinnst du?«

»Wieso?« Nicki runzelte die Stirn.

»Alpakas sind nicht als Reittiere geeignet.«

»So?«

»Genau wie Lamas.« Henry nickte eifrig. »Ihre Wirbelsäule sollte nicht von oben belastet werden. Das liegt am Aufbau der Wirbelsäule, und es ist auch nicht so toll für ihr Gleichgewicht –

wegen des Passganges bei höheren Geschwindigkeiten.« Er sah Nicki nachdenklich an. »Hast du das nicht gewusst?«

»Doch, klar.« Nicki machte eine abfällige Bewegung mit der Hand. Er hatte gar nicht gewusst, dass Alpakas im Passgang gingen, aber eigentlich war es logisch. Ihre höckerigen Verwandten in Afrika und Asien bewegten sich auch im Pass fort.

*Ein weiterer Beweis, dass ich manchmal nachdenken sollte.*

»Ich habe Dokumentationen gesehen, in denen Leute auf Lamas geritten sind.«

Henrys schüttere Haaren flogen durch die Luft. »Das waren sicher Kinder. Natalie hat erzählt, die Trageleistung von Lamas liegt bei etwa 25 bis 30 Prozent des Körpergewichts.« Er machte eine kurze Pause. »Das sind circa vierzig Kilo. Alpakas sind noch zierlicher als Lamas, und in beiden Fällen ist es einfach nicht artgerecht.«

»In den Anden machen sie es dennoch.«

»Das kannst du nicht vergleichen. Hier sind Lamas und Alpakas doch eher Freizeittiere, in ihrer Heimat Nutztiere.« Henrys Hand wanderte durch Nummer 66s Fell, und er betrachtete das Tier nachdenklich. »Ich finde das bisschen Laufen nicht schlimm.«

»Wir haben noch einige Kilometer vor uns«, erinnerte Nicki.

»Das ist doch eine schöne Abwechslung.«

Zweifelnd sah Nicki zu Henry, und er fragte sich, ob das tatsächlich sein Ernst war. Henry sah zum einen nicht so aus, als ob er solchen Abwechslungen etwas abgewinnen konnte, und zum anderen fragte Nicki sich, von was Henry Abwechslung suchen könnte.

# *Lorenzo, der Frauenheld*

Über den Packsattel war er froh. Von Dankbarkeit wollte er nicht reden, denn die großzügige Geste von Natalie hinterließ einen faden Geschmack in seinem Mund. Nachdem Henry ihm geholfen hatte, Nummer 66 den Packsattel anzulegen, war Natalie mit ihrem Alpaka wie zufällig vorbeigekommen.

Sie beobachtete, wie Nicki seine Einkäufe aus dem Dorf in die Seitentaschen des Packsattels verstaute. Henry hatte ihm noch den Tipp gegeben, die Last auf beide Seiten gleichmäßig zu verteilen.

Nicki schulterte seinen nun deutlich leichteren Rucksack und wandte sich um. Natalie und ihr Alpaka standen hinter ihm, und Nicki konnte gar nicht sagen, wer von beiden in diesem Moment gelangweilter aussah. »Ich bin so weit«, erklärte er.

»Gut.« Ihr Blick schweifte zu den anderen. »Wir brechen dann auf!«

Nicki umfasste Nummer 66s Führstrick mit festem Griff. Träge setzte sich die Alpakastute in Bewegung, während Nicki seinen nassen Schuh erneut bedauerte. *Das wird sicher kein Spaß.*

»Nein.«

Nicki blieb stehen und blickte verdutzt zu Natalie. »Was ist denn jetzt?«

»Du gehst hinter Lorenzo«, antwortete Natalie.

Eigentlich hatte es ihm gefallen, hinten zu gehen – dort zog er keine große Aufmerksamkeit auf sich und Amelias rückwärtige Ansicht war auch weitaus interessanter als Lorenzos enge Hosen. »Wieso das denn?«

»Das ist besser.«

*Tolle Antwort.* Nicki liebte solch informative Aussagen. Allerdings bevorzugt von ihm selbst, auch wenn er genau wusste, dass das andere Leute in den Wahnsinn treiben konnte. Laura hatte es ihm oft genug gesagt.

»Ist das so ein Rangordnungsding?«

Sie zögerte, dann nickte sie. »Ja, genau – ein *Rangordnungsding.*«

Nicki zuckte mit den Achseln. »Wenn du meinst …«

Er zog erneut an Nummer 66s Strick und ging in die andere Richtung. Lorenzo sah von seinem Smartphone auf.

»Ich soll jetzt hinter dir gehen.«

»Okay.« Lorenzo runzelte die Stirn und schob sein Handy in die Hosentasche.

»Eigentlich hat es mir am anderen Ende ganz gut gefallen.« Nicki machte eine Pause und blickte zu den anderen. Amelia und Stella unterhielten sich leise. »Hinter Amelia. Aber das ist wohl so ein *Rangordnungsding.*«

»Ein Rangordnungsding?« Lorenzo blieb skeptisch.

»Ja, keine Ahnung.«

Tatsächlich hatte in Nickis Augen nichts auf eine Rangordnung zwischen den Tieren hingedeutet. Vermutlich fehlte ihm dafür der Blick.

Das Alpaka von Natalie trottete an ihm vorbei. Natalie beschäftigte sich mit dem Smartphone in ihrer Hand, ihr zerschlissener Rucksack baumelte an ihrem unteren Rücken hin und her.

Mit einer geschickten Bewegung bugsierte Natalie ihren Rucksack nach vorn, verstaute das Handy in einer Seitentasche und wandte sich der Gruppe zu. »Auf, auf!«

Als sie sich wieder abwandte, trafen sich ihre Blicke. Wie am Anfang der Pause traf es ihn unvorbereitet. Für einen Sekundenbruchteil sah er nicht die übel gelaunte Alpaka-Trekkingtour-Leiterin, sondern seine Laura vor sich.

*Scheiße.*

Neben ihm schnaubte Nummer 66, und Nicki riss an ihrem Führstrick.

*Es ist Wochen her.*

Im Stillen hatte er sich oft gefragt, wann diese Trauerphase eigentlich vorbei war – er hatte gehofft, der Urlaub mit seinen

Freunden würde ihm helfen, sie zu vergessen. Am ersten Abend hatte er diesen Glauben abgelegt. Zusammen mit Cola, Wodka und Bier hatte er sich der schmerzhaften Erkenntnis hingegeben, dass Laura seine große Liebe gewesen war und er sie verloren hatte.

Die Alpakastute brummte, während Nicki Laura aus seinen Gedanken verdrängte und Natalie nachsah. Sie schloss zu Robert auf. Der Mann redete kurz auf sie ein, dann setzten sich die beiden in Bewegung. Ihre Alpakas schritten brav neben ihnen her. Lorenzo folgte ihnen in sicherem Abstand.

Nicki zupfte an Nummer 66s Führstrick, richtete seinen Blick auf den wiegenden Hintern von Marabu und folgte den anderen von der Lichtung hinunter zurück auf den Weg.

So hatte er es sich nicht vorgestellt. Auf den Bildern im Internet hatte er fröhliche Menschen gesehen, die einander anlachten, ihre Alpakas mit Zärtlichkeiten überschütteten und Spaß hatten. Aber diese Trekkinggruppe?

Robert unterhielt sich mit Natalie. Bei allem, was Nicki von seinem Platz hinter Lorenzo mitbekam, ertrug sie seine Erklärungen mit einer Gelassenheit, für die er sie beinahe bewunderte. Wenn er noch fünf Minuten länger von der Schwierigkeit, ein Unternehmen zu führen, hörte, würde er sofort umdrehen, Nummer 66 auf die nächste Kuhweide stellen, sein Handy in einem reißenden Fluss versenken und nach Hause trampen.

Er blickte über die Schulter.

Ava und Emma hatten Spaß. Die beiden Schwestern scherzten die ganze Zeit miteinander. Immer wieder drang ihr Kichern oder Gelächter nach vorn, während Henry und Luisa einander anschwiegen.

Nicki wandte sich um.

Lorenzo hielt sein Smartphone in der Hand. Sein Daumen huschte über das Display. Marabu trottete neben ihm her, die beiden beachteten einander nicht, und Nicki fragte sich erneut, was Lorenzo eigentlich hier wollte. Auch der Erfolg beim anderen Geschlecht kam Nicki eher mäßig vor.

*Aber geht mich das was an? Vielleicht interessiert er sich tatsächlich für Alpakas.*

Im Grunde war es egal. Nicki schob jeden Gedanken an Lorenzos Absichten beiseite, und seine Hand wanderte in seine Hosentasche. Er bekam sein Smartphone zu fassen, zückte es und betrachtete das ausgeschaltete Display. *Ob ich Lana von der Gruppe erzählen soll?*

Er spann den Gedanken weiter, doch bald kam ihm, dass es verschwendete Energie, sowohl von seiner Seite als auch vom Akkustand her, war. Es würde Lana nicht interessieren. Eher fauchte sie ihn an, wie er auf so eine dumme Idee kommen konnte. *Aber sie hat auch nicht die Aussicht, allein durch den Bayerischen Wald zu stapfen.*

Nicki stopfte sein Handy zurück und richtete den Blick nach vorn. Keine Minute später hatte er alles um sich herum ausgeblendet und sah nur noch den Wanderweg vor sich.

Sein Ausblick veränderte sich. Natalie und Robert rückten in sein Bild. Lorenzo fiel immer weiter zurück. Das Hinterteil des schokoladenbraunen Alpakas war mittlerweile auf der Höhe von Nickis Schulter, und Nicki hatte sich mehrmals dabei ertappt, wie er Nummer 66 etwas zur Seite zog.

Lorenzo bemerkte es offenbar nicht.

Nach zwei weiteren Schlenkern in seine Richtung wechselte Nicki Nummer 66s Führstrick in die andere Hand. Er mogelte sich an der Alpakastute vorbei und legte das Seil mehrfach in seine Handfläche, wobei er darauf achtete, es nicht um seine Hand zu wickeln.

Er wartete etwas ab. Lorenzo und Marabu waren nun beinahe mit ihm auf einer Höhe.

»Hallo«, grüßte Nicki tonlos.

»Oh, hey!« Lorenzos weiße Zähne strahlten ihm entgegen.

»Wie geht's?«

»Super, und dir?«

Das ist absolut seltsam, stellte Nicki fest und ertappte sich dabei, dass er sich nach der versteckten Kamera umsah. »Gut«, antwortete er knapp.

Seinen erbärmlichen Versuch, ein Gespräch mit Lorenzo zu beginnen, bezeichnete er als gescheitert. Nicki seufzte leise. Mit dem Wetter fing er besser nicht an; Plattitüden ersparte er sich von jeher gern, denn sie erweckten bei ihm stets den Eindruck, keine anderen Gesprächsthemen zu kennen.

Wobei das im Moment definitiv zutrifft, stellte er trocken fest.

Im Augenwinkel bemerkte er, wie Lorenzo immer wieder zu ihm hinübersah. Ein beinahe abwägender Ausdruck zeigte sich in seinen braunen Augen.

Das ungute Gefühl in Nickis Magengegend verstärkte sich, und er beschloss, es einfach auszusprechen. »Was ist?«

Der Italiener zuckte wie ein ertapptes Eichhörnchen mit dem Kopf. Er strich sich mit dem Zeigefinger über die Nase und wandte sich ab. »Nichts.«

»Das sieht nicht nach ›nichts‹ aus.«

»Es ist aber nichts.«

Nicki deutete auf seine Wange und zwang sich ein künstliches Lächeln auf die Lippen. »Habe ich was im Gesicht?«

»Nein, nichts.« Lorenzo wandte sich ab, räusperte sich und senkte seine Stimme. »Außer einem ziemlich jämmerlichen Bart.«

Nicki runzelte die Stirn. Kurz fühlte er sich in seinem Bild des eitlen Italieners, der nur auf sein Aussehen achtete, bestätigt. Er erschauderte innerlich, als er sich an die entrückten Beschreibungen von Stefano erinnerte, mit denen Lauras Freundinnen ihn versorgt hatten.

Aber gut, sagte er sich. *Wenn Lorenzo solche Gesprächsthemen bevorzugt …*

»Nun ja … ich wollte einen neuen Look probieren«, antwortete Nicki locker, streckte den Rücken durch und sah wieder nach vorn.

»Si, si …«

Der angespannte Ausdruck verschwand nicht von Lorenzos Gesichtszügen. Ein lautes Lachen riss Nicki aus seinem Trott. Er warf einen Blick nach hinten. Henrys Gesicht war knallrot, verlegen betrachtete er den Wegrain. Stella genoss die Situation sichtlich, während Amelia und zu Nickis Überraschung auch Luisa bestürzt dreinblickten.

»Was hast du eigentlich vor?«

»Bitte?« Verdutzt wandte Nicki sich wieder um. In seinem Kopf schrillten die Alarmglocken, und seine Gedanken überschlugen sich, während er nach einer Antwort suchte. »Wie ... wo soll ich was vorhaben?«

Lorenzo nickte in Natalies und Roberts Richtung. »Na, hier?«

»Äh?« Nicki konnte ihm nicht folgen, aber für den Moment kam das Gedankenchaos in seinem Kopf zur Ruhe. »Ich geh mit meinem Alpaka.«

»Du gehst mit deinem Alpaka«, wiederholte Lorenzo.

Sein italienischer Akzent betonte die Zweifel in seiner Stimme. Siedend heiß durchfuhr Nicki eine Ahnung, die Freude über die Ablenkung von Lorenzo zu seinen Absichten verflog, und er verdrängte jeden Gedanken an Martinslaternen.

*Ob er was vermutet?* Lorenzo hatte sich viel mit seinem Handy beschäftigt.

»Ja, ich geh mit meinem Alpaka.« Seine wahren Beweggründe musste Nicki unbedingt geheim halten. Lorenzo machte auf ihn zwar nicht den Eindruck, sich groß um die Wahrheit zu scheren, aber es schadete nicht, seinen Ruf als verantwortungsvoller Alpakabesitzer zu pflegen. Nicki zwang sich einen nachdenklichen, aber selbstsicheren Ausdruck aufs Gesicht. »Für Nummer 66 ist es einfach schöner, wenn sie in Gesellschaft ist.«

Lorenzo musterte ihn kritisch. »Und was ist mit dir?«

»Was soll mit mir sein?«

»Suchst du ... Gesellschaft?«

Jäh von der Frage überrascht blieb Nicki stehen. *Bitte was?*

Der Zug an Nummer 66s Führleine wuchs, das Alpaka ging genauso weiter wie Lorenzo und Marabu. Bei der Vorstellung, die

Lorenzos Worte, die kurze Pause und die Betonung in diesem einen Wort weckten, liefen Nickis Ohren rosa an.

»He!« Ava wedelte flüchtig in seine Richtung.

Nicki machte einen Satz nach vorn. »Was ist denn das für eine Frage?«, zischte er. »Als ob ich ...«

»No, no, no!« Lorenzo schüttelte die schwarzen Locken. »Nicht so ... Gesellschaft.« Sein Blick wanderte nach hinten, er nickte kaum merklich in Richtung der Frauen.

*Ist das sein Ernst?* Nicki wusste kaum, was er darauf antworten sollte. Diese Aussage erinnerte ihn auf eine erschreckende Weise an Klaus. *Scheiße, dem sollte ich auch mal Bescheid geben.*

Klaus fand die neusten Entwicklungen sicher interessant. Allem voran vermutlich Nickis Entscheidung, sich mit einer Alpaka-Trekkingtour auf den Weg nach Lohberg zu machen, anstatt auf eine bequemere Lösung zu hoffen. Und nach wie vor fragte Nicki sich, was ihn eigentlich dazu getrieben hatte.

An der Aussicht auf nette Gesellschaft lag es sicher nicht.

Nicki freute es aber, dass er mit seinem ersten Verdacht, was Lorenzos Absichten anbelangte, richtig gelegen war. *Glaubt Lorenzo tatsächlich, bei irgendwem mit dieser Masche landen zu können?*

Lorenzos abwartender Blick ruhte auf ihm.

»Nein.«

»Gut.« Lorenzo zog an Marabus Strick. Ein selbstgefälliges Lächeln legte sich auf seine Lippen.

Nicki erinnerte sich an die nicht vorhandene Lust der Kaluza-Schwestern, Lorenzos Schultern zu massieren, und die schroffen Zurechtweisungen von Stella. Er hatte es schon lächerlich gefunden, als Klaus es im Spaß einfach dahergesagt hatte. Nie hätte er gedacht, dass es tatsächlich Männer gab, die auf die Wirkung süßer Alpakas setzten, um bei Frauen zu landen. Wenn man als Frau nicht gerade dumm wie Stroh war, bemerkte man doch, was Mann für ein Spiel trieb.

Zumindest hier scheint die weibliche Intelligenz ausgereift genug zu sein, um es zu erkennen, stellte er nüchtern fest.

Nicki warf einen Blick über die Schulter. Emma strahlte ihn an. In ihrer freien Hand welkten ein paar abgerissene Zweige mit Blättern vor sich hin, und Nicki wusste nicht, wieso ihm die Erinnerung an Laura in diesem Moment so bitter und süß zugleich erschien.

»Und?« Er wandte sich von Emma ab und bemühte sich um einen lockeren Tonfall. Nicki betrachtete Lorenzos Profil – er hatte eine gerade Nase, lange Wimpern beschatteten die dunklen Augen, und seine Haare lagen so perfekt, dass Nicki beinahe neidisch wurde. Obwohl Lorenzo eine Outdoorjacke, Trekkingstiefel und einen Wanderrucksack trug, sah er dennoch so aus, als ob er einem Parfümplakat im Schaufenster eines Drogeriemarktes entsprungen war. Nicki verstand nicht, wieso er bei diesem Aussehen auf Alpakas setzte. »Bist du erfolgreich?«

»Wenn du mir nicht in die Quere kommst.« Lorenzo schnalzte mit der Zunge, ehe er sich zu Nicki umdrehte. Seine Augen verengten sich zu engen Schlitzen, und er betrachtete Nicki abschätzig.

*Meint er das ernst?* Nicki wandte sich ab. Er bezweifelte es, eine ernsthafte Konkurrenz für Lorenzo darzustellen. Mit den wuscheligen hellbraunen Haaren, die jedem Frisierversuch trotzten, braunen Augen und der schlaksigen, leicht untrainierten Gestalt sah er zwar nicht schlecht aus, aber meist weckte er zu seinem Leidwesen eher den Mutterinstinkt bei Frauen jenseits der fünfzig statt des Interesses von Frauen seines Alters. Für einen Augenblick sah er zu Natalie und Robert, die sich mehr oder weniger angeregt unterhielten. Es ging immer noch um die Führung eines Unternehmens.

»Da musst du dir keine Sorgen machen.«

»Sicher?«

Im Augenwinkel folgte Lorenzo seinem Blick. Gemeinsam beobachteten sie die beiden Wanderer an der Spitze der Gruppe. In seinen Gedanken ging Nicki Lorenzos Optionen durch. Es stellte durchaus eine interessante Überlegung dar und, so bitter es klang, eine Ablenkung von der verstimmenden Niedergeschlagenheit, die Nicki mit der Erinnerung an Laura überkommen hatte.

Vor seinem inneren Auge sah er Emmas freundliches Lächeln. Der Rest, soweit er ihm Aufmerksamkeit geschenkt hatte, war ebenfalls nicht so übel. Ihre rothaarige Schwester passte nicht in Nickis Beuteschema, aber bisher hatte ihm auch niemand verraten, ob sie ihre Haare nicht einfach gefärbt hatte.

*Und die anderen?* Stella war nicht sein Typ. Amelia stufte er als äußerst attraktiv, aber unerreichbar ein. Luisa stand ihr in nichts nach. Auf den Ärger von Robert – falls an dem Gerücht etwas dran war – verzichtete er aber lieber. Letztlich war es nur ein albernes Gedankenspiel.

Keine dieser Frauen reichte an Laura mit ihrem schrägen Humor, den Grübchen an ihren Mundwinkeln und ihren wunderschönen braunen Augen heran, die im richtigen Licht wie flüssiger Honig geleuchtet hatten.

»Klar«, antwortete Nicki und hob den Führstrick an.

Die Alpakastute blickte zu ihm hinüber, und es kam Nicki so vor, als ob ihre treuen Augen ihn fragend ansahen. In ein paar Tagen hatte er es überstanden.

»Ich bin nur zum Wandern hier.«

Lorenzos Lächeln wuchs in die Breite. »Ich hoffe es für dich … Konkurrenz brauche ich nicht, das hier ist mein *Terreno di caccia.*«

»Okay?« Lorenzo meinte es offenbar ernst.

»Ja, ich war zuerst hier.« Lorenzo schnalzte erneut mit der Zunge. Seine Aufmerksamkeit kehrte zu den beiden Wanderern an der Spitze des Zuges zurück, aber der düstere Ausdruck auf Lorenzos Gesicht verhieß nichts Gutes für Nicki. »Ich werde dich im Auge behalten.«

# *Robert, der Firmenchef*

»Hey, Roberto!«

Der Angesprochene drehte sich um. »Was gibt es, Lorenzo?«

Lorenzo wechselte einen vielsagenden Blick mit Nicki, dann legte sich ein kecker Zug um seine Lippen. »Willst du Natalie nicht eine Pause gönnen?«

Die Trekkingtour-Führerin wandte sich ebenfalls um. Nicki horchte auf. Lorenzos Tonfall machte mehr als genug deutlich, was er bei diesem Vorschlag im Sinne gehabt hatte. Es verwunderte Nicki nicht, dass Natalie diesen genauso leicht durchschaute wie Robert oder er selbst, und er lauschte gespannt.

Sie bedachte Lorenzo mit einem zweifelnden Blick. »Eine Pause?«

»Na, von diesem Supercazzola!« Lorenzo breitete die Arme aus.

Natalie verzog den Mund. Sie sah zu Nummer 66, dann nickte sie und hielt abrupt an. Das Knirschen des Kieses verstummte. »In Ordnung. Robert? Wechsle bitte mit Lorenzo den Platz.«

Mit ausdruckslosem Gesicht blieb Robert stehen, während Lorenzo mit siegessicherer Miene nach vorn ging.

*Was soll das denn werden?* Natalie hatte auf ihn bisher nicht den Eindruck gemacht, solchen Vorstößen zugetan zu sein, sondern schien in ihrer Rolle als Trekkingtour-Führerin voll aufzugehen. Vermutlich stellte sie sogar das Alpakawohl noch vor das der – in diesem Fall traf es dieser Begriff am besten – Kunden. *Wenn es anders wäre, stünde ich nicht hier.*

Nicki runzelte die Stirn. »Und was ist mit der Rangordnung?«

»Welche Rangordnung?« Ein herausfordernder Unterton lag in ihrer Stimme.

Für eine Sekunde keimte Ärger in ihm auf, als sich in seinen Gedanken ein neues Bild aus den Worten und der Situation ergab, aber Nicki besann sich. Vermutlich hatte Natalie etwas von dem Gespräch zwischen Lorenzo und ihm mitgekriegt.

*Nichts anmerken lassen, nicht in die Schublade stecken lassen.* »Zwischen den Alpakas?«, fragte er.

»Geht es jetzt mal weiter?«, warf Emma ein. Sie und ihre Schwester beobachteten das Wandergrüppchen vor ihnen. Pocket schnappte nach den welken Zweigen in Emmas Hand.

Natalie hob die Schultern. »Es ist noch zu früh für die richtige Reihenfolge«, erwiderte sie, und obwohl sie zu den Alpakas blickte, ahnte Nicki, dass sie nicht nur von den Neuweltkamelen sprach. »Wir probieren es einfach aus.«

»Vielleicht darfst du ja auch mal vorn laufen«, rief Lorenzo ihm zu, ehe er und Natalie wieder losgingen.

Nicki legte es nicht darauf an. Natalie mit ihrer Ortskenntnis, ihrem Wissen zu Alpakas und einem funktionsfähigen Handy stellte eine Gefahr für seine Wanderung dar, die er nicht einschätzen konnte, und er wollte es tunlichst vermeiden, Aufmerksamkeit auf sich zu ziehen.

Er folgte den beiden. Robert fand sich mit seiner neuen Rolle ohne jeglichen Kommentar ab und tat es ihm gleich. Die nächsten Minuten vergingen in Stille. Nur das Knirschen ihrer Schuhe auf dem Kies, die Schritte der Alpakas und die leisen Gespräche der anderen waren zu hören. Nickis Gedanken drifteten weg von den Leuten und Tieren um ihn herum zu dem, was seit gestern passiert war.

Bei nächster Gelegenheit musste er Lana und Klaus den aktuellen Stand mitteilen. Bei Lana betete er nach wie vor dafür, dass sie mit einer für ihn bequemeren Lösung als einer Wanderung quer durch den Bayerischen Wald aufwartete, aber er ahnte, diese Hoffnung war vergebens. Klaus hingegen musste erfahren, was für eine dumme Idee der tschechische Tierschmuggler gewesen war.

»Erzähl mir etwas von dir, Nikolas.«

Nicki zuckte zusammen. Perplex drehte er sich zu dem anderen Wanderer um. »Etwas erzählen?«

Robert blickte unverwandt nach vorn. »Es sieht so aus, als ob wir einige Zeit miteinander verbringen werden.«

*Und was soll ich da erzählen?* Er kickte gedankenlos einen Zapfen quer über den Weg ins niederwüchsige Kraut am Wegrand. Nummer 66 und das Alpaka von Robert schnaubten erschrocken.

»Was machst du beruflich?«

Nicki wusste nicht, ob das Interesse in Roberts Stimme geheuchelt war oder nicht, aber im Grunde war es egal – es schadete nicht, wenn er sich ein wenig freundlicher und offener gab. *Solange es nicht um Alpakas geht ...*

»Ich bin Programmierer in einer Softwarefirma.«

»Was für Software bietet ihr an?«

»In der Hauptsache sind wir Dienstleister für größere Unternehmen – unsere Hauptkunden sind Fernseh- und Hörfunksender, für die wir diverse Verarbeitungsprogramme erstellen, oder auch Druckereien.«

»Das klingt äußerst interessant.«

Nicki zuckte mit den Achseln. »Es ist in Ordnung.«

Robert nahm den Führstrick seines Alpakas etwas knapper und wandte sich zu ihm um. Er musterte Nicki von oben bis unten, genau wie Lorenzo es vor einiger Zeit getan hatte, aber es war eine andere Art von Blick. Ein ungutes Gefühl kam in Nicki auf.

»Wie sieht es mit der Karriere aus?«

»Super.«

»Wie sind die Karrierechancen bei einem Softwaredienstleister? Welche Stufen gibt es im Karrieremodell?«

»Nun ...« Nicki wusste nicht so recht, wo dieses Gespräch hinführte, aber aus Roberts Fragen sprach der Manager. »Die Berufseinsteiger nennt man meistens Junior Software Developer. Nach etwa zwei bis drei Jahren wird man als Advanced Software Developer eingestuft.«

»Und du bist ein ...?«

»Junior.«

Erneut wanderte Roberts Blick an ihm auf und ab. »Und wie alt bist du?«

»Sechsundzwanzig.«

»Ausbildung?«

Nicki nickte, und das ungute Gefühl verstärkte sich. Er kam sich wie bei einem Vorstellungsgespräch vor und kurz überlegte er, Robert geradeheraus zu fragen, ob er auf der Suche nach einem Programmierer war. *Aber für einen Baustoffhandel?*

Abgesehen davon, dass eine Alpaka-Trekkingtour eine durchaus seltsame Gelegenheit war, um neue Mitarbeiter zu rekrutieren, bezweifelte Nicki, dass sein Wissen um Variablen, Compiler und Design Patterns bei einem Baustoffhandel gebraucht wurde.

Vielleicht glaubt er, dass ich Webshops befülle, spottete er in Gedanken.

»Solltest du dann nicht längst ein Advanced Software Developer sein?«

»Äh?« Überrascht blickte Nicki zu ihm. Eine Unterhaltung über seine Karriere empfand er mitten im Bayerischen Wald mit einem Alpaka am Führstrick noch unwirklicher als einen Rekrutierungsversuch. Eigentlich sollte er dieses Gespräch hier und jetzt beenden. »Das ist nicht ganz so einfach.«

»Machst *du* es dir nicht gerade zu einfach?« Erwartungsvoll sah Robert zu ihm.

Nicki öffnete den Mund für eine Antwort, aber dann erinnerte er sich daran, dass er Robert kaum zwei Stunden kannte. Es hatte ihn nicht zu interessieren, wieso Nicki mit einem Alpaka durch die Gegend wanderte, statt an seiner Karriere als Programmierer zu arbeiten. Wieso sollte er ihm das erzählen?

»Nein.« *Vielleicht wären Alpakas doch ein besseres Gesprächsthema.*

»Hast du dir einmal überlegt, was die Ursache für deinen fehlenden Erfolg sein könnte?«

Die Anspannung, die diese Unterhaltung in Nicki hervorrief, wuchs, genau wie sein Ärger, dass Robert ihm dieses Gespräch regelrecht aufzwang. Diese Frage aber hatte er sich schon oft gestellt, wenn er nach einem Gehaltsgespräch das Gefühl gehabt hatte, schlechter als seine Kollegen weggekommen zu sein. Für sich hatte er die Antwort längst gefunden. »Ganz klar: Ich rede nicht so viel Mist wie meine Kollegen.«

»Das dachte ich mir.«

Verdutzt sah Nicki zu dem anderen Mann. Wie so oft in den vergangenen Tagen ärgerte Nicki sich über sich und war sich der bitteren Ironie bewusst, gerade das Gegenbeispiel geliefert zu haben. *Wieso habe ich nicht die Klappe gehalten?*

»Wie bitte?«

»Erfolg hat nicht nur mit Talent, Können und Fachwissen zu tun.« Robert sah selbstsicher nach vorn und blendete Nickis entgeisterten Blick offenbar vollkommen aus. Das namenlose Alpaka an seinem Führstrick nutzte seine Rede. Das Tier wich langsam nach rechts zu den jungen Bäumen und Büschen am Wegrand und schnappte nach einem Zweig. »Neben diesen Faktoren sollte man noch eine hohe Emotionalität und soziale Kompetenzen, wie gegenseitigen Respekt, Toleranz und Achtung vor den Menschen, mit denen man im täglichen Umgang zu tun hat, mitbringen.«

Nicki leugnete nicht, dass an diesem Gedanken etwas dran war – es kam nicht von nichts, sich trotz der möglichen Entlarvung als mutmaßlicher Alpakadieb dieser Gruppe anzuschließen. Gesellschaft schätzte er durchaus. Seine Zweifel hegte er trotzdem, und Nicki empfand es als zynisch, dass ausgerechnet Robert ihm einen Vortrag zu sozialer Kompetenz hielt. Nicki kannte ihn kaum, aber das, was er gehört und gesehen hatte, verriet ihm genug, um sich Lorenzo und sein Revierverhalten zurückzuwünschen. »Ich weiß nicht.«

»Soziale Kompetenz ist im Berufsleben heutzutage unentbehrlich.«

»Bist du deswegen auf einer Alpaka-Trekkingtour?« Die zynische Frage war Nicki herausgerutscht, bevor er sie zu Ende gedacht hatte. *Und wo ist deine soziale Kompetenz, wenn es ums Erkennen geht, ob jemand nicht lieber seine Ruhe haben will?*

»Das ist richtig.«

Nicki warf einen Blick über die Schulter. Luisa tauchte für einen Sekundenbruchteil in seinem Blickfeld auf, ehe sie wieder hinter den Kaluza-Schwestern verschwand. »Als Firmeninhaber«, Nicki betonte das Wort, »solltest du diese Gelegenheit nicht nur dir geben, sondern auch deinen Mitarbeitern.« Er erinnerte sich an die fruchtlosen Diskussionen in der Arbeit, wenn das Thema auf teambildende Maßnahmen zu sprechen gekommen war.

»In der Tat nutze ich diese Tour für einen Einblick, um dieses Erlebnis später mit meinen Mitarbeitern zu wiederholen.« Robert zog am Führstrick seines Alpakas.

Nicki stellte sich vor, wie eine Gruppe grober Männer die doch eher zierlichen Alpakas an der Leine führte und die Schönheit der Natur genoss. Dieses Bild empfand er als bizarrer als einen italienischen Macho am anderen Ende des Führstrickes.

»Interessant.«

Robert breitete die Hände leicht aus. »Ja. Ich sehe es als Gelegenheit zur Steigerung der sozialen Empathie und dass man die Mitarbeiter aus anderen Abteilungen einmal kennenlernt.«

Nicki blickte erneut über die Schulter. »Ja, das ist wichtig – die Mitarbeiter *besser* kennenzulernen.«

»Auf solchen Wanderungen lernt man sich ebenfalls besser kennen.«

Verdutzt wandte Nicki sich zu Robert um. Ein eiskalter Schauer überkam Nicki für einen Moment, er hatte die Veränderung in Roberts Tonfall durchaus bemerkt, und wieder verfluchte er sich für sein vorlautes Mundwerk. Nichts anmerken lassen, ermahnte Nicki sich. *Ob Robert von den Gerüchten um Luisa und ihn wusste?*

»Ja.« Nicki hob Nummer 66s Führstrick an. Ein wenig Wissen hatte er aus den kostenlosen Karriere-Webseminaren mitgenommen, und es überzeugte Robert hoffentlich, wenn er es mit aller Inbrunst aufsagte, die er in Anbetracht seiner Lage aufbringen konnte. »Genau das ist der Grund, wieso ich mir etwas Urlaub genommen habe und ihn mit meinem Alpaka in der freien Natur verbringe.«

Robert nickte anerkennend. »Das ist eine gute Idee. Wenn man sich selbst besser kennt, lassen sich die eigenen Visionen und Ziele des Lebens besser erfassen, und es fällt einem leichter, andere einzuschätzen. *Dann* kann man anfangen, groß zu denken. Man erkennt die Neinsager, die man meiden sollte, und mit harter Arbeit erreicht man, was man sich vorgenommen hat.«

»Das klingt erstrebenswert.« Den Sarkasmus verkniff Nicki sich nicht. *Ob ihm die frische Luft nicht bekommt?* Robert klang wie einer dieser unsäglichen Motivationstrainer aus den Webseminaren. Ihre Tipps hatten ihn kaum weitergebracht, und hier würde es nicht anders sein. *Hier erkenne ich nur, dass ich ein dämlicher Idiot bin.*

»Du bist auf dem richtigen Weg«, fuhr Robert fort. »Aber deine Einstellung blockiert dich – wenn du deine Einstellung änderst, fällt die Erkenntnis leichter.«

*Eher fällt mir nichts mehr ein. Ob mir ein Zettel mit »Suche Mental Coach« auf der Stirn klebt?*

Robert raffte den Führstrick an sich, und sein Alpaka trippelte näher an ihn heran.

»Was du aber bei allem nicht vergessen darfst, ist die Liebe. Du musst deine Liebe für die Dienstleistung, die du bietest, zeigen und voller Überzeugung dahinterstehen. Deine Haltung und deine Einstellung müssen diese Liebe zeigen, denn das überzeugt nicht nur dich von deinem Handeln und deiner Wirkung, sondern auch dein Umfeld.«

»Ah ja ...« *Nein, mir fällt wirklich nichts mehr ein.*

Nicki sah zu Nummer 66. Die Alpakastute verstand vermutlich genauso viel wie er von Roberts Phrasen, aber er beneidete sie in diesem Augenblick darum, ein Tier zu sein. Bei einem Alpaka kam Robert sicher nicht auf die Idee, den Motivationstrainer zu spielen. Nicki überlegte, wie er diesem Gespräch ein elegantes Ende bescheren konnte.

»Und was ist mit Amelia?«

Die Frage überraschte Robert sichtlich; mit diesem Themenwechsel hatte er offenbar nicht gerechnet. In seiner Vorstellung klopfte Nicki sich für diesen Geistesblitz auf die Schulter – es war eine unhöfliche Frage, das wusste er selbst. Sie nahm sich aber nicht viel im Vergleich zu einer unverlangten Runde hohler Motivationssprüche.

»Was soll mit ihr sein?«

Nicki zuckte mit den Achseln. »Die anderen haben mir erzählt, dass sie deine Frau ist.«

»Das ist richtig.«

»Sie läuft am anderen Ende der Gruppe.« Nicki bemühte sich um einen möglichst beiläufigen Tonfall. Er war auf Roberts Antwort gespannt – Nicki sprach sich genug Erfahrung im Leben mit einer Frau zu, und er ahnte, dass bei den beiden einiges im Argen lag. *Und das ist vermutlich nicht nur der Altersunterschied.*

Nicki ging sogar so weit, dem Ehepaar größere Probleme als Laura und sich zu attestieren, denn ihre einzigen Probleme waren Lauras Unzufriedenheit, Stefano und Black Glory gewesen.

Robert warf einen Blick über die Schulter, als ob er sich vergewissern wollte, dass Amelia tatsächlich am Ende der Gruppe ging. »Wie Natalie bereits angesprochen hat, hängt das mit der Rangordnung unter den Alpakas zusammen.« Er drehte sich um. »Barri, mein Alpakawallach, ist ein rechter Draufgänger. Er führt gern die Truppe an.«

»Oh …« Nicki nickte begreifend.

»Ja, ein gutes Tier. Natalie meinte, er wäre vielleicht etwas zu spät kastriert worden. Aber wir kommen gut klar.« Robert zog an dem Strick, und Barri trottete zu ihm. Er klopfte dem Alpaka gegen den Hals. »Amelia hatte nicht so viel Glück.«

»Mhm«, machte Nicki und wusste nicht so recht, ob man das nicht nur im Hinblick auf das Alpaka sagen konnte.

# *Luisa, die Geliebte*

*Die Mitfahrgelegenheit ist eine Scheißidee gewesen.*

Nachdenklich sah Nicki auf seine Nachricht an Klaus hinunter, dann blickte er auf die Akkuanzeige. Der Akku stand bei 45 Prozent und Nicki ärgerte sich, dass er das Ladekabel vergessen hatte. Andererseits brachte es ihm mitten im Wald nicht viel. Allzu viele Baum-Ladestationen gab es hier sowieso nicht, und Nickis Blick schweifte an dem Stamm, neben dem er saß, hinauf. Über seinem Kopf wisperten die Blätter im abendlichen Wind.

Vor ein paar Minuten hatte er sich mit seinem Handy abgesetzt und sich dieses stille Örtchen fernab der Gruppe gesucht. Seine Finger huschten wieder über die eingeblendeten Buchstaben.

*War ein Tierschmuggler ... Polizeikontrolle ... Ich bin abgehauen.*

Nicki biss sich auf die Unterlippe.

*Bin jetzt im Wald ... mit einer ALPAKA-TREKKINGTOUR.*

Klaus' Status veränderte sich nicht. Scheiße, knurrte Nicki seinen besten Kumpel in Gedanken an. *Jetzt schau endlich mal auf dein Handy, Alter!*

Sein Daumen tippte im regen Takt auf die Groß- und Kleintaste, und die Buchstaben wechselten ihre Größe. Von der Lichtung drangen die gedämpften Stimmen der anderen zu ihm herüber. Sie hatten das nächste Nachtlager erreicht – eine Lichtung in der Nähe eines Wanderparkplatzes. In einem nahe gelegenen Hochsitz fanden Nicki und Henry, von Natalie zum Stalldienst verdonnert, einen Sack mit Vollwertfutter und genug Heu für die Alpakas, während die anderen sich mit ihren Zelten oder dem Abendessen beschäftigten.

*Das ist alles so strange ... komische Leute,* schrieb er weiter.

Es raschelte im Unterholz. Erschrocken sah Nicki von seinem Handy auf. Ein Zweig knackte. Wieder knisterten Blätter, und im nächsten Moment hielt Nicki die Luft an. Der Neuankömmling tauchte zwischen den Bäumen und Büschen auf.

»Oh.« Luisa lehnte sich überrascht zurück. »Du bist hier.«

»Ähm ... ja.« Nicki schaltete das Display aus, legte sein Handy in den Schoß und verschränkte die Arme darüber. Nicki nutzte das letzte Licht des Tages – Luisa hatte lange brünette Haare, und unter ihrem regenfesten Anorak erahnte man verlockende Kurven. Seiner Einschätzung, dass sie der blonden Amelia Ruffenach in kaum etwas nachstand, konnte er nichts hinzufügen. Er lächelte gewinnend. »Soll ich gehen? Willst du ...?« Er deutete mit dem Zeigefinger ins Dickicht.

Luisa schüttelte den Kopf. Zu seiner Verwunderung blieb sie stehen und musterte ihn wortlos, wie er es einige Augenblicke vorher bei ihr getan hatte. Einen kurzen Moment bedauerte er es, vor seinem Aufbruch dem Rasierapparat nicht mehr Aufmerksamkeit geschenkt zu haben. *Vermutlich sehe ich aus wie ein Waldschrat.* Trotzdem wusste er nicht so recht, was sie hier wollte. »Nun dann ...«

»Du hast dich heute lange mit Robert unterhalten.«

Er runzelte die Stirn. Das war nicht ganz das, was er erwartet hatte. Aber was hatte er erwartet?

»Ja«, sagte er. *Notgedrungen.*

Luisa warf einen prüfenden Blick über die Schulter, ehe sie über einen querliegenden Ast stieg und auf die Lichtung trat. »Worüber habt ihr gesprochen?«

Nicki hob eine Augenbraue. »Ist das denn wichtig?«

Sie rang sich ein Lächeln ab und kam auf ihn zu. Geschmeidig ließ sie sich neben ihm auf dem Baumstamm nieder, stützte sich auf den Händen ab und sah Nicki direkt an. »Du hast die Gerüchte sicher schon gehört.«

»Mhm ...«

»Also?« Sie neigte den Kopf zur Seite. »Nicki, oder?«

»Ja, Nicki.« Er streckte ihr die Hand entgegen, und sie erwiderte den Gruß.

»Luisa.« Sie legte die Hand wieder auf dem Baumstamm ab. Ihr Blick blieb erwartungsvoll. Vermutlich schadete es ihm nicht, wenn er es ihr erzählte. Luisa war Roberts Sekretärin, sie kannte ihren Chef.

Er seufzte ergeben. »Nach einer knappen« – *zweifelsohne unvollständigen* – »Analyse meiner beruflichen Aufstiegschancen hat er mir einen Vortrag zu sozialer Kompetenz gehalten und mir verraten, wie ich im Beruf erfolgreicher sein kann.«

Luisa wich ein Stück nach hinten. Ein belustigter Zug legte sich um ihre Lippen, und im einfallenden Licht fiel Nicki das helle Grün ihrer Augen auf. »Ist das dein Ernst?«

»Gegenseitiger Respekt, Toleranz und Achtung vor den Menschen.«

Sie kicherte. »Das hat dir sicher einen Schrecken eingejagt.«

»Einen Schrecken eher nicht.« Nicki wusste nicht, wie er es am besten beschreiben sollte. »Es ist seltsam, wenn ein Wildfremder plötzlich auf einer Alpaka-Trekkingtour mit einem Vortrag zu sozialer Kompetenz anfängt.«

»Das kann ich mir vorstellen.«

Er sah wieder zu Luisa. Auf ihrem Nasenrücken tanzten einige Sommersprossen, was er irgendwie süß fand – die meisten Frauen, die er kannte, übertünchten sie mit Make-up. Wenn er sich richtig erinnerte, hatte Georgina mindestens ein halbes Dutzend verschiedene Make-ups getestet, um das beste Produkt gegen ihre Sommersprossen zu finden. In den letzten Wochen ihrer Beziehung hatte Laura es ihrer Zwillingsschwester gleichgetan.

»Will er sich neben dem Baubedarfshandel ein zweites Standbein aufbauen?«

»Nein, das macht er nur zum Spaß.«

»Gut, ich weiß nämlich nicht, ob mich die Art, wie er es rüberbringt, überzeugt.«

»Kümmer dich einfach nicht darum.« Luisa lächelte ihn aufmunternd an. »Du bist doch hier, um mit deinem Alpaka zu wandern und nicht, um dir Karrieretipps von Robert geben zu lassen.«

Nicki runzelte die Stirn. Es kümmerte ihn wenig, was andere von seiner Karriere hielten. Die meisten Menschen hatte es nicht zu interessieren, und die einzige Person, der er das Interesse zugesprochen hätte, zog jemanden vor, bei dem Nicki beim Beruf im Lebenslauf den Eintrag »Sohn« vermutete. »Ich finde es eh seltsam, jemanden wie ihn hier anzutreffen.«

»Jemanden wie *ihn?*« Luisa verzog den Mund. »Wie meinst du das?«

»Einen Firmenchef beim Alpakatrekking.« Um genauer zu sein: einen Firmenchef mit Ehefrau und Geliebter beim Alpakatrekking, korrigierte Nicki in Gedanken, aber er verzichtete darauf, es auszusprechen.

»Wieso?«

»Bei Firmenchefs denke ich an Golf.«

»Ich habe auch komisch geschaut, als er mit dem Flyer des Veranstalters ankam und meinte, ich solle nach den nächsten Terminen fragen.«

»Und dann?«

»Ich habe gefragt, für wie viele Personen.«

Der ironische Klang in ihrer Stimme und ihr bitteres Lächeln blieben Nicki nicht verborgen. »Ja, er meinte, dass er das vorher ausprobieren müsse, bevor er es seinen Mitarbeitern als Teamevent verkaufen könne.«

»*Das* hat er dir erzählt?« Luisa lachte auf.

Ihre Reaktion verwirrte Nicki. »Was ist daran so lustig?«

»Das sieht ihm so ähnlich.« Sie schüttelte den Kopf. Eine Strähne ihrer dunklen Haare löste sich. »Er und Amelia machen diese Tour, weil ihr Paartherapeut ihnen empfohlen hat, etwas Zeit miteinander zu verbringen.«

Nicki starrte Luisa verblüfft an. »Echt jetzt?«

»Klar.« Sie strich sich die Strähne aus der Stirn und blickte wieder zu Nicki. »Du hast sicher schon gemerkt, wie kaputt ihre Ehe ist. Robert will es aber nicht zugeben.«

Nicki war unschlüssig, was und ob er überhaupt etwas dazu sagen sollte. Mit Luisa saß ihm vermutlich der – oder *ein*, Nicki wollte sich nicht festlegen – Grund für diese zerrüttete Ehe gegenüber. Leider konnte er nicht einschätzen, wie Luisa ihre Rolle sah, doch der nachdenkliche Ausdruck auf ihrem Gesicht sprach Bände.

*Hoffentlich gibt das keinen Ärger.* Nicki genügte es schon, dass Lorenzo ihm vollkommen falsche Absichten unterstellt hatte. Roberts Misstrauen wollte er nicht auch noch wecken.

Ein anderer Teil wünschte es sich beinahe. Ärger zwischen den anderen Mitgliedern der Trekkingtour würde von dem gestohlenen Alpaka, seinen Absichten – Schnorren, schnorren, schnorren, rief eine Stimme in seinem Kopf, als er den Geruch von Bohnen in Tomatensoße zwischen den Bäumen wahrnahm – und sich selbst ablenken. Im Augenwinkel bemerkte er ihren neugierigen Blick. *Scheiße, sag was!* »Zeugt nicht gerade von sozialer Kompetenz.«

Luisa biss sich auf die Unterlippe. »Nein, nicht wirklich«, stimmte sie zu. »Mit seinen Erkenntnissen steht er noch ganz am Anfang.«

»Eine Wanderung mit Alpakas ist da sicher das Richtige.«

Sie wandte sich mit einem vielsagenden Lächeln ab. Einige Zeit saßen sie nur da, und jeder von ihnen blickte gedankenverloren zu der Stelle, an der Luisa auf die Lichtung getreten war.

»Du siehst eigentlich gar nicht so aus.«

Nicki zuckte zusammen und verdutzt sah er zu ihr. »Wie sehe ich nicht aus?«

Sie zuckte mit den Achseln. »Wie so ein ...«, ihr Blick wanderte an ihm hinunter, »... Alpakabesitzer.«

Müssen es ausgerechnet Alpakas sein, stöhnte er in Gedanken. Jedes andere Thema war ihm in diesem Moment lieber, er würde sogar ein Gespräch über Nagellackfarben – *First Kiss Red, Red Night Mystery, Strawberry Cake und Red Carpet*, wer nannte einen Nagellack schon »Teppich«? –, Geschlechtskrankheiten oder Beziehungen vorziehen.

»Wie sieht ein Alpakabesitzer denn aus?«

Luisa hob die Schultern. »Keine Ahnung.«

Nicki deutete an den Aufschlag seines Anoraks. »Vielleicht mit einem modischen Schal aus Alpakawolle?«

»Nein, eher weniger.« Sie runzelte die Stirn. »Die Jungs am Startpunkt trugen keine Schals.«

»Es ist sowieso nicht die Zeit für Schals.« Auch wenn ich nachts nichts gegen einen Schal einzuwenden hätte, ergänzte Nicki im Stillen. Für eine – oder gar mehrere – Nächte war er trotz improvisierter Campingausrüstung denkbar schlecht aufgestellt. Woher hätte er aber auch wissen sollen, dass es so laufen würde?

»Alpakaunterwäsche!«, entfuhr es Luisa.

Irritiert sah er zu ihr. *Meint sie das ernst?* »Fragst du mich eben, ob ich Alpakaunterwäsche trage?«

Ihr Grinsen wuchs in die Breite. »Tust du?«

Es ging zwar immer noch um Alpakas, aber die Richtung, in die das Gespräch ging, gefiel Nicki. Er entspannte sich; Luisa war eine deutlich angenehmere Gesprächspartnerin als ihr Chef, was nicht nur daran lag, dass er von ihr keine Vorträge zu sozialer Kompetenz zu erwarten hatte.

»Bist du dir sicher, dass du Alpakaunterwäsche mit dem typischen Alpakabesitzer verbindest?«, fragte Nicki. »Nicht, dass ich mich dafür halte – aber ich verbinde damit eher«, er überlegte, »Skifahren in St. Moritz, Davos ...«

»Ja, vermutlich hast du recht.« Luisa seufzte und stützte sich auf ihren Händen ab. »Also ... keine Alpakaunterwäsche?«

»Nein.« Vom Skifahren hielt er sowieso nicht viel.

»Boxershorts mit Alpakaaufdruck?«

Das wäre ja noch schöner, stöhnte er innerlich, aber er verkniff sich die Bemerkung. Zweifelnd hob er eine Braue.

»Wohl eher nicht«, stellte Luisa fest.

»Nein, absolut nicht.«

Sie wandte sich ab. Gedankenverloren blickte sie zu dem Trampelpfad, und für einige Sekunden kam Schweigen auf. Nicki wusste nicht einmal, ob es solche Boxershorts gab, aber er konnte es sich durchaus vorstellen. Manche Frauen fanden das als Geschenk für den Freund sicher süß.

»Stella!«

Nicki zuckte zusammen. »Was ist mit ihr?«

»Ja, genau, Stella.« Luisa kicherte.

»Ich kann dir nicht ganz folgen.«

»So wie sie – *so* stelle ich mir wohl einen typischen Alpakabesitzer vor.«

»Oh, wow!« Nicki verzog den Mund. Luisa hatte nicht ganz unrecht. In seinen Augen zeigte sich in Stella durchaus eine mögliche Ausprägung eines Alpakabesitzers, aber Frauen wie Emma oder Ava gaben Nickis Vorstellung vom typischen Alpakabesitzer besser wieder. »Sollte ich jetzt beleidigt sein?«

Luisa schüttelte den Kopf. »Nein, keine Angst.« Sie lächelte ihn an. »Das war nichts gegen dich. Es ist nur recht lustig, wenn man mal darüber nachdenkt.«

»Auf jeden Fall«, stimmte Nicki zu. Er lächelte schief, als er sich an seine Überraschung erinnerte, als er in seinem Badezimmer ein Alpaka entdeckt hatte. *Im dritten Stock.* »Ich bin wohl kein typischer Alpakabesitzer.«

»Vielleicht.« Luisa wiegte ihren Oberkörper vor und zurück. Ein nachdenklicher Ausdruck lag auf ihrem Gesicht, und Nicki fiel erneut auf, wie attraktiv sie war. »Aber es gibt eben solche Vorstellungen. Das ist wie mit den Reitertussis.« Sie hob die linke Hand in die Höhe und grinste. »Gerte in der linken Hand«, sie wechselte die Hand, »und reicher Freund an der rechten.«

*Bei Laura ist es wohl andersrum.* »Ja.« Seine Antwort war nur ein heiseres Krächzen. Vielleicht war es Zeit für einen Themenwechsel. »Und du?«

»Was soll mit mir sein?« Luisa lachte auf. »Ich bin keine Reitertussi.«

Nicki schüttelte den Kopf. »Wieso bist du hier?«

Mit der Frage wagte er sich weit vor. Da die Ruffenachs auf Empfehlung ihres Paartherapeuten gemeinsam unterwegs sein sollten, erschien Luisas Teilnahme an dieser Wanderung für Nicki in einem vollkommen anderen Licht. *Ob sie wirklich so gehässig ist?*

Sie schien einen Moment über ihre Antwort nachzudenken, dann zuckte sie mit den Achseln. »Der Flyer, den Robert mir gegeben hatte, klang interessant. Ich wollte es auch mal ausprobieren – frische Luft, ein wenig Bewegung, eine nette Abwechslung zum Bürojob und haufenweise Urlaub übrig.« Ihr Mundwinkel zuckte, als ob sie noch etwas sagen wollte, aber im nächsten Moment strich sie ihre Antwort wie beiläufig mit den Fingern von den Lippen. »Nun ja, und da bin ich.« Ihre Schultern sackten nach unten, und sie lächelte Nicki an, doch sie schaffte es nicht, ihn zu überzeugen.

*Vermutlich will sie das gar nicht. Wozu auch?* »Du bist mit Henry hier.«

»Ja.«

»Dein Freund?«

Sie stieß einen seltsamen Laut aus, der Nicki an ein kleines Schwein erinnerte. »Nein. Henry ist *ein* Freund.«

»Ach?« Es war weniger Frage als Aussage. In manchen Momenten hatte Nicki den Eindruck, dass Henry mit seiner Rolle als *ein* Freund unzufrieden war, aber Nicki verkniff sich jede Bemerkung. Jeder, der an die Affäre zwischen Robert und Luisa glaubte, wusste, dass Henry ein mehr als schlechtes Alibi war.

Das ungute Gefühl in ihm wuchs. Luisa sah wirklich nicht so aus, als ob so hinterhältige Aktionen zu ihrem Alltag gehörten. *Aber was hat das schon zu bedeuten?*

»Na denn.« Luisa streckte den Rücken durch.

Nicki horchte auf. »Ja?«

»Ich gehe besser zu den anderen zurück.« Sie grinste keck und erhob sich von dem Baumstamm. »Sonst kommen noch mehr Gerüchte auf, und das will ja keiner, oder?«

»Ich kann mir Schlimmeres vorstellen«, erwiderte Nicki. Ihre Vorlage reizte ihn auf eine beinahe selbstmörderische Weise, in seinen Gedanken jagte eine Vorstellung die nächste, und Nicki wusste nicht, welche der Wirklichkeit am ehesten entsprach. Letztlich gewann die Erkenntnis, dass ungeachtet von Luisas Reaktion in seinem Fall ein falscher Eindruck besser als die Wahrheit war. Er hob die Schultern. »Wenn man mir zum Beispiel eine Affäre mit meinem Chef andichten würde ...«

»Zum Glück bist du nicht mein Chef.«

»Glück oder Pech?«

Luisa antwortete nicht auf seine herausfordernde Frage, sondern wandte sich um. Das Laub raschelte unter ihren Schuhen, als sie zu der Lücke zwischen den Büschen und niedrigen Bäumen hinüberging.

Nachdenklich sah er ihr hinterher und betrachtete die sachten Bewegungen ihres unteren Rückens unter dem Anorak und ihrer unsäglich weiten Wanderhose, als ihm etwas einfiel: »Hey, Luisa.«

Sie drehte sich verblüfft um. »Was ist denn?«

»Was hast du eigentlich gesucht?«

»Gesucht?«

Nicki griff nach seinem Smartphone. Es leuchtete immer wieder blau auf. Er beugte sich nach vorn und nickte in die Vegetation. »Hier?«

Luisas Blick schweifte von Nicki zu den umstehenden Bäumen. Einige Sekunden verstrichen zwischen ihnen in Stille, und sie stemmte die rechte Hand in die Seite. Ihre Hüften wiegten, als sie sich Nicki wieder zuwandte. »Ich habe nach einem Plätzchen für etwas Zweisamkeit gesucht.« Das freche Grinsen auf ihren Lippen wuchs in die Breite. »Für ruhige Gespräche und *mehr.*«

Nicki erwiderte ihr Lächeln. Die Antwort war eindeutig genug, aber er blieb dabei – mit etwas Glück blieb ihr seine Frechheit im Gedächtnis hängen und lenkte von allem anderen, was seine Person betraf, ab.

Nicki schmunzelte, legte sein Handy auf den Baumstamm und stützte sich mit den Händen auf dem klammen Holz ab.

»Und falls es mit der Begleitung nicht klappt ...« Er klopfte mit den Handflächen auf das Holz. »Ich kenne den Weg hierher.«

»Ach?«

»Sein Wachhund scheint gut trainiert zu sein.« Nicki erinnerte sich, wie Amelia das Gespräch zwischen Luisa und Robert bei der Rast gesprengt hatte.

Luisa verzog den Mund. »Ich komme darauf zurück, falls ich mich einsam fühle.«

»Gut.«

Sie lächelte ihn ein letztes Mal an, ehe sie sich umdrehte und über den Ast stieg. Nach einem Augenblick verstummten ihre Schritte, und sie war zwischen den Bäumen verschwunden.

Nicki schüttelte amüsiert den Kopf. Mit der Rolle als Aufreißer, die er sich in den letzten Sekunden ihres Gesprächs zugeteilt hatte, hatte er noch nie etwas anfangen können. Bei solchen Sprüchen kam er sich meist äußerst dämlich vor. Luisa hatte es ihm zum Glück nicht schwer gemacht. Nicki wandte sich seinem Handy zu, schaltete das Display ein und entsperrte das Gerät. Flüchtig wischte er die Benachrichtigung des Messengerprogramms nach unten.

Im nächsten Moment zog sich alles in ihm zusammen. Mit jeder Sekunde, die er den Namen länger betrachtete, schlug sein Herz lauter in seiner Brust.

Die Nachricht war von Laura.

## *Von Zelten und Bohnen*

Er starrte auf das kaum erkennbare Bild von Black Glory neben ihrem Namen. Sein Daumen schwebte über dem Display. Sie hatte nur drei Buchstaben geschrieben, und doch versetzte ihre Nachricht ihn mehr in Aufregung, als er sich nach sieben Wochen Trennung je eingestanden hätte.

Er tippte die Benachrichtigung an, und die Ansicht wechselte auf den Chat. Ein Check der Statusanzeige verriet ihm, dass Laura offline war, und er blickte auf ihre Nachricht hinunter.

*Hey.*

Im stetigen Takt tippte sein Daumen auf die Hochstelltaste. In den vergangenen Wochen hatte er nur über Klaus und soziale Netzwerke erfahren, was Laura so getrieben hatte. Ihre letzten Sachen hatte sie aus seiner Wohnung geholt, während er in der Arbeit gewesen war; den Zweitschlüssel hatte er im Briefkasten gefunden. Damals hatte Klaus gemeint, dass es ihr wohl ernst war, was Nicki nach wie vor nicht glauben konnte. Die kommenden Wochen hatten ihn eines Besseren belehrt: keine Markierungen, keine Nachrichten, keine Telefonate. Sie war nicht einmal auf Marias Geburtstagsfeier gegangen.

Er wusste nicht so recht, was er nun davon halten sollte. Ein Teil von ihm hatte sich damit abgefunden, nicht mehr zu ihrem Leben zu gehören, während ein anderer, immer weitaus gegenwärtiger, immer noch die stille Hoffnung hegte, dass es nur eine Phase war. Aber das jetzt?

Ihr *Hey* war vollkommen nichtssagend für ihn, und doch weckte es Gefühle und Gedanken, die er im Moment mehr als unnötig empfand, denn – das musste er sich eingestehen, so sehr es schmerzte – er hatte andere Probleme.

*Was soll's?* Auf ein Problem mehr oder weniger kam es nicht mehr an. Er senkte den Blick und tippte: *Hey.*

Nicki wartete ab, aber Lauras Status blieb genauso leer wie sein Magen.

Nach einigen Sekunden schaltete er das Handydisplay aus und blickte zu der Stelle, an der Luisa verschwunden war. Irgendwie hatte sein Leben ein Händchen dafür, im falschen Moment mit Überraschungen aufzuwarten. Eine Nachricht der Ex-Freundin war allerdings nichts, mit dem er nicht zurechtkommen würde. In seiner Vorstellung hatte er, so verrückt es klang, schon verschiedene Szenarien durchgespielt, und bei manchen hatte er den nächsten Level erreicht. *Vielleicht möchte sie sich ja entschuldigen. An der Zeit ist es auf jeden Fall.*

Er zog ein letztes Mal sein Handy hervor, überprüfte, ob neue Nachrichten angekommen waren – *nichts!* – und schaltete es aus, ehe er sich von dem Baumstamm erhob. Nicki rekelte sich, was sein Rücken mit einem miesen Knacken quittierte, und stapfte dann über die Lichtung, um zu Nummer 66 und den anderen zurückzugehen.

»Hast du eigentlich ein Schnellaufbauzelt?«

Nicki zuckte zusammen. Für den Bruchteil einer Sekunde verkrallten sich seine Finger im weichen Fell von Nummer 66, und ebenso abrupt ließ er es los. Er drehte sich um. »Hat dir schon mal jemand gesagt, dass es unhöflich ist, sich so anzuschleichen?«

Natalie zuckte mit den Schultern. Ihr Blick wanderte an ihm hinunter, dann sah sie zu Nummer 66. Die Alpakastute stand in der Nähe von Pocket und Marabu und hatte ihre Nase wieder in dem Heuhaufen versenkt. Ab und zu schnaubte sie zufrieden. »Du solltest dein Zelt aufbauen, das Essen ist bald fertig.«

*Zelt?*

Die letzten Minuten hatte er die Alpakastute beobachtet und war dabei seinen Gedanken an Laura nachgehangen, während die anderen sich mit der Zubereitung des Abendessens beschäftigt hatten. Oder ihren Zelten, fügte er sarkastisch in Gedanken hinzu, und sein Blick wanderte zu dem Zeltdorf, das die anderen in einem kleineren abgegrenzten Bereich errichtet hatten.

Er grinste. »Oh, klar, natürlich – das Zelt.«

»Oder hast du gar keins?« Sie überlegte kurz. »Genauso wenig wie passendes Schuhwerk?«

*Das ist doch jetzt nicht ihr Ernst?* »Du bist schon ein bisschen schuhgeil, oder?«

»Ich habe keine Lust auf dein Geraunze, wenn du Blasen kriegst«, gab Natalie gelangweilt zurück. »Für solche Notfälle bin ich nicht ausgestattet.«

Nicki schluckte seinen aufkeimenden Ärger über ihre kindischen Sprüche hinunter. *Nicht aus der Ruhe bringen lassen.*

Er erwiderte ihren desinteressierten Blick mit einem aufgesetzten Grinsen. »Keine Sorge, ich werde nicht um ein Pflaster betteln.«

»Ich meinte Ohrstöpsel für mich.« Natalie wandte sich ab. Ohne ein weiteres Wort ging sie zurück zu Stella, die an der improvisierten Kochstelle mit Campingkocher in einem Topf rührte, und löste sie ab.

Für einen Moment blickte Nicki ihr nach.

»Erfrischend«, murmelte er, als er sich sicher war, dass sie ihn nicht mehr hören könnte, und wandte sich an Nummer 66. »Ich habe mir echt keinen Gefallen damit getan, mit denen mitzugehen.«

Die Alpakastute hob den Kopf aus dem Heu. Beinahe so gelangweilt wie Natalie sah sie zu ihm auf, während ihre Backenzähne von einer Seite zur anderen mahlten, und Nicki verdrehte die Augen. »Schon klar, *du* findest sie bestimmt toll.«

Er seufzte und blickte zu dem Haufen aus Packsätteln und Rucksäcken, den die anderen und er nach ihrer Ankunft neben einer großen Eiche aufgetürmt hatten.

»Zelt«, flüsterte er, zog seinen Anorak hinunter und eilte zu dem Berg.

Er fand die blaue Tragetasche unter Roberts Rucksack. Mit der Plastikplane, der Reepschnur und den Jutesäcken bewaffnet ging er zu dem Zeltdorf hinüber.

Nicki war kein Outdoortyp. Auf ihrer Reise durch das Baltikum war Peter derjenige gewesen, der ein Zelt dem geräumigen Wohnwagen von Klaus' Vater vorgezogen hatte, während die anderen es sich jeden Abend im Inneren des Wohnwagens gemütlich gemacht hatten. Ein bisschen Wissen hatte er von Peters allabendlichen Zeltaufbauaktionen trotzdem mitgenommen.

Das Seil und die Säcke fielen vor Nickis Füßen auf den Boden, und Henry blickte erschrocken auf. Er lag bäuchlings in einem Einmannzelt und las unter einer mitgebrachten Taschenlampe in einem Buch. »Ist *das* dein Zelt?«

»Das«, Nicki deutete auf seine Füße, »wird ein Tarp.«

»Ein ... Tarp?« Henry legte das Buch zur Seite, schaltete die Lampe aus und krabbelte aus dem Zelt. »Was ist das?«

»Das ist eine Zeltbahn.« Nicki erinnerte sich an Peters Erklärungen. »Ist wesentlich leichter als ein ganzes Zelt, was bei längeren Wanderungen ein echter Vorteil ist.«

Henry kam zweifelnd näher. »Wie baut man das auf?«

»Da gibt es verschiedene Möglichkeiten.« Viel von Peters Erläuterungen war nicht hängen geblieben. Dummerweise bezog diese Gedächtnislücke vor allem den Aufbau mit ein, aber vermutlich fiel es niemandem auf, wenn er bei seinem *Zelt* improvisierte.

»Oder wickelt man sich einfach ein?« Henry stupste das Seil mit der Fußspitze an, und sein Blick schweifte über die Jutesäcke zu der Plastikplane in Nickis Händen. »Du hast ja keine Heringe oder so. Wie willst du das befestigen?«

»Ähm ...« Nicki schluckte »Wie beim Anpflocken ... einfach ein stabiler Holzpflock.« Sein Blick schweifte zu einem rotgrauen Zweimannzelt in der Nähe. »Kannst du mir bitte ein paar Äste, etwa einen Meter lang, zusammensuchen?«

Henry runzelte die Stirn. »Klar.«

*Scheiße.* Nicki sah Henry einen Moment nach, als er fortstapfte, dann wanderte Nickis Blick zu dem Seil. *Ich habe keine Ahnung.*

Die Plastikplane fiel dumpf auf den Boden. Nicki zog sein Handy heraus, schaltete es ein und wartete ab, bis das Herstellerlogo verblasste und er seine PIN eingeben konnte. Die Einstellungen hatten noch nicht fertig geladen, als Nicki schon den Browser öffnete und das erstbeste Suchergebnis für Tarps aufrief.

»Seil durchziehen, auf Boden legen, langer Stecken – Heringe«, fasste er für sich den Inhalt zusammen. *Das dürfte zu schaffen sein.*

Er wandte seinen Blick von dem Gerät ab, sein Daumen wanderte zu dem Ausschaltknopf und gerade, als der Bildschirm sich verdunkelte, bemerkte er das Symbol für neue Nachrichten in der Benachrichtigungsleiste. Das Display wurde schwarz.

*Mist.* Nicki seufzte und verstaute das Smartphone wieder in seiner Hosentasche. *Später.*

»Reicht das?« Henry hielt ihm eine Handvoll langer Äste entgegen.

»Danke! Das ging aber schnell.« Nicki nahm ihm die zukünftigen Zeltstangen ab. Er wollte sein Lager nicht allzu nah bei den anderen errichten. Eine schmale, windgeschützte Lücke zwischen zwei Fichten erschien ihm am geeignetsten, und er lehnte die Äste gegen den dickeren Stamm der beiden Nadelbäume.

Henry trottete ihm hinterher. »Da bin ich echt gespannt«, sagte er, als Nicki auf dem Rückweg zu den fallen gelassenen Sachen war.

»So, so.« Nicki zog ein letztes Mal los, um die Jutesäcke und die Schnur zu holen.

»Der Platz dürfte ausreichen.« Nicki schob Henry etwas zur Seite, ging in die Knie und legte die Plastikplane zurecht. »Hast du ein Messer?«

Verdutzt sah Henry zu ihm hinunter. »Klar.«

»Meines ist in meinem Rucksack«, redete Nicki sich raus.

Der kleinere Mann runzelte die Stirn, ging aber ohne ein weiteres Wort zurück zu seinem Zelt. Kurz darauf kam er mit einem Taschenmesser zurück.

»Es ist etwas stumpf«, entschuldigte er sich und streckte es Nicki entgegen.

»Kein Problem.« Nicki nahm es ihm ab und klappte es auf.

Mühevoll schnitt er mehrere Löcher in die kurze Seite der Plane.

»Da kommen die Stangen durch?«, fragte Henry.

Nicki schüttelte den Kopf. »Nein, das Seil. Für die Variante, die ich aufbaue, brauche ich nur einen langen, stabilen Stock.«

»Ach so.«

In jede der vier Ecken der Plane schnitt Nicki noch ein schmales Loch für die Holzpflöcke. Danach befreite er das Seil von der Banderole und fädelte es durch die Löcher in der Plastikplane.

Henry beobachtete jede seiner Bewegungen interessiert. »Und das klappt wirklich?«

»Klar.« Nicki pickte sich einen besonders stabil wirkenden Ast aus den Stecken, die Henry zusammengesucht hatte, heraus. In der Mitte der kurzen Seite rammte er ihn in den Boden und zog die Plane darüber, sodass die Andeutung eines Zeltes entstand.

»Aahh!«, machte Henry und trat näher. »Langsam verstehe ich.«

»Gar nicht so übel, oder?« Nicki grinste und sah sich nach einem Pflock um. Unter einem dornigen Brombeerzweig wurde er fündig. Nicki haute ihn an der linken Ecke der Plane in den weichen Waldboden, wickelte das Seil mehrfach darum und ging dann auf die andere Seite. Ein weiterer Pflock folgte, und er spannte die Reepschnur zwischen den beiden Pflöcken und der Mittelstrebe.

»Das ist echt cool.«

»Ja.« Nicki war froh, wenigstens ab und zu Peters Outdoorgeschichten zugehört zu haben, anderenfalls hätte er sich einem großen Problem gegenübergesehen. Am anderen Ende der Plastikplane trieb er einen weiteren Pflock in den Boden. *Hoffentlich hält der Akku durch …*

»Fertig.« Nicki stand auf, klopfte sich den Schmutz von den Knien, klappte Henrys Messer zu und streckte es Henry entgegen.

»Wofür sind die Kartoffelsäcke?«

»Ähm …« Nicki sah zu den Jutesäcken. Als er in dem Geschäft für Landwirtschaftsbedarf stand, war es ihm wie eine super Idee vorgekommen. Am Rand des Zeltdorfs erschien es ihm wie das

Dämlichste, was er sich je überlegt hatte. »Das ist eine natürliche Alternative zu einem Schlafsack und einer Isomatte.«

»Kartoffelsäcke?«

»Natürlich.« Nicki räusperte sich. »Leicht, ohne Probleme zusammenrollbar, und du kannst sie mit Laub füllen, um es etwas wärmer zu haben oder weicher zu liegen.«

»Oh.« Henry runzelte die Stirn. »Was ist, wenn das Laub nass ist?«

*Dann friert man vermutlich.* »Nun ja …«

»Und da sind doch Viecher dran – Regenwürmer, Asseln, Nacktschnecken.« Henry verzog angewidert den Mund.

Nicki hob die Schultern. »Das ist eben Natur«, erklärte er locker. »Damit muss man rechnen, wenn man eine Wandertour macht.«

Hinter ihnen raschelte es, ein Zweiglein knackte, und Nicki warf einen Blick über die Schulter.

»Das Essen ist fertig«, erklärte Stella gelangweilt.

»Super!« Henry eilte davon.

Nicki wurde leichter ums Herz. Henry war zwar nicht die hellste Kerze auf der Torte, aber wenn sogar er die offensichtlichen Schwachpunkte von Nickis improvisierter Campingausstattung erkannte, musste er bei anderen Leuten mit härterer Kritik rechnen.

Leider war Stella eine solche Kandidatin.

Stella und Nicki sahen Henry einen Moment nach, dann wandte Stella sich um und nickte in Richtung des Tarps. »Was ist das?«

Nicki rieb sich die Hände, ein Zweig knackte unter seinem Schuh, als er auf sie zutrat und grinste. »Das ist mein Tarp.«

»Schick.« Stellas Blick wanderte an Nicki vorbei. Der zweifelnde Ausdruck in ihren Augen blieb ihm nicht verborgen, aber er hatte nicht erwartet, dass sie in Begeisterungsstürme für seine umweltbewusste Variante von Camping ausbrach. »Wofür sind die Kartoffelsäcke?«

»Schlafsäcke«, antwortete Nicki prompt und lächelte.

Bloß den Schein wahren, sagte er sich, während er sich erneut über seine dumme Idee ärgerte. Es war bizarr, dass ihm in diesem Moment Roberts Worte einfielen: *Du musst voller Überzeugung hinter deiner Dienstleistung stehen.*

»Ist das dein Ernst?«

»Eine natürliche Alternative zu Schlafsäcken aus Plastik«, fügte Nicki selbstsicher hinzu. »Mit Laub ausgepol–«

»Sind aber etwas zu klein für dich, oder?«

*Ich weiß selbst, dass es eine dumme Idee war.* Nicki zuckte mit den Achseln. »Die *größeren* waren ausverkauft.«

Stella schüttelte angewidert den Kopf, machte auf dem Absatz kehrt und stapfte zu den anderen zurück.

Das lief ja super, stellte Nicki fest und folgte ihr.

Je näher er der Gruppe kam, desto intensiver wurde der Geruch nach Tomaten, Knoblauch und Bohnen. Natalie kniete hinter dem Campingkocher, ein paar Schüsseln standen neben ihr auf dem Waldboden. Ava, Emma und Lorenzo hatten ihre Jacken über ihre Oberschenkel gelegt, die Schüsseln auf ihren Beinen dampften. Einige Brotstücke lagen auf einer Tüte zwischen den Schwestern.

»Was gibt es denn?«

»Gulasch«, antwortete Ava.

Ihre Schwester knuffte sie in die Seite. »Nein, da ist kein Fleisch drin – das ist veganes Chili.«

Lorenzo ließ das, was auch immer es darstellte, von seinem Löffel zurück in den Teller tropfen. Sein Gesicht sprach Bände. »Tomatensoße mit Mais und Bohnen.«

»Okay ...« Zweifelnd sah Nicki zu den anderen.

Luisa und Henry saßen am Rand der Lichtung, Natalie gab Robert eben zwei Schüsseln. Stella stand hinter ihm, während Amelia etwas abseits auf einem weiteren Baumstamm saß und wohl wartete, bis ihr Ehemann ihr das Abendessen brachte.

»Und viiiiiiiiiiel Knoblauch.« Emma kicherte.

»Das ist vermutlich das einzige Gewürz.« Lorenzo dippte ein Stück Brot in sein Chili.

Nicki runzelte die Stirn und blickte zu Natalie. Robert ging zu Amelia, die die Schüssel entgegennahm. »Vielleicht will eure

Trekkingtour-Leiterin verhindern, dass es zu verfänglichen Situationen zwischen gewissen Leuten kommt.«

Die Kaluza-Schwestern kicherten. »Vielleicht will sie auch Lorenzos Annäherungsversuche elegant durchkreuzen«, schlug Ava vor.

»Dazu gehört etwas mehr als Knoblauch.«

»Ein Holzpflock?«, gab Emma belustigt zurück.

Nickis Blick wanderte zu den grasenden Alpakas. »Na, davon gibt es hier ja genug.«

»Hoffentlich rennen dann die Alpakas nicht weg!«, stieg Ava ein.

Nicki bezweifelte, dass es so weit kam – er schätzte nicht, dass Natalie auf die Hilfe von Knoblauch oder Holzpflöcken angewiesen war, um Lorenzo abzuschütteln, und er sah zu der improvisierten Kochstelle hin. Stella hatte sich mit ihrer Schüssel zu Henry und Luisa gesellt, Natalie schöpfte etwas Chili in eine Schüssel. *Vermutlich wollte sie nur Robert loswerden.* Für einen Moment beobachtete er sie. *Oder es macht ihr einfach nur Spaß, allen anderen den Spaß zu nehmen.* Robert, er – in ihren Augen verdiente es vermutlich jeder. Ein kalter Schauer jagte über seinen Rücken, und Nicki verdrängte jeden Gedanken an seine bisherige Zeit mit der Gruppe.

Ava und Emma tauschten einen Blick miteinander, ehe Emma zu Nicki sah. »Du solltest dich mit dem Essen beeilen, Nicki«, wechselte sie das Thema. Ihr Lächeln wuchs in die Breite. »Henry hat was von großem Hunger erzählt.«

»Uh ...« Er nickte. »Klar.«

»Viel Erfolg!«

Nicki beachtete Lorenzos Ruf nicht und trottete zu Natalie hinüber. Mit hängenden Schultern blieb er vor ihr stehen. »Hey.«

Natalie sah lächelnd auf und stellte ihre Portion neben sich ab. An ihren Mundwinkeln zeigten sich leichte Grübchen, und er wusste, er musste vorsichtig sein. »Möchtest du etwas essen?«

»Ja, das wäre toll.«

Natalie beugte sich zur Seite, griff nach einer gefüllten Schüssel und balancierte sie ihm auf ihrer linken Handfläche entgegen. »Hier.«

»Danke.« Nicki streckte sich dem vegetarischen Chili entgegen und wollte es gerade nehmen, als Natalie mit der Schüssel zurückwich. Sie hielt ihm die rechte Hand hin. Verdutzt sah Nicki auf sie hinab. »Ähh?«

»Das macht fünf Euro.«

»Wie bitte?« Perplex – er streckte ihr immer noch beide Hände entgegen, und alles in allem sah er vermutlich wie der letzte Idiot aus – blickte Nicki zu ihr. *Was soll das denn?*

Natalie schaute zu den anderen, und Nicki folgte ihrem Blick. Lorenzo, Stella und die Kaluza-Schwestern grinsten in ihre Richtung. »Nun«, begann Natalie, und ihr anfängliches Lächeln war wie weggezaubert. »Du willst mit uns auf die Tour gehen – schön, kein Problem, sind deine Füße. Aber für die Speisen musst du, wie alle anderen, aufkommen.« Sie beugte sich zur Seite und wollte die Schüssel neben sich auf dem Boden abstellen. »Wenn du natürlich keinen Hunger hast oder auf deine eigenen Vorräte zurückgreifen möchtest, bitte …«

*Ich habe es geahnt.*

»Nein!« Nicki lehnte sich zurück und schüttelte den Kopf. »Schon klar, natürlich.«

Die Schüssel schwebte wieder in seine Richtung.

»Fünf Euro«, erklärte Natalie lächelnd.

Seine Zähne knirschten, als er nach seinem Portemonnaie in der hinteren Hosentasche fingerte. »Das sind Apothekenpreise«, brummte er und öffnete das Täschchen. Zwischen uralten Kinotickets, einigen Quittungen und einer Ersatz-Krankenkassenbescheinigung fand er einen letzten zerknitterten Fünfeuroschein und hielt ihn Natalie hin.

»Die Geschirrbenutzungsgebühr ist im Preis enthalten.«

Nicki verstaute seinen Geldbeutel wieder. »Kann ich es auch als Tellerwäscher abarbeiten?«, fragte er und nahm die Schüssel.

Natalie überlegte einen Moment, dann griff sie nach der Kelle und streckte sie ihm entgegen. »Schön, dass du dich freiwillig für den Abwasch gemeldet hast!«

Verdutzt blickte Nicki auf die Kelle hinunter. Zögernd nahm er die Suppenkelle mit der anderen Hand entgegen. »So war das eigentlich nicht gemeint.«

Natalie wies auf einen schmalen Pfad zwischen den Bäumen. »Wenn du da entlanggehst, findest du einen Bach – Geschirrtücher sind in der linken Tragetasche von Runa.«

Seine Zähne mahlten aufeinander. Vermutlich war es das Beste, wenn er nichts mehr sagte, sonst fand er sich in den nächsten Minuten noch beim Wachdienst – wenn es denn so etwas gab – oder Toilettenputzen wieder. Er seufzte. »Okay.«

# *Laura, die Ex-Freundin*

*Guten Morgen!*

Der Smiley stand auf dem Kopf. Er grinste ihn an. Jedes Mal, wenn er Lauras Morgengruß las, kribbelte es in jeder Faser seines Körpers. Dann tippte für einen Augenblick sein Daumen schneller auf der Großschreibungstaste der Tastatur, während die Wörter wie leichtfüßige Gazellen durch seine Vorstellung sprangen, aber keines erschien ihm passend genug, um ihr zu antworten.

Er riss sich von ihrer Nachricht los und blickte in das Dickicht. Seine nassen Schuhe ignorierte er. Unter den argwöhnischen Blicken der anderen hatte er sich nach dem dürftigen Frühstück vor einigen Minuten abgesetzt. Mit der Körperpflege, soweit es seine Ausstattung zuließ, war er schnell fertig, auch wenn er sich sein Wasser mittlerweile gut einteilen musste. Auf der gestern entdeckten Lichtung überprüfte er seine Mitteilungen.

Die einzige Nachricht war von Björn. Gewohnt ausschweifend erzählte er von seiner Magenverstimmung, dass das Internet bei seinen Eltern kaputt gewesen und sein Guthaben aufgebraucht sei, ehe er auf Nickis Frage zurückkam. Björn wusste genauso wenig wie Klaus zu dem *Lama*. Wieder einmal fragte sich Nicki, ob überhaupt irgendeiner seiner Kumpels den Unterschied zwischen einem Lama und einem Alpaka kannte.

Dann öffnete er den Chat mit Laura. Sein Blick wanderte zu Black Glory. Langsam sollte er was schreiben. Vermutlich sah sie seinen Status. Laura, das hatte er schon oft am eigenen Leib zu spüren bekommen, konnte richtig fuchsig werden, wenn man ihre Nachrichten ignorierte.

Hastig tippte er: *Hallo.*

Unschlüssig schwebten seine Finger über der Tastatur. Er war lange in der Nacht wach gelegen und hatte gegrübelt, wieso sie sich gemeldet hatte. Ideen hatte er einige gehabt, und in seiner Fantasie hatte er sich ausgemalt, wie es weiterging. Jetzt saß er hier und überlegte, was er noch schreiben konnte. Sollte er sie fragen, wie es ihr ging? Oder preschte er damit zu weit vor? Immerhin war es ihre erste Unterhaltung seit Wochen. Bei aller Neugier wollte er sie aber nicht sofort verjagen.

Nicki runzelte die Stirn. Auf ihrer Reise waren Frauen oft Thema gewesen. Klaus vertrat die Meinung, man müsse sich mysteriös und wortkarg geben, denn das gefiel den Frauen. Nicki wusste nicht, was er davon halten sollte, aber bei Georgina blieb Klaus wenig anderes übrig. Im Gegensatz zu Laura konnte sie ohne Punkt und Komma reden, während Laura ...

Er blickte erneut auf den Chat.

In den letzten Wochen ihrer Beziehung war sie ruhiger geworden, bis sie ihm nichts mehr zu sagen gehabt hatte, außer dass es vorbei sei.

*Wie geht's dir?*, las er und ihm entfuhr ein überraschtes »Huh!«

Er neigte den Kopf zur Seite. Seine Halswirbel knacksten, er nahm das Smartphone in die rechte Hand und rieb sich über den kalten Nacken.

Mit der linken Hand stützte er sich auf dem Baumstamm ab und trommelte mit den Fingern auf dem kühlen Holz. Wie sollte es ihm schon gehen? Er wandte sich wieder seinem Handy zu.

*Gut, und selbst?*, schrieb er zurück.

Ihr Status wechselte. Mit jeder Sekunde, die sie an ihrer Antwort schrieb, wuchs seine Spannung.

*Klaus hat erzählt, du bist unterwegs.*

So, hatte er das? Klaus hatte seine gestrigen Nachrichten noch nicht gelesen. Nicki verwunderte das wenig. Klaus war ein Langschläfer; vermutlich war er gestern bis in die Puppen unterwegs gewesen und schlief gerade seinen Rausch aus.

Ob sie nach mir gefragt hat, überlegte er, und bei diesem Gedanken machte sein Herz einen Freudenhüpfer.

*Was machst du denn?*, wollte sie wissen.

Nicki blickte auf. Die Blätter der Bäume und Büsche tanzten leicht in der diesigen Morgenluft, und die letzte Nachtfeuchte verschwand langsam im Boden. Gedämpft drangen die Stimmen der anderen an sein Ohr. Vermutlich bauten sie ihre Zelte ab – Nicki hatte das direkt nach dem Aufstehen getan, denn nach wie vor war er der Meinung, dass er sich am besten so unauffällig wie möglich verhielt.

*Wandern.* Er suchte das passende Emoji und tippte auf Senden.

Laura kannte ihn besser als sonst jemand. Vermutlich hielt sie es für einen Witz, obwohl Nicki erst aus einem Wanderurlaub zurückgekehrt war. Aber ohne Anreiz, ohne Freunde, ohne Alkohol? Sie würde es ihm nie glauben.

Das Alpaka erwähnte er besser nicht. Wenn er ihr von dem Tier erzählte, würde sie ihm darlegen, was alles an seinem Vorhaben falsch war und was Nicki alles längst wusste. Doch das war nicht das größte Problem – es von ihr zu hören, würde ihn mehr schmerzen als sämtliche Unannehmlichkeiten, die er bisher erlebt hatte. Genau das wollte er nicht. In ihrer Tierliebe würde sie ihm nie verzeihen, dass er nicht einfach das Vernünftigste getan hatte, was möglich gewesen wäre.

*Wo denn?,* wollte sie jetzt wissen.

Nicki sah erneut vom Handy auf. Um ihn herum raschelte es immer wieder im Gebüsch, von Zeit zu Zeit knackte es im Unterholz, und unter den Geräuschen des Waldes hörte er den Warnruf eines Alpakas. Er senkte den Blick.

*Eine Tour im Bayerischen Wald.*

Nicki erinnerte sich an ihre Geschichten vom Reiterhof. Jedes Mal, wenn sie ihm von den Pferden, dem Gezicke zwischen den ganzen Mädchen und dem nächsten Wettbewerb erzählt hatte, war er mit seinen Gedanken abgedriftet.

*Und was machst du?,* setzte er nach.

Als sie sich von ihm getrennt hatte, hatte sie ihm vorgeworfen, ihr nie wirklich zuzuhören.

*Ich liege noch im Bett.*

Nicki sog hörbar die Luft ein, und das Flattern in seiner Brust endete abrupt. Vermutlich lag sie dort mit Stefano. *Also … nichts anmerken lassen.*

Ein Bett hatte er in der Nacht tatsächlich vermisst, und an diesem Morgen teilte Nicki Lorenzos Wunsch nach einer Massage. Er neigte den Kopf erneut zur Seite, wieder knirschten seine Halswirbel, und für einen Moment überlegte er, Luisa – genauso frech, wie Lorenzo es gestern bei den Kaluza-Schwestern versucht hatte – danach zu fragen.

*Da wäre ich auch gern,* schrieb Nicki zurück.

Ihr Status wechselte. Nach wenigen Sekunden kam ihre Antwort, und in Nicki zog sich etwas zusammen. *In meinem Bett?*

Nicki starrte auf die Zunge des zwinkernden und grinsenden Smileys. Eine hohle Antwort folgte in seinem Gedankenwirrwarr auf die nächste. Inmitten seines Kopfkinos tauchte immer wieder Klaus mit dem mahnend erhobenen Zeigefinger auf, und vor seinem inneren Auge spulte sich der Film seines erneuten Versagens ab. *Was soll ich denn darauf antworten?*

Einige Sekunden verstrichen.

Humor, erinnerte er sich. Peter, Workaholic und Dauersingle, hatte es nach dem fünften Wodka mit Cola auf den Punkt gebracht. Mit Tipps zur Umsetzung hatte er allerdings gegeizt.

*Steht der Käfig von Schiller noch neben deinem Bett?*

Nicki hatte nicht mitgezählt, wie oft die Bettdecke oder ein Kissen die Funko-Pop-Sammlung vom Dach des Hamsterkäfigs gerissen hatten, aber die nächtlichen Laufexzesse des Goldhamsters hatten alles andere als eine geruhsame Nacht gebracht.

*Natürlich.* Der Smiley grinste ihn an.

*Na denn.* Laura wusste, er hatte sich mit dem Hamster nie angefreundet.

*Wann kommst du wieder?*

Nicki runzelte die Stirn. Er hatte den Kommentar erwartet, dass Schiller – Schiller III. war sein richtiger Name, falls er zwischenzeitlich nicht gestorben war – vor ihm da gewesen sei. Aber scheinbar hatte Laura keine Lust auf Gespräche über ihren Hamster.

*In ein paar Tagen.* Was mich zu der Frage bringt, wie ich eigentlich wieder nach Hause komme, erinnerte sich Nicki. Für eine Sekunde überlegte er, zu Lanas Chat zu wechseln oder Klaus zu fragen.

*Super!,* konnte er von Laura lesen.

Nicki wusste nicht so recht, wie er den kopfstehenden Smiley verstehen sollte. Sein Daumen schwebte erwartungsvoll über der Tastatur, während Nicki seine Gedanken sortierte.

*Ja?* Es klang dumm. Die kurze Frage verdeutlichte allerdings sehr gut, was Nicki ausdrücken wollte. Ihr Status wechselte erneut von online zu schreibend.

*In den nächsten Tagen müssen ich und Stef irgendwo einen Cousin von ihm abholen.*

Seine Zunge verwandelte sich in trockenes Papier, und er starrte auf ihre Nachricht hinunter.

Als ob mich das interessiert, ging es ihm durch den Kopf. Stef, sie nennt ihn *Stef*!

Seine Papierzunge klebte an seinem Gaumen, während er über eine passende Reaktion nachdachte. Manchmal wusste er wirklich nicht, was in Lauras Kopf – oder dem von Frauen allgemein – vorging. Sie hatte ihn mit Stefano wochenlang betrogen. Nun erzählte sie ihm so nebenbei von ihrem Leben mit diesem Mistkerl. Was erwartete sie von ihm?

*Wir könnten mal einen Kaffee trinken gehen.*

Scheinbar nichts, antwortete er in Gedanken und befeuchtete seine Lippen. Seine Finger huschten über die Tastatur. *Klar,* tippte er. In seinem Inneren fühlte sich die Antwort genauso hohl an, wie sie in seinen Ohren klang. Er hoffte, Laura las es nicht so.

*Ich muss langsam aufstehen.*

Enttäuscht sah Nicki auf ihre Nachricht hinunter, und sein Blick schweifte flüchtig zu der Uhrzeit. Die Akkuanzeige sagte 38 Prozent, und der Tag war noch jung. Für die Gruppe hieß es bald, Sachen packen, Alpakas aufsatteln und auf zur nächsten Etappe!

*Ich muss auch los,* antwortete er.

*Weiterwandern?*

Er nickte, obwohl sie es nicht sehen konnte. *Für heute sind zwanzig Kilometer geplant.*

*Zwanzig Kilometer???*

Nicki schmunzelte. Ihren Gesichtsausdruck konnte er sich gut vorstellen. Vermutlich hatte er ähnlich entgeistert geschaut, als Natalie beim Frühstück die heutige Distanz verkündet hatte. Wenn er aber nach Lohberg wollte, musste er das auf sich nehmen.

*Du bist nicht allein unterwegs?*

Nicki starrte auf den grübelnden Smiley hinunter. In ihrer Frage schwang ein unterschwelliger Tonfall mit, der ihm leichtes Unbehagen bescherte, und er biss sich auf die Unterlippe.

Bloß nicht die Alpakas erwähnen, erinnerte er sich.

Natürlich freute es ihn, dass sie sich gemeldet hatte. Aber mit Nummer 66 hatte er ein Problem am Hals, das für seinen Geschmack groß genug war. Er brauchte nicht noch Laura ...

*Mit einer Wandergruppe.*

Seine Unruhe wuchs, während sie ihre Antwort tippte.

*Ganz allein?*

Typisch Laura. Sein Daumen schwebte über der Tastatur. Er ignorierte seine Anspannung und rang sich ein gequältes Lächeln ab.

*Ja, allein,* tippte er. Er suchte den verwunderten Smiley heraus und setzte ihn ans Ende seiner Nachricht, ehe er sie abschickte. Im nächsten Moment ärgerte er sich. Scheiße, das klang armselig! Er starrte auf die Tastatur, die Buchstaben tanzten ein wildes Ballett. Hätte er das besser anders formulieren sollen?

Die Pfeile wechselten von Grau zu Blau.

*Gut.*

Der Smiley grinste ihn an, und Nicki fiel ein Stein vom Herzen. Er hatte sich schon gesehen, wie er sich wieder vor ihr rechtfertigte, aber langsam sollte sie wissen, dass er es mit den passenden Formulierungen nicht so hatte.

*Ich muss los,* schrieb sie noch.

Verdutzt sah Nicki auf die plötzlichen Worte hinab, und er hatte gerade den ersten Buchstaben von *Wohin?* getippt, als das Gespräch nach oben rutschte. Sein Daumen verharrte auf dem Buchstaben W.

*Bis später,* schrieb sie, und ihr Status verschwand. Er seufzte, löschte das W und tippte blindlings, während er enttäuscht auf den lächelnden Smiley am Ende ihrer Nachricht blickte: *Bye.*

Sie kam nicht zurück.

Er schaltete das Handy aus und legte es neben sich ab. Für einen Moment blieb er sitzen und hing seinen Gedanken nach.

Die Frage, die ihn in der Nacht wachgehalten hatte, war nach wie vor unbeantwortet. Mit Glück erhielt er seine Antworten, bevor der Akku seines Handys entladen war. Das kurze Gespräch mit Laura hatte ihn gefreut. Die Schwermut, die ihn in den vergangenen Wochen ereilt hatte, war mit einem Mal mehr eine bittere Erinnerung als seelischer Ballast.

Bleibt das Alpakaproblem, sagte er sich.

Das Glück hatte er nach wie vor nicht gepachtet. Lana hatte sich nicht gemeldet. Er wollte aber auch keine wertvolle Energie verschwenden, sie zu nerven, denn von der Sinnlosigkeit dieses Tuns war er mittlerweile überzeugt. Bei allem optischen Zuckerbrot überwogen doch ihre verbalen Peitschenhiebe, und er bezweifelte, dass an ihrem Angebot, erst einmal bei ihr zu bleiben, etwas dran war.

Da hatte Patrick sicher ein Wörtchen mitzureden, unkte er.

Auf Klaus konnte er sich verlassen. So lange er keine Alpakas in seinem TT transportieren musste, würde er Nicki sicher im Gegenzug für einen Kasten Bier oder eine gute Flasche Wodka aus dem bayerischen Hinterland abholen. Er musste nur mal aufwachen. Nicki blickte genervt zu seinem Handy.

Lustlos stemmte er sich von dem Holz empor, griff nach dem Smartphone und schob es in seine Hosentasche. Ohne einen Blick auf den Baumstamm zurückzuwerfen, der es dank Luisas immenser Willensstärke nie in Nickis Liste der ungewöhnlichsten Orte für Sex schaffen würde, trottete er zurück. Heruntergefallene Zweige knackten, und Laub raschelte unter seinen immer noch feuchten Schuhen. Nach wenigen Augenblicken erreichte er die große Lichtung.

Er hob den Kopf. *Na toll.*

Natalie wartete. In ihrer rechten Hand entdeckte er einen Edelstahlbecher. Sein Unmut wuchs unter ihrem erwartungsvollen Blick, und er fragte sich, ob sie kurz vor dem Aufbruch nichts Besseres zu tun hatte, als ihm aufzulauern.

Angriff ist die beste Verteidigung, sagte er sich.

»Machst du das eigentlich absichtlich?« Nicki stieg über einen Ast. Seine Schultern sackten nach unten, als er vor ihr stehen blieb.

Natalie musterte ihn wortlos, dann hielt sie ihm den Edelstahlbecher vors Gesicht. Im Augenwinkel bemerkte er die neugierigen Blicke von Lorenzo und den Kaluza-Schwestern. »Möchtest du einen Kaffee?«

Der Kaffeegeruch kitzelte seine Nase. »Ist das wirklich Kaffee?«

»Instantkaffee, aber ... *Kaffee.*«

Zögerlich griff Nicki nach der Tasse und blickte auf die dunkelbraune Flüssigkeit hinunter. Das Granulat hatte sich noch nicht vollständig aufgelöst. »Wo ist der Haken?«

Natalie streckte die andere Hand aus. »Zwei Euro, bitte!«

»Hast du früher bei Starbucks gearbeitet?« Nicki verdrehte die Augen und zerrte sein Portemonnaie aus der Hosentasche. Er betrachtete es zweifelnd, dann hielt er es Natalie hin. »Such selbst.«

Sie nahm ihm den Geldbeutel ab, schlug ihn auf und drehte ihn um neunzig Grad, während Nicki einen ersten Schluck nahm. Der Kaffee war lauwarm und schmeckte ätzend, aber er tat gut. Ihre Finger krabbelten über das Fach mit den Quittungen und Kinotickets. Sie erinnerte ihn an Laura; sie hatte genauso konzentriert in seinen Sachen herumstöbern können.

»Es gibt keine Zweieuroscheine«, bemerkte Nicki.

Natalie zog seinen Personalausweis ein Stück heraus. Für einen kurzen Moment blitzte ein hinterlistiges Funkeln in ihren Augen auf. »Ich weiß, Micky.«

»Hey!« Er schnellte vor, und etwas Kaffee suppte über seinen Handrücken. »Gucken kostet ... zwei Euro!«

»Sehr witzig, Siggy.« Sie schob den Personalausweis zurück. Das Münzfach sprang auf, und Natalie wiegte seinen Geldbeutel hin und her. Sie zog einen Knopf hervor. »Du hast ja gar kein Kleingeld, Piggy.«

»Denkst du, ich habe aus Spaß gefragt, ob ich es abarbeiten kann?«, fragte Nicki sarkastisch. Er trank einen weiteren Schluck Kaffee, während er Natalies Blick mit gefasster, wenn auch aufgesetzter Geruhsamkeit erwiderte.

Natalie seufzte, ließ den Knopf zurückfallen, klappte das Portemonnaie zu und streckte es Nicki entgegen. »Ich werde es aufschreiben, Dicki.«

Er nahm ihr den Geldbeutel ab und schob ihn zurück in seine Hosentasche. Den Dicki überging er genau wie die anderen genauso schmeichelhaften Namen. »Vielen Dank.«

Sie wandte sich ab. Mit unbewegter Miene beobachtete Nicki, wie sie zum Rest der Gruppe hinüberging. Lorenzo trat sofort auf sie zu. Er beugte sich zu ihr hinunter und flüsterte ihr etwas ins Ohr, während er Nicki nicht aus den Augen ließ. Im nächsten Moment lachte sie auf, sie blickte zu Lorenzo, und bei diesem Anblick zog sich etwas in Nicki zusammen. Voller Wehmut dachte er an den Reiterhof, Black Glory und Lauras glockenhelles Lachen. Er schluckte schwer und blickte auf den Kaffee hinunter.

Vielleicht hatte er sich geirrt.

*Miststück.*

## *Stella, die Weltverbesserin*

Kurze Zeit später waren die Zelte abgebaut, die Rucksäcke gepackt und die Alpakas gesattelt. Nicki hatte mit Nummer 66 einiges an Mühe gehabt. Beim Befestigen des Packsattels hatte sie mehrmals nach ihm geschnappt, und er hatte ein paar Anläufe gebraucht, um die Tasche so anzubringen, wie Henry es ihm gezeigt hatte. Er wartete abseits der anderen, bis alle fertig waren.

»Habt ihr auch euren ganzen Müll eingesammelt?«

Stellas Ruf jagte über die Lichtung, und Nicki verdrehte die Augen. Nummer 66 zerrte am Strick, er raffte ihn etwas zu sich und sah über den Kopf des Alpakas zu Stella. Sie hielt Lorenzo ein Plastikstückchen vors Gesicht. Der Italiener schien sichtlich genervt. Er schnappte es ihr aus der Hand und stopfte es in seine Jacke.

Nicki streckte die Hand aus, um über das weiche Fell an Nummer 66s Hals zu streicheln, als die Stute plötzlich ihren Kopf herumriss. Ihre Schnauze schoss auf ihn zu. Gerade rechtzeitig zog er seine Hand zurück. Vor Schreck entglitt ihm der Führstrick aus der anderen Hand. Die Zähne des Alpakas krachten ungesund, als sie gegen die Kauplatte schlugen.

»Was ist nur ...?«, murmelte er verwundert.

Wortlos starrten das Alpaka und er sich an. Das Feuer in ihren dunklen Augen mahnte ihn zur Vorsicht. Nummer 66 schnaubte unwillig in seine Richtung, und Nicki beugte sich langsam vor, um nach dem Strick zu greifen. »Ganz ruhig!« Er bekam das Seil zu fassen. Schnell wich er von der Stute zurück, um zu verhindern, dass er im nächsten Moment Nummer 66s Zähne in seinen Haaren – oder etwas Schmerzhafterem – hatte.

Hastig sah er sich um. Niemand beachtete ihn.

»Wir gehen los!«

Hinter ihm raschelte es, und er blickte über die Schulter. Natalie und Runa, ihre rehbraune Alpakastute, kamen über die Lichtung. Die Trekkingtour-Leiterin hielt eine große Plastiktüte in der Hand. Henry und Luisa folgten mit ihren Alpakas. Nicki zog am Strick von Nummer 66 und sah sich nach Robert und seinem Alpaka um. Nach allem, was er heute Morgen gesehen hatte, musste er sich vermutlich mit dem Firmenchef und seinen Tipps für Erfolg im Arbeitsleben statt Lorenzo und seinen strahlenden Zähnen zufriedengeben.

»Du gehst wieder vor Stella und Tuttifrutti.« Natalies Stimme erklang direkt hinter ihm.

»Wieso das denn?«

Natalie kam um ihn herum. Runa schnaubte und streckte den Kopf in Nummer 66s Richtung. Ihre Lippen vibrierten aufgeregt.

»Rangordnung«, antwortete Natalie kühl.

Nicki presste die Zähne aufeinander. Am vergangenen Tag war Nummer 66 ohne Probleme an der vierten Position gelaufen. Flüchtig schweifte sein Blick zu Lorenzo. Nicki erinnerte sich an die Nähe zwischen den beiden am Morgen und an Lorenzos verhaltene Drohung. »Zwischen *wem?*«

Natalie lächelte. Ohne ein weiteres Wort wandte sie sich von Nicki ab, Runa folgte ihr gehorsam. »Ava? Bjallas Packsattel muss fester gezogen werden – er hängt fast auf halbmast.« Sie nickte in Richtung von Bjallas Packtasche.

Für einen Augenblick überlegte er, Protest einzulegen – ihre Antwort genügte ihm, um zu verstehen, und es ärgerte ihn mehr, als er geglaubt hätte. *Aber bringt mir das was?*

Wie ein aufgescheuchtes Huhn sprang Ava um ihr Alpaka herum, während Natalie auf Robert und Amelia am Rand der Lichtung zuging. Verstimmt sah Nicki ihr nach.

»Was soll's?«, murmelte er, schluckte seinen Ärger über Natalie hinunter und zog am Strick. Gemächlich trotteten Nummer 66 und er zu Stella hinüber.

»Hey«, grüßte er.

Mürrisch musterte Stella ihn über Tuttifruttis plüschigen Kopf hinweg. Dann nahm sie Tuttifrutti am kurzen Strick und ging um das Alpaka herum. Der verdrossene Gesichtsausdruck blieb. »Was willst du denn?«

*Na, das kann ja heiter werden.*

»Ich hatte Würfelglück, zurück auf Los«, antwortete er locker und versuchte, über Stellas griesgrämige Miene hinwegzusehen. »Du darfst mir wieder Beine machen. Ich soll mit Nummer 66 vor dir gehen.«

»Fantastisch.« Stella verdrehte die Augen und machte sich mit ihrem Alpaka auf den Weg.

Nicki teilte Stellas Begeisterung. Nachdem sich alle am Rand der Lichtung versammelt hatten, ging es los. Der Plan sah zwei bis drei Pausen vor. Am Ende des Tages wollte Natalie mit der Gruppe eine Waldhütte erreichen, in der sie übernachten würden, und Nicki hoffte, dass nicht er der Grund war, wenn sie die Nacht doch auf dem kalten Waldboden verbringen mussten.

Oder Nummer 66, setzte er nach, als der Kopf der Alpakastute vorschnellte. Das Seil glitt durch Nickis Hand, und er fluchte innerlich. Mittlerweile hatte sie dreimal versucht, nach ihm zu schnappen, und Nicki hatte das Gefühl, sie lernte bei jedem Mal dazu – ihre Angriffe wurden immer gezielter, schneller und gefährlicher. Im Augenwinkel beobachtete Stella ihn neugierig.

»Hast du dein Alpaka nicht im Griff?«, fragte sie.

»Doch, doch, alles in Ordnung.«

*Verdammt, was ist heute mit diesem Vieh los?* Nicki nahm ein weiteres großes Stück vom Führstrick in die Hand, um Nummer 66 wieder näher zu sich zu lenken.

»Bist du dir sicher?«

Er blickte über die Schulter zu Stella. Zu seiner Überraschung baumelte um ihren Hals eine Digitalkamera. Die dazugehörige Fototasche hatte sie an Tuttifruttis Packsattel befestigt. *Wann hat sie das gemacht?*

Nicki überprüfte kurz die nächsten Meter – eine gerade Strecke lag vor ihnen –, nahm den Führstrick in die andere Hand und drehte sich um, um die anderen besser beobachten zu können.

Rückwärtslaufen – ein unglaubliches Talent, spottete er über sich selbst und bereitete sich auf dumme Kommentare vor.

»Ist das eine Spiegelreflexkamera?«

Stella sah überrascht zu ihm. »Nein, eine Systemkamera.«

»Ach so.« Sein Blick wanderte zu seinem Alpaka. Seine Art zu gehen beeindruckte es genauso wenig wie Stella, die Aufmerksamkeit der Stute lag bei einem Punkt in Nickis Rücken.

Amelias Hintern, überlegte er.

Er erinnerte sich an Klaus. »Bist du Fotografin?«

»Nein, Studentin. Ich mache Fotos für meine geobotanische Sammlung.«

»Du studierst Biologie?« Nicki gab sich überraschter, als er war. Bei Stella hätte er sich auch jeden anderen Studiengang, der beim ersten Hören perspektivenlos klang, vorstellen können.

»Ja, ab Oktober fange ich mit dem Master in Biodiversität und Ökologie in Bayreuth an.« Sie musterte ihn. Ein abfälliger Zug lag um ihre Lippen, in ihren Augen zeigten sich Zweifel. »Sagt dir das was?«

Nicki schnaubte. Mit seiner Frage nach Biologie hätte er sich bei jedem anderen vermutlich bereits als fähig genug erwiesen, Informationen aus einem Gespräch herauszufiltern, aber in Stellas Welt gab es für Zuhören und Kombinationsgabe offenbar keine Pluspunkte.

»Irgendwas mit Artenvielfalt, oder? Bienen und Hummeln?«

Er strauchelte über einen Ast am Boden, machte eine 180-Grad-Kehrtwendung, und der unerwartete Ruck riss Nummer 66 aus ihrem Trott. Der Kopf der Stute schnellte zurück, als ob sie sich losreißen wollte, und sie schnaubte. Für einen Moment tänzelte sie eher über den Kiesweg, als dass sie in gewohnter Alpakamanier gemächlich daherschritt.

»Hola!«, sagte Nicki und tätschelte ihren Hals.

Die heutige Laune des Alpakas war ihm ein Rätsel, genau wie Stellas Unfreundlichkeit ihm gegenüber – er hatte ihr nichts getan, außer ein verdammtes Fitzelchen Plastik fallen zu lassen. Im Moment versuchte er sogar, eine freundliche Unterhaltung mit ihr zu führen. Er richtete seine Aufmerksamkeit auf Amelias vielversprechende rückwärtige Ansicht und schluckte seinen aufkeimenden Ärger herunter. Der Rest der Gruppe hatte von seiner

Unterhaltung mit Stella und Nummer 66s Allüren nichts mitbekommen. *Wenigstens etwas.*

»Artenvielfalt, ja ... im weitesten Sinne.« Ihre Stimme klang weiter skeptisch, aber er merkte, wie sie ihren Schritt beschleunigte und zu ihm aufschloss. Bald waren sie gleichauf. Tuttifrutti schnaubte. »Ich habe meine Bachelorarbeit über die Wildbienenvielfalt in Bayern geschrieben.«

»Und macht das Spaß?«

Sie hob die Schultern. »Bisher hat es Spaß gemacht. Aber das ist jetzt ein neuer Studiengang.« Stella machte eine nachdenkliche Pause. »Man hört natürlich unterschiedliche Meinungen: planlose Professoren, strukturlose Vorlesungen ...«

»Das ist doch immer so«, bemerkte Nicki. »Im Berufsleben hört das nicht auf.« Er sparte sich den Nachsatz, dass es da vermutlich noch schlimmer war – er war nicht selten beim Kunden von einem Besprechungszimmer ins nächste gehetzt, weil eine Teamassistentin den falschen Raum gebucht oder es versäumt hatte, eine Einladung zu verschicken.

Stella sah ihn kühl an. »Aha.«

»Geht es dann mit Bienen weiter?«

Sie schüttelte den Kopf. »Bei meiner Bachelorarbeit habe ich das Thema Trachtpflanzen für die Bienen natürlich angesprochen. Immerhin ist die Verfügbarkeit ihrer Futterpflanzen ausschlaggebend für die Verbreitung der einzelnen Arten und ihren Bestand. Ich möchte mich nun mehr mit der Verteilung und Verbreitung von Pflanzen beschäftigen, also letztendlich quasi den Lebensraum der Bienen erfassen.« Ein nachdenklicher Ausdruck legte sich auf ihr Gesicht. »Vielleicht lässt sich da ein gutes Thema für die Masterarbeit ableiten.«

»Wieso bist du dann hier?« Er nickte in Tuttifruttis Richtung. »Ich meine, mit Alpakas auf ziemlich befestigten Wegen unterwegs?«

»Wieso nicht?«

Nicki zuckte mit den Achseln, und sein Blick schweifte zu der mageren Vegetation am Wegrand. Ein paar dürre Brombeeren, löwenzahnartige Gewächse und verschiedene Gräser wechselten sich ab. Ab und zu entdeckte Nicki einen mickrigen Preiselbeerbusch oder Springkraut. »Die ausgefallensten Blumen, die man da findet, sind Hundehaufenveilchen, oder?«

»Soll das witzig sein?«, fragte Stella lahm.

Er verdrehte die Augen und beobachtete, wie Amelias Hüften und die ihres Alpakas um die Wette wippten. Stella wollte ihm doch nicht allen Ernstes erzählen, dass sie auf einer Alpaka-Trekkingtour ihr Panini-Sammelalbum für die seltensten Blumen des Bayerischen Waldes vollbekam.

»Es ist eine Belohnung«, fuhr Stella zu seiner Überraschung fort. »Immerhin habe ich den Bachelor geschafft und bin für meinen Traumstudiengang zugelassen worden.« Sie musterte ihn erneut. »Du verstehst das sicher nicht.«

»Doch, Belohnungssysteme sind mir bekannt.«

»Das glaube ich sofort.« Missbilligend wandte Stella sich ab.

Nickis Blick wanderte erneut zu der vorbeiziehenden Flora am Wegrand. »Aber gibt es hier viel zu entdecken?« Für ihn sahen die Pflanzen alle gleich aus, und er verdankte es wohl nur den Bestrebungen seiner Mutter und Naturdokumentationen auf ARTE, dass er einen Busch von einem Baum, ja, sogar manchmal einzelne Arten, unterscheiden konnte.

»Selbstverständlich ist es nicht das Gleiche, wie etwa ein Besuch auf dem Ruckowitzschachten.«

»Dem *was?*«

Stella seufzte. »Das ist eine alte Viehweide im Landkreis Regen. Dort wachsen viele seltene Pflanzen wie etwa die Ästige Mondraute, der Ostalpen-Enzian oder das Berg-Greiskraut.«

»Mhm …« Stella war offensichtlich ein wandelndes Pflanzenlexikon.

»Ich habe hier aber schon die Berg-Troddelblume entdeckt«, erzählte Stella. »Leider ist die Blütezeit vorbei. Ein Foto der blauen Blüten wäre echt toll für meine Sammlung gewesen.« Sie verzog den Mund. »Aber man kann ja nicht alles haben.«

»Die *was?*«

»Auch Wald-Soldanelle, *Soldanella montana*, genannt.«

»Oh, klar.« Nicki hatte keine Ahnung, wovon sie sprach.

»Das ist eine krautige Pflanze, im Bayerischen Wald eine Charakterart des Calamagrostio villosae-Piceetum.«

Er schüttelte den Kopf. »Ich habe keinen Peil, wovon du redest.«

Stella verdrehte die Augen. »Deswegen erkläre ich es dir doch – das Calamagrostio villosae-Piceetum ist ein Reitgras-Fichtenwald, der in höheren Mittelgebirgen vorkommt.«

»Ich habe immer noch kein Wort verstanden.« Nicki hielt inne. »Du hast also ein Foto von einer Blume gemacht, die blau blüht. Super.«

»Sie blüht ja gerade nicht.« Stella sah zu ihm hinüber. »Bist du immer so?«

»Wie?«

Stella musterte ihn abschätzig. »So ... einfach.«

»Nett«, kommentierte Nicki trocken.

Ein paar Sekunden lang hörte man nur die Schritte der Wandergruppe und die Geräusche des Waldes. Nicki ignorierte das verhaltene Knurren seines Magens. Der Kaffee und das dürftige Frühstück hatten ihn kaum beruhigt.

Dann bemerkte er eine Bewegung im Augenwinkel.

»Leute wie du sind echt ein Problem.«

Nicki glaubte, nicht richtig zu hören, und wandte sich ihr verdutzt zu. »Bitte? Leute wie *ich*?« Er überlegte. »Kannst du mir bitte verraten, was ich dir eigentlich getan habe?«

»Leute wie du sehen immer nur das, was direkt vor ihrer Nase ist.« Stella sah ihn zweifelnd an.

Genervt presste er die Zähne aufeinander und versuchte, ihrem Blick standzuhalten. Nach zwanzig Sekunden gab er auf. *Hoffnungslos.*

»Ja, manchmal sehe ich gern, was direkt vor meiner Nase ist.« Er wandte sich demonstrativ ab. Amelias Hintern schwang von einer Seite zur anderen. »Das ist normal, Frau Biologin.«

»Das ist ... so typisch.«

Da er es darauf angelegt hatte, leugnete Nicki es nicht. Eine Rechtfertigung jeglicher Art sparte er sich, bei Stella war es vergeudete Zeit und Mühe. Langsam bedauerte er wirklich, dass er versucht hatte, sich mit ihr zu unterhalten. *Vielleicht sollte ich Nummer 66 etwas antreiben.*

»Das ist weniger ein biologisches als ein gesellschaftliches Problem«, fuhr Stella nach einiger Zeit zu seiner Überraschung fort.

Nicki hob eine Augenbraue. Er ahnte dunkel, was als Nächstes kam, und überlegte, ihren Vorstoß gleich mit einer schnippischen Erwiderung abzuschmettern. *Wenigstens kommt sie mir jetzt nicht mit feministischem Bullshit.*

»Die meisten Menschen haben einen sehr beschränkten Horizont. Sie interessiert nur ihr näheres Umfeld. Das beste Beispiel sind die Korallenriffe bei Sydney oder bei den Fidschi-Inseln. Der Klimawandel setzt ihnen zu, bei den immer häufigeren Hitzewellen sterben die Korallen innerhalb weniger Tage ab. Interessiert es hier wen?« Stella hielt inne, und ihr Gesichtsausdruck verdunkelte sich. »Aber wenn eine neue Stromtrasse auf dem Feld direkt hinter dem hübschen Eigenheim im Grünen errichtet werden soll, dann wird protestiert, was das Zeug hält.« Sie schnaubte. »Es geschieht ja direkt vor der Nase.«

Ich bin zu gutmütig, stellte Nicki nüchtern fest, raffte den Führstrick zu sich und trat näher an das Alpaka.

»Nun ja …« Wenn er ihr zustimmte, durfte er sich vermutlich anhören, dass er einfach alles nachplapperte, was sie ihm gerade erzählt hatte.

»Oder das Thema Meeresverschmutzung.« Stella überhörte ihn und zog an Tuttifruttis Strick. »Dazu gehören ja nicht nur die industriellen Abwässer, die von Ländern, bei denen Umweltschutz einen geringeren Stellenwert einnimmt, in die Meere eingeleitet werden, sondern auch der Plastikmüll – angefangen bei der Colaflasche, die man auf dem Ozeanriesen einfach von Bord geworfen hat, bis hin zu dem Mikroplastik, das man tagtäglich beim Abschminken in den Abfluss gießt.«

»Ich schminke mich jetzt eher selten«, bemerkte Nicki trocken und wies auf sein Gesicht. Den Sarkasmus konnte er sich nicht verkneifen. »Ich brauche das nicht.«

»Genau, du ja nicht! Und das Meer ist weit weg, da spielt es für dich keine Rolle!«

»Und das Papierchen vom Müsliriegel habe ich aufgehoben!«

Stella rollte mit den Augen. »Kaust du Kaugummi?«

»Klar, manchmal.« Gerade hätte er nichts dagegen einzuwenden. »Was hat das mit Mikroplastik zu tun?«

»Viele Kaugummis bestehen aus Polymeren auf Erdölbasis.«

»Äh?« Nicki stutzte und überschlug ihre Aussage im Kopf. Er sah über Nummer 66s Kopf zu Stella. »Kunststoff?«

»Ja.«

»Benzin? Diesel?«, hakte Nicki nach.

Sie hob die Schultern. »Organische Chemie gehörte jetzt nicht gerade zu meinen Lieblingskursen.«

»Das ist widerlich.«

»Auf einmal«, spottete sie lahm und wandte sich zu ihm um. Ihre Augen blitzten angriffslustig. »Ich sag's ja, Stromtrasse!«

# *Natalie, die Sozialpädagogin*

Nach dem Mittagessen, das aus einem belegten Brot, einem Apfel und einem kleinen Erfrischungsgetränk bestanden hatte und von dem Nicki gar nicht wissen wollte, wie viel er dafür löhnen musste, ging es weiter. Nicki hoffte, am Nachmittag nicht länger Stellas Ausführungen zur Verschmutzung der Weltmeere, zum Klimawandel und zu Mikroplastik lauschen zu müssen. In den vergangenen Stunden hatte sie ihm deutlich dargelegt, wie er seinen Beitrag zur Rettung des Planeten leisten konnte. Mit jeder Minute, die er ihr zugehört hatte, hatte er sich mehr nach seinem bequemen Sofa, Energydrinks und der riesigen Filmauswahl bei seinem Streaming-Anbieter gesehnt. Ein seltenes Moos hatte ihn gerettet.

Nun war Stella damit beschäftigt, Tuttifrutti festzuhalten und gleichzeitig ihre Fotos zu sichten. Nicki genoss die Ruhe. Der Kies knirschte unter seinen Schuhen, die Stimmen der anderen blendete er nahezu aus. Von der morgendlichen Unruhe seines Alpakas merkte man nichts mehr. Seit der Pause hatte die Stute aufgehört, nach ihm zu schnappen, was bei ihm die Hoffnung auf einen besseren Nachmittag wachgerufen hatte.

Sein Blick wanderte nach vorn. Natalie stand – ohne ihr Alpaka – in der Mitte des Wanderweges. Der Trupp zog an ihr vorbei, und mit jedem Meter, den er ihr näher kam, wurden seine Schritte staksiger. Ein hämisches Kichern huschte durch seine Gedanken.

*Zu früh gefreut.* Er schluckte schwer. Das Kichern verstummte, und er beugte sich zur Seite. Zwischen den Rücken der anderen hindurch und an wackelnden Alpakahintern vorbei sah er Robert an der Zugspitze. Er führt Barri an der rechten Hand, an seiner linken trottete Runa neben ihm her.

Seine Verwunderung wuchs, als die Trekkingtour-Leiterin Henry und Luisa nicht weiter beachtete und erst weiterging, nachdem Amelia sie passiert hatte. Langsamer als Roberts Frau ging sie in der Wegmitte mit dem Trupp mit. Nach ein paar Sekunden hatte Nicki zu ihr aufgeschlossen.

*Verdammt.* Sie hielt Schritt mit ihm, und die stille Hoffnung, dass sie mit Stella reden wollte, verpuffte.

Er wartete kurz ab. »Was ist los?«

»Nichts.«

Nickis Blick schweifte nach vorn. »Hat Robert dir die heilige Runa, die Insigne des Alpaka-Trekkingtour-Leiters, entrissen und so die Macht an sich genommen?«

»Ich habe ihn darum gebeten.«

»Großer Fehler«, stellte Nicki fest und sah flüchtig zu ihr hinüber.

Anders als am Vortag trug sie ihre Haare heute offen. In leichten Locken fielen sie über den Kragen ihrer Jacke, und wieder einmal fiel Nicki auf, wie hübsch sie sein könnte, wenn sie nicht so mürrisch dreinblicken würde.

Sie runzelte die Stirn. »Das glaube ich auch.«

»Und was verschafft mir hier hinten die Ehre deines Besuchs?«

»Einfach so. Ich rede während einer Tour oft mit den Leuten.«

»Wie nett.«

Natalie hob die Schultern. »Das kommt auf den Gesprächspartner an.«

»Ich habe nicht darum gebeten«, gab Nicki schroff zurück.

»Okay?« Im Augenwinkel bemerkte er ihr Stirnrunzeln.

Manchmal hasste er sein vorlautes Mundwerk. Ihre freudlose Antwort schwebte mahnend durch seine Gedanken. Das Wort *Beleidigung*, das er in einem ungesunden Reflex sofort herausgehört hatte, folgte ihr mit einem großen Fragezeichen. »Ähm ... so meinte ich das nicht, ich ...«

»Ich glaube schon.«

»Nein, echt nicht, ich wollte dir nichts unterstellen.« Nicki fasste sich mit der freien Hand in den Nacken. »Ich habe nicht nachgedacht, Entschuldigung.«

»Das passiert dir öfter, nicht wahr?«

Verdutzt sah Nicki zu ihr hinüber und senkte den Arm. »Hey!« Er bemühte sich um einen enttäuschten Tonfall. »Du musst nicht beleidigend werden, ich habe mich doch entschuldigt.«

»Das war eine einfache Feststellung, keine Beleidigung.«

»Das macht es nicht besser.« Nicki schüttelte den Kopf. Wenn man es genau betrachtete, hatte sie natürlich recht. An seiner Hand lief der beste Beweis dafür, dass er manchmal nicht nachdachte. Für solche Kommentare fand er es aber zu früh, immerhin kannten sie einander kaum. »Das hatte ein bisschen was vom direkten Schlag ins Gesicht.«

»Entschuldigung.« Sie lächelte kaum merklich.

Einige Sekunden verstrichen, und aus irgendeinem Grund breitete sich ein flaues Gefühl in Nickis Magengegend aus. Er zweifelte nicht, dass sie sich tatsächlich mit den Leuten unterhielt – sie schien sich gut mit Robert, Amelia und Lorenzo zu verstehen.

»Was war heute Morgen los?«

Verdutzt sah Nicki zu Natalie hinüber. »Heute Morgen?« Der neugierige Ausdruck in ihren Augen ließ nichts Gutes erwarten, und das beklemmende Gefühl verstärkte sich. *Sie hat mir doch nicht hinterherspioniert?* »Du hast mir dünne Plörre als Kaffee verkauft und wolltest mich ausnehmen.«

Sie verdrehte die Augen. »Das meinte ich nicht«, erwiderte sie und zögerte einen Moment. »Vorher.«

In Nicki zog sich etwas zusammen. »Was soll vorher gewesen sein? Ich habe mich fertig gemacht – Zähne putzen, bisschen waschen, Waldschratmodus ... Ende?«

»So lange?«

»Spionierst du mir nach?«, fragte Nicki argwöhnisch.

»Nein.« Natalies genervter Gesichtsausdruck blieb ihm nicht verborgen. »Dummerweise gehört es zu meinen Aufgaben, die Leute zusammenzuhalten.«

Nicki brummte missmutig. »Ich bin kein Teilnehmer an eurer Wandergruppe, ich kann au–«

»Trotzdem gehst du bei uns mit«, unterbrach Natalie ihn. Sie zögerte, als ob sie sich die Worte erst zurechtlegen musste. »Ob es dir gefällt oder nicht: Ich werde auf dich genauso aufpassen wie auf Stella, Robert oder sogar Lorenzo.«

»Na, da fühle ich mich doch gleich viel sicherer.«

»Gut.«

Er fragte sich verwirrt, ob sie den Sarkasmus mit Absicht überhört hatte. Zutrauen würde er es ihr, und es unterstützte nur seine Vermutung, dass hinter ihrer vermeintlichen Freundlichkeit mehr steckte, als er auf den ersten Blick annahm. *Und auf die ersten Worte.*

Angst hatte er nicht. Die ganze Situation war lächerlich. Er war sich der Gefahr durchaus bewusst, dass sie ihn jederzeit als Alpakadieb entlarven konnte, aber er war nicht auf den Mund gefallen. *Wenn sie es unbedingt haben will …* In Gedanken legte er sich einen Fahrplan zurecht – nicht anmerken lassen, wie sehr ihm diese Unterhaltung missfiel, keine Gefühlsregung zeigen und vor allem nichts sagen, was Zweifel an seiner Geschichte wachrufen konnte. Wenn sie die nicht schon hat, setzte er zynisch nach, denn seine Zweifel an ihren Absichten blieben. Vielleicht war es am besten für ihn, wenn er das Thema auf etwas Unverfänglicheres als seine Person lenkte.

»Gibt es eigentlich eine Bonuskarte für den Kaffee?«

»Nur für Teilnehmer.«

»Puh …« Nicki legte den Kopf in den Nacken und warf einen Blick in den Himmel. Er dachte über den Moment am Morgen nach. »So gut ist der Kaffee dann doch nicht gewesen.«

»Ich gebe mir beim nächsten Mal mehr Mühe.«

Nicki verzog die Mundwinkel. »Wie kommt man eigentlich auf die Idee, als Alpaka-Trekkingtour-Leiterin zu arbeiten?«

»Was denkst du denn?«

»Keine Ahnung?« Seltsamerweise war es Klaus' Stimme, die er in diesem Moment in seinem Kopf hörte, und er blickte zu Nummer 66 hinüber. Die Alpakastute wackelte bei jedem Schritt zufrieden mit dem Kopf. »Alpakas sind deine absoluten Lieblingstiere, und du möchtest am liebsten jede Stunde mit ihnen verbringen?«

»Faultiere.«

»Was?«

»Faultiere«, wiederholte Natalie und blickte zu ihm. »Meine Lieblingstiere sind Faultiere.«

Er runzelte die Stirn. »Okaaay?«

»Was ist?«

»Das ist nicht ganz das, was ich erwartet habe«, erklärte er.

»Wieso?«

»Das Faultier überrascht etwas«, gestand er. Von niedlich und kuschelig war bei einem Faultier wenig zu sehen. Soweit er wusste, lebten sie so gemächlich daher, dass ihr Fell veralgte, und die zotteligen Strähnen brachten ganz eigene Welten hervor. »Abgesehen davon habe ich gefragt, wieso du als Alpaka-Trekkingtour-Leiterin arbeitest, und nicht, was dein Lieblingstier ist.«

»Ist allerdings ein wesentlich interessanteres Thema«, bemerkte Natalie. Sie machte eine nachdenkliche Pause. »Was wäre denn – deiner qualifizierten Meinung nach – ein geeigneteres Tier als Lieblingstier für mich?«

*Ist das ihr Ernst?* Zweifelnd sah er zu ihr hinüber. »Du sagst es, ich bin nicht ›qualifiziert‹ genug, um diese Frage zu beantworten.«

»Wow!« Natalie legte den Kopf in den Nacken. Einen Moment blieb sie still, dann blickte sie erneut zu Nicki. »Du bist langweilig.«

»Das höre ich öfter.« Er überging es, egal ob sie es nun als Feststellung oder gar als Beleidigung gemeint hatte. Auf ein solches Niveau wollte er sich nicht einlassen, denn er sah durchaus die Gefahr, in die ihn Ärger über ihre Bemerkungen bringen konnte. *Einfach ruhig bleiben, Nicki.*

Ein Lächeln zeigte sich auf Natalies Lippen, als sie sich abwandte. »Das ist nicht meine Arbeit«, fuhr sie zu seiner Überraschung fort. »Ich verdiene mir so etwas Geld dazu.«

»Mit Alpaka-Trekkingtouren?«, hakte Nicki zweifelnd nach. Alpakatrekking war das Letzte, was Nicki einfiel, wenn es darum ging, Geld zu verdienen – Natalie konnte er sich wesentlich besser in der Rolle einer unfreundlichen Aushilfskassiererin vorstellen.

Sie zuckte mit den Achseln.

»Und was machst du sonst?« Er überlegte. »Wenn du nicht gerade Geld *dazuverdienst?*«

»Ich habe Sozialpädagogik studiert und im letzten Semester mein Studium mit dem Master beendet.«

»Oh, ich verstehe.«

Mit einem Mal fühlte es sich so an, als ob sie ihm eine Schlinge um den Hals gelegt hatte. Vielleicht war es Natalie gegenüber nicht ganz fair, aber ihre Antwort – so beiläufig sie es auch gesagt hatte – tauchte ihre gesamte Unterhaltung, genau wie jeden Gesprächsfetzen zuvor, in ein anderes Licht.

Er deutete mit dem Daumen auf Amelia. »Ist das hier dann so eine Art Feldstudie für dich, um deinen Doktor-Doktor zu machen? Wie Stella mit ihren seltenen Enzianen?«

»Klar.« Sie verzog den Mund. »Ich glaube, du bist ein recht interessantes Studienobjekt.«

»Eben war ich noch langweilig«, gab Nicki sarkastisch zurück. Die imaginäre Schlinge um seinen Hals zog sich weiter zu, und er schluckte kaum merklich. *Eine Sozialpädagogin, das verheißt wirklich nichts Gutes.*

»Das eine schließt das andere nicht aus.«

»Beruhigend.« Er überlegte. »Was ist mit den anderen?«

»Was soll mit ihnen sein?«

Er zuckte mit den Achseln und dachte nach, wie er es am besten in Worte fassen konnte, denn es interessierte ihn tatsächlich. »Wenn ich an Alpakatrekking denke, sehe ich Familien mit Kindern vor mir oder totale Fans der Zottelwesen. Aber diese Gruppe ist recht«, er zögerte, eigentlich passten nur Ava und Emma in das Bild, »bunt gemischt.«

»Das ist doch interessant.«

»Eben«, stimmte er zu. »Und trotzdem läufst du eben neben mir her, dem zugelaufenen Trottel mit den nassen Füßen und der diagnostizierten Koffeinabhängigkeit.«

»Ich muss die Gelegenheit doch nutzen. Wer weiß, wie lange du es aushältst.«

»Ohne echten Kaffee? Oder mit euch?«

»Mit uns, mit der Natur …« Sie zögerte. »Sonderlich wählerisch scheinst du nicht zu sein.«

Da ist es wieder, stellte Nicki ernüchtert fest.

Natalie besaß tatsächlich ein Talent dafür, Feststellungen wie Beleidigungen klingen zu lassen. Er musste vorsichtig sein, denn bei einem war er sich sicher: Hinter jeder Bemerkung steckte ein Urteil. Dieses entschied darüber, ob sie ihn als Alpakadieb entlarvte oder nicht.

Dummerweise fiel es ihm schwer, Natalie einzuschätzen. Ihre Miene half ihm dabei nicht, sie war genauso ausdruckslos wie ihr Tonfall. Nicki verwettete aber jeden Kartoffelsack, der zusammengelegt in Nummer 66s Packsattel lag, darauf, dass sie das absichtlich machte. Sicher war das irgendeine ausgefeilte Technik zum Ruhigbleiben, die man im Studium lernte.

*Genau wie die Gegenfragen*, ergänzte er zynisch in Gedanken.

Vermutlich wäre es vergebene Mühe, sie auf ihre Unhöflichkeit hinzuweisen. Das Spiel, was Natalie mit ihm trieb, beherrschte er schon lange, und mit etwas Geschick schaffte er es, den Spieß umzudrehen.

»Ich bin also nicht wählerisch?«, fragte er nach. »Welchem Persönlichkeitstypus entspricht das denn?«

Natalie runzelte die Stirn. Es dauerte für Nickis Geschmack einen Augenblick zu lang, und erneut wanderte ein verräterischer Blick an ihm hinunter zu seinen nassen Schuhen, aber dann zeigte sich der Hauch eines Lächelns auf ihren Lippen »Wenn der Kaffee so unverzichtbar wäre, hättest du doch sicherlich deinen eigenen dabei?«

Sie will mich offenbar nicht mit ihrem Wissen beeindrucken, bemerkte er. Aber wieso sollte sie das auch? Den ersten Versuch, ihr Interesse auf etwas anderes zu lenken, verbuchte er als Misserfolg, und ihn beschlich das Gefühl, dass es nicht so einfach werden würde wie mit den Mädels im *Bienenstock*, dem angesagtesten Klub in Passau, oder auf dem Reiterhof. Dort war es ihm immer leicht gefallen, die Führung zu übernehmen und den gewitzten Gesprächspartner heraushängen zu lassen. Natürlich hatte er dieses Spiel nur so lange gespielt, bis er Laura kennengelernt hatte. *Vermutlich bin ich einfach eingerostet.* »Wie gesagt, ich wandere mit leichtem Gepäck – der Kaffeevollautomat ist zu schwer für Nummer 66, vor allem mit dem Stromgenerator für den Betrieb und dem Fünfliter-Benzinkanister.«

»Klar, wie konnte ich das nur vergessen?« Tiefste Ironie schwang in ihrer Stimme mit. »Du reist sogar mit so leichtem Gepäck, dass du nicht einmal einen Packsattel dabeihast.«

»Genau.«

»Oder ein Zelt.«

»Nuuuun …« Er musste sich langsam etwas Besseres einfallen lassen, und sein Blick wanderte zu Nummer 66. Nicki ärgerte sich, in seiner Unüberlegtheit das Thema wieder auf das verfluchte Alpaka gebracht zu haben. Er beobachtete den wippenden Haarschopf zwischen den Ohren des Tieres. Obwohl Natalie es nicht ausgesprochen hatte, hing wieder die Frage, was er hier – mit diesem Alpaka – tat, in der Luft. »Das ist nicht so leicht zu erklären.«

Sie sah erstaunt zu ihm. »Versuch es doch einfach?«

»Versprichst du, nicht zu lachen?«

»Ich mache keine Versprechen, die ich nicht halten kann.« Ein nachdenklicher Ausdruck legte sich auf ihre Gesichtszüge, und Nicki bemerkte ein Trio von Leberflecken neben ihrem rechten Ohr. Ein Dreieck.

»Ich werde mir aber Mühe geben«, setzte Natalie nach.

Er war sich bewusst, wie gefährlich ihm diese vermeintliche Offenheit werden konnte. Alles, was er ihr erzählte, brachte sie der Wahrheit ein Stück näher. Am wichtigsten war, den Überblick über die Geschichten zu behalten. Ohne diesen verstrickte er sich in einem Geflecht aus Wahrheiten und Lügen, das sie zu seinem Bedauern sicher schneller durchschaute, als er es wieder entwirren konnte.

Nicki holte tief Luft. »Es ist eine Wette.«

»Eine Wette?«

»Ja.« Er bemühte sich um einen lockeren, ungezwungenen Tonfall. »Ich war kürzlich mit einigen Kumpels in einem Wohnmobil unterwegs. Du kannst dir sicher vorstellen, wie so etwas abläuft – eine Baltikumreise, vier Kerle und viel Alkohol.«

»Ja, das kann ich mir sehr gut vorstellen.«

Nicki verzog den Mund. »Genau. Auf jeden Fall meinte Peter, einer meiner Kumpels, dass ich es nicht schaffe, in der freien Natur zurechtzukommen.«

Sie musterte ihn skeptisch. »Und?«

Nicki zuckte mit den Achseln. »Ich habe ihn gefragt, um was er wetten will.« Er überlegte einen Moment. »Wenn ich es ohne großartige Hilfsmittel nach Lohberg schaffe, gehört mir seine PS 4.«

»Interessant.« Natalies Blick schweifte nach vorn. »Wieso Lohberg?«

*Muss sie wirklich jedes Detail wissen?* »Dort wohnt seine Tante.«

»Was ist mit Nummer 66?«

Nicki sah zu dem Alpaka. Die Stute blickte stur geradeaus, die Unterhaltung zwischen Nicki und Natalie schien sie nicht weiter zu kümmern.

Du bist wirklich ein unübersehbares Problem, verdammte er sie in seinen Gedanken.

»Wie gesagt, Ruhe und Entspannung, aber zusammen ist es einfach schöner.« Er rang sich ein Lächeln ab. »Sonst könntest du ja deine Feldstudie zu koffeinabhängigen Trotteln in nassen Schuhen nicht vollenden.«

»Stimmt.« Wieder wechselte sich das Wort mit dem Knirschen ihrer Schritte, dem Flüstern des Waldes und den leisen Unterhaltungen der anderen ab. »Ist das dann nicht eigentlich Schummeln?«

»Wie?« Nicki runzelte die Stirn.

»Na, wenn du mit uns mitgehst?« Natalie blickte zu ihm.

Für einen Sekundenbruchteil kehrte die Erinnerung an Laura zurück. Sie konnte genauso angriffslustig und fordernd schauen, und Nicki wusste gar nicht mehr, wie oft er diesen Blick gesehen, dieses wohlige Kribbeln verspürt und allem letztlich nachgegeben hatte.

Es ist zu lang her, seufzte er innerlich.

»Immerhin genießt du den Luxus einer warmen Abendmahlzeit und Kaffee am Morgen.«

Er verdrängte jeden Gedanken an Laura. »Instantkaffee.«

»Mein Fehler.«

Er lächelte gewinnend. »Du musst es ja niemandem verraten.«

»So?« Ihr Blick blieb herausfordernd, und wieder jagte ihm ein Schauer über den Körper. »Was springt dabei für mich heraus?«

Die PlayStation wohl nicht, antwortete er in Gedanken.

Die Spielekonsole hatte er erfunden. Peter besaß überhaupt keine. Er belächelte Klaus' und Nickis Spaß an Koop-Spielen sogar als sinnlosen Zeitvertreib. Nicki konnte Natalie nicht einmal den besten Apfelkuchen der Welt versprechen, den Peters Tante zu jedem Geburtstag ihres Neffen backte, denn der existierte genauso wenig wie die Tante.

»Was würde mich dein Schweigen denn kosten?«

Natalie schüttelte amüsiert den Kopf, ehe sie ihn erneut von oben bis unten musterte. »Manchmal frage ich mich, was du wirklich hier machst«, erklärte sie.

Mit einem letzten Lächeln in seine Richtung beschleunigte sie ihre Schritte, überholte Amelia und ging zurück an die Spitze des Zuges. Verdutzt sah Nicki ihr hinterher. Ihre Worte gingen ihm in seinen Gedanken nach. Ihr Lächeln – irgendwie hinterlistig und aufregend zugleich – brannte sich in sein Gedächtnis ein. So verwirrend es für ihn auch war, er konnte nicht anders, als sich in diesem Moment genau die gleiche Frage zu stellen.

## Die Challenge

»Gut.« Lana setzte sich elegant auf den Klappstuhl neben Karl. Mit einer ebenso geschmeidigen Bewegung strich sie ihre blonden Locken über die Schulter, wackelte ein wenig auf dem Stuhl hin und her und sah zur Kamera. »Wieso hast du keine Polster mitgenommen, Patrick?«, fragte sie. »Die Stühle sind ja total unbequem. Bin ich gut im Bild?«

Matt blickte durch den Sucher. »Bittschön, ein bisschen zum Karl rutschen?«

Lana verdrehte die Augen und rückte näher an den Mann heran. Genervt blickte sie zu ihrem Kameramann. »So besser?«

»Ja.«

»Ist Wilhelm noch im Bild?«, fragte Patrick. Eine große Plastiktüte lag vor seinen Füßen, rechts von ihm stapelten sich einige Teller in der Wiese.

»Ja. Ein biss–«

»Sehr gut.« Lana zog ihren Rock zurecht. Sie nickte kaum merklich in Matts Richtung. »Dann fangen wir jetzt endlich an.«

Matt bestätigte den Aufnahmeknopf, lehnte sich zurück und nickte ihr zu. Lana ließ ein paar Sekunden verstreichen, dann verschwand der missmutige Ausdruck von ihrem Gesicht. Im nächsten Moment verkörperte sie das strahlende Aushängeschild eines Alpakaaccounts so perfekt, dass es Nicki durchaus erschreckte.

»Hallo und herzlich willkommen auf ALANAPAKA, dem Social-Media-Account für Alpakas, ihre Freunde und die, die es noch werden wollen!«

Nicki runzelt die Stirn. Er fragte sich, ob Lana eigentlich wusste, wie hirnrissig diese Begrüßung klang; am längsten hatte sie sicher über diesen albernen Namen nachgedacht.

»Wie in meinem letzten Video angekündigt, steht heute – an diesem wunderschönen Mittwoch – die große Dschungelcamp-Challenge von ALANAPAKA an. Hunderte Fans haben mir Ideen geschickt, was ich für Herausforderungen stellen kann und ja …«

Das letzte Wort schwang in einem bedeutungsvollen Ton aus. Lanas Lächeln wuchs in die Breite, und erste Zweifel regten sich in Nicki. Bis eben hatte er noch gedacht, sich einfachen Aufgaben stellen zu dürfen, denn bei Lana vermutete er keine große Kreativität. Immerhin betrieb sie einen Alpakaaccount. Mit den berühmten Vorbildern, der dürftigen Intelligenz und vor allem Sensationsgeilheit des Internets sah die Sache leider anders aus.

»Ich habe eine interessante Auswahl getroffen, und wir werden viel Spaß haben! Aber was wäre eine richtige Dschungelcamp-Challenge ohne mutige Teilnehmer?« Sie wies auf Nicki und die beiden Bauernbrüder. »Diese drei mutigen Herren wollen sich insgesamt fünf Herausforderungen stellen.« Sie verstummte und sah zu dem dunklen Kameraauge.

*Fünf?*

Der spannungsvolle Ausdruck verschwand von Lanas Gesicht, und ein hinterhältiges Lächeln folgte. Für eine Sekunde bewunderte Nicki ihr Schauspiel – ihr gesamtes Gehabe erinnerte ihn wirklich an die übermotivierten Moderatoren ähnlicher Formate aus dem Fernsehen.

»Fünf Herausforderungen, die es in sich haben«, sagte Lana. »Doch es geht nicht nur um Ruhm und Ehre, natürlich gibt es etwas abzusahnen! ALANAPAKA hat unzählige Sponsoren gewinnen können, die ein paar tolle Produkte für euch und eure Tiere als Preise zur Verfügung gestellt haben. Links zu allen Sponsoren und den Preisen findet ihr in der Beschreibung unter dem Video.« Sie deutete mit den Fingerspitzen nach unten und wartete ab, was in Nicki die Frage weckte, ob Lana irgendetwas zu Videobearbeitung wusste oder ob Patrick und Matt die Aufarbeitung verantworten durften.

Sittsam legte sie ihre Hände zurück in ihren Schoß und lächelte in die Kamera. »Bei den Herausforderungen braucht ihr ausschließlich euren Mut, euren Mund und vor allem euren Geschmackssinn. Keine der Challenges ist gesundheitsgefährdend, darauf habe ich geachtet.« Aus ihrer Stimme hörte man den Stolz heraus, und Nicki unterdrückte den Drang, sich an die Stirn zu fassen. Ihre Worte verhießen nichts Gutes, aber egal, was sie vorhatte – trotz des allgemeinen Trends, sich allerlei Allergien einzubilden, vertrug er zumindest essenstechnisch alles. Lana strahlte Nicki und die anderen an. »Ihr habt doch alle Hunger, oder?«

Das Fragezeichen war deutlich hörbar. Nicki bezweifelte, dass das flaue Gefühl in seinem Magen von Hunger kam, und er tauschte einen kurzen Blick mit Wilhelm. Der Kerl sah genauso planlos-unwissend wie Nicki aus, und beide zuckten mit den Schultern.

»Sehr gut.« Lanas Grinsen blieb, und sie wandte sich wieder der Kamera zu. »Trotz allem dürfen die Teilnehmer jederzeit aussteigen, denn es wird niemand gezwungen, und es hängt auch nicht euer Abendessen davon ab, aber ich erinnere euch erneut daran – es gibt wirklich supergeile Preise zu gewinnen, um die euch eure Freunde beneiden werden!«

Das bezweifle ich irgendwie, antwortete Nicki im Stillen.

»Aber jetzt dürfen sie sich erst einmal vorstellen, damit ihr wisst, wer diese mutigen Herren eigentlich sind.« Lana beugte sich etwas nach vorn und wies in Wilhelms Richtung. »Fangen wir mit dir an, Wilhelm.«

Sein Gesichtsausdruck wechselte augenblicklich von nichtssagend zu erschrocken, und er starrte zu Lana. »I bin da Wilhelm.« Er hielt inne. Ein rosafarbener Hauch zeigte sich auf seiner wettergegerbten Haut, und er sah ernst zu Lana. Im tiefsten Bayerisch sprach er weiter. »Im letzdn Joar warn mia Oberkirwapaar.«

Nicki entfuhr ein belustigter Ton. Wie automatisch schnellte seine Hand zu seiner Nase, und er verbarg sein breites Grinsen hinter ihr. Er konnte sich das lebhaft vorstellen – sie waren mitten im bayerischen Hinterland. Alte Traditionen schrieb man hier groß, und Instagram-Influencer konnten sich dem jährlichen Brauch des Kirchweih-Baumaustanzens sicher genauso wenig entziehen wie der Bauerntrottel von nebenan.

Sie zögert einen Moment zu lang, ehe sie in die Kamera strahlte, als ob das strahlende Weiß ihrer Veneers die Erinnerung der Zuschauer an diesen peinlichen Moment löschen könnte. »Genau!« Sie drehte sich zu Karl um. »Und nun zu dir, Karl?«

Karl ignorierte die Kamera, genau wie Wilhelm, und sah Lana an. Nicki schmunzelte weiter in seine Hand, und er ahnte Schlimmes, als Karl sich nach drei Sekunden der Planlosigkeit räusperte. »I bin da Karl und mid meim Vetta Wilhelm do.«

Lana hatte sich die Antworten vermutlich anders – cooler? – vorgestellt. Sie erwiderte Karls Blick wortlos. Für den Bruchteil einer Sekunde reizte Nicki die Idee, ihr in den Rücken zu fallen – aber die Bemerkung, ob sie nicht besser den beiden statt ihm erklärt hätte, worum es ging, brachte ihm sicher viel Spaß, aber wohl auch Ärger ein. Vermutlich kommt dann ein Cut und ich muss mir den Mist noch einmal anhören, spottete er.

Lana ließ sich nichts anmerken, und ihre Aufmerksamkeit wandte sich Matts Kamera zu. Sie schenkte ihren zukünftigen Zuschauern ein strahlendes Lächeln. »Erfrischend. Und wie sieht es mit unserem dritten Kandidaten aus?«

Die Kamera schweifte zu Nicki. Zögerlich senkte er die Hand. *Sitzen meine Haare gut?*

Vermutlich taten sie das und leuchteten mit Lanas Veneers um die Wette. Ihr erwartungsvoller Blick und der des dunklen Kameraauges ruhten auf ihm. All die guten Sprüche, mit denen er sich sonst vorstellte, waren vergessen, und sein Herz schlug schneller in seiner Brust. Er dachte an Karl, Wilhelm und die Kirchweih im Dorf. »Mein Name ist Nicki und ich bin ... äh ... zufällig vorbeigekommen. Kein Cousin oder so.«

Er sprach es schneller aus, als er darüber nachgedacht hatte.

Lana blinzelte. Nicki wollte gerade einen entschuldigenden Nachsatz bringen, als Lana laut in die Hände klatschte. »Gut, beginnen wir mit der ersten Herausforderung! Im Blindtest müssen die Kandidaten drei Sachen erraten. Und Blindtest bedeutet ...« Sie erhob sich von dem Klappstuhl, zupfte am obersten Tuch und hielt es mit spitzen Fingern empor. »Mit verbundenen Augen!«

*Super.*

Sie kam zu Karl. »Darf ich?«

Er grunzte kaum vernehmlich. Zweifelnd beobachtete Nicki, wie sie Karl die Augenbinde anlegte. *Vielleicht hätte ich mir in Berlin doch die Haare waschen sollen.*

»Jetzt bist du dran.« Das Zögern in ihrer Stimme war deutlich hörbar, und Lana trat zu ihm.

Nicki zuckte mit den Achseln. »Okay.«

Sie gab sich beim Anlegen alle Mühe, ihn so wenig wie möglich zu berühren, was er ihr nicht verübelte – für jemanden wie sie gab es vermutlich nichts Widerlicheres als fettige Haare. Beim Zusammenknoten zog es unsanft an seiner Kopfhaut, und als Nicki sich sicher war, dass Lana weiter zu Wilhelm gegangen war, zupfte er seine Haare zurecht.

*Besser.* Blindlings sah er nach vorn. *Ich brauche wirklich eine Dusche.*

Von der nahen Weide drang das Blöken eines Alpakas an sein Ohr, und das Gras knisterte unter ihren Schritten, als Lana den Tisch einmal umrundete.

»Wie viele Finger zeige ich?«

»Drei?«, riet Nicki.

Karl und Wilhelm grunzten unverständlich.

»Gut.«

»Habe ich jetzt einen Punkt?« Die Schweigesekunde verriet Nicki, dass er sich über die Augenbinde vermutlich freuen konnte; die genervten Blicke der anderen konnte er sich dennoch lebhaft vorstellen.

Es raschelte. »Mein Assistent bereitet nun den Blindtest vor. Jeder von euch bekommt einen Teller, auf dem drei verschiedene Dinge liegen – ihr probiert jede Sache und überlegt euch, was es sein könnte. Dann frage ich euch, was auf eurem Teller liegt. Wer die meisten Sachen richtig hat, entscheidet die erste Runde für sich.«

Sie machte eine Pause. Jemand trat zwischen Nicki und Karl, und ein Teller klirrte, als er vor Nicki auf dem Campingtisch abgestellt wurde. Mit einer weiteren Berührung entschwand Lanas vermeintlicher Assistent dem wachsamen Auge der Kamera und den blinden Blicken der Challenge-Teilnehmer.

»Habt ihr Fragen?«

Nicki hob einen Zeigefinger.

»Nicki?«

»Hat jeder die gleichen Dinge auf dem Teller?«

»Nein.« Er hörte Lanas Grinsen regelrecht und konnte sich vorstellen, wie sie sich der Kamera zuwandte. »Sonst wäre es ja zu einfach.«

»Okaaay?« *Vielleicht habe ich sie unterschätzt.*

Jemand klatschte in die Hände. »Jeder von euch hat nun seinen Teller vor sich stehen. Bitte probiert eure Sachen ... jetzt!«

Nickis Hand wanderte auf den Tisch, und es dauerte ein paar Sekunden, bis er den Tellerrand zu fassen bekam. In der Tellermitte ertastete seine zittrige Hand seine erste Herausforderung. Mit spitzen Fingern pickte er es auf. Es war lang, schmal, ein wenig gegliedert und trocken. Probeweise drehte er es hin und her, ehe er die zweite Hand zu Hilfe nahm. Das spitze Ende bestätigte seinen anfänglichen Verdacht. *Super. Aber was habe ich eigentlich erwartet?*

Ohne groß darüber nachzudenken, schob er es sich zwischen die Zähne. Es knackte. Dann breitete sich ein Geschmack in seinem Mund aus, den er am ehesten mit dem von ungewürzten Sojawürstchen vergleichen würde. Nicki verzog den Mund und schluckte hinunter. *Nicht länger darüber nachdenken.*

Neben ihm hustete Karl oder Wilhelm, und Nickis linke Hand fuhr am Tellerrand entlang. »Deine zweite Sache liegt oben, Nicki«, erklärte Lana. »Es ist ein Pulver. Jeder von euch hat etwas Trockenes, etwas Pulvriges und etwas Feuchtes zum Probieren auf dem Teller liegen.«

Nicki bohrte seine Fingerspitze in den Staub und hob seine Hand. Ein stechender Geruch schoss seine Nase hinauf. *Das kenne ich!*

Vorsichtig tippte er mit der Zunge auf seine Fingerspitze und schmeckte: *bitter – sonst nichts.*

Er tippte erneut in das Pulver und probierte. Mit der Zunge fuhr er über seinen Gaumen und grübelte, was das sein könnte.

Meerrettich, überlegte er. Aber als Pulver?

Dann brach die Hölle los. Mit einem Mal brannte ein Feuer, wie er es lange nicht mehr erlebt hatte, in seinem Mund. Hungrigen Flammen gleich leckte die Schärfe an seinem Gaumen entlang, seinen Rachen hinunter und seine Nase hinauf, und Nicki japste nach Luft. Trotz der Augenbinde schossen ihm die Tränen in die Augen. Jeder Tropfen weckte die Erinnerungen an die Sushi-Abende mit Laura, an denen er der Verlockung der grünen Paste erlegen war und seinen Mut jedes Mal mit brennenden Augen bezahlt hatte. Er wippte auf dem Stuhl vor und zurück. Neben ihm knarzte ein Klappstuhl, Nicki konnte sich nur vorstellen, wie es den anderen beiden erging. *Aber sie hat gesagt, jeder hat etwas anderes.*

Wilhelm – oder war es Karl? – brummte. Ein lautes Husten folgte.

»Alles in Ordnung?« Lana klang nicht wirklich besorgt.

Der Hustende antwortete kratzig.

Langsam ließ das Brennen nach. Nickis Finger tapsten erneut über den Tellerrand. Dann bekam er etwas Glitschiges zu fassen.

»Genau, Nicki – das fehlt dir noch«, erklärte Lana.

Nicki zögerte nicht lange und schob sich den schleimigen Brocken zwischen die Zähne. Er musste nur wenig kauen, er zerfiel beinahe von selbst. Das Brennen auf seiner Zunge beruhigte sich. Der Geschmack von Fisch in Soße breitete sich in seinem Mund aus, es schmeckte beinahe gut, wenn auch so zerkocht wie Lauras Pasta.

»Hat jetzt jeder seine drei Sachen probiert?«

Einer seiner Mitstreiter hustete, der andere brummte eine verhaltene Bestätigung.

»Also, Wilhelm?«

»I woas ned.« Die Enttäuschung klang deutlich aus seinem tiefen Bayerisch hervor. »Ferkelstarta, Chili und getroggnete Banane?«

Nicki runzelte die Stirn. Wenn Wilhelm richtig lag, hatte er definitiv die besseren Sachen abbekommen.

»Na …« Sie blieb kurz still. »Das Chili ist Ingwer und die getrocknete Banane«, Lana kicherte, »das war ein Stück von einem Ochsenpesel für Tiptip. Der ›Ferkelstarter‹ war Schweinemastfutter, lassen wir das gelten?«

Nicki wusste nicht, an wen Lana die Frage richtete.

Nach wenigen Sekunden raschelte es, und ein Teller klirrte.

»Wie sieht es bei dir aus, Karl?«

»Hundefutta, Kreizkümml und koan Plon.«

»Willst du es nicht wenigstens versuchen?«

»Gwiehß ned.«

»Schade.« Der Teller klapperte. »Mit Hundefutter und Kreuzkümmel lagst du richtig. Das Dritte waren getrocknete Mu-Err-Pilze.«

»Aha.«

Mit einer solchen Vorgabe hatte Nicki nicht gerechnet. *Kreuzkümmel?*

Er wunderte sich mehr über Karls Fähigkeit, Kreuzkümmel zu erkennen, als über das Hundefutter, denn Kreuzkümmel gehörte für ihn eher zur orientalischen Küche als zu einem bayerischen Schweinebraten.

»Somit wird es für unseren letzten Kandidaten nicht einfach. Um diese Runde zu gewinnen, muss er alle drei Sachen richtig haben. Nicki?«

Jetzt muss ich mich entscheiden, sagte er sich und verdrängte seinen Ärger über Karls Erfolge. Seine Augen tränten immer noch das Tuch voll, in seinen Gedanken fuhr er die Formen der anderen zwei Sachen unter seinen zittrigen Fingern noch einmal nach. Das glitschige Zeug war kein Problem – mit der schleimigen Konsistenz und dem dezenten Fischgeruch kamen ihm nur zwei Möglichkeiten in den Sinn. Eine der beiden konnte er aufgrund der Größe ausschließen, und Nicki schmunzelte verhalten.

Es blieb das Hamsterfutter. Krampfhaft versuchte Nicki, sich an die Aufschriften auf Schillers Futterdosen zu erinnern. Oft genug hatte er für den nervtötenden Goldhamster Leckerchen mitbringen müssen. Aber was war das immer gewesen?

»Was hattest du auf deinem Teller?«, wiederholte Lana.

Er seufzte. »Katzenfutter, vermutlich Lachs oder ein anderer Fisch, Wasabipulver und getrocknete Zophobas?«

Eine Sekunde blieb es still. Dann spürte er Lanas Finger am Knoten der Augenbinde.

»Das ist richtig!«

Im nächsten Moment blinzelte er in das strahlende Sonnenlicht. Ein paar letzte Tränen quollen aus seinen Augen, und auf dem Tisch vor ihm gewann der Teller an Gestalt.

»Katzenfutter«, wiederholte Nicki trocken, als er die saftigen, mit grünem Pulver bestäubten Fleischbrocken neben den Käferlarven vor sich sah. Auf Karls Teller bot sich ein ähnlich widerliches Bild. »Uh ...«

»Lachs in feiner Grillsoße«, bestätigte Lana. Sie zerknüllte den Zettel in ihrer Hand und ließ ihn unachtsam auf den Boden fallen.

»Somit führt Nicki mit drei Punkten vor Karl mit zwei und Wilhelm mit einem Punkt«, erklärte Lana profimäßig und strahlte in die Kamera. Patrick trat an den Tisch und entfernte die verwüsteten Teller. »Aber wir halten uns nicht mit der Frage auf, wieso Nicki sogar wusste, dass es sich um Lachs gehandelt hat, sondern machen gleich mit der Keks-Challenge weiter.«

*Keks-Challenge?*

Patrick reichte Lana eine unscheinbare Packung, und sie stellte sich – sicherlich nicht so unbewusst, wie es Nicki vorkam – so hin, dass die Kamera sie bestens im Bild hatte. »Bei diesen Keksen handelt es sich um Salzkräcker, und eure Aufgabe ist es nun, innerhalb einer Minute sechs von diesen Dingern zu essen.«

*Das ist alles?*

Lana öffnete die Packung. »Es ist euch überlassen, wie ihr die esst – ihr dürft sie alle auf einmal essen oder nacheinander, aber es gibt nichts zu trinken. Wer die meisten Kräcker in einer Minute schafft, hat gewonnen.«

Sie streckte Karl die ersten Kekse entgegen. »Bitte.«

*Salzkräcker.* Lanas Gewinnbedingungen klangen nicht so, als ob sie damit rechnete, dass es einer der drei Teilnehmer schaffte, und Nicki kam eine Idee – vermutlich verhinderte die physikalische Wirkung von Salz den Sieg. *Wie kann ich das umgehen?*

Nickis Blick schweifte zu der Weide. Die Alpakas grasten friedlich, und er erinnerte sich an ihre nächsten Verwandten in Südamerika. Lamas.

Die Antwort war kinderleicht. Nicki presste seine Zunge gegen seinen Gaumen und augenblicklich sammelte sich Speichel in seinem Mund. »Bitte, deine Kekse.« Lana hielt ihm einen Stapel von sechs Keksen entgegen.

Nicki lächelte unschuldig und nahm ihr ohne ein Wort die Kräcker ab. Als Letzter erhielt Wilhelm sechs Kekse. Lana umrundete den Tisch und gab Patrick die Tüte mit den restlichen Keksen. »Seid ihr bereit?«

Nicki blickte kurz zu den anderen Männern. Sie sahen genauso planlos aus wie er, und Nicki zuckte mit den Achseln.

»Gut. Mein Assistent Patrick wird die Zeit stoppen.« Lana stellte sich neben Wilhelm. »Pat, bist du … bereit?«

Nicki sah auf den Stapel Kräcker hinunter, genau wie Patrick auf sein iPhone. »Drei, zwei, eins … los!«

Nicki packte die drei obersten und schob sie sich in den Mund. Augenblicklich schlug das Milieu um – das Salz in den trockenen Keksen wirkte sofort. In Gedanken zählte Nicki bis zwanzig. Dann schlug er seine Zähne in die Kräcker, kaute hastig, und zu seiner Erleichterung gingen sie widerspenstig, aber einigermaßen erträglich, hinunter.

Er atmete tief ein, ehe er erneut die Zunge gegen den Gaumen presste. Dieses Mal dauerte es etwas, aber die Zeit verrann unaufhörlich. Ohne zu zögern, griff er nach den restlichen Keksen und schob sie sich in den Mund.

»Noch fünfzehn Sekunden.«

Nickis Blick schweifte zu Karls Hand. Vier Kekse. Er sah zur anderen Seite. Bei Wilhelm lagen drei Kekse auf der linken Hand, einen halben hielt er in der rechten und stierte kauend in die Leere.

Gehetzt zerkaute Nicki die Kekse und schob sie in seinem Mund zurecht, er schaffte es, einen Teil hinunterzuschlucken. *Scheiße, ist das trocken!*

Neben Nicki ergab Karl sich einem gewaltigen Hustenanfall und klang wie ein sterbendes Schwein.

»Uuuund ... Stopp!« Patrick senkte das Handy.

Nicki schluckte ein weiteres Mal. Die Kekse kratzten in seinem Hals. Der Hustenreiz wurde unerträglich, und Nicki bezweifelte, dass Lana die Bedeutung der Phrase *nicht gesundheitsgefährdend* verstanden hatte. Er beugte sich zur Seite und hustete gequält, bis das Gefühl, Schrapnellsplitter im Hals zu haben, verschwunden war. Dann richtete er sich auf. Karls Gesicht war hochrot, vermutlich sah Nicki ähnlich entspannt aus.

Lana war unbeeindruckt. »Ich denke, das ist eindeutig.« Sie deutete auf Nicki, ehe Patrick ihr einen Teelöffel und einen braunen Gewürzstreuer reichte. »Wieder ist unser Zufallsfund der Gewinner. Er hat alle sechs Kekse gegessen, was ihm ebenso viele Punkte einbringt. Karl hat zwei, Wilhelm sogar drei Kräcker geschafft. Aber wird Nicki seinen Vorsprung mit der nächsten Challenge halten können?«

Die überflüssige Frage ignorierte Nicki und starrte auf den Gewürzstreuer. *Was will sie damit?*

»Die nächste Herausforderung ist auch unter den Namen *Cinnamon Challenge* bekannt.«

Vermutlich war das der Originalname, korrigierte Nicki gedanklich, aber die Besserwisserei sparte er sich. Die meisten Ideen für Challenges kamen aus anderen Ländern – Amerikaner erwiesen sich da als äußerst kreativ.

»Bei dieser Challenge geht es darum, einen Löffel voll Zimt innerhalb einer Minute zu essen.«

Oder leichtsinnig, setzte er nach.

Lana schraubte den Deckel des Gewürzstreuers ab und warf ihn auf den Tisch. Der Zimt rieselte auf den Löffel. Herausfordernd sah sie zu den drei Männern. »Wer will anfangen? Ein Sieg bringt drei Punkte.«

Karl starrte auf den Löffel voll Zimt. »I bin raus.«

Vermutlich schlägt das in die gleiche Kerbe wie die Salzkräcker, überlegte Nicki. Er wusste nicht, ob die Technik, die ihm bei den Keksen zum Sieg verholfen hatte, hier genauso funktionieren würde, aber diese Challenge war sicherlich gesundheitsgefährdend.

»Bist du dir sicher?«

»Jo.«

Lana wandte sich an Nicki und Wilhelm. »Damit seid ihr nur noch zwei.« Der Löffel wackelte in Nickis Richtung, und er überschlug seine Optionen in Gedanken. Selbst wenn er diese Herausforderung nicht meisterte, lag er vorn.

»Na gut.« Nicki lehnte sich vor. »Ich fange an.«

Lana grinste und kam auf ihn zu. »Patrick? Sobald er ...« Sie nickte in Richtung ihres Assistenten, und Patrick nickte. Der Löffel schwebte Nicki entgegen und, ohne weiter zu zögern, nahm er die Herausforderung an.

Es dauerte keine fünf Sekunden.

Das Pulver saugte augenblicklich jede Feuchtigkeit in sich auf, und nur einen Moment später schoss eine Fontäne braunen Staubs aus Nickis Mund und Nase.

»Wooohoooow!« Lana machte einen Satz nach hinten und lachte auf. »Das ist wohl der berühmte Drachenatem!«

»Scheiße!«, krächzte Nicki und strich sich mit der Hand über die Lippen. Sein Mund fühlte sich vollkommen ausgetrocknet an, die Kekse waren nichts dagegen gewesen, und sein Oberkörper zog sich zusammen. Das Atmen fiel ihm sichtlich schwerer. *Definitiv gesundheitsschädlich.*

Im Augenwinkel bemerkte er Karls mitleidigen Blick. *Was für ein Scheiß!*

»Das war wohl nichts«, kommentierte Lana. Sie kicherte, ehe sie eine zweite Portion auf den Löffel rieseln ließ. »Wilhelm?«

Neben ihm beugte Wilhelm sich zu seinem Sektglas hinunter. Neidisch beobachtete Nicki, wie Wilhelm das Glas in einem Zug leerte und zurück ins Gras stellte. »Jo.«

Lana kam um den Tisch herum, und Wilhelm aß den Zimt.

»Die Zeit läuft.«

Patricks Bemerkung drang fern an Nickis Ohr. Gespannt wartete Nicki ab. Immer noch neidete er dem anderen den Sekt und versuchte, das trockene Gefühl in seinem Mund zu vergessen. Kaum ersichtlich bewegten sich Wilhelms Wangen und Kehlkopf, und mit einem Mal begriff Nicki. Er tat das, was Nicki bei den Kräckern gemacht hatte – nur hatte er zuvor etwas getrunken.

»Noch zwanzig Sekunden.«

»Es wird spannend.«

Es ging nicht um Schnelligkeit. Nicki sah zu Patrick, der gebannt auf das iPhone starrte.

»Nunter.« Wilhelm krächzte.

Nicki konnte es kaum glauben, aber es war wohl so – kein herausberstender Drachenatem, kein Zimtpulver auf dem Tisch.

»Was sagt die Zeit?«

»Noch zehn Sekunden.«

Wilhelm wartete ab. Mit jeder weiteren Sekunde hoffte Nicki, dass er geblufft hatte, so, wie er beschummelt hatte, aber nichts geschah. *Scheißsekt!*

»Damit haben wir wohl einen Sieger – Wilhelm hat die *Cinnamon Challenge* gewonnen!« Sie klatschte in die Hände.

»Cleverer Trick«, bemerkte Nicki leise und verdrängte seinen aufkommenden Frust. *Bei mir hat sie nie geklatscht.*

Ohne auf Nickis Bemerkung einzugehen, lehnte Wilhelm sich zurück, während er wie gebannt zu Lana schaute.

»Mit dem Ende dieser Challenge sind es also nur noch Nicki und Wilhelm, und Nicki führt vor Wilhelm mit neun zu sieben Punkten«, fasste Lana zusammen. »Es wird spannend, denn noch kann Wilhelm das Blatt wenden. In zwei Challenges könnt ihr euch nun noch messen, aber am Ende wird es nur einen Ge- Sieger geben können!«

Sie hatte sich gerade noch an ihren eigenen Plan erinnert.

Nicki schmunzelte innerlich. *Ob sie jemals über eine Karriere bei einem Call-in-Gewinnspiel-Sender nachgedacht hat?*

»Die vierte Challenge dreht sich wieder ums Essen. Wie jeder weiß, gibt es in anderen Ländern interessante Essgewohnheiten. Ein paar kulturelle Highlights habe ich für die vierte Challenge herausgesucht, bei der euer Durchhaltevermögen gefragt ist – drei Bissen, drei Punkte! Aber natürlich liegt ALANAPAKA viel daran, etwas für euer Wissen zu tun, liebe Zuschauer und Fans, und daher habe ich zu jedem Gericht ein paar Informationen zusammengesucht …«

Lana zog ein Karteikärtchen aus dem Nichts hervor und überflog es rasch, ehe sie wieder in die Kamera blickte. »Den Anfang bei unserer *Andere Länder, andere Essgewohnheiten*-Challenge macht eine schwedische Fischspeise. *Surströmming*«, sie betonte das Wort, als ob es ein Stichwort wäre, »galt als Alltagsnahrung bei den Bauern Nordschwedens. Für *Surströmming* werden die Heringe im Frühjahr gefangen und in Salzlake eingelegt.«

Bei den Wörtern *Salzlake* und *Hering* klingelten bereits alle Alarmglocken, und er zuckte zusammen, als Metall hinter ihm klackte. Es knallte leise, dann hörte er einen seltsam erstickten Laut von Patrick. Nickis Alarmbereitschaft stieg.

»Pat?«

Hastig eilte Patrick herbei. Sie bekamen zwei frische Teller, und die Gabeln klirrten, als sie vor Nicki und Wilhelm auf dem Tisch landeten. Wortlos, aber mit deutlich angespanntem Gesichtsausdruck, als ob er sich in diesem Moment lieber die Nase zuhalten wolle, stellte Patrick eine blaue Dose daneben. Ein intensiver, faulig-fischiger Geruch stieg augenblicklich in Nickis Nase, während die imaginären Alarmglocken lauter schrillten und er Patrick darum beneidete, wieder aus dem Bild gehen zu können.

Lana schürzte die Lippen. Ihre Nase – bisher süß, klein und stupsig – sah plötzlich um einiges spitzer aus, und sie musste sich sichtlich zusammenreißen, ruhig mit ihrem Text fortzufahren. »Milchsäurebakterien übernehmen den Rest der Arbeit. Am Ende der Lagerzeit hat man eine gut haltbare Speise, die mit kalter Milch oder Bier serviert wird.«

Mit einem Mal war Nicki sich nicht mehr so sicher, ob er essenstechnisch tatsächlich alles vertrug. Voller Ekel starrte er auf den vergorenen Hering hinunter und fragte sich, ob das ihr Ernst war.

# *Männergespräche*

*Ich mache mich zum Idioten.* Die Erkenntnis schmerzte, aber unter dem Strich war es so. Niedergeschlagen sah Nicki auf den Topf hinunter. Sein Abbild spiegelte sich verschwommen in dem blanken Edelstahl. Ein letztes Mal fuhr er mit dem Tuch über den Rand, ehe er den Topf zur Seite stellte. Oder wieso mache ich schon wieder den Abwasch, fragte er sich ironisch, schleuderte das Handtuch gegen die Holzwand und stützte sich auf dem Rand des Spülbeckens ab. Er blickte auf.

Die Spüle hing an der Rückseite der Holzhütte, die sie vor über zwei Stunden erreicht hatten. Nachdem sie die Alpakas versorgt hatten, hatte Natalie aus einigen Dosen etwas zubereitet, was entfernt an ein Abendessen erinnerte und einen Preis von fünf Euro in keiner Weise rechtfertigte. Am Ende des Essens hatte er sich dem dreckigen Geschirr, Besteck und einem Lächeln von Natalie gegenübergesehen. Auf seine Frage hin, ob er ihr tragen helfen sollte, hatte sie ihn an seinen Vorschlag, es abzuarbeiten, erinnert.

Ich hätte einfach was sagen sollen, ärgerte er sich, zog den Kopf zwischen die Schultern und sah auf die Kante. Entnervt wackelte er mit dem Fuß, sein Schuh war immer noch feucht. Normalerweise hatte er kein Problem mit frechen Kontern, aber manchmal ... Da hakte es einfach. *Und zurzeit läuft echt alles scheiße!*

»Bist du endlich fertig?«

Nicki zuckte zusammen. An der Ecke der Holzhütte lehnte Natalie mit verschränkten Armen. Ihr Gesichtsausdruck – gelangweilt und genervt zugleich – weckte in ihm erneuten Ärger über seinen unfreiwilligen Küchendienst.

»Wenn du wissen willst, ob ich die eingebrannten Tomaten wegbekommen habe – ja, habe ich.« Nicki richtete sich auf und blickte auf den Topf und die Teller hinunter. »Fertig bin ich auch.«

Sie stieß sich von der Wand ab und kam näher. Neben Nicki blieb sie stehen und sah auf das Geschirr hinunter. »Ein verstecktes Talent, ich bin begeistert.«

Nicki verzog den Mund. »Ich habe einige Talente.«

»So?« Sie legte erwägend die Stirn in Falten. »Was denn so?«

Er zuckte mit den Schultern. »Ich besitze zum Beispiel das unglaubliche Talent, gegen jeden Türrahmen zu stoßen, der mir über den Weg läuft.«

»Das wundert mich nicht.« Natalie griff nach dem ersten Teller und legte ihn auf ihrem Unterarm ab. »Bei deinen breiten Schultern.«

»Genau.«

»Ein Glück, dass die Türendichte im Bayerischen Wald vernachlässigbar gering ist«, bemerkte sie und stapelte den nächsten auf den ersten Teller. »Gilt dein Talent auch für Bäume?«

»Nur bei Fichten und Weißtannen.«

»Interessant.« Die Teller klirrten. »Was noch?«

Nicki blickte zu dem Geschirr auf Natalies Arm. Roberts Worte hüpften durch seine Erinnerung, aber mit jeder Sekunde, die verstrich, erschien ihm jedes vermeintliche Können seinerseits wie eine uninteressante Nichtigkeit. »Ich habe ein Talent dafür, genau dann ein Verkehrsschild mitzunehmen, wenn die Polizei auf Streife ist.«

»Das ist ein ... *Talent?*«

»Nun ...« Nicki erinnerte sich an den Ärger, den er von seinen Eltern für die Anzeige bekommen hatte. Natalies Skepsis war durchaus berechtigt, und er fragte sich, was er sich dabei gedacht hatte, ausgerechnet seine Fähigkeiten als Langfinger zu erwähnen. »Vermutlich nicht.«

Sie fuhr nachdenklich mit der Fingerspitze über den Rand des obersten Tellers. »Vielleicht solltest du eher auf dein Talent für interessante Geschichten eingehen.«

»Ja?«

Natalie zuckte mit den Schultern und blickte zu ihm auf. Es war, als ob sie ihm einen Stoß gegen die Brust versetzt hätte – für einen Moment blieb ihm die Luft weg, dann beschleunigte sich sein Herzschlag. Mit jedem weiteren Schlag verlor er sich mehr in ihren Augen, die bittersüße Erinnerungen und sehnsüchtige Träume weckten.

Die Teller klirrten, als sie näher trat.

*Noch näher.*

»Neben der Wette mit Peter gibt es sicherlich noch andere interessante Geschichten in deinem Leben.«

Seine Wangen brannten. In diesem Moment und als ob sich sämtliche Dramaturgen der Filmgeschichte zusammengetan hätten, schallte der charakteristische Schrei eines Alpakas zu ihnen hinüber, und Nicki räusperte sich. »Ähm …«

»Verkehrsschilder oder etwas mit Alkohol …« Sie zögerte und erlöste ihn aus dem Bann ihres Blickes. Ihre Aufmerksamkeit wandte sich dem Tellerstapel auf ihrem Unterarm zu, und sie kratzte mit dem Fingernagel an einem Fleck herum. »Oder mit Frauen?«

Ein nachdenklicher Tonfall lag in ihrer Stimme. Mit einem Mal sah er Laura und Lana vor sich, und das Schuldgefühl des Ertappten übermannte Nicki. Seine Hand zuckte in Natalies Richtung, er starrte auf das Geschirr. Er öffnete den Mund, er musste etwas sagen. In seinen Gedanken sah er die Teller schon am Boden liegen, wenn die Zeit der Worte vorbei war. Sein Blick fiel erneut auf das Leberfleckentrio an ihrem Ohr. *Nur kurz …*

Eine lange blonde Strähne fiel nach vorn über ihre Schulter. Seine Finger zuckten.

Zu nah, sagte er sich und schloss den Mund.

Es gefiel ihm nicht, dass sie ausgerechnet nach Frauen gefragt hatte, genau wie es ihn störte, von ihr bei jeder Gelegenheit überrascht zu werden, aber das Schlimmste waren die ungesagten Vorwürfe. *Sie ahnt etwas, oder? Wieso sollte sie sonst …*

Hinter ihnen knackte es im Wald.

»Nicki?«

Er wich von ihr zurück. Der misstrauische Ausdruck in ihren Augen versetzte ihm einen Stich in die Brust, und er verdrängte die Vorstellungen, die wie böse Geister durch seine Gedanken jagten. *Zusammenreißen! Das ist nicht Laura!*

»Na gut.« Nicki räusperte sich, und sein Blick fiel auf das Geschirr. Er trat einen Schritt von dem Spülbecken weg und schob seine Hände in die Jackentaschen. »Das Geschirr ist sauber, ich geh dann mal.«

»Nicki? Was ist lo–?«

Ohne sie weiter zu beachten, oder groß darüber nachzudenken, machte er auf dem Absatz kehrt und stapfte auf den Rand der Lichtung zu. Ein Ast schnellte gegen seine Schulter, als er sich an einer jungen, von Labkraut bewachsenen Buche vorbeikämpfte. Das Dickicht durchquerte er schnell. Unwirsch strich er einen Strang Klebkraut von seinem Hosenbein und fand sich unvermittelt auf einer kleinen Lichtung wieder. Er atmete tief aus.

*Scheiße.*

Er war froh, weg zu sein, aber mit dem Gedanken an seine förmliche Flucht kehrte das seltsame Gefühl zurück. Für einen kurzen Moment schlug sein Herz wieder schneller in seiner Brust. Nicki konnte kaum glauben, dass es ihn nach wie vor so mitnahm, was zwischen Laura und ihm gewesen war ... und wieso ihn alles an sie erinnern musste.

Sieben verdammte Wochen, jammerte er. *Und kaum sehe ich eine Frau mit braunen Augen, muss ich wieder an sie denken.*

Sein Verhalten war einfach hochnotpeinlich, und es war mehr als passend, sich dafür zu schämen. Er legte den Kopf in den Nacken. Genau, peinlich, das traf es am besten – was dachte Natalie sich wohl, nachdem er sie mit dem ganzen Geschirr stehen gelassen hatte?

Wie ein totaler Idiot, der nicht mit Frauen reden kann, stöhnte er innerlich und wandte sich von dem Grau des Himmels ab.

Sein Blick streifte eine dichte Wand aus Brombeeren, jungen Bäumen und anderem Buschwerk, die von zwei großen Bäumen begrenzt wurde. Die Wurzeln der rechten Buche schimmerten ihm silbrig aus dem Laub des vergangenen Herbstes entgegen.

Mit drei weiteren Schritten über welke Blätter erreichte er die Buche. Fahrig knöpfte er seine Hose auf und packte aus. In seiner Vorstellung zeichnete er eine Zielscheibe auf die Wurzel. Er legte den Mittelpunkt so, dass ihn keine verirrten Spritzer treffen würden. Erleichterung durchfuhr ihn, als die ersten Tropfen auf das Holz schlugen. Tief atmete er den Geruch des Waldes und verhaltenen Uringestank ein.

Viel besser, sagte er sich und sortierte seine Gedanken.

Wenn er zurück zur Hütte kam, durfte er sich nichts anmerken lassen. Auf dumme Kommentare von Natalie oder gar einem der anderen verzichtete er gern.

Einfach behaupten, dass ich dringend für kleine Jungs musste, sagte er sich und blickte auf den schwächer werdenden Strahl hinunter. So ganz von der Hand war es eh nicht zu weisen – Natalies Abendessen war interessant gewürzt gewesen, und Nicki hatte eine ganze Flasche Mineralwasser beinahe in einem Zug ausgetrunken. Er dirigierte den Strahl nach links. Die Tropfen sprangen.

Hinter ihm knackte es vernehmlich, und er zuckte zusammen. Es war kein Knacken des Waldes, sondern das ihm mittlerweile sehr vertraute Geräusch von Wanderstiefeln auf Waldboden. Das Laub knisterte unter den Schritten des unerwarteten und näher kommenden Neuankömmlings.

Scheiße, durchfuhr es Nicki. Er sah auf sein Glied hinunter und verharrte. *Kann man hier nicht mal in Ruhe ...*

Lorenzo trat ohne ein Wort neben ihn und vor das Brombeergestrüpp. Sprachlos beobachtete Nicki im Augenwinkel, wie Lorenzo sich zum Pinkeln bereitmachte. Nach ein paar Sekunden erklang das vertraute Geräusch, und Nickis Fassungslosigkeit wich Ärger über Lorenzos Unverfrorenheit.

*Was soll das denn werden?* Nicki biss sich auf die Unterlippe. In Gedanken zeichnete er erneut die Zielscheibe auf die Baumwurzel vor seinen Füßen und legte seinen wachsenden Ärger in den neuen Strahl, während er versuchte, Lorenzo zu ignorieren.

»Was soll das?«

Verdutzt wandte Nicki sich von seiner imaginären Zielscheibe ab. Ohne einen Blick nach unten zu werfen, sah er zu dem größeren Mann zu seiner Linken. »Was soll was?«

Lorenzos Urin prasselte auf das Blattwerk der Brombeeren. »Was tust du hier?«

Genauso verblüfft wie über Lorenzos erste Frage wanderte Nickis Blick zurück zu der Baumwurzel. Die Rinde glänzte feucht. »Ich pinkel?« Was ich gern ungestört tun würde, ergänzte er. Erschreckenderweise war Lorenzo noch das kleinste Übel – Nicki konnte sich weitaus pikant-peinlichere Begegnungen vorstellen.

Ein paar Sekunden vergingen.

»Ich dachte, wir hätten uns verstanden«, fuhr Lorenzo fort.

*Das ist doch nicht sein Ernst?*

Sein Ärger brachte neuen Schwung in Nickis Erleichterung. Wild glitzernd sprangen die Tropfen ins Dickicht.

Glaubte Lorenzo, dass er tatsächlich eine Konkurrenz für ihn war? Diese Angst war in Nickis Augen gänzlich unbegründet, sie grenzte beinahe schon an Lächerlichkeit. Der einzige Grund, wieso Nicki sich ihnen angeschlossen hatten, hatte vermutlich mehr Haare als alle Frauen der Gruppe zusammen. Auch sah Lorenzo mit seinen dunklen Augen, den schwarzen Locken und den markanten Gesichtszügen wohl attraktiver aus als Nicki. Von dieser ernüchternden Erkenntnis abgesehen legte Nicki es gar nicht darauf an, irgendeiner Frau nahekommen zu wollen, denn keine von ihnen reichte an Laura heran.

»Abgesehen davon, dass das hier keine öffentliche Toilette ist …« Nicki packte sein bestes Stück ein, schob alles bequem zurecht und schloss seine Hose, ehe er sich zu Lorenzo umwandte. Er konnte kaum glauben, es Lorenzo gegenüber beteuern zu müssen, und er schluckte seinen Ärger hinunter. »Ich habe kein Interesse an irgendeiner der Frauen hier.«

*Ich will nur dieses verdammte Alpaka loswerden.*

Das sollte er Lorenzo aber nicht verraten, denn er vertraute dem Italiener genauso wenig wie dieser ihm. Ein paar Sekunden verstrichen, und Nicki lauschte genervt und angewidert zugleich dem Wispern von Lorenzos Notdurft auf Blättern, ehe der Urinstrahl versiegte.

»Revier markiert.« Lorenzo wandte sich um und schloss seine Hose.

Nicki hob zweifelnd eine Augenbraue. »Toll!«

»Das ist wichtig.«

»Klar.« Nicki nickte verständig. *Meint der das echt ernst?* »Dir ist aber klar, dass du für eine effektive Reviermarkierung eher Ava oder Emma anpinkeln hättest müssen und nicht ein paar langweilige Brombeerblätter?«, setzte er nach.

Lorenzos Nasenflügel vibrierten, und er verschränkte die Arme. »Was läuft da zwischen dir und Natalie?«

»Was?!« Fassungslos erwiderte Nicki seinen Blick. »Gar nichts!«

»Du flirtest mit ihr.«

*Flirten?* Die Hitze raste durch seine Adern, und die Röte schoss ihm ins Gesicht. Er erinnerte sich an seinen Drang, die drei kleinen Flecken an ihrer Wange zu berühren und die blonde Strähne zurückzustreichen. *Ob Lorenzo uns belauscht hat?*

Er nahm allen Ernst zusammen, den er aufbringen konnte, denn das war einfach nur idiotisch. Es war kein Flirten, es waren eine einfache Unterhaltung und ein paar jungenhafte Gedanken seinerseits gewesen. »Ich flirte nicht.«

»Verkauf mich nicht für blöd!«, entgegnete Lorenzo trocken. »Ich kenne mich damit aus.«

Nicki hielt dem Blickkontakt stand und presste wütend die Zähne aufeinander. Sie knirschten kaum hörbar unter dem Druck. Langsam hatte er die Nase voll – erst tauchte Natalie auf, nervte ihn mit ihren analytisch-vernichtenden Bemerkungen, und nun drehte Lorenzo ihm aus Natalies Auftritt als Möchtegern-Sozialpädagogin einen Strick. Vermutlich verstand Lorenzo nur direkte Ansagen.

»In Ordnung.« Nicki streckte den Rücken durch. »Ich sag dir, wie es ist.«

Lorenzos Augenbraue wanderte in die Höhe. »Gut.«

Nicki hob die rechte Hand und streckte den Daumen empor. »Erstens: Eigentlich geht es dich gar nichts an, was ich mache.« Der Zeigefinger folgte. »Zweitens: Ich habe gerade eine Beziehung hinter mir.« Er legte sich seine nächsten Worte zurecht – albern klang es auf jeden Fall, denn irgendwie war es das auch – und zählte mit den Fingern bis drei. »Und drittens: Ich will lieber dieses Mädchen zurück als irgendeines von den Hühnern hier.«

»Das kannst du deiner Nonna erzählen.«

»In der Hinsicht unterscheiden wir uns wohl.« Er schluckte seinen Ärger über Lorenzos Unverschämtheit hinunter, aber den spöttischen Tonfall verkniff Nicki sich nicht, und er verdrängte das Bild brauner Augen aus seiner Vorstellung. »Ich sehe mich nicht als Aufreißer, der sich nach einer Trennung gleich die Nächste sucht.«

*Gleich* war in diesem Fall relativ, es war mehr als sieben Wochen her. Nicki hatte durchaus Bekannte, die in dieser Zeit ein, zwei neue Versuche gestartet hatten, und sei es nur, um den Ex-Partner eifersüchtig zu machen. Ihm lag nichts ferner.

Vor allem nicht auf einer Alpaka-Trekkingtour, stöhnte er innerlich.

Lorenzos Gesichtsausdruck veränderte sich mit einem Mal. Die leicht aggressive Andeutung verschwand von seinen markanten Gesichtszügen, und ein nachdenklicher Ausdruck breitete sich auf seinem Gesicht aus. »Das siehst du vielleicht so, aber das Herz sieht das anders, und das Herz ist es, was einen, egal wie vernünftig man sich gibt, antreibt.«

Nicki starrte ihn sprachlos an. »Willst du mich verarschen?«

Seine Verwunderung über Lorenzos vermeintlichen Tiefsinn wich erneutem Ärger. Nicki hatte mehr als deutlich gemacht, was und vor allem wie seine Lage war. Hineinreden durfte Lorenzo ihm genauso wenig wie ihm solche Absichten zu unterstellen.

»Nein.«

Nicki machte einen Schritt auf Lorenzo zu. »Ich sage es zum letzten Mal: Ich habe kein Interesse an irgendjemandem hier! Ich komme dir nicht in die Quere bei ... was auch immer?!« In seinen Gedanken hörte er das Kichern von Ava und Emma bei ihrer

Weigerung, Lorenzos Rücken zu massieren, und er holte tief Luft. »Glaubst du nicht, dass alle dein Spielchen längst durchschaut haben?«

Lorenzo betrachtete ihn für einen Moment nachdenklich, und im gleichen Atemzug stellte Nicki erschrocken fest, dass er seine Hände unbewusst zu Fäusten geballt hatte. Er räusperte sich, dann trat er verlegen einen Schritt nach hinten und öffnete die Fäuste. »Also ...«

Die Anspannung wich von Lorenzos Gesicht. »Ja.«

»Ja?«, wiederholte Nicki verdutzt.

»Ein paar haben es durchschaut.«

»Du weißt es?«

»Ist doch kaum zu übersehen«, gab Lorenzo zurück.

»Wieso machst du dann weiter?«

»Ich will gewinnen.«

»Gewinnen?« Nicki zögerte und erinnerte sich an den Unsinn, den er Natalie erzählt hatte. »Wie ... eine Wette gewinnen?«

Lorenzo nickte. »Mein Cousin hat mit mir gewettet, dass er innerhalb eines halben Jahres mehr Weiber ins Bett kriegt als ich mit meiner Masche.«

»Wie tiefsinnig.« Sogar Nickis erfundene Geschichte zu seiner Wanderung durch den Bayerischen Wald besaß mehr Tiefgang als das.

Der Italiener zuckte mit den Achseln.

»Und was ist deine Masche?« Spott haftete Nickis Stimme wie nasse Haare auf nackter Haut an. »Kuschelige Alpakas?«

Lorenzos Grinsen entblößte seine makellosen Zähne. »Dio mio, ich mag keine Tiere!« Er fuhr sich mit der Hand durch die Haare. »Normalerweise sind meine Jagdgebiete die Diskotheken oder Bars. Die Weiber da sind geil, aber doch eher einfach.«

»Nett ausgedrückt«, ergänzte Nicki trocken.

So unfair es Lorenzo gegenüber war, so sehr bezweifelte Nicki, dass Lorenzo mehr als geil und einfach brauchte. Hier ging es wirklich nur um die Mannesehre.

»Und dein Cousin, der setzt auf ...« Nicki überlegte. »Bibliotheken?«

Das Lächeln verschwand von Lorenzos Lippen, und sein Gesichtsausdruck verdüsterte sich. »Tiere. Seine Schwester steht total auf Gäule und wollte schon lange einen, also hat er ein Pferd gekauft, was Weibern gefällt – 'nen Araberhengst oder so, ich hab keine Ahnung von den Viechern –, und treibt sich jetzt dauernd auf einem Reiterhof herum.«

»Die Schwester zählt aber nicht als Eroberung, oder?«

Lorenzo lachte auf. »Nein. Läuft aber wohl echt gut – die Weiber fahren total darauf ab, obwohl er auch keine Ahnung von den Viechern hat.«

»Und da dachtest du dir, dass du es auch probieren musst, obwohl du keine Tiere magst.«

»Der Reiterhof ist leider raus – die Regel hat er aufgestellt.« Lorenzos Gesichtsausdruck verdunkelte sich. »Wobei ich eh nicht so blöd bin, mir ein Vieh ans Bein zu binden. Da kann ich ja gleich heiraten.« Er grinste anzüglich.

Nicki blieb nur der zweifelnde Blick. In Filmen, Serien, vielleicht sogar in Romanen gab es solche Wetten zuhauf, aber dass es im wirklichen Leben geschah, erschien Nicki so unwirklich. Aber es klappte, so billig es Nicki auch vorkam, und obwohl er genau wusste, dass letztlich nichts anderes als die üblichen Verdächtigen in Gestalt der Hormone und menschlichen Triebe dahintersteckten. *Vielleicht sollte ich es auch mal probieren.*

»Wieso Alpakas?« Nicki erinnerte sich an seine Fahrt mit Tomas. Einige Hundewelpen fanden sicherlich ein Zuhause bei mopsliebenden Bloggerinnen, sobald sie die Quarantäne im Tierheim überstanden hatten. »Wieso keinen süßen Golden-Retriever-Welpen?«

»Hast du eine Ahnung, was ein Welpe kostet?«, fragte Lorenzo trocken. »Außerdem macht ein Hund verdammt viel Arbeit – das mit den Alpakas ist im schlimmsten Fall eine Sache von ein paar Tagen, je nachdem, welche Tour man gebucht hat.«

»Das ist nicht deine erste?«

»Die dritte.« Lorenzo warf einen Blick über die Schulter. »Zwei Tagestouren habe ich schon hinter mir.«

Das ist echt krank, stellte Nicki fest. »Erfolgreich?«

Lorenzo zuckte mit den Achseln. »Die Tagestouren werden meist von Familien gebucht, nicht so geil, außerdem muss man sich echt reinknien.«

»Von der fehlenden Privatsphäre mal abgesehen«, ergänzte Nicki.

»Das ist ein Wald.« Lorenzos Blick wanderte über die Bäume am Rand der Lichtung. »Es gibt genug stille Ecken ...«

Lorenzos Worte jagten ihm einen kalten Schauer über den Rücken, er konnte sich nach wie vor nicht vorstellen, irgendeiner der Frauen hier ... näherzukommen. »Da musst du mittlerweile ziemlich viel über Alpakas wissen.«

»Vermutlich nicht so viel wie du – *du* hast ein Alpaka.« Lorenzo betonte das Wort auf eine unangenehme Art, und für einen Moment war Nicki versucht, ihm zu erklären, er hätte Nummer 66 lieber gestern als morgen los.

»Ja.« Nicki zögerte. »Natürlich.«

»Bei deiner Alten hat's wohl nicht geholfen.«

Nicki hob die Schultern. Er hatte keine Lust, Lorenzo mehr von Laura zu erzählen – der Italiener würde es nicht verstehen, immerhin hatte er auch das mit Natalie falsch verstanden. Was Nummer 66 anbelangte, sah es ähnlich aus.

»Und was ist mit Natalie?«, wechselte Nicki das Thema.

»Wieso nicht?« Lorenzo grinste. »Wie sieht denn dein Ranking aus?«

»Mein *Ranking?*«

»Klar.« Lorenzo wiegte den Kopf hin und her. »Amelia, Luisa, Ava ... Stella?«

Nicki musterte ihn skeptisch. »Ich lege keine *Rankings* an.«

»Jeder legt Rankings an.«

»Nein.« Nicki schüttelte den Kopf und versuchte, die flüsternde Stimme, die ihn an Avas blonde Haare und Luisas Sommersprossen erinnerte, zu ignorieren.

»Natalie«, sagte Lorenzo.

»Was?«

»Sie hat den geilsten Arsch nach Amelia«, erklärte Lorenzo und zückte sein Handy. Eine Sekunde später erhellte der Schein des Displays sein Gesicht, und er blickte auf. »Noch nicht bemerkt?«

»Äh … nein?!«

Nicki mahnte sich zur Vorsicht. Lorenzos Aussage bezüglich Natalie verrieten ihm, dass hinter dem harmlosen Geschäker zwischen den beiden vielleicht mehr steckte. *Wenn auch nur einseitig.*

»Aber Amelias Hintern …« Nicki schluckte. »Ich durfte mit Nummer 66 heute wieder vor Stella gehen und … ja.« Er legte seine gesamte Überzeugungskraft in das letzte Wort.

»Sie ist eine harte Nuss.«

Sie ist mit ihrem Ehemann da, antwortete Nicki ihm in Gedanken.

»Hab es am ersten Abend aufgegeben«, fuhr Lorenzo im Plauderton fort. Seine Finger huschten über das Display, und für einen Moment schweifte sein Blick zu der Lücke zwischen den Bäumen, über die er die Lichtung betreten hatte. Ein unanständiger Zug legte sich um seine Lippen, und Nicki war sich nicht ganz sicher, worauf er sich bezog. »Das tue ich mir nicht an, und so ist es auch …«, er wandte sich wieder zu Nicki um und sein Grinsen wurde breiter, »ganz nett.«

# *Henry, das Alibi*

»Arbeitest du eigentlich auch für Robert?«

Erschrocken blickte Henry von seiner Thermoskanne auf. »Was? Nei...ein«, stammelte er.

Nicki knüllte die Packung des Müsliriegels zusammen und verstaute den Müll in einer Seitentasche seines Rucksacks. Gemeinsam saßen sie auf einem morschen Baumstamm am Rand des Weges und hatten die Vesper – belegte Brote, etwas Obst und abgestandenes Wasser – hinter sich gebracht. Die Alpakas grasten auf der anderen Seite des Weges. Der Rest der Gruppe saß verstreut auf anderen Baumstämmen, die Waldarbeiter am Wegrand gestapelt hatten.

»Was machst du dann beruflich?«

Der rosafarbene Anflug auf Henrys Wangen wich einem gesunden Rotton. »Ich bin Callcenteragent für eine Krankenversicherung.«

»Oh.«

»Ja, nichts Tolles.« Beschämt sah Henry auf seine Isolierflasche hinunter.

Nicki schüttelte den Kopf. »Nein, so meinte ich das nicht.«

»Wie denn dann?«

Nicki dachte über Henrys Frage nach. Eigentlich hatte er nicht wirklich gewusst, was er darauf erwidern sollte. *Mein Beileid bekunden?*

Der Job passte zu Henry. Mit seiner planlosen, aber doch fügsamen und braven Art konnte Nicki sich ihn gut in einem Callcenter mit Headset auf dem Kopf und dem Bildschirm vor Augen vorstellen. »Okay.« Nicki streckte den Rücken durch. »Vielleicht etwas abwechslungslos, aber es kann ja auch nicht jeder Firmenchef sein.«

»Hmm ... vermutlich.«

»Mein Job ist auch nicht der tollste.«

»Du sitzt aber nicht den ganzen Tag am Telefon und beantwortest immer die gleichen Fragen.«

»Solche Tage habe ich auch«, gab Nicki belustigt zu. »Aber meistens darf ich dann doch Spezifikationen vom Kunden überarbeiten.«

Sein Blick fiel auf Luisa. Sie stand nahe den Alpakas und unterhielt sich mit Lorenzo. Ihre Wangen waren leicht gerötet, und Nicki würde fünf Kilo von Nummer 66s feinstem Vlies darauf verwetten, dass die beiden miteinander flirteten. »Woher kennst du Luisa dann?«

»Wir waren früher Arbeitskollegen.«

»Wirklich?«

Henry nickte. Er drehte die Thermoskanne zwischen seinen Händen. »Sie musste leider irgendwann gehen«, fuhr er betrübt fort.

»Wieso das denn?«

»Na ja, da gab es ein paar Gerüchte«, druckste Henry herum. »Ein paar von den Frauen aus der Buchhaltung haben behauptet, Luisa hätte eine Affäre mit dem Abteilungsleiter.«

Nicki horchte auf. Henrys Bemerkung erinnerte ihn an etwas, und er zückte sein Handy. Auf dem Display sammelte sich der Schmutz, und Nicki wischte über die Folie, ehe er das Gerät einschaltete.

»Er ist verheiratet«, plauderte Henry weiter.

Nickis Blick fiel auf die Akkuanzeige. 31 Prozent.

»Oh«, machte Nicki.

»Ja.«

Nachdem das Gerät alle Programme geladen hatte, wechselte er zu den Chats. Klaus hatte seine Nachrichten endlich gelesen, und seine einzige, wie üblich wenig hilfreiche Antwort lautete, Nicki solle ihn auf dem Laufenden halten.

Von Lana war nichts gekommen, abgesehen von einem neuen Profilbild.

Nicki biss sich auf die Unterlippe. Wie ferngesteuert öffnete er den Chat mit Laura. Das letzte Wort war nach wie vor sein *Bye* am Ende ihrer Unterhaltung.

Im Augenwinkel bemerkte er Henrys neugierigen Blick. »Und?«

»Ich habe diese Geschichten nie geglaubt«, fuhr Henry fort. »Simone und Hannah haben halt behauptet, dass sie es für die Karriere tut, aber das ist Unsinn.«

Lauras Status änderte sich, und ein *Hallooo!!!* erschien auf dem Display.

Sein Herz machte einen Hüpfer, und er blickte auf den Smiley, der einen Kopfstand machte, hinunter. Nicki richtete sich auf und tippte: *Hey.*

»Lu ist auf so was nicht angewiesen. Sie war echt super am Telefon, hat immer einen Rat gewusst und konnte unseren Klienten helfen.«

»Vielleicht waren sie einfach eifersüchtig?« Oder hätten selbst gern was mit dem Abteilungsleiter am Laufen gehabt, ergänzte Nicki.

*Immer noch am Wandern?*

Seine Finger huschten über die Tastatur. *Ja, gerade Pause.*

»Wahrscheinlich.« Henry senkte betrübt den Blick. »Simone ist eine richtige Dorfratschn. Kaum passt jemand nicht in ihre Vorstellungen, arbeitet sie gegen denjenigen, und wenn man wie Lu kein Blatt vor den Mund nimmt …« Er zuckte mit den Schultern. »Über die Gerüchte hat Lu immer gelacht, aber Johansson hat es sich eben einfach gemacht.«

Verwirrt sah Nicki zu Henry. »Äh?«

»Johansson ist der Abteilungsleiter.« Henry rutschte die Thermoskanne beinahe aus der Hand.

»Aber …« Nicki blickte von Henry zu den Alpakas auf der anderen Seite hinüber. Nummer 66 weidete zufrieden neben Pocket und Bjalla. Er nickte kaum merklich in Richtung des Restes der Gruppe. »Du hast doch bestimmt mitbekommen, worüber so getuschelt wird?«

Henrys Zähne mahlten hörbar übereinander. »Ja.«

»Und?«

Eine neue Nachricht von Laura tauchte auf: *Sind viele Leute in der Gruppe unterwegs?*

Was sagst du dazu, ergänzte Nicki in Gedanken seine Frage an Henry. Als er Luisa darauf angesprochen hatte, hatte sie es nicht zugegeben, aber genauso wenig abgestritten. Nach allem, was Nicki mitbekommen hatte, blieb es eine Möglichkeit, so traurig es für Amelia und auch Henry war. Henrys Verhalten und seine Antworten verrieten aber, dass Luisa für ihn nicht nur eine einfache Bekannte war, und Nicki bemitleidete ihn wegen der Rolle als Alibi.

*Neun Leute.*

Henry schüttelte den Kopf. »Nein, das ist Unsinn.«

Nachdenklich sah Nicki auf sein Handy hinunter. In ihrem ersten Gespräch mit Henry hatte dieser die Wanderung »eine schöne Abwechslung« genannt. Wozu? Zum Bürojob? Zu freundschaftlichen Treffen?

»Und wieso bist du hier?«, fragte Nicki. »Abwechslung zum Büroalltag?«

*Frauen?* Der Smiley mit dem verräterischen Grinsen stand hinter Lauras Nachricht, und Nicki runzelte die Stirn.

*Einige*, tippte er ein.

»Oder etwas anderes?«, setzte Nicki mit leiser Stimme nach und wies kaum merklich mit dem Zeigefinger in Luisas Richtung.

»Ähm ...« Henry folgte seinem Wink und sah zu Lorenzo und Luisa. »Nein, nein. Das ist ...« Er schüttelte den Kopf.

»Keine Angst, ich erzähle es nicht rum.«

Es war ein überflüssiges Versprechen. Henrys stille Verehrung von Luisa geisterte durch die Gerüchteküche der Gruppe genauso wie die Affäre von Luisa und Robert, nur interessierte es nicht in gleichem Maße.

*Sind ein paar dabei, die dir gefallen?*, las Nicki weiter.

Verdutzt blickte Nicki auf den Smiley mit dem Heiligenschein hinunter. Solche Neckereien hatte es früher öfter zwischen ihnen gegeben, denn auf Schulungen und beim Kunden begegnete er oft anderen Frauen. Sogar bei gemeinsamen Abenden im *Bienenstock* hatte er sich ein- oder zweimal diese Frage anhören dürfen. Laura liebte dieses Spiel, aber es wunderte ihn, dass sie es nun spielen wollte. *Oder will sie das gar nicht?*

Henry beugte sich nach vorn und verstaute seine Thermoskanne im Rucksack. »Das mit Luisa ist nicht so einfach.«

»Wieso denn?«, fragte Nicki geistesabwesend.

Er rief sich Lorenzos Ranking ins Gedächtnis und schmunzelte – ganz unrecht hatte der andere mit seinen Bemerkungen nicht.

*Ich glaube eher nicht*, schrieb er.

»Das ist eine längere Geschichte«, antwortete Henry. Ein zögerlicher Ton haftete seiner Stimme an, und er sprach so leise, dass Nicki Schwierigkeiten hatte, ihn unter den Gesprächsfetzen und Lachern der anderen verstehen zu können. »Am Anfang dachte ich, dass sie wie all die anderen Frauen ist – ich meine, schau mich an: Ich bin jetzt nicht so der Clark Kent, aber auf solche Vorurteile gibt Lu nichts. Das macht sie so toll und bewundernswert. Mit der Zeit ist sie meine beste Freundin geworden, und sie hat mir viel geholfen, ich kann ihr auch alles anvertrauen, und ich glaube, sie sieht es genauso. Für sie war es aber auch nie mehr als Freundschaft, weil ...« Er fuhr sich über die Nase. »Man hat halt so seine Vorlieben.«

*Du glaubst ...?*, schrieb Laura.

Nicki starrte auf den Zwinker-Smiley am Ende der Nachricht, ehe er zu Henry sah. »Eigentlich ist es doch ganz einfach.« Henry blinzelte verwirrt. »Sag ihr einfach, was du für sie empfindest?« Nickis Blick wanderte zu Luisa und Lorenzo. »Schlimmer kann es doch nicht werden?«

Blitzartig flammten Henrys Wangen in knalligem Rot auf. »Nein! Das kann ich nicht tun!«

»Dann wirst du dir aber immer so etwas anschauen müssen ...« Nicki nickte kaum merklich in Luisas Richtung. In ihm zog sich etwas zusammen, als er sich die nächsten Worte zurechtlegte, denn ihre Wahrheit war ihm bekannter, als er Henry gegenüber zugeben wollte. »Meiner Erfahrung nach hilft es manchmal, Probleme direkt anzusprechen – selbst wenn man damit mehr zerstört als gewinnt.«

Nicki blickte nach unten. Lauras freche Nachfrage wartete auf Antwort. *Wenn sie spielen will, spiele ich eben mit.*

*Eifersüchtig?*, schrieb er.

»Aber …« Henry schluckte hörbar. »Ich habe doch kein Problem mit Lu!«

Laura antwortete prompt: *Nur neugierig.*

Nicki lächelte den kopfstehenden Smiley an. »Aber mit der Art, wie sie mit dir umgeht, oder?«

»Nein!« Im Augenwinkel bemerkte er Henrys heftiges Kopfschütteln. »Wie ich bereits gesagt habe: Lu ist meine beste Freundin, und wir vertrauen einander! Und wie sie mit mir umgeht – so ist Lu eben! Sie ist sehr willensstark, und dafür bewundere ich sie sogar!«

»Du musst dich aber nicht wie Dreck behandeln lassen, nur weil du Gefühle für sie hast«, erklärte Nicki. »Das hat keiner verdient.«

»Das verstehst du nicht.«

»Vielleicht.« Nicki zuckte mit den Schultern. Henrys blinde Ergebenheit gegenüber Luisa verstand er tatsächlich nicht; es war mehr als deutlich, dass sie von Henrys Gefühlen wusste und sich kein bisschen darum scherte. Immerhin hatte sie genauso unverhohlen mit Nicki geflirtet, wie sie es eben mit Lorenzo tat.

»Aber wie lange willst du das mitmachen?«

*Soso, Neugier,* tippte er. Nicki überlegte. *Was machst du gerade?*

»Ich … weiß nicht.« Henry runzelte die Stirn. Ein düsterer Ausdruck tauchte in seinen Augen, und sein Blick wanderte misstrauisch an Nicki entlang. »Eigentlich geht dich das gar nichts an!«

*Ich bin im Krankenhaus.*

Nicki starrte auf Lauras vier Worte hinunter. Sein Daumen schwebte über der Tastatur, und er leckte sich mit der Zungenspitze über die trockenen Lippen. Krankenhaus, fragte er sich still.

Er wartete ab – ausgerechnet Laura? Durch seinen Kopf spukten in diesem Moment allerlei Gedanken und allen voran Sorge, ob alles in Ordnung war, doch der Chat blieb still und die unausgesprochene Frage unbeantwortet.

Nicki stand auf, ohne seinen Blick von dem Smartphone zu lösen. »Entschuldigst du mich bitte?« Ohne eine Antwort von Henry abzuwarten oder Lauras Chat aus den Augen zu lassen, verließ Nicki den ungewöhnlichen Rastplatz und suchte sich eine ruhige Ecke, um – ungestört – weiter mit Laura zu reden.

Nervös fuhr er mit der freien Hand durch das Fell seiner Stute und blickte auf Lauras Nachricht hinunter. Keiner der anderen beachtete ihn bei den Alpakas, und er atmete tief ein. »Hoffentlich ist alles in Ordnung«, betete er leise.

Nummer 66 schnaubte. Vermutlich hatte sie von dem, was er eben gesagt hatte, kein Wort verstanden. Dann schüttelte sie den Kopf und widmete sich wieder dem Gras.

Sein linker Daumen huschte über die Tastatur. *Im Krankenhaus?*

Ihre Antwort ließ nicht lange auf sich warten. *Jaaa.*

Dank des traurigen Smileys am Ende verschwendete Nicki keinen Gedanken mehr daran, was in den vergangenen Wochen zwischen ihnen geschehen war. *Was ist los?*

Lauras Status wechselte. Gespannt beobachtete Nicki ihn, während die Gedanken in seinem Kopf tobten. *Vielleicht ist Black Glory ihr auf den Fuß getreten?*

Laura schrieb eine weitere Nachricht. Mit jeder Sekunde wuchsen seine Anspannung und seine Sorge.

*Erinnerst du dich an meine Freundin Christina?*

Nicki fiel ein Stein vom Herzen. Christina war Lauras beste Freundin – ein wenig laut, aufdringlich und energydrink-abhängig, aber alles in allem eine nette Person.

Er atmete tief aus. *Was ist mit ihr?*

*Sie ist vor drei Tagen ins Krankenhaus eingeliefert worden.*

*Wieso?*

*Sie ist in der Arbeit umgekippt.*

Nicki runzelte die Stirn und zog seine Hand aus Nummer 66s Wolle. Er hatte Christina als einen Menschen kennengelernt, der immer auf Achse war – so hatte er sich ihren Energydrink-Konsum erklärt – und sie war wie ein, er suchte in seinen Gedanken nach dem treffendsten Vergleich, VW Käfer. Gedankenverloren ging er an den Alpakas vorbei.

*Umgekippt?*, tippte er.

*Ein Hirnaneurysma.*

»Autsch«, murmelte Nicki und blickte auf den niedergeschlagenen Smiley am Ende von Lauras Nachricht hinunter.

*Sie liegt im Koma.*

*Das ist ja scheiße.*

Vermutlich war es nicht nur scheiße, sondern auch schlecht, blöd und ungerecht, aber Nicki wusste nicht so recht, was er darauf sagen sollte. Für Christina tat es ihm leid und für Laura natürlich auch. Christina war eine wichtige Person in ihrem Leben. Auf die Ferne fiel es ihm aber schwer, besseren Trost zu spenden, und erwägend sah er auf die eingeblendeten Buchstaben hinunter.

*Jaaaa.* Der niedergeschlagene Smiley blickte auf die Grundlinie der Chatzeile. Sie schrieb weiter. *Die Ärzte sagen, es steht fifty-fifty, dass sie es schafft! Totale Scheiße!*

*Und du bist jetzt im Krankenhaus?* Er überlegte und blickte zu den Alpakas. Runa und Barri beobachteten ihn argwöhnisch.

*Ich und Monika wollen sie besuchen.*

Nicki machte auf dem Absatz kehrt, hob flüchtig den Kopf zu dem Rest der Gruppe. Die anderen beachteten ihn weiter nicht. *Gut*, tippte er.

Er kannte Laura gut genug, um zu wissen, dass die Erkrankung Christinas sie mehr mitnahm, als sie ihm schrieb, und er wünschte sich, ihr besser beistehen zu können. Als ihr Onkel im vergangenen Jahr gestorben war, war es leichter gewesen. Da hatte er sie einfach in den Arm nehmen können, wenn sie wieder einmal die Trauer und Erinnerungen an ihren Lieblingsonkel übermannt hatten.

*Wir wollten übernächste Woche nach Mallorca fliegen, aber das können wir auch vergessen.*

Nicki runzelte die Stirn. *Das ist ärgerlich.*

*Ja.* Wieder der niedergeschlagene Smiley. *Wir hatten so viel vor!*

*Das könnt ihr ja nachholen, wenn sie wieder gesund ist.*

*»Wenn« sie gesund wird!*

Nickis Finger schwebten über der virtuellen Tastatur. Ein helles Lachen riss ihn von dem Chat los, und er hob den Kopf. Natalie stand nun bei Amelia und Lorenzo. Die drei hatten sichtlich Spaß zusammen. Henry saß immer noch verloren auf dem Baumstamm, wo Nicki ihn sitzen gelassen hatte, und starrte zu der Wandergruppe.

Nicki seufzte. Henry schien tatsächlich der typische, verliebte Trottel zu sein, wie man ihn aus Film und Fernsehen kannte.

Er wandte sich seinem Handy zu und schrieb einfach drauflos. Sein Herz schlug bei jedem Wort, das auf dem Bildschirm auftauchte, schneller.

*Hey* – ein grinsender Smiley – *ich würde dich jetzt gern in den Arm nehmen und drücken.*

Absenden.

Die zwei Haken tauchten auf, bevor sich sein Herzschlag beruhigt hatte.

Nicki blickte ein letztes Mal auf seine Nachricht hinunter, lächelte und schloss den Chat. Dann schob er das Handy in seine Hosentasche und ging zurück zu den anderen.

# *Das Geschenk Pachamamas*

Am Abend erreichten sie eine Lichtung. Nicki wusste nicht, ob es Schikane war oder an seiner vermeintlichen Alpakaexpertise lag, aber nach dem Aufbauen des Zeltlagers fand er sich erneut mit Henry bei der Versorgung der Tiere wieder.

Die Touren waren gut organisiert. An jedem Nachtlager gab es genug Futter, und nachdem Henry und Nicki die Alpakas versorgt hatten, blieb Nicki bei Nummer 66 stehen. Langsam hatte er sich mit der ständigen Begleitung durch das Alpaka arrangiert und wusste um die Eigenheiten der Stute, wie etwa ihre Unzufriedenheit, wenn sie am Morgen links statt rechts von ihm laufen sollte.

»Fast genauso wie mit diesen Verrückten«, murmelte Nicki.

Über Nummer 66s plüschigen Kopf hinweg sah er zum Rest der Gruppe. Alle saßen am Lagerfeuer, und ein Topf köchelte über den Flammen.

Die Alpakastute brummte. Ruckartig senkte sie den Kopf und schrammte damit an Nickis Hüfte entlang, während er die Gruppe beobachtete und unablässig weiter durch ihre Wolle kraulte. Die Unterhaltungen erinnerten ihn von den Themen her an die Treffen mit Klaus, Björn und Peter, manchmal sogar an die Pärchenabende mit Laura.

Mit einem Mal rammte Nummer 66 ihren Schädel gegen seinen Oberschenkel, und Nicki riss die Augen auf.

Das hatte er ganz vergessen!

»Scheiße!«

Blitzartig riss er seine Hand aus dem Fell, fuhr in seine hintere Hosentasche und bekam das Smartphone zu fassen.

Das Alpaka schnaubte und tänzelte von ihm weg. Dreck glänzte ihm auf dem Display entgegen und die LED blinkte regelmäßig auf. Wie befürchtet hatte er es nicht ausgeschaltet.

*25 Prozent.*

Nicki wechselte rasch zu den Chats. Laura schrieb ihm, dass sie Christina nicht besuchen durfte und jetzt zu Black Glory ging.

*Jetzt*, also vor Stunden, verbesserte Nicki.

Er seufzte. Jegliches Trostwort war nun wohl überflüssig. So schaltete er das Smartphone aus und schob es zurück. Die Zweifel, dass sein Handyakku das durchhielt, wuchsen mit jedem Mal, wenn er das Gerät einschaltete, und er überlegte, ob er nicht doch Lana nach einer Alternative fragen sollte.

Sein Blick schweifte erneut zu der Gruppe. Natalie reichte eben die Schüsseln herum, und er seufzte. Er klopfte Nummer 66 ein letztes Mal gegen den langen Hals. »Schlaf gut.«

Er stapfte über das Gras und den verlassenen Heuhaufen von Luisas Alpaka zu den anderen hinüber.

»Hey.« Nicki schlappte an Robert und Amelia vorbei. Das Ehepaar saß auf einem Baumstamm, den Lorenzo und Robert herbeigeschleift hatten.

»Hallo«, gab Robert den Gruß knapp zurück.

»Sind die Alpakas versorgt?«, fragte Natalie.

»Klar.«

Natalie musterte ihn nachdenklich, ehe sie sich vorbeugte und eine großzügige Portion in eine Schüssel schöpfte. Klappernd fiel die Suppenkelle zurück in den Kochtopf, und sie hielt ihm die Schale entgegen. Sie lächelte. »Fünf Euro, wie üblich.«

Nicki verdrehte die Augen und griff nach der Edelstahlschüssel. Die klein gebrochenen Spaghetti schwammen in einer dünnen Soße aus passierten Tomaten, Gemüsebrühe und – dem Geruch nach zu urteilen – viel Knoblauch.

Ein Löffel klapperte gegen den Rand der Schüssel. *Und für so etwas knöpft sie mir fünf Euro ab?*

»Findest du deine Preispolitik eigentlich vertretbar?«, fragte er.

»In deinem Fall angemessen.«

Nicki hob eine Augenbraue. *Wenigstens sind die Portionen groß.*

»Und was soll das eigentlich sein?«

»One-Pot-Pasta mit Tomaten und Knoblauch.« Natalie ließ sich neben Lorenzo nieder. Sie griff nach ihrer Schüssel und begegnete Nickis zweifelndem Blick gelassen.

»Es gibt echt einen Namen dafür, alles in einen Topf zu schmeißen und zu hoffen, am Ende nicht alle zu vergiften?«

»Noch nie davon gehört?«, fragte Emma von der anderen Seite. Nicki wandte sich zu ihr um. Sie hielt ein paar Tomatenstücke auf ihrem Löffel empor. »So spart man Zeit und Töpfe.«

»Okaaay?« Es erinnerte ihn wirklich an seine eigenen Kochkünste, aber er beließ es dabei – Gemeinsamkeiten musste er nicht ansprechen. Der Mangel an sauberen Töpfen war aber der Grund, wieso bei Willi und Nicki oft alles in der gleichen Pfanne landete.

Unauffällig sah er sich nach einem Sitzplatz um. Neben Henry und Ava wurde er fündig, und Nicki schlurfte dorthin. Das Abendessen war eine von seiner Seite recht stille Angelegenheit, während Robert die Gelegenheit nutzte und ihnen etwas von den Sehenswürdigkeiten – Naturdenkmäler und heilige Quellen – auf der nächsten Etappe erzählte.

Nicki erwachte erst aus seinem trägen Trott, als der Löffel nichts mehr zum Auskratzen fand. Robert hatte die Seite des Lagerfeuers gewechselt. Er saß bei Emma und Ava und langweilte sie mit seinen Ansichten zur Geomantie. Nicki blickte auf die leere Schüssel in seinen Händen hinunter, und ihm fiel ein silbriges Haar an seinem Hosenbein auf. Er zupfte es von dem dunklen Stoff, hob es kurz gegen das Licht und ließ es dann auf den Boden segeln. »Natalie?«

»Ja?«

Nicki stellte die Schüssel neben seinen Füßen ab. »Gibt es eigentlich interessante Alpakageschichten?«

Sie runzelte die Stirn. »Wie darf ich diese Frage verstehen?«

»Na ...« Er nickte flüchtig in Richtung der Tiere. »Irgendwelche Mythen? Legenden vom sagenumwobenen Golden Vlies der Alpakas?«

»Solltest du das nicht selbst wissen?«

Nicki zuckte mit den Achseln. »Ich bin jetzt nicht so der Geschichtenkenner«, erklärte er und deutete kaum merklich auf die Kaluza-Schwestern. »Aber die anderen würde das vielleicht auch interessieren.«

»O ja!«, stimmte Ava begeistert zu. Sie stieß Emma in die Seite, und Robert sah grimmig zu Nicki hinüber.

Nicki schmunzelte innerlich, aber er ließ sich nichts anmerken. Im Augenwinkel bemerkte er, wie Amelia die Augen verdrehte. Roberts Frau gewann der Wanderung immer noch nichts ab. Die Besserwisserei ihres Mannes schien sie mit jedem Tag mehr zu nerven, und zu gern wäre Nicki Mäuschen beim nächsten Termin beim Paartherapeuten.

Natalie dachte einen Moment nach, dann nickte sie und stellte den Teller neben sich auf dem Baumstamm ab. »In Ordnung, eine Gute-Nacht-Geschichte über Alpakas, damit Nicki ruhig schlafen kann.«

»Aber nichts erfinden«, überging Nicki ihren Spott und hob mahnend einen Zeigefinger. »Ich merke das.«

»Da bin ich mir sicher.«

»Spätestens bei Hüten.«

»Das sind Lamas.« Natalie seufzte und beugte sich nach vorn. Sie sammelte sich, ehe sie zu sprechen begann: »Das Alpaka findet man bereits in der prähistorischen Geschichte der Anden. So wurde es in der Kultur der Inkas als ein Geschenk Pachamamas, einer Erdgöttin, an die Menschen verstanden, das den Menschen Milch, Wolle und Fleisch sowie seine Dienste schenkte. Im Gegenzug für dieses Geschenk müssen die Menschen sich für alle Zeit um die Alpakas kümmern oder Pachamama wird sie wieder zu sich holen.«

Emma kicherte. »Hoffentlich machen Nicki und Henry ihre Arbeit gut.«

»Sehr witzig.«

Natalie verzog den Mund. »In der Mythologie Perus entstand die Welt, wie wir sie heute kennen, aus zwei übereinanderliegenden Welten. Die obere und die untere Welt sind über die Quellen, Flüsse und Seen miteinander verbunden. In der oberen Welt lebten die Menschen. Die untere war von den Göttern bevölkert – bei den Inkas gab es neben Pachamama noch eine Vielzahl von Berg- und Flussgottheiten und Luftgeistern, sie verehrten aber auch Sterne oder Sternbilder.« Natalie fuhr sich kurz über den Nacken und atmete tief ein. »Alpakas gab es in beiden Welten. Die Tiere der oberen Welt waren nicht so zahlreich, und ihre Wolle war von minderwertiger Qualität. Die untere Welt aber war bevölkert von riesigen Alpakaherden, die dem Apu Ausangate gehörten und von seiner Tochter gehütet wurden. Diese Tiere besaßen das feinste und dichteste Vlies, das man sich vorstellen konnte, und die Menschen bewunderten diese Tiere. Doch die Tochter hatte Schwierigkeiten, die Herde zu hüten – unzählige Raubtiere erschwerten ihr die Aufgabe. So arrangierte ihr Vater eine Hochzeit mit einem jungen Hirten aus der oberen Welt. Für diese Ehe stellte er nur eine Regel auf: Der Hirte musste sich immer gut um die Alpakas kümmern, besonders um ein winziges Alpaka, das immer getragen werden musste. Lange lebten sie zufrieden in der unteren Welt. Doch dann bekam der Hirte Heimweh und erklärte seiner Frau, er wolle in seine Welt zurückkehren und seine Welt mit den göttlichen Alpakas bereichern. Die Tochter stimmte zu, und über die Seen und Quellen reiste sie mit ihrer Alpakaherde in die Welt ihres Mannes. Aber der Hirte erwies sich als bequemer Mensch. Wie sie in der oberen Welt waren, ließ er das kleine Alpaka auf den Boden fallen und überließ es sich selbst. Als die Tochter das sah, ergriff sie die Flucht. Sie rannte zur nächsten Quelle, tauchte hinein und schwamm zurück zur unteren Welt. Die Alpakas folgten ihr, doch ein paar konnte der junge Hirte stoppen und in der oberen Welt halten. Doch seit diesem Tag bleiben die Alpakas der oberen Welt in der Nähe von Quellen und Seen. Dort sehnen sie sich nach ihrer Herrin, die seit diesem Tag nicht zurückgekehrt ist, und müssen immer umhegt werden.«

Natalie lehnte sich zurück und sah sie sich unter ihren Zuhörern um. Für einen Moment hörte man nur das Knistern des Feuers und das leise Flüstern des nächtlichen Waldes.

Henry fasste sich ein Herz. »Tolle Geschichte.«

»Ja, sehr lebensnah«, stimmte Nicki zu. Natalies Erzählung hatte, so seltsam es ihm vorkam, seinen Frust geweckt. Auf kleiner Flamme schwelte er in seinem Innersten, und Nicki dachte an Laura und ihre Vorwürfe. »Frauen rennen also immer weg, wenn ihnen etwas nicht passt.«

»Oder Männer sind faul«, schlug Emma belustigt vor.

»Und unzuverlässig«, ergänzte Stella düster.

Lorenzo grinste. »Da kennt ihr vielleicht die falschen Männer.«

Ava beugte sich ihm entgegen und lächelte selbstgefällig. »Oder ihr«, ihr Blick wanderte zwischen Nicki und Lorenzo hin und her, »die falschen Frauen.«

In Nicki bäumte sich der Widerspruch auf, aber er blinzelte ihn so schnell weg, wie er aufgetaucht war. Lorenzos und Avas Unterhaltung zielte auf die gängige Philosophie, Frauen und Männer verstanden einander nicht, ab. Nicki glaubte nicht daran. Bei manchen Dingen harmonierte man sehr wohl und bei vielen hatte er mit Laura auf einer Wellenlänge gelegen. Dann hatten sie Kleinigkeiten einander entfremdet, aber das ging hier niemanden etwas an.

Ava zuckte mit den Schultern und lehnte sich zurück. »Es gibt immer zwei Seiten.«

Natalie seufzte. »Eigentlich geht es eher darum, dass die Menschheit die Wünsche der Götter respektieren und die Alpakas als Geschenk ansehen soll.«

Lorenzo verdrehte die Augen. »Langweilig.«

»Typisch«, zischte Stella ihm entgegen.

»Das war ja eine ganz nette Gutenachtgeschichte.« Nickis Blick schweifte zum Zeltlager am Rand des Rastplatzes. Ihm grauste vor einer weiteren Nacht auf dem kalten Boden, aber der heutige Tag hatte sich als anstrengender entpuppt, als er am Morgen vermutet hatte. *Vielleicht sollte ich Robert bei seinen Erzählungen zu den Etappen doch mal zuhören?*

»Dann gehe ich jetzt auch mal ins Bett. Gute Nacht«, schloss Nicki.

»Gute Nacht.« Die meisten antworteten im Chor.

»Hast du nicht etwas vergessen?«, fragte Natalie.

Verdutzt wandte Nicki sich zu ihr um. Von den Kaluza-Schwestern hörte er das verräterische Kichern, und er ahnte Böses. »Was denn?«

Natalie bückte sich und hob ihre Schüssel empor. »Den Abwasch?«

# *Gespräch unter einer Birke*

Nachdenklich schwenkte er die dunkle Brühe in dem Becher. Natalies Kaffee wurde nicht besser, aber er weckte wenigstens seine Lebensgeister, und der Ärger über den Wucherpreis verdrängte die Gedanken an seinen schmerzenden Rücken.

Die Kälte, die am Morgen über den Boden gekrochen war, hatte ihn als Ersten aus seinen Kartoffelsäcken getrieben. Nicki hatte die Ruhe genutzt. So hatte er seinen Tarp abgebaut und sich für den Tag fertig gemacht. Nun konnte er, während die anderen mit dem Abbau begannen, mit einer Tasse Instantkaffee neben dem erloschenen Lagerfeuer auf und ab gehen. *Und warten.*

Was das anbelangte, war er nicht der Einzige. Nachdenklich sah er über den Becherrand zu Lorenzo. Der Italiener saß auf einem Baumstamm am Saum der Lichtung. Ein Becher Kaffee dampfte neben ihm, und in der Hand hielt er sein Smartphone. Der Schein des Displays erhellte sein Gesicht. Nicki wurde einfach nicht schlau aus ihm.

Lorenzo hatte zugegeben, dass ihn die meisten Frauen hier längst durchschaut hatten. Trotzdem hatte er vor der Wand aus spöttischen Bemerkungen, stetigem Kichern, wenn er es erneut versuchte, und dem ewigen Augenverdrehen nicht aufgehört, seine Sprüche abzulassen. *Vielleicht ist das ja sein Geheimnis?*

Nicki sah zu Natalie hinüber – sie ging über die Lichtung in Lorenzos Richtung.

In ihrem Männergespräch hatte er Lorenzos Erfolg angezweifelt, aber der Italiener hatte es sich nicht nehmen lassen, ihm den Gegenbeweis zu liefern. Mehr verwirrt als interessiert hatte Nicki zugehört, einen Blick auf die Fotos hatte er dankend abgelehnt.

Seit diesem Gespräch aber spukte die Befürchtung, bei Laura zu früh aufgegeben zu haben, durch seine Gedanken, denn einen gewissen Erfolg musste er Lorenzo neidvoll zugestehen.

Lorenzo und Natalie wechselten ein paar leise Worte miteinander, dann setzte sich Natalie neben ihn. Eher beiläufig registrierte Nicki, dass nur wenige Zentimeter zwischen ihren Oberschenkeln lagen. Immer wieder warf sie Blicke auf sein Smartphone, was ihn nicht zu stören schien. Er sagte etwas zu ihr, sie schüttelte amüsiert den Kopf, und für den Bruchteil einer Sekunde hatte Nicki das Gefühl, sie blickte zu ihm hinüber.

Nicki sah erneut auf seinen Kaffee. Er atmete die kühle Morgenluft tief ein, dann schlenderte er los.

»Guten Morgen«, grüßte er.

Beide blickten auf. »Hallo«, erwiderte Natalie den Morgengruß.

»Buon giorno«, sagte Lorenzo, schaltete sein Handy aus und grinste. Seine linke Hand drängte sich zwischen Natalies und seinen Oberschenkel, und er stützte sich auf dem Baumstamm ab. »Gut geschlafen?«

Nicki zuckte mit den Achseln und nippte am Kaffee. Er ignorierte seinen schmerzenden Rücken. »Bereit für neue Schandtaten.«

»Das bezweifle ich.« Das Grinsen verschwand nicht von Lorenzos Gesicht.

Nicki entging nicht, wie Lorenzo an Natalies Hose entlang knibbelte, aber er ließ sich nichts anmerken.

»Ach, Nicki?« Natalie beugte sich nach vorn.

»Was ist denn?«

»Du gehst bei der heutigen Etappe hinter Lorenzo – vor Emma und Ava.«

Nicki runzelte die Stirn. »Wieso das denn?«

»Eben so.« Sie lächelte, was Nickis Misstrauen nur umso mehr weckte.

»Das hat nichts mit der Rangordnung zu tun, oder?«, fragte Nicki, und sein Blick wanderte zu Lorenzo. Der andere grinste vor sich hin. *Ob er etwas damit zu tun hat?*

Natalie spielte an ihren Fingern herum. »Nein, nicht wirklich.« Sie blickte kurz zum Rest der Gruppe. Ihr Lächeln wich einem nachdenklichen Gesichtsausdruck. »Stella hat mich darum gebeten.«

»Wie bitte?«

Nicki konnte kaum glauben, was er eben gehört hatte. Rein vom gefühlsmäßigen Standpunkt aus war ihm egal, was für Gründe hinter Stellas Bitte steckten. Es kümmerte ihn nicht, ob sie ihn leiden konnte. Für seine Aufgabe war es aber wichtig, mit allen auszukommen. Jeder misstrauische Gedanke könnte dazu führen, dass seine Lüge entdeckt wurde.

Natalie hob die Schultern. Nicki presste die Zähne aufeinander, dann wandte er seinen Blick ab und betrachtete gedankenverloren den weiß und schwarz gesprenkelten Stamm hinter Natalie und Lorenzo. Müde legte er den Kopf in den Nacken und sah in die Krone der Birke hinauf. Die Blätter tanzten leise durch die trübe Morgenluft, der Nebel kroch über die Wipfel der Bäume.

Stella hat mich darum gebeten, äffte er Natalie gedanklich nach, und sein Ärger wuchs. Ihr gelassener und stets desinteressierter Tonfall, der sich in seinen Gedanken schrecklicherweise nicht im Geringsten abmilderte, regte ihn auf.

»Ist das ein Problem für dich?«

*Kein Problem.* Wenigstens musste er sich so nicht mehr anhören, was für ein einfach gestrickter Idiot er war. Da reichte es ihm, wenn Natalie ihre vermeintliche Machtposition ausnutzte und *ihn* als ihren persönlichen *Abwaschsklaven* ansah, denn das ärgerte ihn weit mehr als Stellas Umweltsorgen.

Nachdem er am Vorabend das Geschirr und Besteck zusammengesammelt hatte, war er zu einem nahen Bach gegangen. Während er die Sachen von den Soßenresten befreit hatte, hatte er darüber nachgedacht, wie er sich vor weiteren Spülaufgaben retten konnte. In seinen Gedanken überzeugten ihn seine Argumente.

Als er wiederkam, waren Lorenzo und Natalie noch wach gewesen. Sie hatte ihm das saubere Geschirr mit einem Lächeln abgenommen, und im nächsten Moment hatte Nicki seine sorgfältig überlegten Worte vergessen.

»Na gut.«

Von Lorenzo wusste er, dass er gern mit den Gefühlen der Leute spielte, und für ihn machte es keinen Unterschied, ob es eine liebeshungrige Frau oder ein vermeintlicher Rivale war. Bei Natalie war er sich nicht sicher.

Er wandte erneut seinen Blick gen Himmel und bemerkte ein dunkles Gebilde an einem der sparrigen Äste. Ein Bild entstand vor seinem inneren Auge, und ein Funken Hoffnung, den beiden eine kleine Lektion zu erteilen, flammte auf. »Wisst ihr eigentlich, wo ihr sitzt?«

Synchron wie zwei Kunstschwimmer blickten sie nach unten.

Lorenzo kickte gegen ein paar Grashalme. »Auf einem Baumstamm?«

»Auf einer gefällten Birke?«, ergänzte Natalie.

Nicki grinste und wies mit dem Daumen nach oben. Sie folgten seinem Hinweis und blickten in die flüsternden Blätter der Birke hinauf. »Ihr sitzt unter einer Mistel.«

Natalie runzelte die Stirn. »Und?«

»Na, du kennst doch sicher die Tradition?«

»Natürlich.« Sie stützte sich auf dem Baumstamm ab. »Diesen Brauch kennt wohl jeder, der schon mal einen Weihnachts-Liebesfilm gesehen hat.«

»Also?« Erwartungsvoll sah er zwischen den beiden hin und her. *Jetzt zeigt sich, was wirklich dahintersteckt.*

»Es ist Sommer«, erinnerte Lorenzo. »Fast schon Herbst.«

Natalie beugte sich zu ihm hinüber. »Ihm war das wohl zu wenig Romantik bei der Geschichte von der Tochter und ihrem Hirten«, sagte sie, ohne den Blick von Nicki abzuwenden.

»Vermutlich.«

Nicki verdrehte die Augen. *Als ob ich mit Romantik etwas am Hut habe.*

»Dabei sieht er gar nicht so aus.«

»Oder traut ihr euch nicht?«, überging er ihre Bemerkung.

Er rechnete fest damit, dass Natalie kniff. Es glich diesem unsäglichen Wahrheit-oder-Pflicht-Spiel, das man als Jugendlicher gern spielte, um Grenzen auszuloten, Geheimnisse herauszufinden oder einfach, um jemandem eins auszuwischen.

Lorenzo und Natalie sahen einander an. Sekunden später strich Lorenzo mit der rechten Hand Natalies blondes Haar hinter ihr Ohr.

Nickis Herz erstarrte in seiner Brust. Wie betäubt sah er zu, wie sich ihre Augen schlossen und ihre Lippen einander berührten. Erst war es eine zaghafte Berührung, wie der Wind in den Blättern der Birke, dann wurde der Kuss tiefer. In dem Dunst nahm Nicki wahr, wie Lorenzos Hände zu Natalie wanderten, und wie durch Zauberhand sah er nicht mehr Lorenzo und Natalie, sondern Laura und ihn – nein, nicht ihn, es war Stefano – vor sich.

Jegliches Gefühl, das Nicki nach seiner Herausforderung verspürt hatte – Spott, Überheblichkeit und Siegesgewissheit – fiel mit einem Mal von ihm ab und verschwand in einer großen Leere, die Nicki schon lange nicht mehr verspürt hatte.

Mit versteinerter Miene beobachtete er den Kuss zwischen den beiden. Die erhoffte Genugtuung blieb aus. Er wischte jede Erinnerung an Laura zur Seite, und durch seine Gedanken sprangen die gezählten Sekunden, die der Kuss nun schon dauerte. Mit jeder fühlte er sich einsamer und verlassener.

Der Neid begann an seinem Innersten zu nagen, genau wie ihm die Vorstellung, was ihm nun entging, zusetzte. Allen voran wuchs aber der Ärger über seine eigene Dummheit, denn letztlich hatte er sich alles – jede verlorene Zärtlichkeit, jede entgangene Berührung – selbst zuzuschreiben.

Die beiden lösten sich voneinander.

Kein verhaltenes Räuspern huschte zwischen ihnen hin und her, keiner von beiden richtete beschämt den Blick zu Boden oder strich sich mit dem Handrücken über die kussfeuchten Lippen. In Nicki wuchs das Gefühl der Enttäuschung.

Natalie wandte sich zu ihm. »Zufrieden?«

Nicki zuckte mit den Schultern. »Hat mich jetzt nicht so überzeugt.«

»Woran machst du das fest?« Natalie verzog den Mund. »Hast du ein Feuerwerk und Fanfarenklänge erwartet?«

»Ist das vielleicht eine seltsame Vorliebe von dir?«, fragte Lorenzo und legte den linken Arm um Natalie.

Nicki knirschte mit den Zähnen. »Sicherlich nicht.«

»Willst du es selbst probieren?«

»Nein.«

»Dann wäre ja alles geklärt.« Natalie lächelte ihn unverwandt an.

Nicki presste die Lippen aufeinander. Den Vorschlag hätte er sich sparen können. Die vergangenen Minuten hatten wieder einmal bewiesen, dass er seine Schlagfertigkeit wohl zu Hause vergessen hatte. Sein Blick schweifte zu Nummer 66 und den anderen Alpakas.

Vielleicht ist das aber auch nicht das Schlechteste, stellte er fest und überlegte, für den Rest der Wanderung einfach den Mund zu halten ... oder Lana endlich nach einer Alternative zu fragen.

Stella stapfte zu ihnen. Misstrauisch wanderte ihr Blick zwischen Nicki und den beiden auf dem Baumstamm umher. »Was treibt ihr da?«

»Nichts.«

Nicki verwunderte Lorenzos prompte wie knappe Antwort mehr als Stellas Auftauchen, aber er ließ sich nichts anmerken. Er schob seinen Ärger über Lorenzo und Natalie zur Seite und schwenkte erwägend seinen Kaffeebecher. Vermutlich ist sie hier, um herauszufinden, ob sie mich los ist.

»Aha?«, fragte Stella. »So sah das aber nicht aus.«

Lorenzo zuckte mit den Achseln, was Nicki nicht weiter erstaunte – es passte zu Lorenzo, sich nicht rechtfertigen zu wollen. Aus seinen bisherigen Beobachtungen wusste Nicki aber, wie sehr ihn Stellas Besserwisserei nervte.

*Das könnte lustig werden.* Nicki deutete in die Höhe. »Schau doch mal nach oben?«

»Was soll da sein?« Stella folgte seinem Wink.

»Da hängt ein Mistelzweig.«

Die Furchen auf Stellas Stirn gruben sich in die Tiefe. Er sah ihr regelrecht an, wie sie in ihren Gedanken die einzelnen Puzzlestücke zusammenfügte. Sie blickte erneut zu Natalie und Lorenzo. Dann wandte sie sich zu Nicki um, und der misstrauische Ausdruck in ihrem Gesicht wich einem spöttischen Zug um die Lippen. »Das ist ein Elsternnest, du Idiot.«

Nicki blinzelte. »Was?«

»Du bist echt ein totaler Dumpfbatz, oder?« Sie schüttelte den Kopf und machte auf dem Absatz kehrt. Für einen Moment blickte Nicki ihr verblüfft nach. Das war nicht die Reaktion, die er erwartet und die sich ein Teil von ihm sogar irgendwie erhofft hatte. *Keine Zurechtweisung? Kein Gezicke?*

Verwundert sah er zu den anderen. Lorenzos linker Arm ruhte nach wie vor auf Natalies Schulter. »Das hat sie wohl nicht beeindruckt.«

Nicki presste die Zähne aufeinander. »Ich wollte ...«

Wieso will ich mich rechtfertigen, fragte er sich und fuhr sich mit der Hand über den Nacken. Sein Blick schweifte zu der vermeintlichen Mistel hinauf. *Als ob ich Stella beeindrucken wollte ...*

Eigentlich konnte es ihm egal sein – es war nur Spaß gewesen. Aber doch missfiel ihm das Bild der beiden, so eng und so vertraut miteinander. Wie gestern Abend nach Natalies Geschichte lag ein Hauch von Frust in der Luft, den er sich nicht erklären konnte, genau wie eine Spur Ärger – über Natalie, Lorenzo und über Stella, aber vor allem über sich.

Nicki presste die Lippen aufeinander. »Was wollte sie überhaupt hier?«

»Dir sagen, dass du ein Idiot bist?« Lorenzo grinste.

Natalies linke Hand wanderte zu Lorenzos. Sie berührte ihn sacht und nickte ihm kaum merklich zu. Er nahm den Arm von ihrer Schulter.

Geschmeidig erhob sie sich und kam auf Nicki zu. »Mach dir nichts draus, jeder irrt sich mal.«

Das Lächeln auf ihren Lippen, die Minuten zuvor noch Lorenzo geküsst hatten, versetzte ihm einen neidvollen Stich in seiner Brust.

»In zehn Minuten gehen wir los.«

Er schluckte schwer. »In Ordnung.«

Natalie ging an ihm vorbei, und Nicki sah ihr enttäuscht nach. Nur einen Moment später blieb sie stehen. »Ach ...« Sie drehte sich halb um. Das Lächeln war wie ein Mahnmal für seine eigene Idiotie, auf ihre Lippen gemeißelt. »Ich wusste übrigens, dass es ein Elsternnest ist.«

*Verfluchtes Miststück.*

»Aber danke.« Ihr Blick schweifte zu Lorenzo. »Mir hat es Spaß gemacht.«

## *Die Schwestern Kaluza*

Sie hatten ihn verarscht. Seinen Ärger über Lorenzos und Natalies Gegenangriff hatte Nicki nach dieser Erkenntnis schnell beiseitegeschoben. Er hatte sich mit dem Gedanken beruhigt, dass seine Enttäuschung auf die Trennung von Laura zurückzuführen war.

Das klang zwar mindestens genauso armselig wie Neid, aber dieser Überlegung haftete kein seltsamer Beigeschmack – *was soll mir das schon ausmachen?* – an, und er konnte sich wieder wichtigeren Gedanken widmen.

Nicki raffte Nummer 66s Führstrick näher zu sich und sah flüchtig über die linke Schulter. Vor rund zwanzig Minuten waren sie aufgebrochen. Luisa und Henry redeten leise miteinander. Amelia schritt gewohnt genervt hinter ihnen her, und Stella feierte ihre Befreiung – allein, aber sichtlich zufrieden.

Von mir, dem einfältigen Dumpfbatz, spottete er.

Sein Blick wanderte zu den Kaluza-Schwestern. Die beiden unterhielten sich gedämpft. Immer wieder kicherte eine der beiden oder gar beide auf. Mit jedem Schritt, den er hinter sich brachte, wurde ihm bewusster, wie wenig er bisher mit Emma und Ava zu tun gehabt hatte. Sie beteiligten sich zwar an den meisten Unterhaltungen, blieben aber trotzdem unter sich. Bisher beschränkte sich sein Wissen darauf, dass Ava einen Südbalkon besaß, Alpakas liebte und die Trekkingtour ein Geschenk ihrer Schwester Emma war, die nach der Wanderung ihren Plastikkonsum verringern wollte, aber noch nicht genau wusste, wie.

An der nächsten Kreuzung siegte seine Neugier. Er verlangsamte seinen Schritt und kurz darauf war er mit Ava und Bjalla gleichauf. Nummer 66 schnaubte. Die Alpakastute schüttelte den

Kopf, als ob sie seine Entscheidung nicht guthieß. »Ihr habt viel Spaß, oder?«

»Schon«, antwortete Ava. »Du etwa nicht?«

*Nein. Nicht wirklich.* In erster Linie war es für ihn eine leidige Aufgabe, die er seiner eigenen Dummheit verdankte. Seine Aufnahme in die Gruppe, sofern man davon überhaupt reden konnte, hatte einige Probleme, die ihm die Flucht vor der Polizeikontrolle bereitet hatte, gelöst. Dazu kam, dass sich die Leute als nicht so langweilig erwiesen hatten, wie er es anfangs vermutet hatte. Von *Spaß* war aber alles noch weit entfernt.

Im Augenwinkel bemerkte er, wie Emma aufholte, und er zuckte mit den Schultern. »Es geht so.«

Die Schwestern wechselten einen Blick über Bjallas Rücken. »Weil du so oft den Spott auf dich ziehst?«, fragte Emma.

Verdutzt sah Nicki zu Emma hinüber. »Wie bitte?«

»Na, von Lorenzo, Luisa oder ...« Sie nickte kaum merklich in Richtung der Spitze des Trecks.

Nicki wusste nicht, was er davon halten sollte. Natürlich war er manchmal genauso Gesprächsthema wie Henrys Rolle als Alibi, Luisas und Roberts Affäre oder Lorenzos mehr oder weniger auffällige Bemühungen um die weiblichen Gruppenmitglieder. So planlos wie er brachen vermutlich nicht viele Leute zu einer Wanderung durch den Bayerischen Wald auf, und jeder, der Nickis Auftritt ohne jegliche Skepsis hinnahm, sollte sich eher fragen, ob bei ihm alles in Ordnung war. Nicki leugnete nicht einmal, dass er manchen Spott zum Teil verdient hatte, wie etwa nach der missglückten Aktion mit dem Mistelzweig. Ihm war es dennoch lieber, wenn seine Schwächen neben denen der anderen verblassten.

»Nein«, antwortete er bestimmt.

Ein breites Grinsen stahl sich auf das Gesicht jeder Schwester. »Dann ist es ja gut.«

»Ihr heckt aber nichts aus, oder?«

Ava schüttelte entschieden den Kopf. »Wir doch nicht.«

»Das nehme ich euch nicht ab.«

Die beiden Schwestern kicherten erneut. »Was hätten wir denn davon?«

»Eine Menge Spaß?«

»Den haben wir auch so.« Emma grinste ihn an.

»Das ist aber nicht sehr nett, wenn ihr andere nicht an eurem Spaß teilhaben lasst.«

Die Kaluza-Schwestern wechselten einen in ihrer Welt sicher vielsagenden Blick miteinander, ehe Ava weitersprach. »Du musst dir keine Sorgen machen«, erklärte sie ernst. »Wir werden uns sicher keinen Spaß auf deine Kosten machen.«

»Oh.«

»Das überlassen wir anderen«, fügte Emma kichernd hinzu.

Nicki sah skeptisch zu der jüngeren Schwester hinüber. »Das baut auf, danke.«

»Vielleicht solltest du es einfach als nette Abwechslung sehen?«, schlug Ava vor.

Verdutzt wandte Nicki sich zu ihr um. »Abwechslung? Von was denn?«

Sie hob die Schultern. »Keine Ahnung, *wovon*«, sie betonte das Wort, »aber du hast doch erzählt, dass du zur Ruhe kommen willst? Für uns klang das so, als ob es bei dir grad einfach nicht so toll läuft.«

Nicki legte die Stirn in Falten und sah zu Nummer 66. Er wollte ihnen jetzt nicht erklären, was ihm in der letzten Zeit alles widerfahren war, denn das Alpaka spielte keine unwesentliche Rolle dabei.

»Na ja …«

»Du musst es uns nicht erzählen«, warf Emma ein.

»Du darfst nicht vergessen, dass du keinen von uns vorher gekannt hast.« Ein melancholischer Ausdruck lag in Avas Augen, ehe sie zu Bjalla hinüberblickte, den Führstrick in die andere Hand nahm und ihre Linke im Fell der Alpakastute vergrub. »Vermutlich wirst du niemanden von uns jemals wiedersehen, wenn das hier vorbei ist – also, was soll's? Hab einfach Spaß, und scher dich nicht darum, was die anderen sagen oder denken.«

Ihre Bemerkung verwunderte ihn. In den ewig kichernden Schwestern hatte er bisher das, was Lorenzo bei ihrem Gespräch »einfach« genannt hatte, gesehen. Wie es ihm so oft in der vergangenen Zeit passiert war, handelte es sich dabei wohl um einen Trugschluss.

Fast genauso wie bei Lorenzo, setzte er zynisch nach. *Und falls Ava nicht von den Alpakas spricht …*

Die leise Stimme in seinem Kopf, die ihn fragte, ob er sich bei so viel vermeintlichem Unvermögen nicht bei anderen Leuten genauso irrte, ignorierte er für den Moment.

»Das ist aber schon etwas fies, oder?«, fragte er, und als er Avas erstaunten Blick bemerkte, lächelte er schief. »Ihr lasst alle glauben, ein bisschen – nicht persönlich nehmen – *einfach* zu sein … und dann so etwas?«

»Tja«, sagte Emma gleichmütig. Sie sah über Bjallas Rücken zu ihrer Schwester und ihm. »Nicht nur du bist für Überraschungen gut.«

*Wenn ihr wüsstet …*

Nicki kickte einen Stein über den Weg, was Nummer 66 brummend kommentierte. Er raffte den Führstrick zusammen. »Der arme Lorenzo.«

»Arm?« Emma kicherte.

Nicki wusste nicht, wie weit sie ihn tatsächlich durchschaut hatten oder ob Lorenzo ihnen die gleiche Ehrlichkeit wie ihm gegenüber gezeigt hatte, weshalb er sich für die Vorsicht entschied. Er warf einen kurzen Blick in Lorenzos Richtung, der mit Robert und Natalie an der Spitze des Trecks ging. »Er versucht es immer wieder, aber ihr erhört ihn einfach nicht – wie soll er denn da seinen Spaß haben?«, fragte er leise. »Zu zweit gegen so einen armen Kerl.«

»So ist es doch ganz amüsant.«

»Aber nett und *fair* ist es nicht.«

Ava lächelte. »Lorenzo verkraftet das schon.«

Die Wette wohl nicht, unkte Nicki. »Seid ihr euch da sicher?« Er legte allen Ernst, den er in Anbetracht von Lorenzos vermeintlicher Hilflosigkeit gegen die Übermacht der Kaluza-Schwestern aufbringen konnte, in seine Stimme. »Erst macht ihr ihm Hoffnungen, dann lasst ihr ihn – wieder einmal – auflaufen. Er ist sicher schon total verzweifelt.«

Emma blickte an Bjalla und ihrer Schwester vorbei zu Nicki. »Lorenzo ist nicht wie du«, flötete sie ihm entgegen und grinste frech.

*Was soll das denn heißen?* »Ich bin ganz froh, dass ich nicht wie er bin.«

»Wie ist *er* denn?«, gab Ava amüsiert zurück.

Nicki hatte keine Ahnung. Vieles von dem, was er in Lorenzo sah, fußte vermutlich auf Vorurteilen, und er wusste längst, dass er sich in manchem geirrt hatte. Er zuckte mit den Schultern. »Er baggert alles, was weiblich ist, an, hängt dauernd am Handy ...«

»Und wie bist du, deiner Meinung nach?«

»Anders?«

»Bist du dir da sicher? Wer hängt denn dauernd am Handy?«

Nicki sah empört zu Emma. »Klar!« *Mit dem Handy hatte sie vielleicht recht ...*

Sie warf ihre roten Locken in den Nacken. »Natürlich.«

Ava kicherte. »Nein, so ein Typ ist Lorenzo nicht – das will man zwar gern glauben, wenn man ihn sieht, aber tief in seinem Inneren ist er ein ganz Lieber.«

»Genau wie du«, ergänzte Emma.

Pocket schüttelte unruhig seinen Kopf. Emma wandte sich dem Alpakawallach zu, und kaum merklich fielen die beiden ein Stück zurück. Nicki hörte, wie sie das Alpaka leise beruhigte. Ihre Bemerkung blieb in seinen Gedanken hängen. Emma hatte es sicher nicht böse gemeint, aber ihrer Aussage haftete ein fader Beigeschmack an.

»Eben habt ihr noch behauptet, er ist nicht wie ich ...« Nicki runzelte die Stirn. »Was denn nun?«

»Du verwechselst eben etwas.« Ein ernster Ausdruck legte sich auf Avas Gesicht. »Was das mit der seelischen Belastbarkeit anbelangt, da unterscheidet ihr euch ...« Sie stupste ihn gegen den Oberarm. »Aber was das Flirten anbelangt – *da* nehmt ihr euch nicht viel.«

»Ihr kennt euch gut mit Menschen aus«, stellte Nicki tonlos fest.

Er verzichtete darauf, der Behauptung, er flirte, zu widersprechen – zum einen zog er so unnötige Aufmerksamkeit auf sich, und zum anderen stimmte es einfach nicht. *Was Frauen in eine Unterhaltung hineininterpretieren können …*

»Ich bin Erzieherin.« Das Lächeln verschwand nicht von Avas Lippen, und sie blickte verträumt nach vorn. In ihrem Profil bemerkte er zum ersten Mal ihre Augenfarbe – das Sonnenlicht brachte ihre blauen Augen zum Leuchten. »So viel Unterschied gibt es nicht – nur tauschen die meisten die Sandschaufel gegen die Wortschleuder, sobald sie mehr als drei Wörter können.«

»Na.« Nickis Blick wanderte zu den rückwärtigen Ansichten von Lorenzo und Marabu. Avas entrückter Gesichtsausdruck kam hoffentlich von der Freude an ihrem Job, nicht von dem Anblick von Lorenzos Hinterteil in engen Wanderhosen und einem hin und her schlagenden Alpakaschwanz. »Ein paar weitere Unterschiede gibt es doch sicherlich?«

»Klar.«

»Und was machst du beruflich?«, wandte sich Nicki an Emma.

»Ich bin Drogistin.«

»Da hat man auch viel mit Menschen zu tun.«

»Auf jeden Fall.« Sie schloss mit Pocket zu ihrer Schwester und Nicki auf. »Man lernt ziemlich viele schräge Vögel kennen.«

Nicki sah zweifelnd zu der Spitze des Trecks. »Na, hier sicher auch.«

»Es hält sich in Grenzen – hier ist noch niemand den Gang mit den Putzmitteln rauf- und runterspaziert und hat an allen Flaschen geschnuppert.«

Nicki hob eine Augenbraue. »Gibt es so etwas tatsächlich?«

Emma nickte heftig. »O ja. Es gibt auch Frauen, die die Packungen von Monatsbinden oder Tampons öffnen, um die Größe zu überprüfen!«

»Hoffentlich lassen sie die Hosen an.«

Emma grinste. »Bisher schon.«

»Vielleicht hast du es auch nur noch nie mitbekommen«, warf Ava ein.

»Immer noch besser als deine Kids.« Emma kicherte und blickte an Bjallas Schnauze und ihrer Schwester vorbei zu Nicki. »Ava kann auch tolle Geschichten erzählen!«

»Das glaube ich gern.« Auf lebensnahe Erzählungen aus dem Kindergarten verzichtete Nicki lieber – ihm reichte es, wenn seine Mutter mit Peinlichkeiten aus seiner Kindheit bei Familienfeiern aufwartete. *Oder wenn ich eine neue Freundin anschleppe.* Laura hatte bei der Reise in Nickis Vergangenheit, die seine Mutter mit ihr unternommen hatte, die ganze Zeit beschämt gekichert.

»Einmal, da hat dieser eine Ju–«

»Em, ich glaube, er will keine Geschichten aus dem Hort hören.«

Emma schüttelte den Kopf. »Nein? Aber wieso?«

»Tja-haaa?« Ava dehnte das Wort auf eine unangenehme Art in die Länge und musterte Nicki eindringlich. Der Blick aus ihren blauen Augen bohrte sich in seine Gedanken, und Nicki wandte sich verlegen ab. »Vielleicht will er uns ja lieber etwas von sich erzählen?«

*Nein.* »Ähm.«

»Och.« Im Augenwinkel bemerkte er eine Bewegung. Ava trat näher an ihn heran. Unter dem Geruch des Waldes und den Ausdünstungen aus Nummer 66s Fell nahm er ihren Duft wahr – frisch und blumig, vermutlich ein billiges Deodorant aus dem Drogeriemarkt, in dem ihre Schwester arbeitete. Ihre Finger fuhren in sein Haar, sie wuschelte durch die derben Strähnen.

Emma lachte auf. »Du machst ihm Angst, Ava.«

»Nein.« Nicki wich zurück.

Nummer 66 schnaubte, als er auf sie zukam, und unbewusst wanderte seine Hand zu seinem Kopf. Die Röte schoss ihm ins Gesicht. Die Berührung war ihm sichtlich unangenehm. »Meine Haare sind nicht gewaschen, das ist …«

»Och, süß!« Ava wandte sich zu Emma um. »Er ist eitel.«

»Das ist jetzt nur eine Vermutung, aber ich denke, die Haare von niemandem hier sind gewaschen.« Emma kicherte.

Nicki rollte mit den Augen. »Klar, aber es ist einfach ...«

Seine Schultern sackten nach unten. Er wollte nicht behaupten, es wäre ihm unangenehm, denn ein Teil von ihm empfand es definitiv nicht so – dieser Teil fühlte sich beinahe geschmeichelt von der Annäherung. Nicki wusste aber, es war der gleiche Teil seines Ichs, der vor Neid gejammert hatte, als er Lorenzo und Natalie zum Kuss getrieben hatte. Das machte ihm Sorgen. Nicki vergewisserte sich, dass niemand sonst zuhörte, und holte tief Luft. »Wie ihr schon festgestellt habt: Bei mir läuft es nicht so toll«, erklärte er und wies mit der Hand auf seine Haare. »Und das ... es ist mir einfach etwas unangenehm.«

»Deine Frisur?«, fragte Emma keck.

»Aha?« Ava sah ihn zweifelnd an.

*Scheiße, ich bin hier doch nicht beim Sorgentelefon!*

»Ja, ist eine längere Geschichte«, bekräftigte er erneut, rang sich ein gewinnendes Lächeln ab und zog Nummer 66 zu sich. Die Alpakastute brummte. »Im Moment zählen nur die frische Luft, ein bisschen Freude mit den Alpakas und«, er nickte in Avas und Emmas Richtung, »neue Freundschaften.« Was will man mehr, setzte er ironisch nach.

Die Schwestern glaubten ihm diese Worte hoffentlich eher als er sich. In der erwartungsvollen Stille zwischen ihnen hörte er das Schlagen seines Herzens so deutlich wie selten; es wetteiferte mit dem Knirschen des Kieses unter seinen Schritten um den Titel des nervigsten Geräusches des Tages.

»Schade.« Ava lächelte verständnisvoll.

Erleichterung durchströmte Nicki. *Gerade noch gerettet.*

Ihr Blick wanderte an Nickis Rücken vorbei, und ihm schwante Böses, als er das Leuchten in ihren Augen bemerkte. »Aber wenn du uns schon nichts von dir verraten willst, kannst du uns ja ein bisschen was zu Nummer 66 erzählen.«

# *Das Wildschwein*

Ava hatte ihn mit ihrer Frage eiskalt erwischt. Innerhalb von Sekunden dachte Nicki sich eine Geschichte aus, wie er zu Alpakas und besonders zu Nummer 66 gekommen war. Auf aufregende Details wie einen tschechischen Tierschmuggler, eine Social-Media-Influencerin mit Alpakas oder gar eine Duschwanne als Alpakaklo im dritten Stock verzichtete er. Nicki hoffte nur, dass in den letzten Tagen, die sie noch nach Eggersberg respektive Lohberg brauchten, niemand *mehr* zu seinem Alpaka hören wollte.

Ihr Nachtlager hatten sie in der Nähe des Großen Arbersees errichtet. Nicki hatte sich eine ruhige Ecke zwischen zwei Buchen gesucht, was ihm die wenig charmante Frage von Luisa, ob er eigentlich schnarchen und sich dafür schämen würde, eingebracht hatte. Natalies Nachfrage, ob er seinen Tarp wirklich dort aufstellen wolle, hatte er geflissentlich überhört. Nachdem alle Zelte aufgebaut waren, stapften sie in einer kleineren Gruppe – Lorenzo und Henry passten auf die Alpakas auf – quer durch den Wald, um sich den Wasserfall anzusehen. Nicki fand diese Bezeichnung übertrieben, denn das, was in den Arbersee plätscherte, war in seinen Augen eher ein kleiner Zulauf. Sie umrundeten den Moränensee einmal und lauschten abwechselnd Stellas und Roberts Erklärungen. Zu Nickis Bedauern hatte die Gaststätte am See bereits geschlossen, und als die Sonne sich langsam über die Berge senkte, machten sie sich auf den Rückweg.

Sie erreichten das Lager mit knurrendem Magen. Wie an jedem bisherigen Tag versprach das Abendessen, langweilig zu werden. Nach der dritten Dose Chilibohnen entschied Nicki, nicht länger Natalies Plänen, seiner Verdauung den Todesstoß zu versetzen, zuzuschauen, sondern lieber seine Nachrichten zu überprüfen.

Erwartungsvoll stapfte er mit dem ausgeschalteten Smartphone in der Hand zu seinem Tarp. Nicki stolperte über den frisch abgebrochenen Zweig einer jungen Eiche, und sein Blick wanderte über das aufgewühlte Erdreich. Nachdenklich runzelte er die Stirn. *Das ist … Was ist da passiert?*

Er hob seinen Kopf und erstarrte. »Scheiße.«

Entgeistert sah Nicki zu der Schneise zwischen den Bäumen. Herausgerissene Moospolster hingen in den abgeknickten Ästen der nahen Blaubeerbüsche. Von der Folie, seinen Behelfsheringen und der Schnur war nichts mehr zu sehen, und er senkte sein Handy.

»Was ist los?« Henry kam näher.

»Mein Zelt ist … fort.«

»Oh?« Henry stocherte mit der Fußspitze in dem lockeren Erdreich herum, sein Blick huschte von einem Baumstamm zum nächsten. »Wo ist es denn?«

»Das frage ich doch dich!« Er fuchtelte mit dem Smartphone in Henrys Richtung, und seine Verzweiflung wuchs. *Was auch immer hier geschehen war, konnte doch nicht unbemerkt geblieben sein?*

»Ich dachte, ihr habt aufgepasst?«

»Ja, aber wi–«

»Oder ist das ein dummer Witz von euch?« Es klang schärfer, als er es wollte, aber Henrys Planlosigkeit und Naivität regten ihn auf. *Es kann doch nicht so schwer sein, auf ein paar Alpakas und Zelte aufzupassen?*

»Das ist ein selten dämlicher Platz gewesen«, erklang Natalies Stimme hinter ihm. Ein Ast knackte unter ihren Schritten, und sie blieb neben Nicki stehen. »Hast du damit wieder einmal beweisen wollen, dass du nie nachdenkst?«

»Sehr witzig.« Nicki presste die Lippen aufeinander und schob sein Handy zurück in die Hosentasche. »Das ist einfach eine Stelle zwischen zwei Bäumen. Was soll ich da groß nachdenken?«

Sie verdrehte die Augen und nickte in Richtung der Buche. »Das ist ein Malbaum.«

»Was ist ein Malbaum?«, fragte Henry.

»Ein Malbaum ist ein Baum, der von Wildschweinen genutzt wird, um die Schwarte nach dem Suhlen zu scheuern.«

Nickis Blick wanderte zu der Kuhle. »Super.« *Und dieser beschissene Baum muss ausgerechnet hier stehen?* »Das erzählst du mir jetzt?«

Sie hob die Schultern. »Du wolltest mir ja nicht zuhören.«

Flüchtig wanderte sein Blick zu der Lücke zwischen den anderen Bäumen, hinter der er die Zelte von Robert und Amelia, Stella und den Kaluza-Schwestern ausmachte. *Verdammt, sie hatte ihn sogar gefragt, ob er seinen Tarp wirklich hier aufbauen wollte.*

»Cool«, sagte Henry. Er stapfte über einen Ast zu der Buche. Neugierig beugte er sich vor und begutachtete den getrockneten Schlamm an der Rinde. »Woher weißt du das alles, Nat?«

»Ein paar meiner Bekannten sind Jäger.«

»Aber lassen sich Wildschweine nicht ...?« Nicki wies verzweifelt in Richtung der Alpakas.

»Das sind Alpakas, keine Bären oder Wölfe«, erwiderte Natalie. »Wieso sollte ein Wildschwein Angst vor ein paar plüschigen Alpakas haben?«

»Ja, Mensch ...« *Was weiß ich!?*

Henry richtete sich auf und wandte sich zu Nicki um. »Wo schläfst du denn jetzt?«

Scheiße, wiederholte Nicki und hob beide Hände zum Mund. Und zwar hoch zwei ...

»So ohne Zelt«, setzte Henry unnötigerweise nach, und Nicki verfluchte ihn auf ein Neues.

Die Sonne war längst hinter den Gipfeln verschwunden. Für Nicki gab es keine Möglichkeit mehr, an diesem Abend an einen neuen Tarp oder gar Zelt zu kommen.

Natalie seufzte. »Du kannst bei mir im Zelt schlafen.«

»Was?«

Sie hob die Schultern, sagte aber nichts weiter, während Nicki sie für einen Augenblick einfach nur anstarrte. Siedend heiß überkamen ihn die Erinnerungen an Lorenzos Verdacht und den

Kuss, den Nicki den beiden dank mutmaßlicher Kurzsichtigkeit aufgedrängt hatte.

»Nei…nein, das ist eine beschissene Idee.«

»Hast du eine bessere?«, gab sie trocken zurück. »Der nächste Ort ist ein gutes Stück entfernt, außerdem wird es bereits dunkel, und so, wie ich dich einschätze, hast du eh keine Taschenlampe dabei. Ohne Übernachtung schaffst du es nicht nach Hause oder nach Lohberg.« Sie überlegte. »Oder hast du Freunde, die Nummer 66 und dich hier abholen könnten?«

*Wenn ich die hätte, wäre ich gar nicht erst hier.* »Nei…nein«, stammelte Nicki.

Er konnte kaum glauben, dass sie das ernst meinte – allein der Gedanke jagte ihm einen eiskalten Schauer über den Rücken. Natalies Gesichtsausdruck konnte er nicht deuten; Begeisterung war es nicht, was ihn nicht verwunderte, es war wohl eher wieder die gelassene Langeweile, die er so oft bei ihr sah und die ihn, so verrückt es ihm in diesem Moment vorkam, irgendwie neugierig machte.

»Mein Kumpel mit dem Anhänger ist im Urlaub.« Er seufzte. »Auf den Kanaren.«

»Das ist ungut.«

Nicki legte den Kopf in den Nacken und ordnete seine Gedanken. »Ich weiß, dass ich das eigentlich nicht verlangen kann, aber kann man da nicht irgendwie was drehen?« Er ging alle möglichen Kombinationen durch, aber keines der Arrangements überzeugte ihn. Letztendlich lief es wohl nur auf den Versuch heraus. »Vielleicht Lorenzo und du? Oder Henry?« Bittend sah er zu Henry.

»Ähh, lasst mich da bitte raus!«, warf der andere ein. »Ich bleibe in meinem Zelt.«

»Aber …«

»Wow.« Natalie verdrehte die Augen. »Von mir aus kannst du auch draußen schlafen – ist sicher eine wertvolle Erfahrung für dich.«

»Was soll das denn jetzt?« Verdutzt wandte Nicki sich zu ihr um. »Ich will nur nicht, dass … so komische Gerüchte aufkommen. Ich meine …« Er blickte flüchtig zu Henry, auf dessen Wangen sich wieder der deutliche rosafarbene Hauch zeigte. »Davon gibt es sowieso schon genug.«

»Hast du Angst?«

»Nein.« *Zumindest nicht vor dir.*

Nicki ging nicht einmal so weit zu behaupten, dass er vor Lorenzo Angst hatte. Trotz des Kusses ging alles zwischen den beiden seinen gewohnten Lauf, und über einen neuen Job als menschlicher Kupido dachte er besser nicht nach. Die Vorstellung, mit ihr in einem Zelt zu liegen, erschreckte ihn aber mehr als der Gedanke, die Nacht unter freiem Himmel verbringen zu müssen.

»Es ist nur …« Er zuckte mit den Schultern. »Es ist eine komische Vorstellung. Immerhin kennen wir uns kaum und … Na ja, ein Zelt ist nicht gerade geräumig.«

Sie verdrehte die Augen. »Du kennst mein Lieblingstier.«

»Und was bringt mir das?«, gab Nicki trocken zurück. »Das ist eine Frage des Anstands.«

»Klar.« Sie nickte. »Aber da du ein anständiger Kerl bist, der nie etwas Verbotenes tut, habe ich doch nichts zu befürchten?«

*Ich führe ein Alpaka an der Leine, das der Polizei als gestohlen gemeldet wurde, aber ansonsten bin ich durch und durch anständig, ja.* »Äh …«

»Und ich versichere dir, dass ich mich auch zurückhalten werde«, fügte Natalie sarkastisch hinzu. »Es wird bei deiner umwerfenden männlichen Ausstrahlung zwar schwer werden, aber um des Gruppenfriedens willen werde ich meine nymphomanischen Züge im Zaum halten.«

Henry grunzte, und Nicki blinzelte irritiert. »Danke.«

Sie seufzte und richtete ihren Blick gegen den immer dunkler werdenden Himmel über ihnen, ehe sie sich wieder Henry und Nicki zuwandte. »Du kannst natürlich Luisa fragen, sie hat auch ein Zweimannzelt.«

Sie zögerte einen Moment, und dieser eine Augenblick war wohl wieder zu lang: Mit einem Mal erinnerte alles an ihr ihn wieder an Laura – die herunterhängenden Schultern, der mürrische Zug um ihre Lippen und allem voran der gelangweilte Ausdruck in ihren Augen.

»Überleg es dir einfach.«

Es war wie die Wahl zwischen Pest und Cholera gewesen.

Nervös wippte er mit den Zehenspitzen, während er auf sein Handy starrte und wartete, bis es endlich hochgefahren war. Die Zahl in der rechten Ecke gefiel ihm gar nicht.

17 Prozent. Sein Blick wanderte zur Zeltdecke über seinem Kopf. Von ihr hörte er keinen Laut. Wenn er es nicht besser wüsste, könnte er beinahe glauben, allein zu sein.

Es wäre ihm auf jeden Fall lieber. Er wechselte zu den Chats. Lana hatte ihm nicht geschrieben. Im Gruppenchat waren einige sinnlose Videos herumgeschickt worden, und wie automatisch öffnete er Lauras Chat.

Unter den nächtlichen Geräuschen des Waldes starrte er auf ihr Profilbild. Immer noch Black Glory. Sie war online.

Nickis Zähne mahlten übereinander. Eigentlich hatte er sich vorgenommen, sie nicht zu belästigen – diesem Verhalten haftete in seinen Augen Verzweiflung an. Sein Blick schweifte flüchtig zur Seite. *Aber vielleicht bin ich das auch.*

Seine Finger huschten über das Display: *Na, was machst du?*

Auf ihre Antwort wartete er nur ein paar Sekunden. *Ich liege in meinem kuscheligen Bett.*

Nicki biss sich auf die Unterlippe. *Beneidenswert,* tippte er zurück.

*Wieso?* Das Geist-Emoji streckte ihm die Zunge heraus.

*Ich liege in einem Zelt.*

*Selbst schuld.*

Er hörte Lauras Kichern regelrecht und verzog den Mund. Seine Finger huschten über die eingeblendeten Tasten: *Wenn du wüsstest.*

Seine Dummheit ärgerte ihn immer noch. Wenn er zugehört hätte, läge er jetzt nicht mit angezogenen Beinen am Rand ihrer Isomatte und würde abwechselnd auf sein abgedunkeltes Handy und die Zeltwand starren, sondern in den kuscheligen Kartoffelsäcken unter seiner Plastikplane.

*Sooo?*

Er schmunzelte. Vielleicht war das Zelt besser, aber die Gesellschaft war es definitiv nicht. Er wandte sich von Lauras verspielter Frage ab und blickte über seine Schulter. Das Einzige, was ihn ein wenig warmhielt, war seine Jacke. Für einige Sekunden lauschte er in die Stille des Zeltes hinein. Er wusste, dass sie genau das Gleiche tat. Mit jedem ihrer regelmäßigen Atemzüge wünschte er sich mehr an einen anderen Ort und vor allem neben eine andere Frau, denn das hier fühlte sich für ihn einfach nur falsch an.

»Brauchst du eine Gutenachtgeschichte, Natalie?« Den genervten Tonfall verkniff er sich nicht. Er wollte sie nicht glauben lassen, ihr dankbar zu sein, denn in diesem Fall wuchs ihr ihr Ego vermutlich über den Kopf, und sie glaubte vielleicht, ihn noch mehr herumkommandieren zu können.

»Nein.« Ein Rascheln folgte ihrer Antwort. »Du etwa?«

*Bist du etwa nicht allein?*, las er die nächste Nachricht seiner Ex.

Der Smiley zwinkerte Nicki frech zu und sein Daumen fuhr über das Display. »Nein, danke.« So gute Geschichten erzählst du eh nicht, setzte er gedanklich nach und blickte auf Lauras Frage hinunter. Irgendwie juckte es ihn in den Fingern, ihr ein ebenso freches *»Was wäre, wenn nicht?«* zu antworten, aber was brachte ihm das?

Vermutlich wäre es ihr egal, und Nicki erinnerte sich an Klaus' spöttische Bemerkungen zu Nickis Duschorgie bei Judith. Er schluckte den bitteren Geschmack in seinem Mund hinunter.

»Ich hätte einen Verbesserungsvorschlag«, begann Nicki.

»So?«

»Ein paar Verdauungsschnäpse würden das Abendessen sicher abrunden.« Er zögerte und grinste sein Handy an. »Außerdem könntest du dann sicher besser schlafen.« *Oder überhaupt mal schlafen ...*

»Tolle Idee.«

»Ich meine ja nur.« Nicki senkte sein Smartphone. »Und hast du dir schon mal überlegt, dass du mit deiner bohnenlastigen Ernährung unerwünschte Nebeneffekte heraufbeschwörst?«

Sie schwieg einen Moment. »Ich denke darüber nach.«

»Das solltest du.« Nickis Hand wanderte unter seinen Pullover, und er kratzte sich an der Leiste. »Immerhin betrifft es dich nun direkt.«

»Fantastisch.«

Natalies Seufzer ging in dem Knistern ihres Schlafsacks unter. Ihr Schweigen war ihm Beweis genug, dass er diese Runde für sich entschieden hatte, und er wandte sich erneut seinem Handy zu. *Was antworte ich nur?*

Ein Teil von ihm wusste, sein Verhalten war dämlich und einfältig. Lauras Worte waren so deutlich gewesen, dass er noch Tage danach an ihnen zu knabbern gehabt hatte, aber die Hoffnung wollte er einfach nicht aufgeben.

Er suchte aus der Liste der Emojis den schulterzuckenden Mann heraus und schickte ihn Laura.

*Wandergruppe eben*, tippte er.

*Jeder mit jedem?*

Er verzog den Mund. Irgendwie hatte sie recht, aber er entschied sich für eine unverfänglichere Antwort: *Dünne Zeltwände.*

»Was ist eigentlich mit Luisas Frage?«

Mindestens eine Zeltwand war definitiv das, was sich Nicki nun am liebsten zwischen Natalie und sich wünschte. Genervt presste er seine Daumen gegen das Display seines Handys. *Will die nicht endlich mal schlafen?* »Was für eine Frage?«

Natalie richtete sich auf.

Er spürte regelrecht, wie ihr Blick auf ihm ruhte, und er schauderte, als er sich an das Gefühl der Vertrautheit erinnerte, das sie so in ihm wecken konnte.

»Schnarchst du eigentlich?«

»Was?« Empört riss er den Kopf zu ihr herum.

Sie stützte sich auf den Ellbogen ab und blickte zu ihm hinunter. »Na, ob du schnarchst?«

»Hättest du das nicht vorher fragen sollen?«

»Also tust du es?«

Nicki presste die Lippen so fest aufeinander, dass sie beinahe schmerzten. »Ich bin ein Mann. Manchmal bestimmt ...« Laura behauptete es zumindest. Sein Blick schweifte zu dem offenen Chat. »Vor allem, wenn es kalt ist«, setzte er nach.

Hinter seinem Rücken raschelte es, als Natalie sich wieder bewegte, und Nicki runzelte die Stirn. *Was hat die jetzt vor?*

»Hier.«

Er drehte sich um, stemmte sich in die Höhe und stieß mit dem Kopf an die Zeltwand. Unbewusst schnellte seine Hand zu seinem Hinterkopf, und er erstarrte. Sie streckte ihm eine Decke entgegen. »Wa–?«

»Das kann zwar nicht mit deinem Kartoffelsack mithalten, aber ...« Sie zuckte mit den Schultern. »Bevor du mir die Ohren absägst.«

Nicki starrte auf die Decke. *Wo kommt die denn her?* Zögerlich senkte er die Hand und griff nach dem kratzigen Stoff. »Danke.«

Ihr Gesicht glich in dem fahlen Licht seines Handydisplays nur einer Maske, und doch bemerkte er in diesem Augenblick Details, die ihm bisher nicht aufgefallen waren. Blonde zerzauste Wellen – wie bei einem Model, das für eine neue Parfümkampagne auf verrucht gestylt worden war – umrahmten ihr schmales Gesicht. Lange, dichte Wimpern beschatteten ihre dunklen Augen. Ihre Lippen ließen sich nach allen Regeln der Geometrie als absolut symmetrisch bezeichnen, was für ihn in diesem Moment eine vollkommen absurde Feststellung war. Nicki fühlte sich unendlich dämlich. Den kritischen Ausdruck in ihren Augen konnte er nur allzu gut nachvollziehen. *Nicht einmal eine popelige Decke habe ich dabei.*

In diesem Moment wünschte er sich nichts lieber als einen Meteoritenschauer oder sonst ein einschlagendes Erlebnis, das die unangenehme Stille zwischen ihnen beendete.

Das Display seines Handys ging aus. Natalies Blick flatterte zu seinem Smartphone hinunter, und Nicki zog es rasch zu sich. »Ähm ...«

»Gute Nacht«, erklärte Natalie und drehte ihm den Rücken zu.

Ihr Schlafsack knisterte, als sie ihn enger um sich wickelte und sie ein kleines Stück näher an die Zeltwand rutschte.

Verwirrt sah Nicki auf sie hinunter. So richtig wusste er nicht, was das eben gewesen war, und er warf einen letzten Blick auf sein Handy. Laura hatte nichts mehr geschrieben. »Gute Nacht.«

# *Amelia, die Ehefrau*

Zitrone. Woher die Zitrone kam, wusste er nicht, aber er verfluchte sie mit jeder wachen Sekunde mehr und er fragte sich, was er sich dabei eigentlich gedacht hatte.

*Vermutlich nicht viel.*

Er ließ seinen Blick nach unten wandern. Erleichtert, aber kaum merklich atmete er aus. Ihre Haare – so verrückt es ihm unter dem Geruch ihres Plastikschlafsacks, dem der seltsamen Decke und seinem eigenen vorkam – dufteten nach Zitrone. Sie lag mit dem Rücken zu ihm. Ihr Schlafsack war von ihren Schultern gerutscht, und er blickte auf ihre nackte Haut. Nur eine Handbreit Luft lag zwischen seiner Nasenspitze und ihren blonden Locken; es war die gleiche Handbreit, die sich zwischen ihrem Hintern und seinem Schoß befand, und er war mehr als froh um den Schlafsack.

Sein rechter Arm schmerzte von seinem eigenen Gewicht. *Ich muss hier weg.*

Er schluckte. Sein Blick wanderte zu seinem linken Arm. Wenn ihn jemand fragen würde, wie seine Hand dorthin gekommen war, wo sie war, wüsste Nicki vermutlich keine sinnvollere Antwort als zusammenhangloses Gestammel. Unter seiner Haut spürte er den warmen Stoff ihres Shirts, und er schauderte. Nicki hielt die Luft an und zog seine Hand zu sich. *Das war echt eine bescheuerte Idee!*

Er war nur froh, dass Natalie noch schlief, und er hoffte, dass sie jetzt nicht aufwachte. Vorsichtig rutschte er von ihr weg und zog die Decke mit sich. Augenblicklich spürte er die Kühle im Zelt, die die Nacht mit sich gebracht und ihn in ihre Nähe getrieben hatte.

Ganz natürlich, beruhigte er sich. *Ich bin ein kleiner Kuschelbär.*

Er richtete sich auf. Der Kuschelbär war einmal – die letzten Leute, mit denen er die Nacht auf die ein oder andere Art verbracht hatte, verzichteten hoffentlich darauf, ihn so zu nennen. *Und Natalie?*

Nachdenklich blickte er auf Natalie hinunter. Auf Kommentare konnte er verzichten. Sein Handy lag bei Natalies Rucksack, und er langte nach dem Smartphone. Rückwärts, langsam und immer darauf bedacht, Natalie nicht aufzuwecken, rutschte er zum Zelteingang. Der Reißverschluss hakte am Anfang etwas, dann sirrte er auf, und Nicki streckte den Kopf durch die zwei Zeltbahnen. Draußen war es noch einmal deutlich kühler als in Natalies Zelt. Die Morgenfeuchte hing in der Luft wie ein schweres Parfüm. Sein Blick schweifte durch das Lager. Es war noch still.

*Zum Glück.* Bereits am Vorabend hatte er den Eindruck gehabt, dass einige – Lorenzo, die Kaluza-Schwestern und Luisa – sich durchaus ihre Gedanken über dieses Arrangement gemacht hatten.

Sein Blick wanderte zu seinen Sneakers, die vor der Tür in einer Plastiktüte warteten. Das Plastik raschelte, als er seine Schuhe hervorkramte, die Beine anzog und in die Schuhe schlüpfte. Dann kletterte er aus dem Zelt, zog seinen eigenen Rucksack mit sich und schloss den Reißverschluss.

Er richtete sich auf und machte einen Schritt nach hinten. Erleichtert atmete er aus. »Erste Na–«

»Gut geschlafen?«

Nicki zuckte zusammen und wirbelte herum. Lorenzo stapfte an ihm vorbei. Ein vielsagendes Grinsen lag auf seinen Lippen, aber er sagte nichts weiter und ging zurück zu seinem Zelt. Nicki beobachtete ihn mit ausdruckslosem Gesicht. *Das kann ja heiter werden.*

Kurz nach zehn Uhr brachen sie auf. Zu Nickis Überraschung hielten sich die anderen mit Kommentaren zurück; nicht einmal von Natalie gab es eine Bemerkung. Als sie die Alpakas aufgesattelt hatten, waren Nickis stille Befürchtungen verflogen. Wie gehabt ordneten Nummer 66 und er sich nach Lorenzo und vor den Kaluza-Schwestern ein.

Der erste Teil der Tagesetappe führte sie aus dem Wald. Sie wanderten zwischen Feldern, Wiesen und Weiden hindurch, und am Mittag erreichten sie ein Dorf. Nicki hatte sich bei Natalies Suche nach Freiwilligen, die mit ihr zusammen Proviant besorgen sollten, zurückgehalten – er wollte sich zum einen nicht unnötig aufdrängen, und zum anderen sah er ohnehin keinen Sinn darin. Was brachte ihm schon ein Besuch in einem Dorf?

Ein Zelt konnte er dort nicht kaufen. Auf weitere Improvisation von seiner Seite aus verzichtete er ebenfalls gern. Bisher hatte ihm das nichts als Ärger eingebracht. So verbrachte er die Mittagspause damit, die Alpakas gemeinsam mit Henry, Luisa, Amelia und den Kaluza-Schwestern beim Weiden zu beobachten und Klaus den aktuellen Stand mitzuteilen.

Von Lana gab es keine Nachricht. Sein Unmut über ihre Eigennützigkeit wuchs mit jedem Gedanken, den er an sie verschwendete. So beschränkte er sich darauf, sie zu fragen, ob sie etwas Neues wusste, und schickte ihr unter Henrys neugierigem Blick seinen aktuellen Standort. Auf Henrys Frage, ob das Nickis Freundin sei, schüttelte er entgeistert den Kopf, schaltete das Handy aus und ging zurück zu den Kaluza-Schwestern.

Nach der Pause mit der großzügigen Vesper wanderten sie weiter. Ihre Route führte sie zurück in die höheren Gebiete des Bayerischen Waldes. Am Nachmittag fanden sie sich zu einer weiteren Rast auf einer Lichtung wieder. Nach einer ersten Runde durch das Dickicht, bei der Nicki sein Handy auf neue Nachrichten überprüfte, ging er zu den Alpakas hinüber.

»Natalie?«

Die Angesprochene blickte von Runas Fuß auf und erhob sich. »Was ist los?«

Rasch sah sich Nicki nach allen Seiten um. Keiner der anderen beachtete sie bei der Alpakaherde. »Ich habe mir am Mittag die Karte angeschaut.«

»Ja?« Sie runzelte die Stirn.

»Wieso wandern wir von Lohberg weg?«

Natalie verzog den Mund. »Wir wandern nicht von Lohberg weg.«

»Aber wieso?« Er wies mit dem Zeigefinger nach unten.

Sie klopfte gegen Runas Hals. »Wir sind nun schon einige Tage unterwegs. Die Alpakas werden langsam müde, und das letzte Stück ist sehr anspruchsvoll. Die Tour geht so zwar einen Tag länger, aber mit dem Umweg wird ein wenig von der Schwierigkeit genommen.« Sie seufzte und legte den Kopf in den Nacken. »Entschuldigung, das habe ich dir wohl nicht erklärt; den anderen haben wir es bei der Einführung gesagt.«

»Oh.« Nicki zuckte mit den Schultern. »Schon okay, ich war nur verwirrt.«

»Du willst die PlayStation wohl wirklich gewinnen.«

»Welche Play–?« Er stutzte, dann erinnerte er sich an die Wette. »Ja ... klar.« Ein verhaltenes Grummeln zog sich durch seinen unteren Bauch, und er wies mit dem Daumen über die Schulter. »Ich muss mal wohin.«

»Viel Erfolg!«

Er spürte ihren Blick in seinem Rücken, als er von den Alpakas fortging, und sah kurz zu der Sitzgruppe unter einer mächtigen Eiche. Robert erklärte Stella etwas an seinem GPS-Gerät, die Kaluza-Schwestern und Henry beschäftigten sich mit der Brotzeit, und Lorenzo hing wie so oft am Smartphone.

Der Akku ist wohl um Längen besser als der von meinem Handy, stellte Nicki fest, wandte sich ab und schlug sich in die Büsche. Der Boden unter seinen Schuhen war sumpfig, als er sich seinen Weg durch das dichte Unterholz bahnte. Urwaldartig zogen sich die Ranken verschiedener Pflanzen – zu Nickis Freude nicht nur Brombeeren, sondern auch weniger schmerzhaftes Grünzeug – über die Büsche und Baumstämme. Das Dickicht schwand, als er sich der Lichtung näherte, die er bei seiner ersten Runde bereits entdeckt hatte.

Ein Zweig verfing sich in seinem Hosenbein.

»Scheiße!«, fluchte er leise.

Vor ihm raschelte es. Unbeholfen kickte Nicki mit dem Fuß durch die Luft, und das Ästchen flog fort.

Als er den Kopf wieder hob, erstarrte Nicki wie vom Zauber der Medusa getroffen. Mit ausgestreckten Armen, erhobenem Bein und offenem Mund verharrte er am Rand der Lichtung und blickte hinüber zu ihnen. Nach allem, was er von angeblichen Affären gehört hatte, hatte er beinahe mit diesem Bild gerechnet. In der Einsamkeit des Waldes und in den stillen Nächten bot sich so manche Gelegenheit, sich heimlich abzusetzen und sich dem hinzugeben, was sich sonst hinter verschlossenen Türen abspielte. *Aber so?*

Luisas rechte Hand verschwand in Amelias blondem Haar. Ihre linke war zwischen Amelias Hosenbund und der entblößten Haut ihres flachen Bauches gewandert. Nur allzu gut wusste er, was unter dem bebenden Stoff geschah, während sich ihre Lippen immer wieder berührten und ihre Zungen miteinander spielten.

Es fühlte sich an wie damals, als er seinen ersten Pornofilm – heimlich, beide Eltern aus dem Haus – mit vierzehn am Computer angeschaut hatte. Klaus hatte ihm die CD gebrannt. Am Anfang war da das Schamgefühl gewesen, später waren das Interesse und die Neugier dazugekommen.

Ihre Lippen trennten sich für einen Moment. Still hielten sie in ihrem Spiel auf der umgekippten, nun schräg liegenden Eiche inne und schwiegen sich an, aber ihre Körper bebten und verlangten einander. Für eine Sekunde glaubte er, geflüsterte Worte zwischen ihnen hin- und herhuschen zu sehen, dann ging das Treiben weiter.

Weitere Küsse, heiß und fordernd, tauschten die Seiten. Seine Fantasie stieg in das Spiel ein – nur allzu sehr vermisste er all das selbst, und in ihm regte sich etwas.

Die CD hatte seine Mutter später entdeckt, und für ihn hatte es ein ziemliches Donnerwetter gegeben. Im Nachhinein fand er es amüsant; es war ein Beispiel für einen vollkommen absurden Eltern-Kind-Moment. Mit einem solchen musste er heute nicht rechnen, seine Mutter hatte sich mittlerweile auch damit abgefunden, dass ihr *kleiner* Junge nicht mehr so klein war.

Als er sich auf den Weg gemacht hatte, war es ihm gar nicht aufgefallen. Sie hatten beide gefehlt, und so bekam die Geschichte eine unerwartete Wendung.

Gebannt verfolgte er das Spiel. Seine Gedanken überschlugen sich mit jeder Sekunde mehr, während er Amelias Hände an Luisas schlanker Gestalt beobachtete. Sie suchten nach einem Schlupfloch an den Körper der Gespielin. Immer wieder wanderten sie auf und ab, sie verkrallten sich im Stoff und ließen wieder los.

Das, was er hier beobachten konnte, tauchte vieles in ein anderes Licht. Er sah gerade sicher dämlich aus. Ein Zweiglein knirschte, als er seinen Fuß senkte.

Luisa trat einen Schritt nach hinten. Gelassen, beinahe tödlich ruhig, was Nicki so vollkommen unmöglich erschien nach dem, was er eben gesehen hatte, ruhte ihr Blick auf Nicki. »Überrascht?«

Für drei weitere Sekunden schwieg er sie an, dann verbannte er die Bilder aus seiner Vorstellung. »Ja.« In seinem Kopf kicherte eine Stimme. Die Situation vor seinen Augen war vielleicht nichts Ungewöhnliches, aber das Arrangement war es. Nicki schüttelte den Kopf, er musste sich nicht verstellen. »Scheiße, nein? Ihr zwei?«

Amelia stieß sich von dem Baumstamm ab, strich sich eine blonde Strähne hinters Ohr und rückte ihre Bluse zurecht. »Bis eben dachte ich, dass du eher zu den intelligenteren Männern gehörst.«

»Aber ich dachte ...« Nicki nickte in Luisas Richtung. »Robert und du?«

»Ja«, antwortete Luisa und zögerte einen Moment. »Auch.«

»Auch?«, wiederholte Nicki. *Das wird ja immer verrückter.*

Die beiden Frauen wechselten einen stillen Blick miteinander, dann begann Luisa: »Kurz nach meiner Einstellung hat er mit den Avancen angefangen. Ich war noch nie ein Kind von Traurigkeit, es gab sowieso schon solche Gerüchte in der Firma ... von wegen, ich wäre nicht die Erste.«

»Aber …« Nicki konnte kaum glauben, wie emotionslos Luisa nach den heißen Küssen davon erzählen konnte. Sein Blick wanderte zu Amelia. Die Worte ihrer Gespielin schienen ihr ebenfalls nichts auszumachen. Er schob die Hände in die Jackentasche und ging zu den beiden Frauen hinüber. »Was sagst du denn dazu?«

»Natürlich kenne ich diese Geschichten«, erwiderte Amelia ruhig. »Du hast sicher längst mitbekommen, dass es um unsere Ehe nicht zum Besten steht.«

»Ja, wegen *ihr.*« Er nickte in Luisas Richtung.

»Lu hat damit nichts zu tun.« Amelias Finger knackten, als sie sie knetete, und sie legte den Kopf in den Nacken. Ihr Blick wanderte über den grauen Himmel, und ihm fiel zum ersten Mal das strahlende Blau ihrer Augen auf. »Was dir vermutlich keiner verraten hat, ist, dass mein Vater Teilhaber eines erfolgreichen, ständig expandierenden Personaldienstleisters ist und Roberts Firma seit der Baukrise 2005 rote Zahlen geschrieben hat.«

»Ähm, nein?«

»Robert und mein Vater haben sich auf irgendeiner Messe kennengelernt. Er hat recht bald angefangen, sich für mich zu interessieren – er war aufmerksam, galant und hat sich wie ein echter Gentleman verhalten, wie eine Frau es sich eben wünscht.«

»Und dann kam der Antrag«, ergänzte Nicki. Im Grunde musste sie nicht weitererzählen. Die Geschichte war ihm so vertraut wie der Gong zur allabendlichen Tagesschau. »Nach der Traumhochzeit ist die Maske dann gefallen?«

»So einfach ist es nicht, aber ja, so ähnlich. Mit der Unterstützung meines Vaters und vor allem seines Geldes konnte sich Roberts Firma von den Auswirkungen der Baukrise erholen. Die Sorge um seine Firma hat ihn natürlich in keiner Weise davon abgehalten, sich anderweitig zu vergnügen.« Amelia blickte verlegen auf den Boden. »Aber das war mir egal, für mich war die Ehe genauso purer Zweck wie für ihn.«

Verdutzt runzelte Nicki die Stirn. »Wie meinst du das?«

»Mein Vater ist recht altmodisch veranlagt, während ich …« Amelia zögerte, dann zuckte sie mit den Schultern. »Mit siebzehn habe ich auf einer Studienfahrt nach London herausgefunden, dass ich mich wohl eher für Frauen interessiere.«

»Oh.«

»Die Gerüchte über Roberts Untreue kamen meinem Vater natürlich zu Ohren, denn wie Lu gesagt hat, war sie nicht die Erste. Als ich von der erneuten Affäre Roberts erfahren habe, habe ich mir auf der Weihnachtsfeier ein Bild machen wollen – vor allem, um meinen Vater zu beruhigen, aber hauptsächlich aus Neugier.« Sie lächelte und strich über Luisas Wange. »Geschmack hat er ja.«

»Immer diese verflixten Weihnachtsfeiern, hm?«

»Mehr oder weniger«, stieg Luisa ein. »Es war einfach seltsam. Jeder wusste, dass Ama wegen mir gekommen ist, aber hat keiner was gesagt – wir kamen ins Gespräch und irgendwie …« Sie blickte verliebt zu Amelia.

Himmel, sie hat sogar mit mir geflirtet, erinnerte er sich. Auch wenn jeder Gedanke, der diesem Flirt gefolgt war, eher triebhafter Natur gewesen war, begrub er jegliche Hoffnung. In diese Dreiecksbeziehung mischte er sich besser nicht ein.

»Weiß Robert von euch?«

»Nein.« Amelia lachte auf. Sie hob beide Hände zum Kopf und deutete eine Blase an. »Er lebt so in seiner Robert-Welt voller Karrieresprüche, falscher Liebesschwüre und Bilanzierungen, dass er absolut keine Ahnung hat, was wirklich um ihn herum abgeht.«

»Aber die Paartherapie? Die Alpakas?«

»Wie gesagt, mein Vater ist misstrauisch. Das hat wiederum Roberts Misstrauen geweckt, und jetzt vermutet er, dass ich eine Affäre habe, und versucht zu retten, was zu retten ist.«

Luisa kicherte und trat näher an Amelia heran. Die beiden legten ihre Stirn aneinander. »Ausnahmsweise hat er ja auch recht«, flüsterte Luisa.

Unter Nickis zweifelndem Blick küssten sie sich. Es flatterte erneut in seinem Bauch – es hatte, egal wie desinteressiert er sich geben wollte, etwas Erregendes, und er schluckte. Ihre verträumten Blicke blieben, als sie sich wieder voneinander lösten.

»Ihr seid verrückt.« Lorenzos anzügliche Bemerkungen ergaben mit diesem Wissen so viel mehr Sinn, aber es wunderte ihn dennoch. »Wie habt ihr Lorenzo überredet, Robert nichts zu verraten?«

»Überredet?« Luisa kicherte.

Amelia beugte sich auf dem Baumstamm nach vorn, und wie beiläufig strich sie ihre Bluse ein Stück zur Seite. Ein schwarzer Träger blitzte unter dem dünnen Stoff hervor. »Was denkst du denn?«

*So ist es auch ganz nett,* zitierte Nicki Lorenzos Worte, und ein eiskalter Schauer lief ihm über den Rücken. »Überzeugende Argumente?«, schlug er vor.

»Genau«, stimmte Luisa zu. Nicki schauderte innerlich und versuchte, sich nicht weiter vorzustellen, wie Lorenzo den beiden zusah.

Die Frauen wechselten einen Blick miteinander. Der Ausdruck in den blauen und grünen Augen verhieß nichts Gutes, als sie sich ihm wieder zuwandten. Sein Unbehagen wuchs. Amelia sprach weiter: »Wie können wir uns aber sicher sein, dass *du* uns nicht verrätst?«

»Äh?« Vermutlich war er nun ein gebranntes Kind, was das Thema Beziehungen und vor allem Geheimnisse in eben jenen anbelangte. »Ihr wollt ... weitermachen?«

»Weitermachen?« Amelia schüttelte belustigt den Kopf. »Weißt du, wie dämlich das klingt?«

»Gefühle lassen sich nicht einfach abstellen«, erklärte Luisa.

Er verdrehte die Augen. So ähnlich mussten sich Peter, Björn und Klaus in den vergangenen Wochen gefühlt haben, wenn sie ihn davon zu überzeugen versucht hatten, dass es noch andere Frauen gab. In gewisser Weise fühlte er sich entzweigerissen. Auf der einen Seite amüsierte es ihn, Robert auf diese Weise hintergangen zu sehen, da er sich Nicki gegenüber als belesener, mit viel Menschenkenntnis gesegneter Erfolgsmensch gegeben hatte. Auf der anderen Seite standen das Mitleid und das geteilte Schicksal, von der Partnerin betrogen worden zu sein. »Ja, ich weiß, wie dämlich das klingt, aber ihr könnt euch nicht ewig verstecken. Solltet ihr Robert gegenüber nicht ehrlich sein? Du als seine Ehefrau«, er nickte in Amelias Richtung und wandte sich dann Luisa zu, »und du als seine Angestellte?«

»Wie süß. Er spielt den moralischen Kompass.«

»Das hat nichts mit süß zu tun. Es ist einfach nicht richtig, jemandem etwas vorzuspielen.« Luisa trat auf ihn zu und sah herausfordernd zu ihm auf. »Selbst wenn es so ...« Er verstummte und blickte auf ihre Sommersprossen hinunter.

»Es geht dich nichts an.«

»Ich habe dir unsere Geschichte erzählt«, fuhr Amelia fort, und ihr eiskalter Tonfall jagte ihm einen weiteren Schauer über den Rücken. »In dieser Geschichte ist niemand ohne Schuld, und wenn du intelligent bist, hältst du dich besser heraus.« Sie betrachtete ihn nachdenklich. »Wieso interessiert es dich überhaupt?«

»Das geht euch nichts an.«

Im nächsten Moment bereute er seine Antwort. Die beiden Frauen tauschten einen vielsagenden Blick miteinander.

»Eigene Erfahrungen?«, fragte Luisa spitz.

Er zuckte mit den Schultern. *Nichts anmerken lassen.*

»Oho.«

»Lassen wir ihm sein Geheimnis«, sagte Amelia belustigt. »Vermutlich ist es eine sehr traurige Geschichte – immerhin kommt ein Alpaka drin vor.«

Erschrocken sah Nicki zu ihr. *Weiß sie es etwa?*

»Äh, wie?«

Sie hob beide Hände. Ihre Bluse vibrierte, als sie ihre Brüste nach oben schob, aber sie ignorierte seinen Einwurf. »Müssen wir dich jetzt, genau wie Lorenzo, auf billige Weise zum Schweigen bringen?«

Es waren nur noch zwei Tage bis Lohberg. Mit Lorenzo sah er sich eigentlich auf keiner Stufe, daran hatte nicht einmal Lorenzos Offenheit etwas geändert. Amelias Angebot war eigentlich recht überzeugend wie interessant, vor allem, wenn er an die heißen Küsse dachte, die die beiden miteinander geteilt hatten. Aber es war falsch. Es machte ihn nur zu einem weiteren Sklaven der

Triebe, der Werte wie Ehrlichkeit und Anstand geringer als die eigene Befriedigung schätzte. Er verdrängte jeden Gedanken an Brüste und mehr und atmete geräuschvoll aus. »Nein.«

Luisa hob eine Augenbraue. »Nein?«

»Kein Schweigegeld.« Die Stimme in seinem Kopf, die ihn daran erinnerte, dass sowohl Amelia als auch Luisa durchaus attraktive Frauen waren, und ihn einen dummen Jungen nannte, überhörte er. »Ich werde euer Geheimnis für mich behalten.«

»Ganz ohne Gegenleistung?«, hakte Luisa nach.

»Ja.« Er erinnerte sich an Lorenzos schmutziges Grinsen, und das seltsame Gefühl in seinem Bauch kehrte zurück. Er lächelte gequält. »Außer du willst mir einen Gefallen tun und mir dein Zelt überlassen.«

## *Hochsaison*

Enttäuscht neigte Nicki den Löffel nach unten. Ein Schwall rote Soße – Mais, Chilibohnen und zu aller Überraschung Kidneybohnen – suppte über den Löffelrand zurück in seine Schüssel.

Fünf Euro, sagte er sich.

Er ließ den Löffel zurück in die Suppe fallen. Seine Hand wanderte unter seine Jacke und den Pullover. Blindlings suchte er nach der Quelle des lästigen Juckreizes an seiner Leiste.

Mit der Zeigefingerspitze kratzte er über den winzigen Knubbel. Unter der stetigen Bearbeitung kippte er mal nach oben, mal nach unten, ließ aber nicht locker. Das Kribbeln wurde stärker. »Verflucht«, murmelte Nicki.

Eine Knoblauchallergie konnte er wohl ausschließen.

Nicki hob den Kopf. Das Feuer knisterte sterbend vor sich hin. Schüsseln und Besteck klapperten durch die Nacht. Die anderen beachteten ihn nicht. Gedankenverloren stellte er die Schüssel auf dem Baumstamm ab und erhob sich. »Darf ich?«, bat er Henry.

Der andere sah zu ihm auf, aber fragte nicht weiter. Henry zog die Beine an und machte Nicki Platz. Rasch verließ Nicki die Feuerstelle, zog sein Handy aus der Hosentasche und schaltete es ein. Zwischen zwei Büschen schlug er sich in den Wald.

In sicherer Entfernung blieb er stehen und sah auf das dunkle Display. Das Logo des Herstellers flammte auf, Nicki schälte sich aus dem linken Ärmel seiner Jacke, ehe er das Gerät in die andere Hand nahm und es mit dem rechten genauso machte. Achtlos fiel sein Anorak auf den Boden, als das Handy beinahe fertig mit dem Hochfahren war.

Er wartete nicht ab, bis es sämtliche anstehenden Statusmeldungen abgerufen hatte, sondern schaltete die Taschenlampe ein. Mit der freien Hand zog er seinen Pullover hoch.

»Scheiße.« Der Lichtstrahl tanzte über den vollgesogenen Körper des Tieres und warf einen langen Schatten auf seine Haut. Auf der heutigen Tagesetappe hatte er bereits den Verdacht gehegt, sich ein paar Untermieter eingefangen zu haben.

Aber wohl keine Flöhe aus Natalies Decke, witzelte er.

Nicki raffte seinen Pullover weiter hoch. Gemeinsam mit dem Lichtschein wanderten seine Fingerspitzen über seinen unteren Bauch, als er sich nach weiteren Zecken absuchte.

Das kann ja was werden, sagte er sich und hob den linken Arm. Mehr schlecht als recht versuchte er, gleichzeitig den Pullover und das Licht oben zu halten. Er entdeckte zwei weitere Blutsauger.

»Ist alles in Ordnung?«

Sein Smartphone glitt ihm aus der Hand. Dumpf landete es auf seiner Jacke. Nicki wirbelte herum, und das Handylicht blendete ihn für den Bruchteil einer Sekunde. Es dauerte einen Augenblick, bis er wieder deutlich sah. Hastig senkte er den Arm.

»Natalie!«, fuhr er sie an und richtete seinen Pullover. »Willst du mich umbringen?«

»Was machst du da?«

»Ich …« Nicki bückte sich rasch, hob sein Handy auf, und sein Blick fiel auf den Ladestand des Akkus. Elf Prozent. Scheiße. Er schaltete das Gerät aus, ehe er es in seine Hosentasche schob, und atmete tief aus. »Ich habe eine Zecke.«

»Und da wolltest du ihr …«, Natalie runzelte die Stirn, »etwas Discobeleuchtung gönnen?«

»Nein, aber es ist schwer, hier etwas zu erkennen.«

»Unter deinen Achseln?«

»Im Wald.«

Er sah ihr regelrecht an, dass sie ihm eine weitere Freundlichkeit an den Kopf werfen wollte, aber sie schien sich auf ihren letzten Funken gute Erziehung zu besinnen. Ihr Blick wanderte über die Baumschösslinge, die Brombeerranken und den großen Findling. »Du hast dir ja auch die beste Ecke dafür gesucht.«

»Ich wollte euch nicht mit meiner Beweglichkeit schockieren.«

»Ich habe eine Zeckenpinzette dabei«, erklärte sie und sah sich um. »Da hinten ist besseres Licht. Warte da, ich komme gleich wieder.« Sie wandte sich ab.

»Nein, das is–«

Sie hörte seinen Protest nicht mehr. Ebenso verblüfft wie entsetzt sah er zu, wie ihre schlanke Gestalt zwischen den Bäumen verschwand.

Scheiße. Das war das Letzte, was er gewollt hatte. Ausgerechnet Natalie!

Diese Gelegenheit würde sie sicher nutzen, um sich über ihn lustig zu machen. Seltsamerweise missfiel ihm dieser Gedanke mehr, als er geglaubt hätte – er wusste selbst, dass bei ihm von einem Waschbrettbauch nichts zu sehen war. Er senkte die Hände und sah auf sie hinunter.

»Scheiße«, murmelte er.

Sie kam zurück. Hastig bückte Nicki sich nach seiner Jacke und folgte Natalie rasch über die Lichtung zu dem anderen Platz.

»Hey, das muss echt nicht sein«, startete Nicki einen erneuten Versuch.

»Nein«, erklärte sie mit Nachdruck, setzte sich auf einen Baumstamm und deutete auf eine Stelle vor sich. »Setz dich!«

»Aber ...« Er biss sich auf die Unterlippe.

»Hör zu.« Natalie stützte sich auf dem Holz ab und sah für einen Moment auf ihre Finger hinunter. Ihre blonden Haare verbargen ihren Gesichtsausdruck vor seinem Blick. »Ich liege mit dir in einem Zelt. Ich kann darauf verzichten, dass deine Zecken zu mir wandern, wenn sie feststellen, dass mein Blut viel besser schmeckt als deines.«

Nicki presste die Lippen aufeinander. An dem Argument gab es nichts auszusetzen, aber das Stimmchen in seinem Kopf wollte einfach nicht verstummen. Drei Zecken hatte er bereits entdeckt.

»Ich glaube nicht, dass dein Blut besser schmeckt als meines«, sagte er. Mit hängenden Schultern trottete er auf den Baumstamm zu und ließ sich auf dem Holz nieder.

Natalie sah auf. »Also?«

Er hob den linken Arm und zog den Pullover hoch. »Unter der Achsel.«

Wortlos und damit zu seinem Erstaunen zauberte sie eine Packung Taschentücher aus ihrer Jacke hervor, zog ein Tuch heraus und legte es auf ihrem Oberschenkel ab. Sie beugte sich nach vorn. Er war froh, ihren Gesichtsausdruck nicht sehen zu müssen, und er hielt wie ferngesteuert die Luft an.

Natalie brauchte nicht lange, um den ersten Holzbock zu finden. »Kann ich?«

Nicki blinzelte. Die Anspannung wich aus seinen Muskeln, und er sah auf sie hinunter. »Klar.«

»Vielleicht solltest du dich etwas drehen.« Sie rührte mit ihrem Finger durch die Luft.

Nicki rollte kaum merklich mit den Augen, kam ihrer Aufforderung nach, und sie rutschte näher. Unter der Berührung ihrer warmen Hände erstarrte er auf ein Neues. Das Plastik der Pinzette drückte gegen seine Haut, und er schluckte, während er in die Vegetation starrte. Es ziepte. Dann wich sie zurück und streifte die Zeckenpinzette an dem Taschentuch ab. Nicki senkte den Arm und entspannte sich.

Ungewöhnlich bedächtig drückte Natalie mit dem hinteren Ende der Zeckenzange auf dem Holzbock herum. »Das war die erste Zecke.«

»Super«, murmelte Nicki.

»Kommt drauf an, für wen.«

»Für mich«, antwortete er stumpf. »Ich kann es nicht ändern, aber Zecken lieben mich.«

Sie verzog den Mund. »Weiter.«

Er seufzte, hob den Arm und rollte den Pullover hoch. »Ich hoffe, du achtest darauf, sie mit dem Kopf zu erwischen.«

Im Augenwinkel sah er, wie sie die Augen verdrehte. Dieses Mal war er auf die Pinzette und die unerfreuliche Nähe vorbereitet. Die befremdliche Reaktion seines Körpers blieb aus. Leise sog er die Luft ein, als sie – weniger sanft als beim ersten Mal – das Werkzeug herumdrehte.

»Nummer zwei«, zählte Natalie.

»Mhm …«

Sie wischte die Pinzette ab und zerdrückte das Vieh. Die Plastikzange pikste ihn, als Natalie, ohne zu fragen, ein weiteres Mal ansetzte. »Zecken lieben dich tatsächlich.«

»Da sind sie wohl die Einzigen.«

»Soll ich jetzt Mitleid haben?«

Er japste, als sie ihm die Haut eindrehte. Ruckartig riss Nicki den Kopf zu ihr um. Er senkte den Arm, unter seiner Achsel zwickte es. »Kannst du nicht vor–?«

Sie hielt ihm die Zeckenzange vors Gesicht, und er widerstand dem Drang, sie ihr aus der Hand zu schlagen. An der Spitze erkannte er den Zeckenkopf in Braun und Rot. »Nummer drei. Unter deiner Achsel saugt eine ganze Familie.«

»Vielleicht sollte ich Eintritt verlangen.«

»Als Zecke würde ich mir einen aufregenderen Abenteuerpark suchen«, gab Natalie zurück. Sie rieb die Zeckenzange am Taschentuch ab und zerquetschte Nummer drei auf dem Baumstamm. »Die nächste bitte.«

Nicki verdrehte die Augen, wandte sich ab und hob den Arm. Ihre Finger glitten suchend über seine Haut und unter der Berührung, bei der sie weitaus zärtlicher als beim Herausdrehen einer Zecke vorging, wanderte ein Kribbeln über seine Haut. Seine Nackenhaare stellten sich auf.

»Was sagt eigentlich deine Freundin dazu, dass du mit deinem Alpaka abgehauen bist?«

Irritiert runzelte Nicki die Stirn. »Ich bin nicht abgehauen.«

»Wieso bist du dann, abgesehen von Nummer 66, allein unterwegs?« Sie setzte die Pinzette an.

»Das habe ich doch schon erklärt.« Er wunderte sich, dass sie es nicht wusste. *Hat Lorenzo es ihr nicht erzählt?*

»Klar.«

»Glaubst du mir etwa nicht?«

»Mhm …«

Es zwickte erneut, als sie die Zeckenzange herumdrehte, und Nicki sog kaum hörbar die Luft ein. *Das macht sie mit Absicht!*

Natalie lehnte sich zurück. Für einen Moment trafen sich ihre Blicke, und wieder überkam ihn bei Natalies braunen Augen die Erinnerung an Laura. In seinem Bauch zog sich etwas zusammen.

»Das war Nummer vier«, erklärte sie. »Mit Familie Holzbock sind wir fertig.«

Überzeugung sah anders aus. Nicki schluckte seinen Frust über ihr Misstrauen und Laura hinunter. »Schön.«

»Wir sind noch nicht fertig.«

»Wa–?«

Ihre Schultern sackten nach unten. »Du willst mir doch nicht erzählen, dass das alle waren? Was war das beim Abendessen?«

*Bekommt die eigentlich alles mit?* »Nein, da gibt's noch eine«, gab Nicki zu und blickte auf die Zeckenzange hinunter. »Du kannst mir einfach die Pinzette hierlassen, ich schaffe das schon.«

»Bestimmt.« Erwartungsvoll sah sie zu ihm. »Also?«

Er presste die Lippen aufeinander. »Am Bauch.«

»Na dann ...« Sie beugte sich nach vorn.

Das streichelnde Gefühl auf seiner Haut irritierte Nicki. Jede Faser seines Körpers versteifte sich, als ihre Fingerspitzen weiter nach unten wanderten. »Hey!«

Ihre Finger drängelten sich zwischen Hosenbund und seine Haut. »Der Gemeine Holzbock ist wirklich schamlos.«

»Super.« Nicki biss sich auf die Unterlippe. Sein Blick wanderte zu der Lücke im Dickicht, durch die sie hergekommen waren. *Hoffentlich kommt keiner.*

Natalie beugte sich ihm weiter entgegen und fuhr mit dem Finger an seinem Hosenbund entlang. »Da ist Nummer fünf.«

»Die hatte wohl Lust auf den Nachtisch.« Nicki presste die Zähne aufeinander, als Natalie die Plastikzange ansetzte.

»Moment.«

Der Druck verschwand. Sie rutschte näher an ihn heran, und Nicki erstarrte. Wieder kribbelte seine Haut, als ihre Finger sich gegen seine Taille drückten und sie die Todeskampfarena für den fünften Holzbock bereitete. Er sog kaum hörbar die Luft ein. »Macht es dir eigentlich Spaß, mich zu quälen?«

Sie hielt inne. »Worauf beziehst du dich jetzt?«

Nicki nutzte die Gelegenheit für einen kurzen Blick über die Schulter, Natalie blickte auf ihre gespreizten Finger und die Zeckenzange in ihrer anderen Hand hinunter. Das Plastik drückte gegen seine Haut, und sie zog.

»Zange«, japste Nicki.

»Nummer fünf.« Der Bund seiner Boxershorts schnalzte. Natalie sah auf, ein Lächeln lag auf ihren Lippen. »Es hat etwas Beruhigendes.«

»Im Allgemeinen nennt man so etwas Sadismus.«

»Ich nutze gern Gelegenheiten.« Sie wischte die Plastikzange sauber, und der fünfte Holzbock fand wie die anderen vor ihm ein unrühmliches Ende auf dem Baumstamm.

Schön für dich, knurrte er in Gedanken.

Sie beugte sich wieder nach vorn, und Nicki verfluchte sich. Es war dahingeplaudert gewesen, aber in der Behauptung, dass Zecken ihn liebten, steckte ein Fünkchen Wahrheit. Wenn er auf dem Reiterhof geholfen hatte, die Pferde von der Weide zu holen, hatte er sich am Abend oft mit der Zeckenzange auf dem Sofa wiedergefunden.

Laura hatte es ungemein lustig gefunden. Er erinnerte sich an ihr Lächeln und die zwei Grübchen an ihrem Mundwinkel – nie hatte er etwas Süßeres gesehen. Er wusste nicht, wie oft sie vor dem Spiegel gestanden war und sich darüber geärgert hatte. Er würde es wohl nie wiedersehen, wenn er sich keine Mühe gab. Die Spitze der Zeckenpinzette wanderte über seine Haut, und er atmete kaum hörbar ein. »Ich habe keine Freundin.«

Für eine Sekunde hatte er das Gefühl, dass Natalie innehielt, aber dann spürte er wieder die Zeckenzange auf seiner Haut.

Was soll's, sagte er sich. Mit etwas Glück langweilte die Wahrheit sie, und sie verschwendete keinen weiteren Gedanken an ihn oder seine Absichten. Nach dem interessanten Gespräch mit Luisa und Amelia konnte er sich gut vorstellen, dass für eine Frau so eine Trennung einen guten Grund darstellte, um sich in die Einsamkeit des Waldes zu flüchten.

Wenn auch mit Alpaka, stöhnte er im Stillen.

»Laura hat vor ein paar Wochen mit mir Schluss gemacht«, erklärte er und bemühte sich um einen lockeren, aber doch traurigen Tonfall. »Wir waren etwas über drei Jahre zusammen und nun ja – vermutlich hat es mich mehr mitgenommen, als ich zugeben will. Ich wollte einfach mal raus, meine Ruhe haben, und da kam mir Peters Wette gerade recht.« Er erinnerte sich an den Witwer Willi Weber. »So ziemlich alles in meiner Wohnung hat mich an sie erinn– Aua!«

»Entschuldigung.« Natalie lehnte sich zurück. »Ich war abgelenkt.«

»Wovon?« Nicki rieb sich über die schmerzende Stelle an seiner Leiste. Seinen leichten Ärger verhehlte er nicht. *Wir sitzen mitten im Wald und du quälst mich mit einer Zeckenzange!*

Sein Blick schweifte flüchtig zu der Lücke im Dickicht. Er hoffte, keines der übrigen Mitglieder schöpfte einen falschen Verdacht, da Natalie und er verschwunden waren. Lorenzo hatte leider nicht so unrecht: Im rechten Licht hatte er der Einschätzung des anderen zustimmen müssen, Natalie sah irgendwie gut aus.

»Ich bin im Kopf die methodischen Prinzipien und Merkmale der Erlebnispädagogik durchgegangen.«

Nicki starrte sie an. *Das ist nicht ihr Ernst?* »Schön?«

»Ein sehr interessantes Thema«, stimmte Natalie zu, griff nach dem Taschentuch und rieb die Zeckenzange ab.

Aber was hatte er erwartet? Natalie wäre sicher die letzte Person, die sich von ihm ablenken lassen würde. Dazu müsste er vermutlich nackt vor ihr tanzen, und in diesem Fall dürfte er sich sicherlich einige Freundlichkeiten anhören.

»Ich dachte, du hast deinen Master schon?«

Sie lächelte. »Denkst du, ich will ewig Alpaka-Trekkingtouren leiten?«

»Wieso nicht?«

»Ist das dein Ernst?«

Eigentlich war es Nicki egal. Er zuckte mit den Schultern. »Deine Leidenschaft für diesen Job merkt man dir doch total an.«

»Das täuscht«, erwiderte Natalie, und ihr üblicher gelangweilter Tonfall war zurück. »Es gibt ja nicht immer so interessante

Fälle von Gedankenlosigkeit, gepaart mit schlechtem Humor und Fantasie, zu beobachten.«

»Ich nehme das als Kompliment.«

Natalie seufzte. Sie betrachtete ihn nachdenklich, dann sackten ihre Schultern nach unten, und sie hielt ihm die Zeckenzange hin. »Hier.«

»Was soll ich damit?« Nicki deutete auf das Plastikwerkzeug.

»Zecken lieben weiche, gut durchblutete und dünne Hautstellen.«

»Äh, ja?« Er hatte nicht mit einer Nachhilfestunde in Biologie gerechnet. »Stella ist die Biologin, das weißt du?«

Natalies Blick schweifte bedeutungsschwanger nach unten. »Du solltest noch anderswo nach Zecken suchen.«

»Ach?« Nicki nahm ihr die Pinzette ab und wog sie in seiner Hand. Die Vorlage konnte er sich nicht entgehen lassen, auch wenn er sich mit jedem weiteren Kommentar den möglichen Ärger Lorenzos und Natalies aussetzte. »Da kneifst du wieder?«

Natalie lächelte, schob ihm die Packung mit Taschentüchern über den Baumstamm entgegen und erhob sich. »Sieht so aus, oder?«

Er ließ sie nicht aus den Augen. Die Grübchen an ihren Mundwinkeln bannten und verzückten ihn zugleich auf eine verwirrend-bekannte Weise, und wie von selbst kamen die Worte über seine Lippen. »Wie schade.«

# *Ein Ende in Sicht*

Der nächste Tag begann wie jeder andere. Nicki hatte trotzdem das Gefühl, etwas hatte sich verändert. Am Anfang der gemeinsamen Wanderung waren alle ihm gegenüber reserviert gewesen. Nun aber wusste er von einigen Geheimnissen, und jedes hatte ihn den Leuten näher gebracht. Mehr noch – ihm hatte es geholfen, diese Menschen besser zu verstehen.

Da war aber noch etwas. Einige Geschichten hatten ihm gezeigt, dass die Trennung von Laura nicht das Ende bedeuten musste. Es war zwar doof, es war unerwartet gekommen, aber es war nichts, was sich nicht überwinden ließ. Letztlich konnte er sich, von einem Alpaka in der Dusche einmal abgesehen, sogar glücklich schätzen, wie sein Leben ohne Laura, dafür mit einem sicheren Job, einer pflegeleichten, weil gleichgültigen Sexbeziehung zu seiner Nachbarin und idiotischen Freunden verlief. Mit etwas Glück schaffte er es vielleicht auch, wieder mehr Kontakt zu Laura zu haben. Trotz allem, was zwischen ihnen passiert war, wollte er nach wie vor ihr Freund – ein Freund, nicht unbedingt *der* Freund – sein. Eine Sache hatte sich aber nicht geändert: Er langweilte sich.

Längeren Wanderungen in der Natur hatte er noch nie etwas abgewinnen können. Die Reise mit seinen Kumpels hatte er nur wegen der Aussicht auf vermeintliche Ablenkung von der Trennung und Alkohol mitgemacht, was die Tagestouren erträglich gemacht hatte. Hier kamen zu den kilometerlangen Tagesetappen die Alpakas dazu.

Nickis Blick schweifte zu Nummer 66. Am nächsten Tag erreichten sie wohl Lohberg und Eggersberg. Sobald sie das Ortsschild von Lohberg hinter sich gelassen hatten, würde Nicki sich vom Rest der Gruppe verabschieden, sich an die nächste Bushaltestelle – falls es dort so etwas gab – stellen und Lana benachrichtigen, dass sie ihr verfluchtes Alpaka abholen konnte.

Nicki warf einen Blick über die Schulter und nach vorn. Keiner der anderen beachtete ihn, und er wickelte den Führstrick von Nummer 66 um seine Hand. »Du läufst brav neben mir her, in Ordnung?«, sagte er leise zu der Alpakastute. »Keine Faxen, keine Zickereien!«

Das Tier schnaubte. Sein Kopf wippte im Takt seiner Schritte vor und zurück. Nicki wertete es als Zustimmung. Flink wanderte seine Hand in die Hosentasche, und er zog sein Smartphone hervor. Die Sekunden, bis die Software geladen hatte, kamen ihm wie eine Ewigkeit vor und der Akkuladestand von neun Prozent verbesserte seine Stimmung nicht gerade.

Beim nächsten Alpaka muss ich einiges anders machen, stellte er ironisch fest, wobei er immer noch hoffte, dass diese Odyssee bald ein Ende fand und sich vor allem nicht wiederholte. Er durfte bloß keine Challenges von Möchtegern-Influencern mehr mitmachen.

Er wechselte zum Messenger. Klaus – schweigsam wie immer, die Rolle des nutzlosen Freundes spielte er in den letzten Tagen perfekt. Nicki machte ihm keinen Vorwurf. Nummer 66 war sein eigenes Problem und nicht das von Klaus. Nicki konnte sich vermutlich sowieso glücklich schätzen, dass Klaus es nicht all ihren gemeinsamen Bekannten erzählt hatte, um ein paar Lacher zu ernten.

Lana. Auf eine Lösung von ihr musste er nicht hoffen. Das machte ihn wütend. Sie hätte all das verhindern können, wenn sie nur einen Funken Verstand hinter ihrer perfekt gepuderten Stirn gehabt hätte, aber für sie zählten nur gutes Licht und die Likes.

Im Gruppenchat tauschten sich seine Freunde über irgendwelche Internetvideos aus, die in Nickis Augen mehr abschreckten, als antörnten. Er scrollte durch die Nachrichten, als mit einem Mal eine Benachrichtigung aus einem anderen Chat aufpoppte.

*Hey.*

Er lächelte. *Hey.*

*Immer noch am Wandern?*

Nickis Blick schwenkte flüchtig zur Seite. Nummer 66s Kopf wippte auf und ab. *Natürlich, immer auf Tour.*

*Mann, ich stelle mir das richtig langweilig vor.*

Aus dem Grund habe ich das Handy angeschaltet, spottete Nicki still. Verraten wollte er ihr das nicht. Zu sehr drängte sich bei Laura sicherlich der Verdacht in den Vordergrund, dass er kein Teil der Gruppendynamik war, und das klang in seinen Ohren sehr armselig. Und armselig – *so* wollte er sich ihr gegenüber nicht mehr geben.

*Man sieht und lernt einiges. Über Bäume und so.*

Ein absoluter Euphemismus, aber es genügte Laura als Antwort. *Oho!*

Nicki überlegte. *Wie geht es Christina?*

*Sie liegt noch im Koma.*

Er seufzte. Laura hatte schon immer ein Talent dafür gehabt, Fragen genauso nützlich wie er zu beantworten. *Durftest du mittlerweile zu ihr?*

*Nein, voll doof!*

Sonderlich verwunderlich empfand Nicki das nicht. *Na ja, sie wird sich erholen müssen.*

*Sie liegt im Koma! Mehr Erholung geht wohl nicht!*

Der Spruch kam bei ihm durchaus als makaber an. Für einen Moment konnte Nicki tatsächlich nicht sagen, ob Laura es ernst meinte oder ob es ein Scherz gewesen war.

*Ähm.* Er schickte den grübelnden Smiley hinterher.

Laura antwortete prompt mit seinem zwinkernden Verwandten. *Das war ein Witz.*

Sonderlich spaßig fand Nicki es immer noch nicht. Laura schien aber ihren ersten Schreck über die Erkrankung ihrer Freundin überwunden zu haben. Es ärgerte ihn nach wie vor, nicht besser für sie da sein zu können.

Ein Themenwechsel lenkte sie sicher ab. *Was machst du gerade?*

*Ich bin mit Stef beim Autoservice.*

Auf eine solche Antwort hatte er nicht gehofft. Für ein paar Sekunden starrte er auf die Buchstaben hinunter. Der Name ihres

Neuen prangte ihm entgegen, und erinnerte Nicki an sein Versagen. Er schluckte. *Scheißkerl.*

*Klingt ja spannend.* Er verzichtete auf den Zusatz, dass ihr das mit ihm nie passiert wäre.

*Total.* Zu seiner Verwunderung schrieb sie weiter. *Das nervt so! Eigentlich sollte ich längst auf dem Reiterhof sein, aber jetzt muss er mit seinem Kumpel was am Auto machen.*

*Oh.* Eine bessere Antwort fiel ihm dazu nicht ein.

*Das ist echt scheiße! Jetzt kann ich schon nicht in den Urlaub, und dann muss er mit so einem Mist anfangen!*

*Was für Mist?*, tippte er eilig.

*Keine Ahnung, irgendwas mit dem Auto!*

*Wird schon wichtig sein.* Nicki bezweifelte es allerdings.

*Von wegen!*

Vor seinem inneren Auge verdrehte Laura die Augen.

*Ich muss doch für die Dressurreiter-Prüfung üben!*

*Welche Dressurreiter-Prüfung?*, tippte er eilig.

*Boah, du klingst ja schon wie Stef!*

Der Smiley starrte ihm aus zusammengekniffenen Augen entgegen, und Nicki schluckte seinen aufkeimenden Ärger hinunter. Was denkt Laura eigentlich?

*Der hört mir auch nie zu, wenn es um Dressur geht!*

Im Gegensatz zu Stefano hatte er keinen Grund mehr, sich auf dem Reiterhof herumzutreiben. Er überlegte, wie er es am besten formulierte, der Vergleich mit Stefano missfiel ihm aufs Äußerste. *Na, woher soll ich das denn wissen?*

*Stimmt auch wieder!*

Der Smiley streckte ihm die Zunge heraus. Nicki nahm es gelangweilt zur Kenntnis, aber Laura schrieb weiter.

*Ich will die L-Dressur endlich schaffen, mit Pirouette klappt es bestimmt!*

Pirouette war, soweit Nicki sich erinnerte, eines der Dressurpferde des Reiterhofs und war meist von Christina geritten worden. *Wolltest du nicht mit Christina in den Urlaub?*

*Die Prüfung ist danach. Die Volten machen mir immer noch Probleme!*

Was auch immer das ist, antwortete Nicki in Gedanken. Es wunderte ihn zwar, dass Stefano ihr beim Thema Pferde nicht zuhörte – immerhin besaß er selbst eines –, aber Nicki verstand es. Wenn es um Pferde ging, konnte Laura ohne Punkt und Komma reden.

*Es ist ja so – eigentlich wollte Christina mir nach dem Urlaub helfen. Sie hat ja schon die M-Prüfung, aber das wird wohl auch nichts mehr.* Drei heulende Smileys schlossen an Lauras Nachricht an.

»Natürlich«, murmelte Nicki. Nachdem Christina krank geworden war, war Pirouette frei geworden. *Das ist ja doof.*

*Ja, ich hätte ihre Hilfe gut gebrauchen können. So muss mir eben ihr Pferd helfen!*

Den lachenden Smiley fand Nicki unangebracht, und er wartete ab, was Laura weiterschrieb.

*Hoffentlich komme ich noch hin, heute ist Beas einziger freier Tag!*

*Ich drücke die Daumen.* Bea war die Reitlehrerin.

*Aber wenn Stef weiter so trödelt, wird das wohl nichts!* Der Smiley blickte Nicki düster entgegen. *Ich hasse das so!*

Er wusste nicht so recht, was er darauf sagen sollte. *Passiert eben.*

*Na komm! Er hätte mir ja sagen können, dass es länger dauert! So ehrlich sollte er dann schon sein!*

*Vielleicht wusste er es ja nicht?* Nicki hatte keine Ahnung von Autos.

*Ach was!*

*Dann solltest du ihm das vielleicht erklären.* Die Antwort war lahm. *Das mit der Dressurprüfung.* Oder dass du es hasst, zu warten, ergänzte er für sich.

*Wenn ich ihn darauf anspreche, heißt es nur, dass er Zeit mit mir verbringen wollte!*

Die drei Smileys mit hochrotem Kopf drückten Lauras Wut wohl gut aus.

Er erinnerte sich an Amelias Widerspruch, als er ihr Ehrlichkeit gegenüber Robert nahegelegt hatte. Ihre Ménage à trois befremdete ihn immer noch, und es kam ihm wie ein schlechter Witz vor, dass ausgerechnet Robert – der, der alles ins Rollen gebracht hatte – nichts von den Gefühlen zwischen seiner Ehefrau und seiner Geliebten ahnte. Natürlich war es nicht das Gleiche, doch ein Teil von Nicki wusste, wie Robert sich fühlen würde, wenn Amelia und Luisa sich ihm offenbarten.

Es nervte ihn. *Was sagt er eigentlich dazu, dass du mit mir schreibst?* Er überlegte. *Wieder.*

*Was soll er dazu schon sagen?* Der Smiley lachte ihn keck an, und ihr Ärger schien verflogen zu sein.

Nicki fiel nichts anderes ein als drei Punkte.

*Hast du etwa Angst?*

Der Smiley zwinkert ihm zu. *Nein,* tippte er schnell.

*Es ist doch meine Sache, mit wem ich schreibe.*

Ihre Antwort weckte ein flaues, aber genauso wohlbekanntes Gefühl in ihm. Voller Unbehagen beobachtete er ihren Status. Diese Unterhaltung hatte er mit ihr mehrere Male geführt; umgekehrt hatte sie aber immer genau wissen wollen, mit wem er geschrieben hatte. Der Gruppenchat mit seinen Kumpels hatte sie dann aber doch nicht interessiert.

*Und er ist ja selbst schuld! Immerhin hat er mich sitzen lassen!*

Vermutlich saß sie mit einem Latte macchiato beim Autoservice und konnte mit den Autozeitschriften nichts anfangen. Von Sitzenlassen konnte da keine Rede sein.

*Wie gesagt, das macht er ja dauernd!,* setzte sie nach.

Nicki sah verwundert auf ihre Nachricht hinunter. *So?*

*Jaaa!* Sie schrieb weiter. Nicki warf einen kurzen Blick zu Nummer 66. Das Alpaka störte sich an seiner gedanklichen Abwesenheit nicht. Brav trottete es neben ihm her.

*Stef hat halt immer sehr viel zu tun! Seinem Vater gehören ja drei BMW-Autohäuser in Passau, Pocking und Vilshofen.*

Nickis Verdacht von wegen »von Beruf Sohn« verstärkte sich. *Und?*

*Er kümmert sich um Social Media! Muss immer wieder Fotos für Facebook oder Instagram machen. Das ist voll geil, er kann das mit dem Handy total gut! Wie Klaus!*

»Wow«, murmelte Nicki. Wenn Klaus das zu hören bekäme, würde er vermutlich sofort nach der Blendenzahl, dem ISO-Wert und der Belichtungszeit von dem BMW Z4 fragen. Nicki blieb nur der zweifelnde Blick.

*Aber das ist halt auch scheiße. Da sind wir frisch verliebt, und dann muss er dauernd arbeiten.*

Nicki ignorierte das rote Herz nach dem »verliebt« und schluckte. *Wieso ist er dann beim Autoservice?*

*Hä?*

*Na, wenn sein Vater drei Autohäuser hat, wieso muss er zum Autoservice?*

*Ach so!!!* Der Smiley grinste ihn an.

Gespannt hob Nicki eine Augenbraue.

*Der Autoservice ist natürlich in einem Haus seines Vaters!* Wieder grinste ihn der Smiley an.

Vermutlich hätte er es sich denken können. Für einen Augenblick überlegte er, sie zu ärgern – nichts nervte sie mehr, als mit ihrer Schwester verglichen zu werden. Sie waren zwar Zwillinge, aber beide pochten auf ihre Eigenständigkeit. Aber nun das Make-up, um die Sommersprossen abzudecken, dann der reiche Freund ... Oder andersrum? Im Moment erinnerte sie ihn stark an Georgina.

*Na denn ...*

*Wir mussten halt nach Vilshofen fahren, weil Stefs Kumpel dort arbeitet.*

*Ach so.*

*Oh, er kommt.*

*Na, wow.* Nicki ahnte, was als Nächstes kam.

*Ich meine ... zurück.*

»Wie witzig«, murmelte Nicki. Sein Kommentar entlockte Nummer 66 ein Schnauben, und Nicki blickte zu dem Tier. »Den Witz macht sie gern«, erklärte er.

Eine Sekunde später bemerkte er, dass das Nummer 66 sicherlich nicht interessierte und wie nebensächlich es überhaupt war – war es überhaupt witzig?

Er wandte sich wieder seinem Handy zu, und seine Finger huschten über die Tastatur. *Das dachte ich mir schon.*

*Hihi, bist du jetzt etwa beleidigt?*

Nicki verdrehte die Augen. Ihre nächste Nachricht kam, bevor er antworten konnte.

*Wie süß!*

*Aha.* Etwas Besseres fiel ihm gerade nicht ein.

*Ich muss los, Leberwurst!*

*Bye.*

*Stef zusammenscheißen.* Der violette Smiley blickte ihm verschlagen entgegen. *Und sei nicht so beleidigt!*

Ihr Status wechselte zu offline. Nicki verdrehte die Augen, schaltete sein Handy aus und schob es zurück in seine Hosentasche. So sehr ihn der Spruch langweilte, so sehr erinnerte er ihn an früher.

Aber es war Vergangenheit.

Er wandte sich Nummer 66 zu. »Ich bin nicht beleidigt. Das ist ja auch vollkommen albern. Der Spruch ist einfach nur total ausgelutscht, aber Laura ...« Er runzelte die Stirn. Sie fand es immer wieder lustig.

»Sprichst du mit deinem Alpaka?«, erklang Emmas Stimme plötzlich von hinten.

Verblüfft blickte er über die Schulter. Ihre Schwester war ein Stück zurückgefallen und unterhielt sich mit Luisa und Henry. Wie viel hatte Emma mitbekommen? Als verrückter Alpakaflüsterer wollte er eigentlich nicht eingeschätzt werden.

»Klar, du nicht?«

Emma blickte zu dem hellbraunen Alpaka an ihrer Seite und neigte den Kopf. »Ach, Pocket ist eher der stille Typ.« Sie wandte sich wieder um und beschleunigte ihren Schritt. Pocket folgte ihr artig. Emmas kecker Gesichtsausdruck wich einem herausfordernden, als sie zu Nicki sah. »Er ist eben ein typischer Wallach: Er hört wie alle Männer schlecht zu.«

Sie errichteten ihr Nachtlager, als vom fernen Dorf her die Kirchturmglocken erklangen. Da er keine eigene Schlafgelegenheit mehr hatte und kein Zelt aufbauen musste, lag die Versorgung der Alpakas bei Nicki. Mittlerweile hatte er sich, so seltsam es sich anhörte und für ihn anfühlte, an die Alpakas gewöhnt und kannte einige seltsamere Marotten der Tiere. So wusste er um Nummer 66s Vorliebe für halb verwelkte Buchenblätter, Marabus Verdauungsprobleme, wenn es bergab ging, oder Spuckis Angst vor tief fliegenden Vögeln.

Nachdem er mit der Fütterung fertig war, suchte er sich einen ruhigen Platz. Gelassen setzte er sich auf den Baumstamm, zog die Tragetasche und den Rucksack zwischen seine Beine und holte sein Handy hervor. Er schaltete es ein.

Der magere Akkuladestand von sieben Prozent machte sich bemerkbar. Bei jedem Start ging es schneller, bis die Empfehlung zum Stromsparmodus kam.

Nicki seufzte und tippte die Chats an. Seine Mutter fragte, ob er am kommenden Sonntag wie seine Schwester zum Mittagessen vorbeischauen wolle – Nicki runzelte die Stirn und fragte sich, ob seine Mutter das mit Claudias neuem Schäferhund ernst meinte oder ob sie ...

Ein Lacher von Lorenzo riss ihn aus seinen Überlegungen. Nicki warf einen Blick zu den anderen. Der Italiener stand mit Natalie bei ihrem Zelt, sie scherzten, wie so oft, miteinander. Bevor er sich Gedanken um eine Antwort für seine Mutter machen konnte, tauchte eine neue Nachricht auf.

*Hey!!!*

Verdutzt blickte Nicki auf Lanas Gruß hinunter, dann klickte er die Benachrichtigung an. Es blieb bei dem »Hey«. Was sollte er denn darauf schreiben?

Ihre Gleichgültigkeit gegenüber ihm und der Tatsache, dass sie ihm das Alpaka überlassen hatte, regte ihn auf. Dann kam ihre nächste Nachricht: *Ich habe jemanden gefunden!!!*

Nickis Herz machte einen kleinen Hüpfer. Seine Finger huschten über die Tastatur: *Wirklich?*

*Schick mal Standort!!!*

Ohne zu zögern, sendete er ihr den Standort. Während er auf das Auftauchen der zwei Haken wartete, schweifte sein Blick zu den grasenden Alpakas. Konnte es sein, dass diese Quälerei endlich ein Ende hatte?

*Gut!!!*

Er runzelte die Stirn. *Wir sind über Nacht hier,* schrieb er ihr.

*Gut!!!*

Seine Verwunderung wuchs. Er hatte Lana nie erzählt, dass er sich einer Trekkingtour angeschlossen hatte. Von seinen ganzen Problemen – magerer Proviant, nasse Schuhe und eine wild gewordene Wildschweinhorde – wusste sie gar nichts.

Aber das ist vielleicht nicht das Schlechteste, sagte er sich, und sein Blick wanderte zu Natalies Zelt. Lorenzo und Natalie waren verschwunden. Vermutlich dachte Lana, dass es sich bei dem *Wir* um Nummer 66 und ihn handelte.

Lanas Status wechselte. *Wir schaffen es gegen elf Uhr abends!!!*

*Wieso so spät?,* tippte er hastig, immer mit Blick auf die verbliebene Akkuzeit.

*Ich muss arbeiten?!?*

Verdutzt sah er auf ihre Nachricht hinunter. Bisher hatte er sich keine Gedanken darüber gemacht, ob Lana neben ihrer erfolgreichen Social-Media-Karriere noch anderen Beschäftigungen nachging, aber scheinbar war es tatsächlich so.

Letztlich war es ihm herzlich egal. Lanas Antwort bedeutete vor allem eines: Er kam endlich weg hier.

Sie schickte ihm einen Standort. *Wir treffen uns dort!!!*

Er klickte den Standort an. Eine Straße führte zu dem Punkt, was wohl der Grund war, wieso Lana ihn ausgewählt hatte. Der Ort – Nicki vermutete, dass es sich um einen Wanderparkplatz handelte – lag ein gutes Stück von ihrem Rastplatz weg. *Na super!*

Nicki schob den Kartenausschnitt über den Bildschirm; Lanas Wunschort bedeutete eine gute Viertelstunde Fußmarsch quer durch den Wald; länger, wenn sich das Gelände als unwegsam erwies, denn auf den letzten Metern sollte er einen Beinbruch bei Nummer 66 oder sich tunlichst vermeiden. Sein Blick wanderte erneut zu Natalies Zelt.

»So ein Mist«, murmelte er.

Elf Uhr abends war eine blöde Zeit. Vermutlich würde sie aufwachen, wenn er sich aus dem Zelt schlich, und für diesen Fall brauchte er eine gute Erklärung. *Oder besser absagen?*

Immerhin war es nur noch ein Tag Fußmarsch. Nach allem, was er bisher mitgemacht hatte, kam es auf diesen eigentlich nicht mehr an. Mehr als die Vorstellung, mitten in der Nacht durch den Wald zu stapfen, missfiel ihm aber der Gedanke, von Natalie als Weichei angesehen zu werden, wenn er so kurz vor dem Ziel die Bequemlichkeit dem letzten Wegstück vorzog. So bestätigte er all ihre unausgesprochenen Vorurteile, die sie in ihrem Spott über seine Sneakers und die Kartoffelsäcke versteckt hatte.

Er stutzte.

Was denke ich da überhaupt, schalt Nicki sich selbst. Seine Finger jagten über das Display: *Kein Problem.*

*Sehr gut!!!!!*, schrieb Lana.

Nicki verdrehte die Augen über das Daumen-Hoch-Emoji, das sie hinter ihre Ausrufezeichen-Armada gesetzt hatte, schaltete sein Handy aus und schob es in seine Hosentasche. Er sah erneut zu den Alpakas. *Das wird sicher interessant.*

## *Die Challenge*

Obwohl er ein gutes Stück von der Dose entfernt saß, roch er den fermentierten Fisch. Allein bei dem Gedanken, dieses nach Tod und Verfall riechende Zeug zusammen mit kalter Milch oder Bier zu genießen, lief es ihm eiskalt über den Rücken. Voller Unbehagen schweifte sein Blick von der blauen Dose des Todes zu seinem Mitstreiter. Wilhelm gab sich unbeeindruckt. Mit verschränkten Armen sah er zu Lana auf.

Nicki folgte seinem Blick. Er hatte schon den Eindruck, einen grünlichen Hauch um Lanas perfekt geschminktes Näschen zu sehen, aber sie ließ sich nichts anmerken. Ganz der Profi lächelte sie sie unverwandt an.

»Nun ... was sagt ihr? Wilhelm?«

Der Bauer zuckte mit den Schultern.

»Nicki?«

»Ich überlege gerade, ob das eher unter biologische oder chemische Waffen fällt.«

Lana kicherte mädchenhaft. »Die Antwort findest du sicher, wenn du es probiert hast«, erklärte sie. »Nimmst du die Herausforderung an? Denk dran: drei Bissen, drei Punkte!«

Er griff nach der nächsten Gabel, beugte sich über den Tisch und pikste mit den Zinken in den Fisch. Das Fleisch der kleinen Heringe gab augenblicklich unter dem Druck nach, und Nicki verzog das Gesicht. »Schwierig.«

»Dann fragen wir doch erst einmal Wilhelm?« Lana wandte sich dem anderen zu. »Möchtest du anfangen?«

»Bah, loss des liaba den Stoderer machn, Willi.«

»Na, i fang o, vo mia aus.« Wilhelm nahm sich ebenfalls eine Gabel, erstach einen eingelegten Hering und legte ihn auf den Teller. Unbeholfen kratzte er das Fischfleisch von den Gräten. Der

Geruch machte ihm dabei offenbar nichts aus. Nach wenigen Augenblicken schob er die Fischstückchen auf die Gabel, schluckte sie, ohne zu zögern, hinunter und holte einen zweiten Fisch auf den Teller. Mit etwas geschickteren Bewegungen wiederholte er es.

»Hast du keine Geschmacksnerven?«, fragte Nicki entgeistert und sah zu den Fischgerippen auf dem Teller. »Oder Geruchssinn?«

Wilhelm schluckte erneut hinunter und hob die Schultern. »'s gibt Schlimmers.«

Zweifelnd sah Nicki zu den eingelegten Heringen. Natürlich war die Frage sinnleer, denn ohne jeglichen Geruchs- oder Geschmackssinn wäre es Wilhelm gar nicht möglich gewesen, bei der ersten Challenge überhaupt einen Punkt zu erlangen.

»Einer fehlt noch«, sagte Lana tonlos.

Vollkommen unbeeindruckt lud Wilhelm den dritten Hering auf den Teller. Die Gabelzinken glitten zwischen die Gräten, der Haufen auf dem Teller wurde höher und verschwand nach kurzer Zeit in Wilhelms Mund. Er legte die Gabel neben den Teller und blickte zu Lana auf.

Wilhelm hat gut vorgelegt, stellte Nicki ernüchtert fest und sah zu den Fischköpfen auf Wilhelms Teller.

»Wie definiert sich ein Bissen eigentlich?«, hakte Nicki nach. »Müssen es drei Fische sein oder reichen drei Bissen von einem Fisch?«

Lana streckte sich nach vorn, um in die Dose zu blicken, und lächelte ihn dann zuckersüß an: »Nun, im Sinne der Fairness sind es nun drei Fische.«

*Super.* »Vielen Dank«, sagte Nicki an Wilhelm gewandt.

»Koa Problem.«

Zögerlich schwebte Nickis Gabel auf die Dose zu. Er erstach einen Fisch und zog ihn aus der trüben Brühe heraus. Träge tropfte der Fisch auf die Tischdecke, als Nicki sich zurücklehnte und den Hering ablegte. Eigentlich sah er harmlos aus, aber der Geruch war alles andere als das.

Drei Fische, stöhnte er innerlich.

Jegliches Seziergeschick, was Nicki sich beim Karpfenessen mit den Großeltern angeeignet hatte, schien unter dem üblen Geruch vergessen. Unbeholfen schabte er das Fleisch von den Gräten. Nach Sekunden, die Nicki wie Stunden vorgekommen waren, hatte er eine Portion heruntergekratzt. Er schob sie auf die Gabelzinken.

Er wusste nicht, ob der Geruch von der Dose kam oder von dem wenigen Fleisch auf der Gabel, aber er verstärkte sich wieder. Nicki seufzte.

Der Fisch schmeckte so faulig, wie er aussah. Alles Salz, das er in den Monaten der Fermentierung aufgenommen hatte, konnte diesen Geschmack nicht verdecken. Unglücklich kaute Nicki auf dem Fleisch herum, dann schluckte er es herunter und schüttelte den Kopf. »Widerlich.«

»Das war der Erste.«

*Toll, du kannst zählen.* Nicki beugte sich vor. Er pikste ein weiteres Mal in die Dose. Der Hering landete neben den Überresten des ersten. Unter einer erneuten Geruchsbelästigung, die ihresgleichen suchte, kratzte Nicki seinen zweiten Bissen zusammen. Die unappetitliche Konsistenz machte es ihm schwer, seinen eigentlichen Plan – Augen zu und durch! – durchzuführen, und er fragte sich, wieso er sich das eigentlich antat. Sein Blick schweifte zu Lana, die gespannt abwartete. Er schluckte und legte die Gabel zur Seite. Für ein Glas Wasser oder sonst etwas, mit dem er den widerlichen Geschmack hinunterspülen konnte, würde er gerade fast alles tun. Außer *Surströmming* essen ...

Er schüttelte entschieden den Kopf. »Zwei reichen mir.«

»Bist du dir sicher?« Lana überlegte. »Willst du deinen Vorsprung nicht lieber ausbauen?«

»Ich bin mir sicher.«

»Wie du willst.« Lana strahlte in die Kamera. »Damit führt nach wie vor Nicki mit elf Punkten vor Wilhelm mit zehn Punkten. Alles ist noch offen, und wir von ALANAPAKA sind gespannt, wie es nach der Verkostung unserer zweiten Delikatesse aussehen wird!«

Nicki konnte sich nicht vorstellen, dass es noch schlimmer werden würde. Lana winkte in Patricks Richtung, und er öffnete eine weiße Schachtel. Das ist doch nicht wahr, durchfuhr es Nicki, als er es erkannte. *»Pidan?«*

»Oh, du kennst *Tausendjährige Eier?*« Lana lächelte.

Nicki zuckte mit den Schultern. Vermutlich wartete sie als Letztes mit Haggis oder Ähnlichem auf. Mittlerweile erinnerte ihn dieser Teil der Challenge stark an eine Folge einer drittklassigen Wissenssendung. »Schon mal davon gehört, aber noch nie«, er sah zu, wie Patrick jedem ein Ei auf den Teller legte, »gegessen.«

»Dann hast du heute ja die Chance, das nachzuholen.«

»Super.« Nicki bezweifelte, dass überhaupt zu wollen.

»*Tausendjährige Eier* oder *Pidan* sind nicht, wie ihr Name sagt, Tausende von Jahren alt, sondern meist nur einige Wochen. Um sie herzustellen, bedarf es einer komplizierten chemischen Reaktion, mit der ich euch nicht langweilen will, aber Salz spielt, genau wie beim *Surströmming*, eine wichtige Rolle.« Lanas Lächeln wuchs in die Breite. »Ist schon komisch, dass alles, was gut haltbar ist, salzig ist.«

»Chips«, brummte Wilhelm.

»Na, die sind aber nicht wirklich haltbar«, bemerkte Nicki und stupste das Ei mit der Fingerspitze an. »Eine Woche in der Sofaritze, und sie sind weich.«

Ein Räuspern zog seine Aufmerksamkeit auf sich, und Patrick reichte ihm ein Messer. Zögerlich nahm Nicki es entgegen und legte es neben dem Teller ab.

»Ihr schält das Ei nun, und dann viertelt ihr es. Für die volle Punktzahl müsst ihr drei Viertel essen. Das Letzte dürft ihr dann genießen.« Lanas Lächeln wuchs in die Breite. »Natürlich nur, wenn ihr das wollt!«

Echt super, alles freiwillig, unkte Nicki in Gedanken.

Genau wie Wilhelm griff er nach dem Ei. Die Schale fühlte sich unter seinen Fingerspitzen spröde an, im Vergleich zu einem normalen Ei regelrecht mürbe. Als die ersten Stücke fielen, offenbarte sich Nicki das durch die Fermentierung dunkel gewordene

Eiweiß. Nach kurzer Zeit lag das Ei nackt vor ihm auf dem Teller. Ein Muster, ähnlich wie Schneeflocken, zog sich über die schwarz schimmernde Oberfläche.

»Wie man unschwer erkennen kann, werden für *Tausendjährige Eier* Enteneier verwendet, die ein wenig größer als Hühnereier sind.«

Nicki langte nach dem Messer und schnitt das Ei in der Hälfte durch. Der Dotter hatte sich dunkelgrün verfärbt, und die cremige Konsistenz rief in Nicki ebenfalls kein Vertrauen hervor.

»Ich wünsche euch einen guten Appetit!«

Nicki legte das Messer zur Seite und griff mit den Fingern nach dem ersten Viertel. Wie Pudding wackelte es unter seinen Fingerspitzen. Er wusste, sie galten als Delikatesse, aber trotzdem hätte er nie gedacht, mal eines in der Hand zu halten oder gar zu essen.

Im Augenwinkel sah er, wie Wilhelm das zweite Viertel von seinem Teller hochnahm, und mehr als automatisch schob Nicki sich sein erstes Viertel in den Mund. Es schmeckte salzig. Geschmacklich empfand er es als undefinierbar, und von Delikatesse war es seinem Geschmacksempfinden nach weit entfernt.

Wilhelm hatte mit den Eiern wohl kein Problem.

Nicki schluckte gerade sein erstes Viertel hinunter, als sein Gegner bereits nach dem dritten griff. Dann drängte sich ein bitterer Geschmack in den Vordergrund. Ein flaues Gefühl kam in Nickis Magen auf, und voller Ekel sah er auf die weiteren Stücke hinunter. Mit jedem Augenblick wuchs die Übelkeit, und er wusste nicht, ob es am *Surströmming*, am *Pidan* oder am Restalkohol lag.

Das zweite Viertel wollte seinen zittrigen Fingern entschlüpfen. Langsam führte er es zu seinem Mund und schob es hinein. Die Übelkeit ließ nicht nach, aber auf großartige Geschmackserlebnisse hoffte er nicht mehr.

Er würgte das Viertel hinunter.

»Ich bin raus!« Seine Stimme war ein heiseres Krächzen.

Nicki blickte angewidert auf die zwei schwarzen Eierviertel auf seinem Teller hinunter, auf Wilhelms lagen nur noch die Gerippe der drei Heringe, und er rechnete nach. Gleichstand!

»Isst du des no?« Wilhelm deutete auf die verbliebenen Viertel von Nickis *Tausendjährigem Ei.*

»Ähhh?« Nicki schob ihm den Teller zu. »Nein, nimm ruhig – solange du keine Extrapunkte dafür bekommst.«

Lana kicherte. »Nein, wohl eher nicht.«

Wilhelm zog den Teller zu sich. Zweifelnd sah Nicki zu, wie er ein weiteres Viertel des Eis aß.

»Während Wilhelm noch Nickis Reste isst, kommen wir zum letzten Gericht der *Andere Länder, andere Essgewohnheiten*-Challenge.«

Nicki war gespannt. Ihm fiel nicht viel ein, womit sie nun noch aufwarten konnte, aber es musste etwas ganz Besonderes sein, wenn sie es sich für den Schluss – vor allem nach dem *Surströmming* – aufgehoben hatte. Lana nickte in Patricks Richtung, und ihr Helfer bückte sich nach einem weiteren Teller. Ein in Papier eingeschlagenes rundes Etwas lag auf dem Porzellan, und Nicki ahnte Böses.

»Bei unserer letzten Vorstellung handelt es sich um eine Käsespezialität aus Würchwitz in Sachsen-Anhalt«, fuhr Lana fort und trat an Patrick heran. Sie legte das Papier zur Seite. »Der *Würchwitzer Milbenkäse.*«

Wilhelm und Nicki starrten auf die graue Käseoberfläche. Nicki erfasste erneuter Ekel. Diese Challenge wurde tatsächlich immer widerlicher.

»I mog koan Kaas.«

»Der Käse ist mein geringstes Problem«, gab Nicki zurück. »Das ist ernsthaft Milbenkäse?«

»Sie sind zur Herstellung notwendig, aber«, Lana hob die Hand und zeigte ein paar Millimeter an, »sie sind so winzig. Beim Verzehr leben sie noch.«

»Na super.« Nicki verzog den Mund. »Wieso denn nicht gleich Madenkäse?«

Lana blickte ihn pikiert und irritiert zugleich an, dann wandte sie sich an Patrick. »Wie bei den bisherigen Gerichten geht es wieder um drei Bissen, und der Fairness halber wird Patrick das Schneiden übernehmen. Patrick?«

Er stellte den Teller auf dem Tisch ab. Das Messer glitt träge durch den Teig, er schnitt einige Stücke ab und schob sie zurecht.

»Da wir nun tatsächlich einen Gleichstand haben, liegt die Entscheidung, wer zuerst darf, bei euch«, erklärte Lana. »Oder sollen wir nach dem Anfangsbuchstaben gehen?«

Wilhelm und Nicki zuckten zeitgleich mit den Schultern. Für einen Augenblick schien Lana planlos, dann drehte sie sich zum Glas der Kamera. »Fragen wir doch unseren Kameramann. Matt, wer soll anfangen?«

Die Kamera wackelte auf dem Stativ. Mit hochroten Ohren blickte Matt an dem Gerät vorbei. »Ähm ... Wilhelm, bittschön.«

Lana wandte sich um. »Es ist entschieden!«

»Na supa.«

Patrick legte jedem ein Stück auf den Teller. Wilhelm wollte es ihm offenbar nicht einfach machen und behielt seine stoische Gelassenheit bei. Er erstach das Käsestück mit der Gabel, schob es sich in den Mund und ohne, dass man etwas von seiner Käseabneigung sah, aß er es.

*Will der mich eigentlich verarschen?*

»Nun, da wird Nicki sich trotz seiner Aversion gegen Milben zusammenreißen müssen, so gut, wie Wilhelm vorgelegt hat«, kommentierte Lana.

»Na super«, stimmte Nicki in Wilhelms Worten zu, griff nach seiner Gabel und stach in das Stückchen. Im Anflug bemerkte er den Geruch, der seine Übelkeit in keiner Weise minderte.

Vom Geschmack her erinnerte er ihn an einen Harzer Käse, und Nicki kaute, um nicht länger darüber nachdenken zu müssen, dass er gerade Tausende winziger Milben aß. Er schluckte hinunter. Ein bitterer Nachgeschmack breitete sich in seinem Mund aus, und er fuhr sich mit der Zunge über die Unterlippe. »Definitiv nichts, was ich empfehlen würde.«

»Nun, besser als Madenkäse, oder?«

Nicki hob zweifelnd eine Augenbraue, aber er antwortete nicht – wie auch? Auf Madenkäse verzichtete er genauso gern wie auf Milbenkäse.

Patrick pikste ein weiteres Stück auf und hielt es Wilhelm hin.

»Ein zweites Stück?«, fragte Lana.

»Auf koan Foi. Do nehm i liaba no a Oa.«

Die Gabel wanderte weiter. »Nicki?«

Er schüttelte den Kopf und sah zu dem Milbenkäse. »Kein Bedarf.«

»Tja, was soll man dazu sagen? Der eine mag keinen Käse, der andere keine Milben, aber so machen es unsere Herren auch interessant, und es bleibt beim Gleichstand!« Sie nickte kaum merklich in Patricks Richtung. »Aber nun wird es wirklich, wirklich, *wirklich* spannend.«

Patrick kehrte mit einer unscheinbaren Dose an den Tisch zu Lana und den Challenge-Teilnehmern zurück.

»Hier kommt die letzte Herausforderung, danach ist es wohl entschieden.« Lana nahm ihm die Dose ab und streckte sie Wilhelm entgegen. »Traust du dich, *das* zu essen, Wilhelm?«

Wilhelm blickte für einige Sekunden auf die Dose hinunter, dann lehnte er sich zurück und verschränkte die Arme. »I bin raus.«

Lanas Gesichtsausdruck bezeichnete Nicki ohne Probleme als Pokerface. Lächelnd wandte sie sich ab, und die Dose schwebte in seine Richtung. »Und wie sieht es mit unserem zweiten verbliebenen Teilnehmer aus?«

Nicki beugte sich vor und sah in die Dose. Immer wieder krochen sie über- und untereinander hindurch, ihre breiten Gürtel hoben sich hell von dem sonst so unscheinbaren Grau-Rosa ihres Körpers ab. Reflexartig begann er, sie zählen zu wollen.

*Eins. Zwei. Drei.*

Es waren Regenwürmer.

Viele Regenwürmer, stellte er fest und starrte auf die durchaus lebendigen Tiere hinunter.

Lanas Stimme klang fern an sein Ohr. »Traust du dich?«

Nicki runzelte die Stirn und betrachtete die dunklen Flecken auf der glitschig erscheinenden Haut eines Regenwurms. Die gleiche Challenge – damals noch unter dem hochtrabenden Namen *Mutprobe* – hatte er in der Grundschule gemeistert. »Wie viele muss ich essen?«

Ihr Blick schweifte zu Wilhelm, der sichtlich angewidert dreinblickte, was Nicki ihm nicht verübelte. Wilhelm hatte *Tausendjährige Eier* und *Surströmming* aber besser gemeistert. Es wunderte Nicki, dass er nun kniff.

»Ein einziger Wurm reicht«, antwortete Lana.

»Mhm ...« Der Regenwurm versuchte, aus der Dose zu entkommen. »Sind die gekauft oder vom Misthaufen gesammelt?«

Seine Frage verdutzte Lana für den Bruchteil einer Sekunde. »Gekauft.«

»Gut, hätte mich auch gewundert, wenn du die selbst gesammelt hättest«, murmelte Nicki.

Vermutlich hatte er es ein halbes Dezibel zu laut gesagt. Lanas Gesichtsausdruck entglitt ihr, aber im nächsten Augenblick hatte sie sich – ganz Profi – wieder gefangen. Nicki starrte auf die sich windenden Würmer hinunter. Wenn er sich nicht traute, lief es auf ein Unentschieden hinaus, und er wollte nicht wissen, was sich Lana in diesem Fall überlegen würde. Die Dose mit den Würmern wackelte in seine Richtung. »Also, Nicki? Du bist nur einen Happen vom Sieg entfernt.«

*Ein Happen.*

Und die Übelkeit bleibt sicher, setzte er ironisch nach.

Er zuckte mit den Schultern. Auf die Gabel verzichtete er, als er wahllos in die Dose griff. Die Würmer fühlten sich bei Weitem nicht so schlimm an wie das *Tausendjährige Ei.* Er bekam einen zu fassen und zog ihn aus der Dose.

Zum Glück kein Riesenwurm, stellte er fest und sah zu, wie das Tier sich in der Luft kringelte.

Nicki legte den Kopf in den Nacken. Im Augenwinkel sah er, wie Lanas Gesichtsausdruck sich änderte – ihr ewiges Fernsehlächeln wich einem entgeisterten Zug um die Lippen, und sie reichte die Dose an Patrick zurück. Nicki ließ das Tier fallen und schloss schnell den Mund.

Der erste Versuch, ihn zu beißen, ging ins Leere; der Würgereflex kam beinahe automatisch. Beim zweiten Mal klappte es. Ein erdiger Geschmack breitete sich in seinem Mund aus, und Nicki überlegte, ob sie ihn nicht doch verarscht hatten. Angewidert kaute er auf dem zähen Tier herum.

»Und?« Lanas Stimme war leiser geworden. »Schon unten?«

Gequält sah er zu ihr, während er den Würgereflex erneut unterdrückte. Dann gab der Wurm nach. Erleichtert schluckte Nicki die zerkaute Masse hinunter und versuchte zu vergessen, dass es sich um ein lebendiges Tier gehandelt hatte.

»Unten«, krächzte er. Er hatte den Eindruck, der Geruch von Erde lag in der Luft.

Lana blinzelte zweimal, dann rief sie freudig: »Wir haben einen Gewinner!«

Das war das Stichwort. Lanas Handflächen schlugen beinahe frenetisch aneinander, während sie in Nickis Richtung grinste.

Von Siegesfreude merkte er im Moment wenig. Er hatte immer noch den widerlichen Geschmack im Mund und fuhr sich mit der Zunge an den Zähnen entlang.

Matt senkte die Kamera und nickte.

»Na endlich.« Lanas Schultern sackten nach unten, dann zog sie ihr Oberteil zurecht. »Ihr hättet euch ruhig beeilen können.«

»Und diese Gaumenfreude nicht genießen?« Nicki schnalzte kaum hörbar mit der Zunge gegen den Gaumen und trieb die Speichelproduktion weiter an, um diesen Geschmack in seinem Mund endlich loszuwerden. Er sehnte sich nach Cola.

Sie musterte ihn abschätzig, dann wandte sie sich an Matt. »Sieht alles gut aus?«

»Ja.«

»Sehr gut. Dann wechsle die Speicherkarte. Ich will nicht, dass schon wieder eine Session umsonst war.« Das Blut schoss Matt augenblicklich in die Ohren, er nickte heftig und widmete sich seiner Kamera. Lana wies in Patricks Richtung. »Und du, denk an den Sekt!«

Der Gesichtsausdruck des Angesprochenen verdunkelte sich, und Nicki grinste in sich hinein. Ihr Befehlston missfiel Patrick sichtlich, aber aus irgendwelchen Gründen – Nicki vermutete stark, es hatte entweder mit ihren Brüsten oder ihrem Hintern zu tun – befolgte er ihre Anweisungen.

Wilhelm bückte sich nach seinem Glas und stellte es demonstrativ auf den Tisch. Sein Vetter tat es ihm gleich.

Patrick füllte es auf, genau wie das von Karl, und wandte sich dann an Nicki. »Möchtest du einen Sekt?«

»Gern.«

Patrick schenkte Nickis Glas mit dem Prickelwein voll. Wortlos reichte er es ihm, und Nicki leerte es in einem Zug.

Der Sekt machte es nicht besser. Der erdige und doch schleimige Geschmack in seinem Mund blieb, und trotz der unterschwelligen Übelkeit im Magen erlebte er für einen kurzen Moment einen Boost durch die erneute kleine Alkoholdosis.

Vielleicht sollte ich mir mal die Zähne putzen, wenn ich wieder beim Wohnwagen bin, überlegte er.

»Dann schauen wir mal zu den Preisen«, schlug Lana vor. »Du darfst dir deinen Preis aussuchen, und wir filmen dann noch die Preisverleihung.«

Er war wirklich gespannt, ob sich im Kofferraum des BMWs interessantere Dinge als ein Katzenbett befanden, aber er bezweifelte es.

»Erst einmal noch einen Sekt, um meinen Sieg gebührend zu feiern«, erklärte er und schob Patrick das Glas hin.

Nach einem kurzen Blickwechsel mit Lana füllte Patrick es auf, ehe er das benutzte Geschirr wegräumte. Dieses Mal trank Nicki langsamer und ließ den Sekt in seinem Mund wirken, das bittere Aroma des Schaumweines verband sich mit dem erdigen Regenwurm-Nachgeschmack zu einem besonders widerlichen Bouquet für seine Geschmacksnerven.

»Meeh …« Nicki seufzte.

Patrick stellte die Sektflasche ab, ging zum BMW und öffnete die Kofferraumklappe. Lana folgte ihm. Das seltsame Pärchen blickte auf die Sachen hinab, sie redeten leise miteinander, dann blickte Lana in Richtung der anderen. Sie winkte. »Kommst du?«

Nicki stellte das Sektglas ab und trottete zu dem BMW hinüber. Karl und Wilhelm folgten ihm langsam, offenbar interessierte es sie, was sie alles *nicht* gewonnen hatten.

Lana deutete auf den Haufen von Kartons und Plastiktüten. Unbenutztes Geschirr, als ob ALANAPAKA mit mehr Teilnehmern gerechnet hatte, stand in einer Plastikbox daneben. »Das sind unsere Preise.«

Von Feierlichkeit und Begeisterung war in ihrer Stimme nichts mehr zu hören. Vermutlich wusste sie genau wie Nicki, dass die gesponserten Preise nichts als unnützer Kram waren und zu Hause allenfalls verstauben würden.

»Such dir was aus.«

Zögerlich schob Nicki das Katzenbett zur Seite. Eine Espressomaschine für Kapseln, die dem Thema Alpaka noch ferner als das Katzenzubehör war, verbarg sich unter dem zerdrückten Karton. Nicki entdeckte ein Cocktail-Shaker-Set, eine Schminkpalette mit achtundvierzig Farben, die Georgina sicher gefallen würde, und eine Fusselrolle, die als die ultimative Lösung gegen Haare auf den Textilbezügen angepriesen wurde.

Auf der anderen Seite lagen ein Dekanter in Kristallglasoptik, ein Stapel Gutscheine und ein seltsames Plüschtier, das Nicki irgendwie an die Grinsekatze aus Alice im Wunderland erinnerte, aber vermutlich etwas anderes darstellte.

»Und? Hast du dich entschieden?«, fragte Patrick ruppig.

Sein Blick schweifte von dem Katzenbett über den Rand des Kofferraumes zu der Weide. Ein silbergraues Alpaka beäugte das Geschehen auf der anderen Seite des Zaunes interessiert.

Wieso eigentlich nicht, sagte er sich. Er drehte sich zu Lana, Patrick und Matt um, ignorierte den ekligen Geschmack in seinem Mund und blickte dem Team von ALANAPAKA herausfordernd entgegen. »Ich will ein Alpaka.«

# Das Wiedersehen

Endlich schlief sie. Zumindest ging ihr Atem nun so gleichmäßig, dass Nicki es auf einen Versuch ankommen lassen wollte, denn noch länger schaffte er es vermutlich nicht, die Augen offen zu halten. Bedächtig schob er die Decke zur Seite, richtete sich auf und blickte auf Natalie hinunter. Er hatte tatsächlich noch einmal überlegt, ihr von der nächtlichen Mitfahrgelegenheit für Nummer 66 und sich zu erzählen. Doch den Gedanken hatte er schnell verworfen. Nach wie vor hatte er keine Lust, von ihr als Versager betitelt zu werden. *Wenn sie es aber nicht mitbekommt …*

Damit konnte er vermutlich leben.

Nicki griff nach den Sneakers. So leise und unmerklich, wie er nur konnte, zog er sie sich an und warf immer wieder kurze Blicke zu Natalie, ob sie sich auch ja nicht regte. Als er fertig war, drehte er sich um und kroch rückwärts in Richtung Zelteingang. Auf halbem Weg haschte er nach der Tragetasche, seinem Rucksack und seiner Jacke und zog alles zu sich.

Der Reißverschluss hakte am Anfang. Einen Augenblick später wehte die kühle Waldluft ins Zelt. Nicki vergewisserte sich ein weiteres Mal, dass der Luftzug Natalie nicht aufgeweckt hatte, und schlüpfte hinaus.

Außen lauschte er in die nächtliche Stille hinein, ob irgendjemand etwas mitbekommen hatte, hob die rechte Hand und zog den Reißverschluss des Zeltes hinunter. Als er mit dem Schiebergriff unten angekommen war, verharrte er für eine Sekunde in der Position. Dann richtete er sich mit den Taschen und seiner Jacke auf, drehte sich um und sah sich prüfend nach allen Seiten um. In Avas und Emmas Zelt brannte noch Licht. Die restlichen Zelte verschmolzen mit der Umgebung. Für einen Augenblick beobachtete er die Schatten der Kaluza-Schwestern.

Ohne weiter darüber nachzudenken, eilte er quer über die Lichtung zu den Alpakas. Marabu und Bjalla schnaubten, als er sie zur Seite drängte, um zu Nummer 66 zu gelangen.

Das Alpaka blickte verwundert zu ihm auf, als er die zwei Taschen vor ihm auf den Boden warf. Nicki ordnete seine Jacke und schlüpfte in die Ärmel. »Wir verschwinden.«

Als ob sie ihn verstanden hatte, richtete sie sich mit staksigen Bewegungen auf und schüttelte sich. Sie streckte ihren Kopf in seine Richtung, gähnte herzhaft und schnupperte an Nickis Ärmel.

»Genau, endlich nach Hause und duschen.« Und zwar in der eigenen Dusche, dachte Nicki erleichtert.

Bevor es so weit war, musste er aber erst einmal zum Treffpunkt kommen. Nicki zückte sein Smartphone und schaltete es ein. Es dauerte einen Augenblick, bis das Handy hochgefahren war, und Nicki presste die Zähne aufeinander.

Kurz vor elf, stellte er fest. *Das gibt Ärger.*

Die Helligkeit des Displays blendete Nicki in der Dunkelheit des Waldes unangenehm, und er dimmte die Intensität. Dann rief er über Lanas Chat – es wunderte ihn nicht, dass sie ihm nichts weiter geschrieben hatte – die Karten-App auf. Schleppend lud die Software die Daten, und Nickis Blick wanderte, während er wartete, zum Himmel. »Der Empfang ist wirklich bescheiden«, murmelte er und sah wieder nach unten.

Den Akku seines Handys wollte er auf die kurze Entfernung nicht mehr unnötig strapazieren. So plante er, auf die Kartenfunktion und die Taschenlampe bei der anstehenden Wanderung zu verzichten. Wenn sich seine Augen an das diffuse Licht gewöhnt hatten, kam er auch ohne zusätzliche Lichtquelle zurecht.

Nachdem er sich die Karte eingeprägt hatte, schaltete Nicki das Handy aus, klappte die Seitentasche des Packsattels auf und ließ sein Handy hineinfallen. Neben Nummer 66 ging er in die Knie, hängte seinen Rucksack um und löste flink den Knoten des Führstricks, ehe er sich wieder aufrichtete.

»Dann wollen wir mal, oder?«, fragte er und warf sich den Packsattel über die Schulter.

Die Alpakastute sah erwartungsvoll zu ihm, und er zog an ihrem Führstrick. Nach einem letzten Blick in Richtung der Zelte schlugen sie sich gemeinsam an den anderen Alpakas vorbei in die Büsche.

In der ersten Viertelstunde folgte er schweigend der imaginären Karte in seinen Gedanken, und mit der Zeit gewöhnten sich seine Augen an das Dämmerlicht. Mit jedem Meter erkannte er mehr Details. Die Brombeeren waren nicht mehr nur dürres Gestrüpp, das ihn in die Düsternis reißen wollte, die jungen Bäume zwischen den Stämmen ihrer alten Verwandten bekamen ihre Namen. Nicki stieg über abgebrochene Zweige und Äste, über verrottende Stämme und große Moospolster, und sein Weg führte ihn an Buchen, Eichen und zarten Fichten vorbei. Nummer 66 folgte ihm gehorsam.

»Ich bin wirklich froh, wenn ich wieder zu Hause bin«, erklärte er nach einiger Zeit.

Er blickte kurz zu Nummer 66. Wie vermutet ging das Alpaka auf seinen Konversationsversuch nicht ein, sondern sah stur geradeaus.

Nicki seufzte. »Ich bin ja wirklich gespannt ...«

Er wusste nicht, was ihn erwartete. Was Lana anbelangte, hatte er seine Befürchtungen. Für sie hatte er sich die üblichen fadenscheinigen Ausreden, die in einem solchen Fall angemessen waren, zurechtgelegt und hoffte, ihr Angebot, er könnte erst einmal bei ihr bleiben, stand weiterhin.

»Wenn ich mich mitten in der Nacht bei Klaus oder Peter melde, darf ich mir sicher was anhören«, erzählte er und legte den Kopf in den Nacken. Für einen Moment beobachtete er die Wolken, die über den Nachthimmel zogen. »Gooott, die ganz Sache ist echt so megadämlich ...«

Nummer 66 schnaubte.

Nicki konnte nicht einmal sagen, welches der Erlebnisse der letzten Tage am dämlichsten gewesen war, aber Lanas Challenge und das Alpaka in der Dusche rangierten weit vorn.

»Oder ich«, ergänzte er nüchtern.

Die Alpakastute ließ erneut ein paar seltsame Laute aus den Tiefen ihres langen Halses erklingen. Gespielt empört blickte er zu ihr hinüber. »Bitte?«

Er strauchelte über einen Ast und verlor beinahe den Führstrick, hastig raffte er ihn an sich und trat näher an das Tier heran.

»Du glaubst gar nicht, wie froh ich bin, wenn ich dich loshabe. Dann ist alles wieder gut, keine Waldluft, keine nassen Füße, keine nervigen Sozialpäda– Huch!« Gerade rechtzeitig blieb Nicki stehen.

Sein Fuß schwebte in der Luft, und Nicki starrte auf einen Punkt fern seiner Schuhspitze. Neben ihm prustete Nummer 66. Langsam zog er seinen Fuß zurück und setzte ihn vor der Kante ab.

»Das ist ganz schön steil«, stellte er fest. Zu steil, korrigierte er sich.

Er rief sich die Karte ins Gedächtnis, und sein Blick schweifte zur Seite. Der Wald lichtete sich an dem Steilhang. Dunkel hoben sich die Bäume vor dem helleren Hintergrund ab und Nicki konnte beinahe hundert Meter weit sehen. Den Umweg musste er wohl riskieren. Er bückte sich, um eine verirrte Brombeerranke von seinem Hosenbein zu streichen, und seine Kniegelenke knackten, als er sich wieder aufrichtete. »Komm!«

Wohlwissend, dass ein Sturz eine der dümmsten Sachen war, die ihm jetzt noch passieren konnten, achtete Nicki nun auf jeden Schritt. Nummer 66 trottete brav neben ihm her, während an seiner linken Seite der Steilhang in der Dunkelheit mal bedrohlicher, mal beinahe harmloser aussah, als er vermutlich war.

Nach einiger Zeit endete der Hang in groben Felsen. Nickis Blick wanderte an dem grauen Giganten hoch. Gestrüpp wucherte über seinen Rand, und je weiter Nickis Blick nach rechts schweifte, desto höher wuchs das Gesträuch am Fuß des Felsgebildes.

»Super«, murmelte Nicki.

Er zog am Führstrick. Das Alpaka folgte ihm zu einem schmalen Pfad, den er zwischen zwei Bäumen ausgemacht hatte. Einen Augenblick später tauchten sie wieder in das Dickicht ein.

Für ein paar Minuten hörte man nur ihre Schritte und das nächtliche Geraschel in den Büschen und den Baumwipfeln und die Geräusche der im Laub verborgenen Kuhlen und Erdhöhlen.

»Wo war ich?«, fragte er nach einiger Zeit, sah zu der Alpakastute hinüber und, ohne ihr nutzloses Schnauben abzuwarten, erinnerte er sich. »Ach ja, keine nervigen Sozialpädagoginnen, keine selbstverliebten Italiener, keine verrückten Alpakaschwestern, keine Lesben, kei–« Nummer 66 schnaubte. »Keine Alpakas.«

Verdutzt blieb Nicki stehen. Nach einem Ruck am Strick tat Nummer 66 es ihm gleich.

Nicki hatte sich nicht geirrt. Leises Stimmengemurmel drang an sein Gehör. Wenn es sich nicht gerade um eine Gruppe Geocacher auf nächtlicher Tour – er vermutete, es war lange nach elf Uhr – handelte, durfte er wohl davon ausgehen, den Parkplatz fast erreicht zu haben.

Beinahe am Ziel freute er sich, zog am Strick und stieg über einen weiteren Ast.

Kurz darauf leuchtete es ihm zwischen den Bäumen entgegen. Seine Schritte beschleunigten sich. Nummer 66 brummte unwillig, aber sie hielt gut mit, und Nicki kickte einen dürren Zweig zur Seite, ehe er einem niedrigen Busch auswich. Der Matsch unter seinen Sneakers jaulte immer wieder unartig auf. Preiselbeerbüsche strichen um seine Fußgelenke. Mit jedem Schritt wurden das Licht heller und die Stimmen lauter, bis Nicki sich erneut an einem Abhang wiederfand.

Sein Blick schweifte nach vorn. Mitten auf dem Parkplatz parkte ein grüner Jeep mit einem Pferdeanhänger. Lana und Patrick standen davor. Ein weiterer Mann, kaum älter als achtzehn Jahre, wartete auf der anderen Seite des Jeeps. Bisher hatten sie Nicki nicht bemerkt.

Er blickte nach unten. Gedankenverloren nahm Nicki den Packsattel in die freie Hand. Der Abhang war steil, aber kurz. An seinem Fuß zog sich ein Graben entlang.

Nicki sprang die Böschung hinunter und augenblicklich versanken seine Schuhe in dem schlammigen Grund, als er sich mit der Tragetasche in der einen und dem Führstrick in der anderen Hand ausbalancierte. Eine Brombeerranke verhakte sich im Hosenstoff. Er trat das Grün beiseite. »Scheiße!«

Ein schlüpfriges Geräusch erklang, als er den Fuß wieder absetzte. Die Alpakastute hatte sich keinen Zentimeter gerührt, und Nicki wandte sich zu ihr um. »Komm jetzt!«

Ein unleidlicher Laut entwich ihrer Schnauze. Genervt verdrehte Nicki die Augen. Er zog an Nummer 66s Seil, und das Alpaka streckte ihm den Kopf entgegen. »Du bist ein verfluchtes Hochlandtier, du wirst doch wohl einen halben Meter überwinden können!« Er ruckte erneut an dem Strick.

Endlich gab das Alpaka seinen Widerstand auf. Schnaubend machte Nummer 66 einen Satz nach vorn und sprang Nicki entgegen. Er stolperte nach hinten, dann legte er den Führstrick zusammen und wandte sich um.

Als er sich aus dem Böschungsgrün auf den Parkplatz gekämpft hatte, bemerkten sie ihn. Bei jedem Schritt schwammen seine Füße in den durchtränkten Sneakers. Lana wechselte einen kurzen Blick mit Patrick, ehe sie Nicki mit dem herablassendsten Gesichtsausdruck, den er sich vorstellen konnte, ansah. Für eine Sekunde hatte er den Eindruck, ihre Aufmerksamkeit blieb an seinem nassen Hosensaum und den verdreckten Schuhen hängen. »Da bist du ja.«

»Ich freue mich auch, dich wiederzusehen.« Nicki zupfte am Seil, und die Alpakastute folgte ihm die letzten Meter gehorsam.

Lana musterte das Alpaka verächtlich. »Ich warte seit Ewigkeiten«, erklärte Lana. »Wieso hat das so lange gedauert?«

»Hey!« Nicki wies mit der Hand, in der er die Tragetasche hielt, über die Schulter. »Hast du eine Ahnung, wie viele Höhenmeter das sind?«

»Ist mir doch egal?« Lana verdrehte die Augen. »Du bist doch jetzt geübt?!«

»Sehr witzig.«

Nickis Blick schweifte zu dem Jeep mit dem Anhänger. Er ließ den Packsattel fallen und zog die Riemen seines Rucksacks von den Schultern. Neben der Alpakatragetasche plumpste er auf den Boden. »Das ist die Mitfahrgelegenheit?«

Lana nickte. »Ist das Alpaka in Ordnung?«

Nicki klopfte Nummer 66 auf den Hals. »Sie erfreut sich bester Gesundheit – kein einziger Kratzer, jedes Haar ist dort, wo es sein soll.«

»Gut.« Lana warf die blonden Locken über die Schulter. »Chris!« Der junge Mann trat vor. »Pack das Vieh ein!«

Er nuschelte etwas Unverständliches. Nicki streckte ihm den Führstrick entgegen. Chris zerrte an dem Seil, und unwillig folgte Nummer 66 ihm zu dem Anhänger. Unsanft schubste der junge Mann das Alpaka nach hinten, ehe er den Verschluss der Ladetür aufspringen ließ. Die Ladeklappe krachte auf den Boden. Die Alpakastute trippelte nervös zur Seite, und mit einem Mal verspürte Nicki Unbehagen. »Kommt der echt mit dem Alpaka klar?«

Lana zuckte mit den Schultern. »Ist mir doch egal.«

Besorgt beobachtete Nicki, wie Chris das Alpaka verlud, wobei Schubsen es besser traf. Bei den groben Bewegungen von Chris verstand Nicki, wieso Nummer 66 mit jedem Augenblick unruhiger wurde und vor allem immer widerwilliger Chris' Wünschen folgte.

Nicki wandte sich zu Lana um. »Gut, dass das endlich geklappt hat. Ich bin zwar einer Wandergruppe begegnet, aber langsam sind meine Schuhe durch.« Er deutete auf seine Sneakers hinunter und grinste, als er Lanas zweifelnden Blick bemerkte. Von den Alpakas erzählte er besser nichts. »Ich habe mich ihnen angeschlossen. So hatte ich wenigstens immer etwas zu essen und ein bisschen gesprächigere Gesellschaft.«

Lana hob eine Augenbraue. »Eine Wandergruppe?«

»Ja.« Nicki zuckte mit den Schultern. »Scheint einige Irre zu geben, die tagelang durch den Bayerischen Wald wandern wollen ... kann ich gar nicht verstehen.«

Dann knallte Metall auf Metall, und Chris versperrte den Anhänger.

»Na gut.« Lana interessierte sich offenbar nicht für seine Erlebnisse, und sie wandte sich an Chris. »Bist du fertig?«

»Ja.« Er fuhr sich über die Nase. Unzählige Aknenarben zeigten sich auf seinen Wangen.

»Super.« Lana lächelte ihn zuckersüß an. Unter dieser Aufmerksamkeit errötete Chris wie eine überreife Nektarine, was seine Hautprobleme eher betonte als verbarg. Für Lana war es sicher leicht gewesen, ihn zu überreden. Lanas Blick schweifte zu dem dichten Gebüsch am Parkplatzrand. »Wir fahren dann. Ich will hier weg, mir ist kalt.«

»Gut.« Nicki bückte sich nach seinem Rucksack und der Tragetasche.

»Was wird das?« Lana deutete auf die beiden Beutel.

»Äh?« Verdutzt blieb Nicki stehen. »Wir hatten doch gesagt, dass du ...«, sein Unbehagen wuchs unter dem verächtlichen Ausdruck auf Patricks Gesicht, »... ihr mich mitnehmt? So als Belohnung für das Zurückbringen des Alpakas?«

Lana lachte auf. »Spinnst du?«

»Wie bitte?«

»Das haben wir nie besprochen.«

Guter Punkt. So richtig darüber geredet hatten sie noch nie. »Aber du kannst mich doch jetzt nicht einfach hier lassen?« Sein Ärger wuchs. »Ich darf die ganze Arbeit machen, und das ist alles?«

»Was willst du mehr?«

Wenigstens ein Danke, wollte er ihr im ersten Moment entgegenwerfen, aber dann besann er sich. Ein Dankeschön reichte für den ganzen Mist nicht aus.

»Das kannst du nicht machen!«

Kaum merklich ruckte Lanas Kinn in Patricks Richtung, und beinahe augenblicklich baute er sich vor Nicki auf. Unbewusst registrierte Nicki, wie der andere die Arme ausbreitete und sich so größer machte. *Scheiße, was wird das jetzt?*

»Du kannst vergessen, dass wir dich mitnehmen.«

»Das ist wohl das Mindeste, nachdem ich euch euer verdammtes Alpaka zurückgebracht habe. Ich hätte es genauso gut ins Tierheim bringen können und da–«

»Du wolltest das Alpaka«, gab Lana zurück.

»Und du gibst es mir einfach! Das belegen deine Scheißvideos von der Challenge doch bestens?!« Er erinnerte sich an seinen Beinaheabsturz. »Außerdem kannst du mich nicht im Dunkeln den ganzen Weg zurücklaufen lassen! Hast du überhaupt eine Ahnung, wie gefährlich das ist?!«

»Du hast es doch auch hierher geschafft.«

»Nach zwei Beinaheabstürzen!« Nicki schüttelte entgeistert den Kopf. Rasch überschlug er seine Optionen – viel blieb ihm nicht. Er war sich sicher, dass Lana die Rückkehr des Alpakas tatsächlich feiern würde; zu sehr boten sich überschwängliche Heimkehrhymnen und zuckersüße Fotos mit einer vollkommen desinteressierten Nummer 66 an. Das Einzige, worauf er setzen konnte, waren wachsende Zweifel ihrer Follower an dieser Geschichte, selbst wenn dieser Angriff in seinen Ohren wie der eines trotzigen Kindes klang. »Wenn du das bringst, werde ich unter jedes Foto deines Instagram-Accounts posten, was mit dem Alpaka tatsächlich geschehen ist!«

Lana kniff die Augen zusammen. »Pat!«

Patricks Arm schnellte vor, und er entriss Nicki die Tragetasche.

»Hey!« Nicki machte einen Satz nach vorn und streckte den Arm aus, doch der andere war schneller. Der blaue Packsattel schwebte wie schwerelos durch die Luft, als Patrick ihm auswich.

»Das ist meine Tragetasche!« *Eine Lüge, aber woher sollten sie es wissen?*

Verdammt, wieso habe ich die eigentlich mitgenommen, schoss es ihm durch den Kopf.

»Betrachte es als Versicherung unsererseits«, entgegnete Patrick schroff, und Nicki verfluchte sich für sein lockeres Mundwerk. »Du wirst niemandem etwas hiervon erzählen, egal, was du auf Facebook, Instagram oder so lesen wirst – hast du das verstanden?«

Nicki starrte ihn an. »Ihr spinnt doch komplett?«, fragte er fassungslos. »Nur für eure Scheiß-Likes tut ...«

*Aber was erwarte ich eigentlich?* Diese Leute hatten ihm, ohne groß nachzudenken, ein Alpaka überlassen!

Patrick warf die Tragetasche in Lanas Richtung. In der gleichen Sekunde trat er auf Nicki zu. Im Augenwinkel beobachtete Nicki, wie Lana erstaunlich geschickt den Packsattel auffing, während Patrick Nicki am Oberarm packte. Er riss ihn zu sich. »Zu niemandem ein Wort, sonst wirst du es bitter bereuen.«

Zu den regelmäßigen Sonnenstudiobesuchen gesellten sich wöchentlich wohl auch mehrere Stunden im Fitnessstudio, und Nicki verkniff sich jede unwillige Lautäußerung. Patricks blaue Augen bohrten sich in Nickis Gedanken, und Nicki roch den Kaugummi in seinem Atem.

Der Griff des anderen verstärkte sich. Wieder betonte Patrick jedes Wort so, als ob er mit Nicki einen vollkommenen Idioten vor sich hatte: »Hast du das verstanden? Ein Wort – einmal links, dann rechts, dann ins Heiligtum.« Sein Blick wanderte demonstrativ nach unten.

»Ich glaube schon«, antwortete Nicki leise. Zum Idioten fehlte vermutlich nicht viel, und er sah zu Patricks Hand. »Du kannst mich loslassen.«

»Und von Lana wirst du dich ebenfalls fernhalten«, setzte Patrick zischend nach, ehe er Nicki unwirsch von sich stieß.

Lana musterte Nicki abschätzig. »Du hast uns eben auch erzählt, dass du dich einer Wandergruppe angeschlossen hast«, erinnerte Lana. »Da bist du wohl bestens aufgehoben, wenn ich dich so anschaue, und die machen sich sicher Gedanken, wenn du am nächsten Morgen nicht mehr da bist. Von daher ...« Sie zuckte mit den Schultern.

»Ähm ...« Das war ein guter Einwand. So weit hatte Nicki noch gar nicht darüber nachgedacht, und sein Blick schweifte zu dem Jeep und dem Anhänger. *Scheiße, das konnte nicht wahr sein!*

Es wunderte ihn, dass ausgerechnet Lana die mögliche Sorge, die sein Verschwinden wecken konnte, erwähnte. Sonderlich überlegt war sie ihm bisher nicht vorgekommen, aber einen Appell an ihre Vernunft konnte er sich vermutlich sparen. Verdammt, er war nur eine kurze Autofahrt von der Heimreise entfernt!

»Also, ich glaube nicht, dass mich irgendwer dort vermissen wird«, startete er einen weiteren Versuch.

»Das ist nicht mein Problem.« Ein boshaftes Lächeln schlich sich auf ihre Lippen. »Du solltest zu deinen neuen Freunden zurückgehen.«

»Klar.« Nicki rollte mit den Augen.

»Dann ist ja alles klar.« Lana bedachte ihn mit einem letzten gemeinen Blick und zog ihre Jacke enger um ihren Körper. Dann machte sie auf dem Absatz kehrt und wandte sich an ihre Begleiter. »Wir fahren!«

Sie stapfte zum Beifahrersitz, während Chris um die Motorhaube herumging. Patrick drängelte sich unnötig an Nicki vorbei und verpasste ihm einen unsanften Rempler gegen die Schulter, ehe er über die Anhängerkupplung stieg und die hintere Tür des Jeeps öffnete.

Nach wenigen Sekunden dröhnte der Motor auf. Regungslos sah Nicki zu, wie Chris den Jeep samt Anhänger zurücksetzte. Die Bremslichter brannten in seinen Augen, dann erloschen sie, und Nicki sah sich nur noch den roten Rücklichtern gegenüber. Nach einer weiteren Sekunde fuhr das Gespann los. Der Kies knirschte unter den Reifen. Chris steuerte den Wagen zu der Ausfahrt, und die Anhöhe, auf der der Parkplatz lag, verschluckte die Davonfahrenden vollends. Das brummende Geräusch des Motors ging bald in denen des Waldes unter, und dann begriff Nicki, dass Lana ihn ein weiteres Mal vollkommen deppenmäßig ausgenutzt hatte.

## *Zurück in der Zivilisation*

Etwas stupste ihn. Unleidlich brummte er in den stinkenden Stoff seines Rucksacks und streckte das linke Bein aus, als er ein weiteres Mal angetippt wurde. »Lass das«, murmelte er.

»Willst du nicht mal aufstehen?«

»Nein.«

»Schade«, sagte Natalie. »Dabei hatten wir alle gehofft, dass du uns beim Frühstück mit deiner Anwesenheit beehrst.«

Er prustete über seine Lippen, aber öffnete immer noch nicht die Augen oder rührte sich. Die nächtliche Wanderung zum Parkplatz und vor allem nach Lanas Abfuhr zurück zum Lager hatte ihn mehr angestrengt, als er sich vorgestellt hätte. Unter der dünnen Decke schmerzten seine Beine und sein Rücken, und bei der Aktion hatte er sich sicher auch wieder ein gutes Dutzend Zecken eingefangen.

»Vermutlich.« Es raschelte hinter ihm, und dann stützte sie sich seitlich neben ihm auf der Isomatte ab. »Schokoriegel?«

»Mhm?«

Etwas pikste ihn an der Wange. Wie elektrifiziert schnellte Nicki hoch und packte blindlings ihr Handgelenk. »Hey!«

Schokoladengeruch stieg in seine Nase und einem beinahe pawlowschen Reflex folgend knurrte sein Magen. Er sah auf den Riegel hinunter, ehe sein Blick auf seine Hand um ihr Handgelenk fiel. Unter seinen Fingern spürte er ihren unaufgeregten Puls. Erschrocken ließ er sie los. »Ist das eine Falle?«

»Nein, ein Schokoriegel.« Natalie stützte sich ab und musterte ihn nachdenklich. »Wir wollen bald los, und du bist der Letzte …«, sie zögerte, »… der *Einzige*, der noch geschlafen hat.«

Unschlüssig griff Nicki nach dem Riegel. »Und wie viel kostet mich das?« Nicki nahm den ersten Bissen. Die Schokolade war weich, aber gut, und ein zufriedenes Gefühl breitete sich in ihm aus.

»Zwei Euro.«

Nicki schluckte hinunter. Irgendwie hatte er diese Antwort erwartet. »Der Schokoriegel ist genauso teuer wie der Kaffee?« Er betrachtete ihn kurz, und unter ihrem zweifelnden Blick vernichtete er ein weiteres Stück des Riegels. »Deine Preisgestaltung solltest du wirklich überdenken.«

»Draußen gibt es Kaffee.« Sie lächelte. »Und jetzt verschwinde aus dem Zelt, sonst packe ich dich mit ein.«

»Uh ...« Nicki verzog den Mund. »Das übersteigt Runas maximale Traglast, vor allem«, er hob den restlichen Schokoriegel hoch, »wenn du mich so mästest.«

»Eigentlich sehe ich es eher als Bestechung eines einfachen Geistes an«, erklärte Natalie und kroch Richtung Zeltausgang.

Wortlos sah Nicki ihr nach und führte die Süßigkeit gedankenverloren zu seinem Mund. Nummer 66s Fehlen hatten sie offenbar noch nicht bemerkt. Das war einerseits nicht das Schlechteste. Nicki konnte sich Besseres vorstellen, als von aufgeregten Rufen geweckt zu werden. Andererseits stand ihm dieses Drama nun noch bevor. Er hoffte, dass er es tatsächlich schaffte, den erschrockenen Alpakabesitzer zu mimen. Nicki schluckte herunter und griff nach seinem Rucksack und seiner Jacke. »Besser, ich beeile mich.«

An der frischen Luft warf er einen Blick zu den anderen. Die meisten Zelte waren bereits abgebaut. Bis auf Stella und Lorenzo saßen alle um die Feuerstelle herum und frühstückten. Er suchte sich einen ruhigen Platz abseits der Gruppe, brachte die Morgenpflege und einen vierfachen Zeckenmord hinter sich, und nach kurzer Zeit war er fertig. Nachdem er sich ein paar hartnäckige Kletten vom Ärmel gestrichen hatte, packte er seine Sachen zurück in den Rucksack und stand auf.

Immer noch keine panischen Rufe, stellte er fest und schlenderte zurück zu den anderen.

»Guten Morgen«, grüßte er.

Emma strahlte ihn an und hob eine Kanne aus Edelstahl in die Höhe. Eine Dose stand neben ihr auf dem Baumstamm. »Kaffee?«

»Gern.«

»Wie viele Löffel?« Emma griff nach einer Tasse und füllte das heiße Wasser ein.

»Drei.« Nach der nächtlichen Aktion brauchte er jedes Milligramm Koffein, das er bekommen konnte, egal wie miserabel die Plörre schmeckte.

Der Löffel klapperte erst in der Dose, dann gegen den Stahl der Tasse, ehe Emma Nicki die Tasse entgegenstreckte. »Danke.«

Der erste Schluck ließ ihn beinahe würgen, so bitter war die Brühe, aber er ließ sich nichts anmerken. Emma lächelte ihn unverwandt an. »Du hast ziemlich lang geschlafen«, bemerkte sie nach seinem zweiten Schluck.

Er zuckte mit den Schultern, und sein Blick schweifte zu Natalies Zelt. Ihr Rucksack, ihre zusammengerollte Isomatte und ihr Schlafsack lagen davor, und sie baute das Zelt gerade ab. »Ja, ich war müde.«

»Wieso denn?« Emmas kecker Tonfall blieb Nicki nicht verborgen. »Lange Nacht?«

»Nein.« Er schwenkte die Tasse. »Einfach nur müde.«

Sie beugte sich etwas nach vorn. »Soso … müde.«

Er hob eine Augenbraue, aber erwiderte nichts darauf. Das seltsame Arrangement mit Natalie wollte er einfach nicht weiter kommentieren. Nicki nahm einen nächsten Schluck. »Wo ist eigen–?«

»Nicki!«

Verdutzt sah Nicki von dem Instantkaffee auf. Wie ein aufgescheuchtes Huhn rannte Ava über die Lichtung. Henry folgte ihr langsamer. Sein Gesicht leuchtete hochrot von der kurzen Anstrengung.

Mit einem erlösenden Japsen blieb Ava vor ihm stehen. »Nicki!«

»Guten Morgen erst einmal«, bemerkte Nicki trocken.

»Dein Alpaka ist fort!«

»Was?« Nicki tat erschrocken, und im Augenwinkel sah er, wie Robert und Amelia aufhorchten. In seinen Gedanken spulte er seine möglichen Reaktionen auf diese Information, die er sich auf dem Rückweg von dem Parkplatz längst ausgedacht hatte, wie einen Film ab. »Wie … Nummer 66 ist … fort? Habt ihr beim Füttern nicht aufgepasst?«

*Allzu sehr muss ich ja nicht übertreiben.*

Henry trat vor. »Doch! Sie war schon vorher weg. Am Anfang ist es mir gar nicht aufgefallen, aber dann stand ich da mit einer Handvoll Heu.« Henry blickte traurig zu Ava. »Aber alle Alpakas hatten ihr Heu schon.«

»Dann haben wir festgestellt, dass Nummer 66 nicht da ist«, fuhr Ava fort. »Der Pflock steckt noch.«

»Scheiße«, murmelte Nicki gespielt betreten.

»Was ist hier los?« Natalie war an die Feuerstelle getreten. Fragend sah sie zwischen Ava und Henry und Nicki hin und her. In ihrer Hand hielt sie einige Zeltheringe.

Ava wies auf Nicki. »Sein Alpaka ist fort.«

Natalie hob eine Augenbraue. »Fort?«

»Es ist nicht mehr bei den anderen.«

Die Heringe fielen klirrend auf den Boden. Ohne ein weiteres Wort eilte Natalie an Nicki und Ava vorbei zu den Alpakas. Kurzerhand entschied Nicki, den besorgten Alpakabesitzer zu mimen und mitzuspielen. Luisa wartete bei den Alpakas. Der Sack mit Heu lehnte an ihren Füßen. Als sie die anderen bemerkte, deutete sie auf den Pflock neben Pocket und Bjalla.

Natalies Blick schweifte suchend über den Boden, und Nicki schluckte unbehaglich, als er näher kam. »So eine Scheiße«, sagte er laut.

»Hast du sie nicht ordentlich festgebunden?«

»Doch klar!« Nicki raufte sich die Haare. »Ich habe den Knoten zweimal überprüft!«

Natalie fuhr mit der Schuhspitze durch das niedergetrampelte Gras. »Hmm …«

»Meinst du, das war ein wildes Tier?«

»Was für eines?« Ein beinahe spöttischer Zug zeigte sich an ihren Mundwinkeln. »Der berühmte Alpakafresser?«

Nicki verdrehte die Augen. »Sehr witzig. Ein Wolf? Luchs?« Nicki hatte keine Ahnung, welche wilden Tiere im Bayerischen Wald einem Alpaka gefährlich werden konnten.

»Hmm ...«

»Oder meinst du, dass sie sich losgerissen hat?« Nicki fasste sich an den Kopf. Es war eine der harmlosesten Erklärungen, die er sich für Nummer 66s Verschwinden ausgedacht hatte, und er lächelte gequält. Mehr Sorge zeigen, mahnte er sich. »Vielleicht hat sie etwas erschreckt.«

»Dann müssen wir sie suchen!«, rief Henry und hüpfte aufgeregt nach vorn.

»Wie denn? Sie kann seit Stunden weg sein, ein Alpaka hat vier Beine, und der Bayerische Wald ist riesig.« Nicki schüttelte den Kopf. »Oder sollen wir an jede zweite Fichte *Vermisst*-Schilder hängen und auf die Hilfe der Waldpolizei hoffen?«

»Am besten teilen wir uns auf! Immer zu zweit und ...«

Natalie bedeutete Henry mit einer Handbewegung, ruhig zu sein, und wandte sich wieder an Nicki. »Du hast gesagt, dass der Knoten festsaß. Wenn sie etwas erschreckt hätte, wäre sicher der Pflock mit raus, oder?«

»Und Spucki wäre auch durchgedreht!«, ergänzte Ava.

»Eben.« Natalie seufzte und legte den Kopf in den Nacken. Für einige Sekunden hörte man nur das Mahlen der Alpakazähne auf frischem Heu. »In der Nähe ist vor Kurzem ein Alpaka von der Weide gestohlen worden.«

*Scheiße.*

Sie hatte es tatsächlich mitbekommen. Der Bayerische Wald war wohl nicht groß genug, um diese Meldung, die in seinen Augen allenfalls eine Randnotiz in den Lokalnachrichten wert gewesen war, an ihr vorbeigehen zu lassen. *Verdammt, bis jetzt sah es so gut aus!*

»Das ist eine komische Sache, weil nur ein Alpaka mitgenommen wurde. Es war aber ein Tier in einer seltenen Farbe, da waren wohl echte Alpakakenner am Werk«, fuhr Natalie ruhig fort.

»Oh«, machte Nicki betroffen. Er nickte in Richtung der Bäume. »Aber hier … ein Alpaka stehlen … und … wir sind mitten im Wald. Wer weiß schon, dass wir hier sind?«

»Das ist richtig.«

»Und was machen wir jetzt?«, fragte Henry.

»Was soll ich schon machen?« Nicki schob seine Hände in die Jackentasche und bemühte sich um einen verdrießlichen Gesichtsausdruck. Er war froh, dass Natalie auf Henrys Vorschlag, das Alpaka zu suchen, nicht eingegangen war. Auf weitere Spaziergänge durch das Dickicht hatte er nach der Nacht keine Lust mehr. »Ich muss wohl das Alpaka als verschwunden – ob nun gestohlen oder abgehauen – melden, sobald wir aus dem Wald raus sind.«

»Ja«, stimmte Natalie zu.

Nicki seufzte. »Und den Rest der Wanderung muss ich wohl ohne meine geliebte Nummer 66 hinter mich bringen.«

Am Nachmittag tauchte das gelbe Ortsschild von Lohberg am Straßenrand auf. Die verschwundene Nummer 66 war noch einige Zeit Gesprächsthema während der letzten Kilometer gewesen, aber ohne Alpaka hatte Nicki nichts mehr, worauf er aufpassen musste. So unterhielt er sich die meiste Zeit mit den Kaluza-Schwestern über Alpakas, Plastik und das unerquickliche Leben in Altbauwohnungen.

»Und?«

Verblüfft blieb Nicki neben Natalie und Runa stehen. Sein Blick wanderte zu den anderen. Robert hatte die Führung übernommen. »Was *und*?«

Sie nickte in Richtung des Schildes. »Lohberg.«

»Äh?« Er schüttelte verständnislos den Kopf, aber dann erinnerte er sich. »Ach so! Die PlayStation.«

»Ja.«

Verdammt, das habe ich ganz vergessen, schoss es ihm durch den Kopf, und er griff an seine hintere Hosentasche. Nicki erstarrte in der Bewegung. *Leer!*

»Ist alles in Ordnung?«

*Der Packsattel!* Nachdem er sich die Route eingeprägt hatte, hatte er das Smartphone achtlos in die nächste Tasche gepackt, die er zur Hand gehabt hatte. Das waren nicht sein Rucksack, seine Jackentasche oder seine Hosentasche gewesen. Es war in der verdammten Tragetasche gelandet, die Patrick und Lana ihm abgenommen hatten.

»Ähm.« Nicki richtete sich auf und fuhr sich über die Haare. »Das ist jetzt peinlich.«

»Wirklich?«

*Blöde Kuh.* Er rang sich ein Lächeln ab. »Wie du sicher mitbekommen hast, bin ich nicht so der tolle Planer – was die Kilometer und die Zeit anbelangt, habe ich mich verschätzt –, und die Oma von Peter ist die Woche im Urlaub.«

»Die Großmutter?« Tiefe Furchen wanderten über Natalies Stirn. »Ich dachte, es war die Tante?«

Tante ..., wiederholte Nicki in Gedanken. *Ich hätte echt Buch führen sollen.*

»Tante, Großmutter, keine Ahnung, irgendeine Verwandte eben!«, wehrte Nicki ab. »Auf jeden Fall sitze ich erst einmal fest.« Sein Blick schweifte zum Ortsschild. »In Lohberg.«

»Okay?«

Er zuckte mit den Schultern. »Was soll ich sagen? Ich dachte, ich brauche nicht so lange für die Strecke.«

»Da hast du dich wohl überschätzt, hm?«

Nicki lächelte gequält. »Und da ist noch etwas.«

»Was?«

Ihr ruhiger Tonfall jagte ihm einen kalten Schauer über den Rücken, aber er konnte sich vorstellen, dass es mit ihrer Gelassenheit im nächsten Augenblick vorbei war. Seltsamerweise zog dieser Gedanke einen gewissen Frust mit sich, der Nicki verwunderte – eigentlich interessierte ihn Natalies Seelenheil herzlich wenig.

»Der Packsattel, den du mir gegeben hast ...« Er deutete über seine Schulter und bemühte sich um einen möglichst betroffenen Gesichtsausdruck, für die erneute Lüge verfluchte er sich selbst. »Er ist mit Nummer 66 verschwunden.«

»Tatsächlich?«

»Ich hatte ihn in Nummer 66s Nähe aufgehängt, und die Diebe haben ihn wohl mitgenommen.«

Mit jedem seiner Worte waren mehr Zweifel in ihren braunen Augen aufgebrandet. »Und das fällt dir erst jetzt ein?«

»Ja, sorry!« Nickis Schultern sackten nach unten, hilflos fuchtelte er mit den Händen durch die Luft. »Mein Alpaka ist gestohlen worden, ich war ein bisschen durch den Wind. Da habe ich absolut nicht mehr da–«

Natalie hob die Hand, und verdutzt hielt Nicki inne. Drei Sekunden verstrichen, dann stieß sie einen ergebenen Seufzer aus. »Du kannst mitkommen. Eggersberg ist nicht weit. Es gibt sogar ein paar Gästezimmer auf dem Alpakahof, falls die Tante nach ihrem Urlaub noch eine Geschlechtsumwandlung zum Onkel in Russland vornehmen lässt und du nicht weißt, wohin du gehen sollst.«

Nicki schluckte. Die Geschichte um die PlayStation war sicherlich nicht seine Beste gewesen, aber die Erklärung für das Verschwinden des Packsattels sah er fast als Krönung dessen an, was er das Werk eines schlechten Lügners nannte. Kurz überlegte er, Natalie noch einmal etwas im Bezug auf Nummer 66 und vor allem ihrem Verlust vorzujammern, aber er verwarf den Gedanken schnell. *Je weniger ich erzähle, desto größer ist die Wahrscheinlichkeit, hier noch mit heiler Haut rauszukommen.*

»Super, den Packsattel kannst du ja auf die Liste schreiben.« Er lächelte und deutete mit der Hand auf die davonziehende Wandergruppe. »Nach euch!«

Natalie musterte ihn ein letztes Mal skeptisch, ehe sie an Runas Führstrick zog. Gemeinsam schlossen sie zum Ende des Trecks auf. Nicki folgte ihnen etwas langsamer. Zu seinem Bedauern setzte sie sich nicht mehr an die Spitze, sondern überließ Robert die Führung, während sie sich mit ihrem Handy beschäftigte. Argwöhnisch beobachtete Nicki, wie ihre Finger über das Display huschten.

Nach kurzer Zeit endete die Straße, die von weiten Weiden flankiert wurde, direkt auf einem Hof. Eggersberg, die Endstation der Alpaka-Trekkingtour, entpuppte sich als riesiges Gehöft mit einem großen Wohnhaus, einem Stall und zwei Scheunen. Auf der linken Seite der Straße befand sich eine weitläufige Weide, auf der Alpakas grasten. Auf dem Hof parkten einige Autos und ein grüner Traktor, doch es war der blau-weiße Kastenwagen, der Nickis Aufmerksamkeit auf sich zog.

Die Gruppe versammelte sich auf den Hof, und Henry trat neben ihn. Er reckte neugierig den Kopf. »Ist das ein Fernsehwagen?«

»Übertragungswagen«, verbesserte Nicki.

Er hatte solche Wagen schon von innen gesehen, wenn seine Firma die neuste Software aufspielen sollte. *Was machen die hier?*

»Werden wir jetzt interviewt?« Luisa strich sich eine brünette Locke aus dem Gesicht und lächelte verführerisch in Roberts Richtung. »Wenn ich das gewusst hätte, hätte ich mir etwas Schickeres angezogen.«

Natalie stopfte ihr Handy in die Hosentasche und überholte die anderen. »Nein, das hat nichts mit der Wanderung zu tun.«

Über den Hof eilten zwei Leute auf die Gruppe zu. »Natalie«, rief eine Frau, die Nicki auf etwa vierzig schätzte. »Da seid ihr ja endlich.«

Sie blieb stehen, genau wie ihr jüngerer Begleiter, den Nicki anhand des Blaumanns und der verschlammten Stiefel für einen Hofgesellen hielt. Ihr Blick schweifte über die Gruppe, und sie runzelte sofort die Stirn – Nicki war sich sicher, dass sie die Leute durchgezählt hatte. »Ist etwas passiert?«

»Nein, wir hatten nur ein paar Startschwierigkeiten heute Morgen«, antwortete Natalie. »Was ist hier los, Nellie?«

Die Frau fasste sich an die Stirn. »Oh, das glaubst du nie! Das Fernsehen ist hier! Komm am besten gleich mit!« Sie schürzte die Lippen auf eine Art, die Nicki seltsam vertraut vorkam. »Das kann Sam übernehmen.«

Für einen Augenblick zögerte Natalie, dann wandte sie sich der Gruppe zu. »Die Alpakas werden abgesattelt und auf die Westweide gebracht. Eure Sachen nehmt ihr aus den Packsatteln heraus, die Taschen hängt ihr dann über den Zaun. Sam wird sie später wegbringen. Wenn die Tiere versorgt sind, gibt es eine Brotzeit im Garten«, erklärte Natalie und streckte dann Runas Führstrick dem Mann entgegen. »Ich bin wirklich gespannt, was ihr den Fernsehleuten jetzt erzählt«, sagte sie zu der anderen Frau.

Wortlos sahen Nicki und die anderen Natalie und der Frau namens Nellie nach, und Sams lautes Schnalzen riss sie aus ihrer stillen Beobachtung. »Bitte mitkommen!«

Der Bauerngehilfe lotste sie zu der Weide neben der Hofzufahrt. Obwohl er kein Alpaka mehr bei sich führte, trottete Nicki neben Lorenzo und Marabu her.

»Was denkst du, wieso das Fernsehteam hier ist?«, fragte Nicki, als Sam außer Hörweite war und Lorenzo begonnen hatte, die Riemen zu lösen. Marabus Führstrick hatte er um seinen Hals gelegt, die Enden baumelten knapp über seinen Knien. Lorenzo klopfte dem Alpaka gegen den Hals, und nach einem letzten Schnauben trabte das Tier zu Pocket, Bjalla und Tuttifrutti.

»Keine Ahnung.« Lorenzo hob den Packsattel hoch. »Hältst du bitte mal?«

Nicki streckte den linken Arm aus, und Lorenzo legte die Tragtasche darüber. »Natalies Reaktion war seltsam«, fuhr Nicki fort.

Lorenzo hob die Schultern und wühlte in den Taschen. Er zog eine Handvoll Plastikpapierchen hervor, betrachtete sie kurz und stopfte sie dann in seine Jackentasche. »Wie soll sie denn deiner Meinung nach reagieren?«

Er nahm den Packsattel von Nickis Arm und ging auf den Zaun zu, auf dem bereits die Tragetaschen von den Alpakas der Kaluza-Schwestern und Stella hingen.

Nicki folgte ihm. »Ich weiß nicht …«

»Ich hab doch gesagt, Alpakas sind total in. Vielleicht drehen die eine Dokumentation.«

»Vielleicht.« Nickis Blick schweifte über die Weiden, die den Hof umgaben. »Wie kommst du eigentlich nach Hause?«

»Mein Cousin holt mich ab«, erklärte Lorenzo und nahm den Führstrick von seinen Schultern.

»Der Wett-Cousin?«

Lorenzos Grinsen wuchs in die Breite, und er rollte den Führstrick auf. »Genau.«

»Der wird sich sicher freuen, dass du keinen Erfolg hattest.«

»Wer sagt denn, dass ich keinen Erfolg hatte?« Er legte das zusammengerollte Seil zu dem Packsattel und sah zu den anderen.

»So?« Nicki folgte Lorenzos Blick. Die Sekunden verstrichen. Amelia lauschte Robert mit angestrengtem Gesichtsausdruck, Henry und Luisa hielten sich ein wenig abseits, während die Kaluza-Schwestern und Stella den letzten Fotos der Alpakas hinterher hetzten.

»Willst du mir einen Tipp geben?«

Nicki konnte sich wirklich nicht vorstellen, bei wem Lorenzo glaubte, Erfolg gehabt zu haben. Abgesehen von Natalie straften die Frauen der Gruppe Lorenzo mit Nichtbeachtung.

Der überhebliche Ausdruck auf Lorenzos Lippen wich einem süffisanten Grinsen. »Wenn ich dir einen Tipp gebe, ist doch der ganze Spaß weg.«

»Wir werden uns vermutlich nie wiedersehen«, antwortete Nicki trocken.

»Da wäre ich mir nicht so sicher«, erwiderte Lorenzo. »Man sieht sich immer zweimal im Leben.«

Im nächsten Moment heulte ein Motor auf. Lorenzo und Nicki rissen ruckartig den Kopf zur Quelle dieses akustischen Übels herum, und Nicki sog hörbar die Luft ein. Die Felgen blitzten in der Sonne. Der Lack glänzte wie von hundert Instagram-Filtern im Licht geküsst, und je näher der BMW kam, desto lauter drang das Donnern des aufgemotzten Motors an ihre Ohren.

»Oder dreimal«, ergänzte Nicki tonlos.

Sein Herzschlag beschleunigte sich mit jedem Meter des BMWs. Staub wirbelte von der Zufahrt auf, als der Wagen an der Westweide vorbeifuhr, und Nicki blieb der Atem weg, als sich seine schlimmsten Befürchtungen bewahrheiteten.

»Ich muss hier weg«, murmelte er.

»Was?« Lorenzo blickte verwirrt zu ihm. »Wieso?«

Ohne auf den Italiener einzugehen, zog Nicki sich über die oberste Zaunlatte, schlug einen Haken nach links und hetzte, so schnell er konnte, am Zaun entlang.

## *Das verhinderte Telefonat*

*Das hat mir gerade noch gefehlt!*

Nicki ließ die Weide hinter sich. Sams Ruf zur Brotzeit beachtete er nicht und rannte um die Ecke der kleineren Scheune, um aus dem Sichtfeld der anderen und vor allem dem des BMW-Fahrers zu kommen. Als er bei einem hübschen Bauerngarten mit Stockrosen und Staketenzaun ankam, verlangsamte er seine Schritte und legte den Kopf in den Nacken.

Scheiße, dachte er erneut. Was macht Patrick hier?

*Denk doch mal scharf nach!* Das Stimmchen in seinem Kopf klang verdächtig nach Laura, die ihm erklären wollte, was es mit dem Koffer in ihren Händen auf sich hatte.

*Nachdenken.* Er atmete tief ein, und als er den Blick vom blauen Himmel löste, erstarrte Nicki voller Schreck. Eine weitere Weide folgte auf die Scheune, den Garten und den schmalen Trampelpfad. Eine Herde Alpakas graste auf den sanften Hügeln der endlos erscheinenden Graslandschaft, die nichts mit der kargen Stimmung der Anden gemeinsam hatte. Einige Tiere schauten neugierig zu ihm hinüber. Nickis Schreck kam jedoch nicht von den gespitzten Ohren des beigefarbenen Tieres am Zaun, der Bob-Ross-Gedenkfrisur eines dunkelbraunen Alpakas mit Fohlen oder dem grün verfärbten Maul des weißen Tieres nahe der Tränke.

Nicki starrte zu dem Tier hinüber. Seelenruhig graste die silbergraue Stute zwischen einem schwarzen und einem hellbraunen Tier. Das zerschlissene Halfter war verschwunden – ein leuchtend gelbes Halfter hob sich hell von ihrem Fell ab, aber es war trotzdem und ohne Zweifel Nummer 66.

Wie kommt die hierher, durchfuhr es Nicki. Sein Herz raste in seiner Brust. In seinem Kopf kicherte das Stimmchen vor sich hin. *Mit dem Anhänger, du Vollpfosten!*

Voller Panik erinnerte er sich an die morgendliche Unterhaltung, nachdem Nummer 66s Verschwinden bemerkt worden war, seine vorgespielte Sorge um das Alpaka und Natalies Gelassenheit. Hatte sie ihm etwas vorgespielt?

Anfangs hatte er vermutet, Nummer 66s Verschwinden war ihr einfach egal gewesen. Nun, mit Blick auf die grasende Nummer 66, lag der Gedanke, dass mehr hinter ihrer Ruhe steckte, nicht fern. Es wunderte Nicki, dass ihn die Frage, inwieweit er Natalies Verhalten an diesem Morgen falsch verstanden hatte, mehr quälte, als er es für möglich gehalten hätte.

Kann dieser Tag noch beschissener werden, verzweifelte er. Immerhin war es nur Natalie, die Leiterin der Trekkingtour, und nicht irgendjemand, der ihm etwas bedeutete.

Die Antwort des kichernden Teufelchens in seinem Kopf schmerzte. Im Grunde drehte sich alles um Alpakas: Nummer 66, das Alpaka in seiner Dusche, mit dem alles angefangen hatte. Die Begegnung mit neun bunten Alpakas nebst Führenden. Das Wiederauftauchen von Patrick, einem der Köpfe hinter ALANAPAKA, dem größten deutschen Alpaka-Fanaccount. Vermutlich war Lana nicht weit, und Nickis Blick schweifte zu den blühenden Stockrosen – dort, im Schatten der Scheune, hatte sie einen Teil ihres *Alpaka vermisst*-Videos gedreht. Nun ergab auch der Fernsehwagen einen Sinn, genau wie ihre Forderung, er solle brav den Mund halten, egal was er von ihr oder Nummer 66 weiter hörte. Das Video über das gestohlene Alpaka war nett gemacht gewesen. Schon vor fünf Tagen hatte es eine beachtliche Anzahl an Likes bekommen. Die Aufmerksamkeit eines Fernsehsenders war kein Wunder – die Menschen liebten diese Tiere.

Er überlegte seine nächsten Schritte. Patricks und Lanas Drohungen waren für ihn, egal wie lächerlich er den Auftritt von Patrick empfunden hatte, deutlich gewesen. Obwohl er bezweifelte, dass Patrick sich tatsächlich an ihm die Finger schmutzig machen würde, wollte er nichts riskieren. Letztlich blieb ihm nur eine Option: Er musste so schnell und vor allem so unauffällig wie möglich von diesem Hof abhauen.

Leider entpuppte sich genau das als schwierig. Sein Handy hatte Lana mit der Packtasche von Nummer 66 zum Verschwinden gebracht, ein mehr oder weniger verzweifelter Anruf bei Peter oder Klaus schied vorerst also aus. Natürlich gab es noch die anderen Mitglieder der Trekkingtour, aber er traute jedem von ihnen in diesem Fall zu, Nickis Lügenmärchen aufzudecken. *Gut, Henry ist vielleicht die berühmte Ausnahme.*

Nicki warf einen erwägenden Blick über die Schulter. Zurückgehen wollte er trotzdem nicht. Die Gefahr, von ALANAPAKA entdeckt zu werden, war zu groß, und wie weit er auf die Leute auf dem Hof setzen konnte, wollte er besser nicht herausfinden. Denn Nummer 66s Wiederauftauchen bedeutete vor allem eines: Das hier war der Hof von Lanas Vater!

Sein Blick schweifte zurück zu Nummer 66. »Du hast mir verdammt viel Ärger beschert, malmendes Andenvieh«, murmelte er und er begriff, dass er auf sich allein gestellt war. *Ich muss telefonieren.*

Die Idee mit der Frage nach einem Telefon war gar nicht so dumm. Nach Lohberg waren es nur ein paar Minuten. Er musste nur sichergehen, dass ihn niemand von der Gruppe, Patrick oder Lana entdeckten.

Er sah nach vorn. Der Trampelpfad führte wohl um das Gebäude herum, und Nicki entschied, es auf einen Versuch ankommen zu lassen. Er zog seinen Rucksack zurecht, hastete an dem Staketenzaun entlang und warf einen prüfenden Blick um die Ecke.

Die Unterseite einer alten Holztreppe nahm ihm die Sicht, wie sie ihm im gleichen Moment ersten Schutz bot, und er presste die Zähne aufeinander. Rasch huschte er an der Wand der Scheune entlang, bis er die Treppe erreicht hatte. Vorsichtig blickte er hinter dem von Regen, Schnee und Eis gebeutelten Holz hervor. Er hörte die Stimmen der anderen Mitglieder der Trekkingtour. Immer wieder mischte sich lautes Rascheln oder das Klirren von Besteck unter die Gesprächsfetzen. Nicki schmunzelte, als Lorenzos Ruf nach einer zweiten Maß eine empörte Bemerkung von Stella folgte.

Das Knurren seines Magens ignorierte Nicki und schlich um die Treppe herum. Nun, direkt vor der Treppe, konnte er die anderen sogar sehen. Sie saßen auf Bierbänken unter drei imposanten Linden. Große Körbe mit Brot standen vor ihnen. Sam verteilte Getränke, und Nickis Wunsch, sich zu ihnen zu setzen, wuchs mit jedem Augenblick, den er zusah. *Riskiere ich es einfach?*

Unschlüssig sah Nicki zu, wie Lorenzo den zweiten Schoppen von Sam, dem seine Kellnerrolle sichtlich missfiel, eingeschenkt bekam. Als Lorenzo Stella den vollen Glaskrug vor das Gesicht hielt, erntete er einen Knuff von ihr und lachte auf.

*Nein, zuerst das Telefon.* Nickis Blick wanderte die Steige hinauf. Eine Holztür mit eingelassenem Fenster befand sich an ihrem oberen Absatz. *Zimmer. Bauerngeselle. Telefon?* Ein Funken Hoffnung flammte in Nicki auf. Ohne länger zu zögern, eilte er die Stufen hinauf. Vor der Tür lauschte er ein paar Sekunden, aber von innen hörte er nichts, und er warf einen letzten Blick über die Schulter. Nichts. Niemand hatte ihn bemerkt.

Er wandte sich wieder um.

Vorsichtig drückte er die Klinke hinunter. Die Türbänder knarrten vernehmlich, und Nicki sog alarmiert die Luft ein. Ein letztes Klicken, dann schob er den Türgriff von sich weg. Die Tür schwang auf, und Nicki machte einen Schritt nach vorn. Er steckte seinen Kopf zwischen Tür und Rahmen und überprüfte den Raum.

Keine Bratpfanne.

Leer.

Er huschte hinein, machte auf dem Absatz kehrt und legte die linke Hand auf das Türblatt. Mit prüfendem Blick durch den schmaler werdenden Spalt drückte er gegen das Blatt und tastete blindlings mit der freien Hand nach der Klinke, um sie herunterzudrücken.

Sie knarrte, als er sie so leise wie möglich schloss, und er biss sich auf die Unterlippe. Ohne die Tür aus den Augen zu lassen, ließ er los und trat nach hinten.

Nichts geschah.

*Erst einmal in Sicherheit.* Erleichtert atmete er aus, streckte den Rücken durch und drehte sich um.

Die Wand war mit Kiefernholz verkleidet. Ein schlichtes, nicht überzogenes Bett stand unter der Dachschräge. Auf dem Innenleben der Decke wartete ein Stapel frischer Bettwäsche. Direkt daneben befand sich ein Nachttisch mit einer Kaktusleuchte, die Nicki vage vertraut vorkam. Der Schreibtisch war aufgeräumt. In einem Coca-Cola-Glas sammelten sich verschiedene Kugelschreiber aus tausendundeiner Werbeveranstaltung. Ein paar Ordner stapelten sich auf der rechten Seite. Nickis Gesichtsausdruck hellte sich auf, als sein Blick auf das altmodische Telefon fiel.

Mit langen Schritten durchquerte er das Zimmer, schlüpfte im Gehen aus den Riemen des Rucksacks, und mit einem Plumps landete dieser auf dem Boden. Dann langte Nicki nach dem Hörer. Das Freizeichen schrie ihm entgegen.

Super, durchfuhr es ihn.

Die Nummer von Klaus wählte er wie ferngesteuert. Null – eins – sieben – null – acht, seine Finger fanden wie von allein die richtige Stelle in der Retro-Wählscheibe. Bei jeder Ziffer klickte es. Nach wenigen Sekunden wurde die Verbindung aufgebaut, und der Freiton erklang.

Geh ran, bettelte er das Telefon an.

Sein Blick schweifte zum Fenster. Hinter dem Glas sah er die grünen Weiden. Unzählige Punkte grasten dort, und erneut jammerte sein innerer Nicki auf. *Das ist doch alles beschissen!*

Er ballte die linke Hand zur Faust. Die Gelenke knackten wie die Tür in seinem Rücken, und sein Blick wanderte von dem Fenster zu der altmodischen Holzvertäfelung des Zimmers. *Wieso endet diese verdammte Trekkingtour ausgerechnet hier?*

Schmerzhaft zerdrückten seine anderen Finger seinen Daumen, und flüchtig sah er auf seine Hand hinunter. Unruhig trippelte er mit der Schuhspitze auf dem Holzboden herum. *Komm schon, Klaus, lass mich nicht hängen!*

Die Tür fiel ins Schloss.

Voller Schreck entglitt der Telefonhörer Nickis Hand und knallte auf den Schreibtisch. Hinter ihm klickte es, und blitzschnell wirbelte Nicki herum. Das Telefon klingelte weiter.

*Scheiße!*

Seine Augen weiteten sich vor Entsetzen. Der Schlüssel in ihrer rechten Hand hob sich dunkel vor der weißen Wand ab. Sie stemmte die linke in ihre Seite. In ihren braunen Augen glomm kaltes Feuer. Der Zug um ihre Lippen war hart, und in Nicki zog sich alles zusammen, als jeder Funken Vertrautheit, den er je zwischen ihnen zu sehen geglaubt hatte, mit einem Mal erlosch.

»Was für eine Geschichte erzählst du dieses Mal, Nicki?«

# *Das Geständnis*

Natalie senkte die Hand. Sie schenkte Nicki einen weiteren kühlen Blick, ehe sie den Schlüssel in die Hosentasche schob und auf ihn zukam. Hinter ihm klickte es in der Telefonleitung. Von Angst auf ihrer Seite war nichts zu erkennen, als sie direkt neben ihn trat.

*Wovor sollte sie auch Angst haben?*

Ihr Arm streifte seinen Oberkörper. Nicki hielt die Luft an, und mit einem Mal erinnerte er sich an die gemeinsamen Nächte in Natalies Zelt. In der Kühle ihres Blicks glaubte er, neben verhaltenen Ärger eine gewisse Enttäuschung zu sehen. *Aber wieso?*

Wegen seiner Lügen? Wegen seines Verhaltens? Ihr Gesichtsausdruck verriet ihm dummerweise nichts, und zu seiner Verwirrung brachte dieser Moment den winzigen Funken Hoffnung, der in zwei Nächten und so manchem Gespräch genährt worden war, nahezu zum Verlöschen.

»Hallo?« Klaus' Stimme erklang aus dem Hörer. *Verflucht, hätte der nicht …*

Natalie griff nach dem Hörer und legte auf. Für einen Moment blickte sie auf das Telefon hinunter, ehe sie sich zu Nicki umdrehte.

Scheiße, wiederholte er und biss sich auf die Unterlippe. *Jetzt bin ich dran.*

»Ich höre.«

»Nun ja, wo soll ich anfangen?«

Er rang sich ein gequältes Lächeln ab. Natalies Gesichtsausdruck erinnerte ihn an eine strenge und durchaus verärgerte Lehrerin, der ertappte Teil von ihm wollte sie darauf aufmerksam machen, dass er kein Studienobjekt für ihre sozialpädagogischen Anwandlungen war, aber er verkniff es sich. Im Moment war sie wohl nicht für dumme Scherze über ihre Studienwahl zu haben, genau so, wie jede Bemerkung über die plötzliche – sogar aufregende – Nähe, mit der sie ihn nun beehrte, fehl am Platz war. »Als Nummer 66 abgehauen ist, ist mein Handy mit verschwunden, und ich wollte nur meine Rückreise in die Wege leiten.« Er machte eine kurze Pause, und sein Grinsen wuchs in die Breite. »Oder gibt es auf dem Hof eine Telefonzelle?«

Der Spaß verpuffte.

»Ich meinte nicht deinen Einbruch in mein Zimmer.«

*Ihr Zimmer?* Hastig sah er sich um. Von Gemütlichkeit erkannte er in diesem Zimmer nicht viel – es war kaum besser als Natalies Zelt. Sein Blick blieb an der Kaktuslampe hängen.

Wieso nicht, schalt er sich für seine dumme Reaktion. Sie leitete die Trekkingtouren dieses Hofes, wieso sollte sie hier kein Zimmer haben?

»Hübsch eingerichtet.«

»Nicki«, mahnte sie. Die süßen Grübchen um ihre Mundwinkel waren verschwunden. Streng und entnervt erwiderte sie seinen Blick.

Nervös rieb Nicki seine Fingerspitzen aneinander und sortierte seine Erinnerungen und Gedanken. »In Ordnung.« Er schnippte mit den Fingern, bevor er sich im Zimmer umsah. »Möchtest du dich nicht setzen?«

»Ich stehe ganz gut.«

*Dann eben nicht.* »Ich habe dich gewarnt.« Nicki grinste gequält, was Natalie mit einem Augenverdreher quittierte. Die Wahrheit ließ sich wohl nicht weiter vermeiden, und für eine Sekunde ertappte Nicki sich bei der Überlegung, ob es nicht besser gewesen wäre, von Anfang an die Wahrheit zu sagen. Wäre Natalie wirklich so humorlos gewesen? Wenn er so darüber nachdachte ... Er wusste es nicht, aber er hoffte es nicht. *Nicht sie. Bitte nicht.*

»Vor einer Woche bin ich mit meinen Kumpels auf der Heimreise von einem Urlaub gewesen.«

»Das weiß ich bereits.«

»Hey, *ich* erzähle die Geschichte.«

Sie kommentierte seinen Protest nicht, sondern behielt ihren kühlen Gesichtsausdruck bei. Nicki seufzte. *Das kann ja heiter werden …*

»Bei einer Pause bin ich etwas spazieren gegangen und auf eine Instagram-Tante namens Lana und ihre Leute gestoßen. Ich habe mich dazu überreden lassen, ihr Spiel mitzumachen – so eine Dschungelcamp-Challenge für ihren Alpaka-Fanaccount.« Er wartete einen Augenblick ab, ob seine Geschichte eine Reaktion bei Natalie hervorrief, aber sie blickte ihn unverwandt an. »Die Challenge war babyleicht. Ich habe gewonnen und durfte mir einen Preis aussuchen, aber nun ja … mit einem beheizbaren Katzenbett kann ich nichts anfangen. Ich habe ein Alpaka verlangt und bekommen.«

»Du hast ein Alpaka verlangt«, wiederholte Natalie.

Zum ersten Mal, seit sie sich mit ihm eingesperrt hatte, glaubte er eine andere Gefühlsregung als Ärger in ihrem Gesicht zu erkennen. *Fassungslosigkeit?*

»Bist du bescheuert?«

»Irgendwie erschien es mir passend«, wich Nicki aus. »Immerhin pflegt sie einen Alpaka-Fanaccount.«

Natalie rollte mit den Augen. »Kein einigermaßen vernünftiger Mensch nimmt bei so etwas ein Lebewesen …« Sie musterte ihn, dann schüttelte sie entgeistert den Kopf und fragte scharf: »*Wo* wohnst du eigentlich?«

»In einer Altbauwohnung in Passau.« Nicki verzog den Mund und erinnerte sich an das Wettrennen, das Nummer 66 und er sich mit Frau Fratinelli auf der Treppe geliefert hatten. »Dritter Stock.«

»Siehst du!« Natalie strich sich über die Haare. »Wie hast du Nummer 66 nach Hause gebracht? Wie kam sie in den dritten Stock? Wieso seid ihr im Wald gelandet? Was sollte der Mist mit den Kartoffelsäcken?«

»Eigentlich ist es eine echt gute Geschichte.« *Bis auf die Kartoffelsäcke.*

»So?«

Ihr Tonfall blieb scharf wie eine Messerklinge. Zu seiner Überraschung schmerzte er ihn beinahe wie eine solche, die man ihm in die Brust gerammt hatte, und er seufzte. Bisher hatte er Natalie nie wütend erlebt, was er bei manchen seiner Erwiderungen durchaus verstanden hätte. Nickis Alpakaaktion machte ihr aber sichtlich zu schaffen, doch seltsamerweise wusste er nicht genau, wieso ... Nummer 66 weidete selig auf der Wiese. So, wie es für Nicki momentan aussah, war er am Ende der alleinige Verlierer.

»Wir waren mit dem Wohnwagen unterwegs«, erklärte Nicki. »In meinem Suff habe ich Nummer 66 wohl unbemerkt in den Wohnwagen geschafft. Wir sind nach der Pause wieder losgefahren, ich bin eingeschlafen.« Er zuckte mit den Achseln. Mittlerweile glaubte er, dass nicht nur der Wodka mit Cola seinen Beitrag zu der Erinnerungslücke geleistet hatte, sondern Lana und ihr Helferlein ihm etwas in den Sekt gemischt hatten. Vermutlich konnte er von Glück sprechen, das überlebt zu haben. »Zu Hause haben meine Freunde Nummer 66 in meine Wohnung gebracht.«

»In den dritten Stock?«

»Mit dem Aufzug«, erklärte Nicki. »Da funktionierte er wohl noch. Er ging natürlich erst nicht mehr, als ich Nummer 66 nach unten bringen wollte.«

»Du hast wirklich nur Pech.«

»Ist mir auch schon aufgefallen.« Nicki grinste. »Ich habe trotz Gedächtnislücken recht schnell herausgefunden, woher Nummer 66 stammte, und habe Lana angeschrieben, die ja ...« Er verstummte. Irgendwie kam ihm die Sache im Nachhinein seltsam vor. »Sonderlich hilfreich war sie nicht. Sie hat verlangt, dass ich das Alpaka zurückbringen soll.«

»Und du Hirndappiger hast ihr natürlich sofort versprochen, Nummer 66 zu ihr zu bringen«, ergänzte Natalie tonlos.

»Äh, nein?« Er schüttelte den Kopf. »Eigentlich wollte ich, dass sie das Alpaka abholt, aber sie hat keinen Führerschein, ihre Schwester ist gerade nicht da und blablabla ...« Er ahmte eine quakende Ente nach, hörte aber sofort auf, als er Natalies düsteren Gesichtsausdruck bemerkte. »Nun ja ...«

»Weiter.«

»Mein Pech ging auch weiter mit der Mitfahrgelegenheit für Nummer 66 und mich.«

»Eine Mitfahrgelegenheit?«, wiederholte Natalie skeptisch. »Wieso?«

Er hob die Schultern. »Ich habe kein Auto.«

»Was war mit dem Wohnwagen?«

Nicki grunzte. »Hey, Klaus ist mir deswegen fast an die Gurgel gegangen.«

»Leihwagen.«

»Ähm.« Nicki biss sich auf die Unterlippe. Die Idee war nicht so übel, aber er verkniff sich den Einwurf, dass ein Alpaka vermutlich einen eher schlechten Beifahrer darstellte und er ohnehin nicht wusste, was in einem üblichen Leihwagenvertrag zur Beförderung von Neuweltkameliden stand. Einen Anhängerführerschein besaß er genauso wenig wie Klaus oder Björn. »Schieben wir es auf den Restalkohol und vergessen es, okay?«

Sie verdrehte die Augen. »Also ... eine Mitfahrgelegenheit?«

»Das war eigentlich eine gute Idee«, erklärte Nicki. »Der Fahrer machte einen sehr professionellen Eindruck.«

»Aber?«

»Vermutlich *zu* professionell«, verbesserte Nicki. »Auf einem Rastplatz hat sich eine Polizeikontrolle angekündigt und na ja ... Nummer 66 als angeblich gestohlenes Alpaka?« Er zuckte mit den Achseln. »Inmitten von Mopswelpen, die von Tschechien nach Belgien oder Frankreich geschmuggelt werden sollten?«

Natalie fasste sich an die Stirn. Für einige Sekunden sah sie auf seine Sneakers hinunter und wusste wohl nicht, was sie sagen sollte. »Das ist nicht dein Ernst, oder?«

Er grinste. »Ich sagte doch, es ist eine echt gute Geschichte.«

»Absolut. Deine Enkel werden sie lieben.« Sie schüttelte den Kopf. »Und wie ging es weiter?«

»Ich bin vor der Polizei abgehauen und habe mich mit Nummer 66 in den Wald geschlagen«, fuhr Nicki fort. »Nach kurzer Besprechung mit Lana hieß es, ich soll nach Lohberg wandern, weil kein Auto ...«

»Und du Depp tust, was ...«

Er wusste, was sie sagen wollte. »Ja, genau! Ich, der Depp, mache das natürlich. Ich wollte dieses verdammte Alpaka in dem Moment einfach nur loswerden!«

»Du hättest es jederzeit zur Polizei oder ins Tierheim bringen können.«

»Ja, klar – ein vermeintlich gestohlenes Tier ins Tierheim?« Nicki fuhr sich über den Nacken. Ihre überhebliche Art ärgerte ihn – manche seiner Entscheidungen waren sicher nicht ganz richtig gewesen. Es hatte einiges gegeben, was er besser machen hätte können, aber bei all der Zeit, die sie miteinander verbracht hatten, sollte sie ihn besser kennen. »Ich bin vielleicht verrückt, aber nicht blöd.«

»Da bin ich mir nicht sicher.«

Auf dieses Niveau ließ er sich jetzt nicht herab, weiterer Trotz und Feindseligkeit ihr gegenüber, weil sie seine männliche Ehre mit ihren lockeren Sprüchen ankratzen wollte, brachten ihm vermutlich nur mehr Ärger ein. »Ich habe mir im nächsten Dorf dann ein paar Sachen zum Übernachten besorgt. Die Plane, die Kartoffelsäcke, das war reine Improvisation, immerhin befand ich mich mitten in der Pampa.« Er seufzte und ignorierte die Stimme in seinem Kopf, die nach Lob für sein Improvisationstalent heischen wollte. »Kurz nachdem ich aufgebrochen war, bin ich dann euch begegnet, und als ich eure Route erfahren habe, habe ich die Chance genutzt.« Er rang sich ein Lächeln ab. »Instantkaffee ist immer noch besser als keiner.«

Sie ließ sich nicht anmerken, was sie von seiner Geschichte hielt. Ohne ein Wort zu sagen, blickte sie ihn an, und die Sekunden verstrichen.

*Scheiße, sag was! Und wenn es nur eine weitere Beleidigung ist …*

Die Stille wurde unerträglich. Die Gedanken schossen durch seinen Kopf, und er erinnerte sich an die aufkeimenden Zweifel an Lanas Rolle. Manche Sachen ergaben tatsächlich keinen Sinn.

»Was ich aber absolut nicht verstehe: Wieso ist Nummer 66 hier?«, fragte Nicki.

Die Geschichte hätte so gut für ihn enden können. Letztendlich hätte sie ihn nur das Handy gekostet, und er hätte die letzten

Tage seines Urlaubs für diesen regelrechten Roadtrip verschwendet, aber nun schlug sich dieses verfluchte Alpaka hier den Magen voll.

Natalie verdrehte die Augen. »Hast du es immer noch nicht kapiert?«

»Nein, hab ich nicht. Was soll ich da kapieren?«, knurrte er ihr entgegen.

»Lana ist meine Schwester.«

# *Die ungleichen Schwestern*

Natalies Worte trafen ihn frontal wie ein Zug aus dem Tunnel. Für eine Sekunde wusste Nicki nicht, wie er darauf reagieren sollte – das Wort klebte trocken wie Esspapier an seinem Gaumen.

*Schwestern?*

Abgesehen von zeitweisen zickigen Anwandlungen hatten Natalie und Lana in seinen Augen nichts gemeinsam. Lana war einfach ein Püppchen mit ihren koketten Sprüchen, ihrem Auftreten und der Sucht nach Social-Media-Fame. Natalie hingegen stellte, so böse es klang, eine abgeschwächte Version von Stella dar – nicht ganz so naturverbunden, aber bodenständig und gesetzt. *Und wohl doch mit bescheidenem Humor gesegnet …*

Er schluckte. Hunderte von Gedanken schossen durch seinen Kopf, ein Bild jagte das nächste. *Kann das echt wahr sein?*

Er wusste nicht, was er als Erstes fragen sollte. »Aber …«

Natalie seufzte. »Sie ist meine Halbschwester, um genau zu sein. Meine Eltern haben sich getrennt, als ich zwei Jahre alt war – meine Mam hat es auf dem Land nicht ausgehalten. Sie wollte zurück nach Passau. Mein Vater hat ziemlich schnell wieder geheiratet … Nellie.« Sie machte eine kurze Pause. »Die Frau von vorhin. Ein Jahr später kam Lana auf die Welt.«

*Meine Schwester ist gerade nicht da,* erinnerte er sich an Lanas Worte. *Scheiße, ja!*

Ihre Schwester ist unterwegs gewesen, und zwar auf der verdammten Alpaka-Trekkingtour, die Nickis Weg gekreuzt hatte, und der er sich aus reiner Bequemlichkeit angeschlossen hatte. Wieso hatte Lana das nicht erwähnt?

»Lana ist eine ziemliche Bixlmadam. Das war sie schon immer: mehr Schein als Sein und leider auch genauso hinterhältig. Ich habe die Geschichte, die sie Pa über das geklaute Alpaka erzählt hat, nie geglaubt.« Natalie blickte an die Zimmerdecke und überlegte einen Moment. »Du kennst also Hiasl?«

»Äh?«

»Matthias.« Ein amüsierter Zug legte sich um Natalies Lippen. »Sie nennt ihn immer Matt, weil das *cooler* klingt.«

»Ja, doch ... *bittschön.*« Nicki grinste gequält und fragte sich, wieso sie sich nach Lanas fügsamem Kameramann erkundigt hatte. »Er durfte filmen, wie ich einen Regenwurm gegessen habe.«

»Einen Regenwurm?«

»Ähm, Dschungelcamp?«

»Ich sollte ihn nach diesem Video fragen«, sinnierte Natalie. Mit einem Mal zeigte sich der Hauch eines Lächelns auf ihren Lippen ab, und die süßen Grübchen kehrten zurück. Nicki teilte diesen Wunsch, aber er würde darauf pochen, dass Matt es bis auf den letzten Bit löschte.

Natalie bemerkte seinen zweifelnden Blick. »Er ist seit Jahren in Lana verknallt, aber natürlich beachtet sie ihn nicht *auf diese Art.* Er erzählt mir ab und zu, was sie so treibt, und hat letztens im Chat einen Dreh an der Steinbachweide erwähnt.«

Verhaltene Enttäuschung breitete sich in ihm aus, als ihm ein Gedanke kam, und sein Mund wurde trocken. Unbeholfen legte er sich die Worte zurecht. »Und du bist wohl ...?«

Sie musterte ihn verwirrt, dann entglitt ihr ihr Gesichtsausdruck auf eine Art, die er bei ihr nie für möglich gehalten hätte. »Spinnst du?«

Er zuckte gespielt desinteressiert mit den Achseln. Erleichterung durchflutete ihn, denn allein die Vorstellung war abstrus. So verrückt es war, überhaupt darüber nachzudenken: An Natalies Seite sah er jemanden, der mit ihrer kühlen, beinahe schnippischen Art zurechtkam, ihr kontern konnte und nicht zu allem »Bittschön« sagte.

»Dass ich spinne, haben wir schon festgestellt.«

»Nein, also bitte? Ich und Hiasl?« Sie schüttelte den Kopf. »Was hat Lana bei dieser Dschungelcamp-Challenge denn alles von dir verlangt?«

»Puh, das weiß ich doch heute nicht mehr – ich war total dicht. War halt so dämlicher Mist.« Nickis Schultern sackten nach unten. Obwohl diese Situation und all sein Ärger auf Lana und ihre dämliche Challenge zurückzuführen waren, wollte er ihr keinen Ärger machen, denn Patricks Drohung schwebte immer noch wie ein Damoklesschwert über ihm.

»Regenwürmer essen?«

»Das war die letzte Prüfung«, antwortete Nicki. »Davor gab es eine Blindverkostung von Katzenfutter oder Hundeleckerlis, ein paar komische Sachen wie *Tausendjährige Eier*, vergorenen Fisch ...«

Natalie rollte mit den Augen. »Ernsthaft?«

»Ja, keine Stierhoden oder Kängurunierchen. Ich weiß nicht, ob ich das mitgemacht hätte.«

»Aber einen Regenwurm?«

»Hey.« Nicki grinste schief. »Das war ja nicht das erste Mal, hab ich schon mal als Kind gegessen.«

»Das macht es nicht besser.«

Er zuckte mit den Achseln. »Zumindest war er besser runterzukriegen als ein Teelöffel voll Zimt.«

Natalies blonde Locken flogen erneut. »Das ist nicht dein Ernst? Ist da alles gut gegangen?«

Ihre offensichtliche Sorge verwunderte ihn. Wahrscheinlich fürchtete sie nur irgendwelche Schadensersatzforderungen gegen ihre Familie, und da die wenigsten Versicherungen vermutlich Personenschaden durch Gewürze abdeckten, lag es wahrscheinlich einfach daran.

»Ja, Karl ist beim Zimt ausgestiegen, Wilhelm hat durchgezogen, aber ...« Er deutete auf seine Brust. »Ich habe gewonnen.«

»Ja, darauf kannst du wirklich stolz sein.« Ihr Blick blieb skeptisch. »Da hat sie ja wirklich die intellektuellen Glanzstücke Lohbergs überredet mitzumachen ... und mit dir schließlich ein echtes Deppentrio zusammengestellt.«

»Sehr nett.« Für eine Sekunde flammte Ärger in ihm auf, und er fragte sich, wieso sie es nicht einfach bleiben ließ. *Was erhofft sie sich davon?* »Was mich trotzdem wundert – wieso hast *du* nichts gesagt?«

Der überhebliche Ausdruck auf ihren Lippen wich einem Lächeln. »Ich habe es mir wirklich überlegt, als du mit Nökkvadís im Wald aufgetaucht bist.«

Ein flaues Gefühl breitete sich in Nicki aus. Seine Kehle trocknete um ein weiteres Mal wie die Namib-Wüste aus. »Nökkvadís?«

»Das ist Nummer 66s richtiger Name.« Sie seufzte. »Man hat ja sofort gesehen, dass du keine Ahnung von Alpakas hast, und ich wollte einfach wissen, wie du an das Alpaka kommst, von dem mein Vater glaubte, dass es von der Weide gestohlen worden war.«

»Ach, und einfach fragen?«

»Du hast nicht den Eindruck gemacht, als ob du Fragen beantwortet hättest«, gab Natalie zurück, und Nicki fiel auf, dass sie bei jedem Wort gezögert hatte. »Das hat man bei deiner Antwort auf die Frage, ob du aus Mauth kommst, gemerkt.«

»Echt?«

»Du tust es schon wieder.« Sie lächelte. »Du bist kein guter Lügner.«

Nicki schnaubte. »Vermutlich kann ich mein letztes Quäntchen Ehre auch nicht mit der kleinen«, er zeigte einen Zentimeter mit den Fingern, »Notlüge retten, dass ich eigentlich in jeder Sekunde dieser Trekkingtour damit gerechnet habe, von jemandem ertappt zu werden?«

Sie schüttelte den Kopf. »Nein, leider nicht.«

»Schade.« Nicki fuhr sich durch die Haare. Ihr sollte er eigentlich keinen Vorwurf machen; der meiste Unsinn ging auf seine Kappe. »Trotzdem hättest du etwas sagen können, das hätte mir viel Ärger erspart.« *Abgesehen von dem Donnerwetter …*

»Nein.«

»Hey, wenn schon nicht für mich: alles für das Alpaka!«

Sie hob zweifelnd eine Braue. »Wenn es gefährlich für Nökkvadís geworden wäre, hätte ich sicher etwas gesagt. So warst du nur der Depp mit nassen Sneakers, einem interessanten Zelt und dem Proviant eines Zehnjährigen, der sein gesamtes Taschengeld für Süßigkeiten ausgegeben hat.«

»Sehr nett. Nökk–« Nummer 66 war definitiv eingängiger. »Das ist kein südamerikanischer Name, oder?«

Natalie sah verblüfft zu ihm. »Nein, Nökkvadís soll der Name einer Fee sein.«

»Aber ...« Nicki erinnerte sich an den Reiterhof. »Isländisch?«

Ein Lächeln zeigte sich auf Natalies Lippen, aber es verschwand schneller als Nicki »Alpaka« sagen konnte. »Mein Vater hat früher Islandpferde gezüchtet.«

»Oh.«

»Er hatte anfangs nur ein paar Alpakas zur Weidepflege, aber später ...« Sie verzog den Mund. »Als der Hype um die Alpakas einsetzte, hat er umgesattelt.«

Sie musste nicht mehr erzählen. Von Laura wusste er einiges zu Islandpferden, auf dem Reiterhof gab es ebenfalls ein paar. Sie waren beliebt, auch wenn einige Tiere zu Sommerekzemen neigten und in der prallsten Hitze nur mit Fliegendecke auf die Weide durften. Ein Alpaka war sicherlich pflegeleichter.

»Und die Namen?«, fragte Nicki tonlos.

Sie hob die Schultern. »Er hat sich aus dem Internet einmal eine Namensliste für Islandpferde ausgedruckt und arbeitet sie immer noch ab.«

»Wie passen Pocket, Spucki und Tuttifrutti da rein?«

»Sie sind nicht aus der Zucht meines Vaters.«

»Oh, natürlich nicht ...« Nicki nickte ernst.

Natalie betrachtete ihn nachdenklich, ehe sie zu ihrem Schreibtisch ging. Unschlüssig sah Nicki ihr nach. Sie griff nach einem Kugelschreiber aus dem Coca-Cola-Glas. Immer wieder klickte sie mit dem Stift.

Bei jedem Mal wuchs sein Unbehagen, während sie scheinbar nur ihren Gedanken nachhing, und er wusste nicht so recht, was er nun tun sollte. Einfach abhauen? Die Gelegenheit hatte er verpasst. Nein, vermasselt trifft es eher, sagte er sich, und wieder einmal war seine eigene Bequemlichkeit wohl der Grund dafür. Auf der anderen Seite sah er das Gute an dieser Situation. Die Last seiner Lügen ruhte nicht mehr auf seinen Schultern, und es hatte gutgetan, die Geschichte zu erzählen. *Endlich. Ich hätte ihr viel eher die Wahrheit sagen sollen …*

Zu diesem wirren, ihn irgendwie haltenden Gefühl kam erschwerend hinzu, dass sie sowieso das Zimmer abgesperrt und den Schlüssel in ihre Hosentasche geschoben hatte. Ohne einen überraschenden direkten Angriff kam er wohl nicht raus, und wenn er ehrlich war, wusste er nicht, wie das enden würde.

Er fasste sich ein Herz. »Und jetzt?«

Letztendlich war es nicht so gelaufen, wie er es sich vorgestellt hatte. Nach seinem anfänglichen Ärger, dass Lana ihn sitzen gelassen und zu allem Überfluss ihm noch sein Handy weggenommen hatte, hatte er sich mit der Situation – erstaunlich gut, so sehr Eigenlob auch stank – arrangiert. In der Geschichte hatte er sogar eine Chance gesehen, manches hinter sich zu lassen. Es ließ sich nicht vermeiden, aber mit diesem Gedanken blickte er erneut zu Natalie.

Sie sah auf den Kugelschreiber hinunter. Er klickte ein weiteres Mal, und sie drehte sich um. »Ich will ihr das nicht durchgehen lassen.«

»Was?« Ihre Antwort verwirrte ihn, und seine Gedanken überschlugen sich. Vor seinem inneren Auge spielten sich die verschiedensten Szenarien ab, was Natalie mit dieser Äußerung gemeint haben könnte. Nicki gefiel nichts davon. »Aber sie ist deine Schwester!«

»Und?«

»Nun ja …« Nicki zögerte. »Gut, es klang jetzt nicht so, als ob ihr die besten Freundinnen seid, aber du kannst doch nicht – sie gehört doch zur Familie.«

»Sie ist meine Halbschwester«, erinnerte Natalie.

»Ja, aber trotzdem …« Er schluckte schwer. »Nur weil sie das Glück hatte, bei eurem Vater aufwa–«

»Das hat nichts damit zu tun«, unterbrach Natalie ihn schroff. »Ich habe einfach die Schnauze voll davon, dass Lana immer alle ausnutzt und damit durchkommt. Sie macht das schon immer, sie hat es sogar vor ihrer angeblichen Karriere als Influencerin gemacht. Pa konnte ihr nie einen Wunsch abschlagen und hat ihr jede Lüge geglaubt.« Natalie verdrehte die Augen. »Jetzt findet sie andauernd irgendwelche netten Kerle, die alles für sie tun ... und die sie danach eiskalt abserviert!«

»Ja, aber ... ich bin doch selbst schuld.« Es war ein Eingeständnis an seine eigenen Unzulänglichkeiten, und er erinnerte sich an Lauras Vorwürfe, kein Rückgrat zu haben und immer zu allem Ja und Amen zu sagen. Natürlich hatte sie es auf die Arbeit bezogen, aber im Grunde war es das Gleiche. Verlegen fuhr er sich über den Nacken. »Ich lasse mich immer so leicht überreden.«

»Genau das ist es doch!« Natalie schüttelte den Kopf. »Jeder dieser – Entschuldigung! – schwanzgesteuerten Idioten denkt dann, es wäre seine Schuld, wenn es schiefgeht und Lana nicht zufrieden ist!«

»Ääh, bitte? Ich bin nicht schwanzgesteuert.«

»Klar.« Natalie rollte mit den Augen.

Vielleicht ein bisschen, gestand Nicki sich ein. Verlegen fuhr er sich über die Nase, senkte den Blick und ging langsam zum Fenster. Die Alpakaherde graste friedlich, ein weißes Tier stand etwas abseits.

»Du glaubst gar nicht, wie oft das schon passiert ist, und jetzt das mit dem Fernsehbericht«, fuhr Natalie fort. Ein letztes Mal klickte der Kugelschreiber, dann klirrte es im Glas, und ihre Schritte erklangen hinter ihm. Sie verschränkte die Arme und blickte genau wie er aus dem Fenster. »Lana ist es einfach nicht wert.«

Ein paar Sekunden verstrichen. Nicki beobachtete, wie das weiße Alpaka wieder zur Herde trottete. Wie er vermutet hatte, war der Wagen des Fernsehsenders wohl wegen des plötzlich nach Hause zurückgekehrten Alpakas auf dem Hof.

»Genau wie Laura«, setzte sie leise nach.

Verblüfft wandte Nicki sich zu ihr um. Mit unbewegter Miene blickte Natalie aus dem Fenster. Ein rosafarbener Anflug lag auf ihren Wangen. Er hatte ihr von Laura erzählt, aber wie kam sie zu diesem Schluss?

Nicki seufzte. Laura war ein anderes Problem, dem er sich nach seiner Rückkehr widmen wollte. Gerade wollte er nur helfen – irgendwie hatte er das Gefühl, es Natalie nach seinen Lügengeschichten schuldig zu sein. Auch wenn sie es nie angesprochen hatte, hatte seine gewissermaßen aufgezwungene Teilnahme an der Trekkingtour ihr doch Umstände bereitet. »Aber was willst du machen?«

»Keine Ahnung.«

In Gedanken überschlug er die ihm bekannten Familienverhältnisse. So wie es für ihn klang, war Lana der Liebling des Vaters. Mit der Geschichte, dass Lana ihm das Alpaka aufgrund einer gewonnenen Challenge überlassen hatte, mussten sie nicht ankommen. »Die Wahrheit zu erzählen wird vermutlich nichts bringen.«

»Ja«, stimmte Natalie zu. »Lana wird mit den Wimpern klimpern, kichern und behaupten, dass du einfach ein abgewiesener Verehrer bist und dich auf diese Weise wichtig machen willst.«

»Wie bitte?« Empört sah Nicki zu ihr. »Erstens sollst *du* die Geschichte erzählen, nicht ich – ist ja deine Familie –, und zweitens ist sie gar nicht mein Typ.«

Natalie wandte sich um. Ein herausfordernder Ausdruck lag auf ihrem Gesicht. »Natürlich nicht.«

»Hey, ernsthaft, ich bin noch in der Trauerphase!« Nicki grinste, allein bei dem Gedanken an Laura überkam ihn ein seltsames Gefühl, und im Moment wollte er eigentlich gar nicht über sie und sich reden. »Außerdem haben wir ein Problem zu lösen.«

»Das glaube ich dir noch weniger.« Natalie seufzte. »Aber es ändert sowieso nichts. Ohne Beweise steht ihre Aussage – so, wie die von Hiasl, Patrick und wen sie sonst noch überreden kann, für sie zu lügen – gegen meine und deine.«

»Klingt nicht sehr erfolgversprechend.« *Es muss doch irgendwas geben.* Rasch rief er sich all seine Erlebnisse der letzten Tage in Erinnerung. Da war die Rast auf dem Parkplatz und Björns ewige Kotzerei, dann streiften Lana, Matt, Patrick und sein getunter BMW durch seine Gedanken, und Willi Weber turnte in der Ecke seines Schlafzimmers herum. Er erinnerte sich an Nummer 66 in seiner Dusche, den vollgepinkelten Boden in seinem Badezimmer und seine verzweifelte Spurensuche auf dem Handy.

»Mein Handy«, bemerkte Nicki. »Da sind Telefonverbindungen und Chatgespräche drauf.«

»Aber du hast doch gesagt, dass es mit der Tasche verschwunden ist?«

Nicki zuckte mit den Schultern. »Lana hat mir die Tasche abgenommen. Wenn Nummer 66 hier ist, ist es die Tasche vielleicht auch?«

Es war nur ein Strohhalm, an den sie sich klammern konnten. Wenn Lana in die Tasche geschaut hatte, hatte sie das Handy sicherlich entdeckt, denn wie Natalie bereits festgestellt hatte, war es mit seinem Reisezubehör nicht weit her gewesen.

Natalie strich sich über die Lippen. »Das könnte sein.«

»Wenn wir mal nicht davon ausgehen, dass sie sie einfach irgendwo aus dem Fenster geworfen hat ...« Nicki hielt es leider nicht für unmöglich. »Wo könnte sie die Tasche hinhaben?«

»Vermutlich nicht im Hausmüll, wenn Pa das sieht – ein guter Packsattel, einfach im Müll.« Natalie wandte sich zu ihm um, und Nickis Herz machte einen kleinen Satz, als er das Funkeln in ihren Augen sah. »Ja, natürlich! Wir haben eine Abstellkammer, in der Müll gesammelt wird ... von den Trekkingtouren ... Futtertüten ... Was sich eben so ansammelt. Da könnte sie die Tasche hingebracht haben. Den Müll schaut keiner mehr durch.«

»Na denn?« Nicki deutete mit dem Zeigefinger auf Natalies Hosentasche, in der sie den Zimmerschlüssel versteckt hatte. »Lass uns nachsehen?«

## *Die verlorene Tasche*

Sie musterte ihn skeptisch. Nach einigen Sekunden, die Nicki wie eine Ewigkeit vorkamen, schüttelte sie den Kopf und zückte den Schlüssel. Rasch ging sie an ihm vorbei und sperrte das Zimmer auf. »Komm!«

Nicki kam ihrer Aufforderung nach. Er hörte die Stimmen und das Lachen der anderen aus dem Schatten der Linden, und für einen Sekundenbruchteil verspürte er Frust und Ärger. Zu gern säße er einfach bei ihnen und würde mit ihnen die Brotzeit genießen, für die Natalie ihn wieder wie eine Weihnachtsgans ausnehmen würde. Stattdessen hatte er sich verstecken und ihr die Wahrheit erzählen *dürfen.*

Die Stiege knarrte. Nach einem letzten Satz eilte Natalie auf die parkenden Autos zu. Nickis Blick schweifte zu Patricks BMW. Der getunte E46 stand neben dem Wagen des Fernsehsenders. Von Patrick war nichts zu sehen, und trotzdem ertappte Nicki sich dabei, wie er den Kopf zwischen die Schultern nahm.

Auf eine weitere Begegnung mit Patrick verzichtete er nach wie vor gern. Lanas Manager – oder was auch immer er war – hatte ihm durchaus klargemacht, dass er Nicki nicht mehr in der Nähe von Lana sehen wollte. Auf die bittere Ironie, dass die Trekkingtour ausgerechnet auf dem Hof der Weißers endete, wollte Nicki sich nicht berufen; für solche Zufälle fehlte Patrick sicher der Humor.

Sie überquerten den Hof, und Nicki sog leise die Luft ein, als er Patrick und Lana zwischen den beiden Autos entdeckte. Lana hatte die Arme verschränkt, und sie unterhielten sich lautstark. *Scheiße!*

Er schloss zu Natalie auf, die zielstrebig auf die Scheune zusteuerte und hoffte, dass die beiden in diesem Moment nicht zu ihnen hinübersahen. »Wer ist eigentlich Patrick?«, fragte er leise.

Ihr Gesichtsausdruck verdüsterte sich. »Ihr Freund, wenn du es so willst.«

»Nicht ihr Manager?«

»Das hätte der Gschaftlhuber wohl gern«, gab Natalie zurück. Sie erreichten die Scheune, und Natalie schob den Schieber hoch. »Er behauptet zwar das Gegenteil, aber Lana hat ihn genau wie alle anderen Männer im Griff.«

»Oh.« Den stillen Vorwurf hörte Nicki durchaus. »Er ist nicht von hier?«

»Nein, er ist ein Stoderer. Seine Familie ist vor ein paar Jahren aus München hergezogen.« Natalie blieb in der Scheunentür stehen, und ihr Blick schweifte zu den parkenden Autos. »Wieso fragst du?«

»Nur so.«

Natalie musterte ihn für einen Augenblick nachdenklich. »Los jetzt!«, sagte sie und verschwand im Dunkeln.

Einige Einspänner standen in der Mitte der Scheune, aber Natalie ging an ihnen vorbei zu einer Tür am hinteren Ende des Hauptraumes. Nicki folgte ihr rasch.

»Die Werkstatt.« Es rumpelte, als Natalie die Tür aufstieß. Ein lautes Klirren folgte, und vor ihre Füße fiel eine Handvoll Spiralstäbe. Sie rollten über den Boden, und ein paar Plastiksäcke stoppten sie. »Und der Lagerraum.«

»Okay?«

»Vorsichtig«, mahnte Natalie und trat über die Tomatenstangen.

Sie ging vor Nicki in die Knie, sammelte die Stangen auf und stellte sie zurück. Nicki schaute sich in dem Raum um. An der gegenüberliegenden Wand stand ein altes Regal, auf den einzelnen Regalbrettern sammelten sich alte Farbdosen, Eimer mit Holzschutzmittel, mehrere Tüten und unordentlich gestapelte Werkzeugkästen. Unter dem Fenster befand sich eine Werkbank. Ein Stück Holz klemmte zwischen den Backen des Schraubstocks.

Verschiedene Werkzeuge lagen auf der abgenutzten Arbeitsfläche. Sein Blick schweifte zur anderen Seite. An der Wand lehnten vier volle Säcke, und eine Rolle ungebrauchter Mülltüten lag bereit. Natalie stand gebeugt über dem gesammelten Müll. Mit spitzen Fingern schob sie raschelndes Plastik zur Seite.

»Und?«, fragte Nicki.

»Nichts.« Sie nahm sich die nächste Tüte vor.

»Ist der Müll vielleicht gestern oder heute früh abgeholt worden?«

Natalie drehte sich um. »Ist das dein Ernst?« Sie zögerte. »Glaubst du echt, dass wir so viel Müll haben?«

»Keine Ahnung?«, gab er zurück und grinste. »An Dosenmüll habt ihr nach so einer Trekkingtour wohl einiges?«

»Manchmal nehmen wir sogar noch Müll aus dem Wald mit.«

»Da kann der Müll sich glücklich schätzen.«

Natalie wandte sich nach einem amüsierten Lächeln ab und schob vorsichtig den Müll in der dritten Tüte beiseite. »Sieht nicht so aus, als ob hier etwas ist.«

Nicki zog die Tür hinter sich zu und ging weiter in den Raum hinein. »Das ist nicht gut«, meinte er enttäuscht, während Natalie den letzten Sack durchsuchte.

In diesem Fall blieb Natalie nur ihre eigene Überzeugungskraft. Nicki zweifelte nicht an ihr, aber wenn ihr Vater Lana wirklich bevorzugte, dürfte es schwierig werden.

Ich kann ihr dabei nicht mal helfen, stellte er fest.

Mit ihrer Bemerkung, dass Lana ihn einen abgewiesenen Verehrer nennen würde, lag sie vermutlich nicht falsch. Er traute Lana diese Lüge zu, und jeder Vater, der etwas auf seine Tochter hielt, würde ihr diese Worte glauben.

Nickis Blick schweifte an dem Regal hinauf. Auf dem obersten Brett leuchtete es ihm zwischen den Blechdosen, Tüten und Holzleimflaschen blau entgegen. Ein langer, schwarzer Riemen baumelte von dem Brett hinunter. Nicki streckte den Arm aus. Ohne sich abzuwenden, zupfte er an Natalies Ärmel.

»He?« Verdutzt sah sie auf seine Hand.

»Dort.«

Sie folgte seinem Hinweis. »Oh.«

»Gutes Versteck«, kommentierte Nicki.

»Was hast du erwartet?«

Er zuckte mit den Schultern. Neben ihm raschelte Plastik. Nach wie vor konnte er Lana nicht einschätzen. Das Versteck sprach wieder für einen eher schwach ausgeprägten Intellekt, aber sie hatte längst bewiesen, wie durchtrieben sie sein konnte.

»Könntest du bitte ...?«

»Wa-?« Er wandte sich zu Natalie um. Sie deutete nach oben und Nicki begriff. »Oh, klar.«

*Vielleicht ist das Versteck ja auch auf Patricks Mist gewachsen.* Nicki wünschte es Lana fast.

Er machte einen Schritt nach vorn und streckte sich nach dem Packsattel. Auf Zehenspitzen bekam er ihn zu fassen und zog ihn vorsichtig zwischen den Blechdosen und Flaschen hervor. Die Dosen klapperten, und Nicki hielt Natalie die Tragetasche entgegen. »Hier.«

Natalie nahm sie ihm ab und wühlte in ihrem Inneren. »Wow, hast du überhaupt mal was von deinem Müll weggeworfen?«

»Nein«, antwortete Nicki. »Totale Trennungsangst, außerdem fühlte ich mich dem Müll auf eine seltsame Weise verbunden.«

»Armes Kerlchen.« Die Ironie in ihrer Stimme war genauso hörbar wie einen Augenblick zuvor in seiner, und er schmunzelte. Eine Sekunde später zückte Natalie sein Handy, drehte es kurz zu sich, ehe sie es Nicki reichte.

Der Bildschirm war dunkel, was ihn nicht weiter verwunderte, und er schaltete es ein.

»Was ist mit dem Handy?«

»Keine Ahnung, mal sehen«, meinte Nicki. »Als ich es das letzte Mal angeschaltet hatte, war der Akku fast leer. Wenn wir Pech haben, fährt es nicht einmal hoch.«

Er wandte sich um und legte das Smartphone auf die Werkbank. Natalie trat links neben ihn, stellte die Tragetasche zwischen ihren Füßen ab, und mit einem Mal roch er wieder die Zitrone. Ein Schauer jagte über seinen Rücken, und er schluckte unbehaglich. Hastig verdrängte er die Gedanken an die letzten zwei

Nächte. Gemeinsam blickten sie auf den Bildschirm hinunter. Das Logo des Herstellers flammte auf, und sekundenlang beobachteten sie den zarten Wechsel der Blautöne.

»Sieht gut aus«, stellte Natalie fest, als das Handy nach der PIN verlangte.

»Mhm …«, machte Nicki und tippte die vier Zahlen ein. Der Akku stand bei fünf Prozent.

Der Empfang war miserabel, doch kurz darauf stauten sich die Benachrichtigungen in der Statusleiste. Nachrichten von Klaus, Laura und von seiner Mutter poppten für den Bruchteil einer Sekunde auf, ehe die erwartete Mitteilung über den niedrigen Akkustand den Bildschirm einnahm.

»Tja …« Er akzeptierte den Stromsparmodus, den ihm das Handy nahelegte, und schob es ihr hinüber. »Funktioniert. Viel Spaß!«

»Immerhin etwas«, bemerkte Natalie und blickte auf das gedimmte Display hinunter. »Ist irgendwelcher Schmuddelkram darauf zu finden?«

»Ich bin mir keiner Schuld bewusst.«

»Wie langweilig.« Sie seufzte und zog das Handy zu sich. Flink huschten ihre Finger über das Display, und sie ignorierte die Chats mit neuen Nachrichten.

Er hatte fest damit gerechnet, dass sie sich in frauentypischer Neugier auf all seine Chats stürzte, aber sie klickte den Chat mit Lana an. Ein nachdenklicher Ausdruck legte sich auf ihr Gesicht, als sie bedächtig nach oben scrollte und las, was Lana und er miteinander geschrieben hatten.

*»Arbeiten.«* Sie schnaubte.

»Was arbeitet sie denn?« Nicki überlegte. »Abgesehen von dem Influencer-Mist?«

»Sie ist Bürokauffrau.«

Ihre spöttische Reaktion verwunderte ihn. »Ist doch okay, oder … nur weil sie nicht studiert hat?«

»O nein.« Sie schüttelte den Kopf. »Ihre Begründung ist nur … typisch Lana. Sie arbeitet bis fünf Uhr. Wieso vertröstet sie dich auf mitten in der Nacht?«

»Termine?«

»Im Nagelstudio vermutlich.« Natalie seufzte, und ihre blonden Locken flogen erneut. Sie griff nach der Tragetasche, richtete sich auf und blickte zu Nickis Handy. »Aber das reicht hoffentlich aus, damit Pa die Wahrheit glaubt.«

»Ja.« Die unausgesprochenen Zweifel teilte er. Es war die richtige Entscheidung gewesen, ihr von dem Handy zu erzählen. Lana und Patrick hatten ihm zwar deutlich gemacht, sich von nun an von ihnen fernzuhalten zu sollen, doch die Fernsehwagen auf dem Alpakahof ärgerten ihn mehr, als er sich vermutlich je ausgemalt hätte.

Im Grunde ging es ihn ja nichts mehr an. Aber er hatte die Arbeit gehabt. Er war tagelang mit Nummer 66 durch den Bayerischen Wald gewandert, hatte auf dem harten Boden geschlafen und den Spott der Trekkinggruppe auf sich gezogen, während Lana sich im Nagelstudio ihre Nägel hatte aufpeppen lassen.

*Und wofür der ganze Aufwand?* Still beobachtete er, wie Natalie die Tasche zwischen ihren Händen drehte und die Gurte entwirrte. Sein Blick fiel auf das Leberfleckentrio an ihrem Ohr. »Weißt du, was ich mich frage?«

»Ich werde es sicher gleich erfahren.«

Er schmunzelte und griff – sich durchaus bewusst, im nächsten Moment einen Tritt, Stoß oder Schlag für diese Dreistigkeit von ihr verpasst zu bekommen – nach einer Strähne ihrer Haare. Sanft ließ er sie durch seine Finger gleiten. »Wieso riechen deine Haare eigentlich nach Zitrone?«

Sie senkte den Packsattel. »Ist das dein Ernst?«

Nicki zog seine Hand zurück. »Ja?«

»O Mann.« Natalie verdrehte die Augen, sah auf die Tragetasche hinunter, ehe sie sich wieder Nicki zuwandte. Sie blickte zu ihm auf. Das vertraute Flattern breitete sich in ihm aus. »Du bist wirklich ...«

»Ja?« Seine Stimme war ungewohnt heiser.

»Trockenshampoo.«

Nicki beugte sich ihr entgegen. »Tro–«

Die Tür krachte gegen die Wand. »Du!«, gellte es ihnen eine Sekunde später entgegen.

Erschrocken wich Nicki zurück. *Die hat mir gerade noch gefehlt!*

»Lana.«

Natalies Halbschwester stand in der Tür. Ihr Blick wanderte zwischen Nicki und Natalie hin und her, und sie verschränkte die Arme. Ihre Augen blitzten. »Das ist aber eine Überraschung.«

»Ähm …« Nicki trat einen Schritt nach hinten und fuhr sich über die Nase.

»Da hatte Patrick also recht.« Lana kam mit wiegenden Hüften näher. »Meine werte Schwester tut es mal wieder.«

*Was meint sie?* Verdutzt sah Nicki zu Natalie. Das plötzliche Auftauchen Lanas rief bei ihr keine sichtbare Reaktion hervor. Sie erwiderte den Blick ihrer jüngeren Halbschwester kühl und legte die Tragetasche auf die Werkbank.

»Was genau meinst du?«, fragte sie lahm.

»Patrick hat euch gesehen«, erklärte Lana und trat an Nicki heran. Sie löste die Verschränkung ihrer Arme, griff nach Nickis Oberarm und zog sich ihm entgegen.

Eine Sekunde später fand Nicki sich in einer Wolke aus ihrem Parfüm – sicherlich teuer, vielleicht gesponsert – wieder und sah verwirrt auf die Frau an seinem Arm hinunter. »Äh?«

»Kaum bringe ich einen hübschen Jungen mit nach Hause, bist du zur Stelle.«

*Jungen?* Nicki glaubte, nicht richtig zu hören.

Lanas linke Hand wanderte an seinem Oberschenkel hinunter, während sie Natalie nicht aus den Augen ließ. Die deutliche Berührung verwirrte Nicki auf eine unangenehme Art und mehr, als er sich zugestand. »Um ihn mir auszuspannen …«

*Was erzählt Lana da für einen Mist?* Als Nicki vorgeschlagen hatte, dass sie ihn mitnehmen sollte, hatte sie nur gelacht. Letztlich war es Natalie gewesen, die ihn, mehr oder weniger freiwillig, auf den Hof mitgebracht hatte. »Äh?« *Was geht hier ab?*

»Natürlich.« Natalie verdrehte die Augen. »Als ob ich irgendein Interesse an deinen dummen Marionetten hätte …«

»Wie bitte?!«, entfuhr es Nicki. »Ich bin kei-«

Lanas Griff um seinen Arm wurde fester. »Hör nicht auf sie. Natalie ist eine neidische Schlampe, die sich immer an meine Freunde ranmacht, um sie dann eiskalt abzuservieren.«

Mehr als verwirrt sah er zu ihr hinunter. »Ääh?«

Lana zuckte kaum merklich mit den Schultern. »Sie hat dir bestimmt genau das Gleiche über mich erzählt?« Mit der anderen Hand pulte sie an Nickis Kragen herum. »Dass ich mich an ihre Freunde heranschmeiße und dann ...« Sie schnippte mit dem Finger.

»Also, eigentlich ...« *Scheiße, was soll das werden?*

»Nein«, gab Natalie zurück. »Wieso sollte ich?«

Für einen Moment schien ihre Antwort Lana zu verunsichern, dann zuckte sie mit den Schultern. »Ach?«

»Ich bin ja nicht einmal so blöd und stelle dir meine Freunde vor«, setzte Natalie gelangweilt nach.

»Du hast ja auch keine Freunde.«

Natalie rollte mit den Augen. »Das spricht für meine Taktik, oder?«

»Hey, wir können das sicher wie normale Menschen ausdiskutieren«, schlug Nicki vor. »Niemand muss hier irgendwen beleidigen. Wir sind doch alle erwachsen.«

Lana riss ihn zu sich. »Bei Natalie kannst du nichts anderes erwarten.«

Er wollte ihr widersprechen, aber jeder Versuch, Stellung zu beziehen, wirkte sich direkt auf sein weiteres Schicksal aus. Lana und ihre willenlosen Minions, deren Existenz er nach allem, was er für sie getan hatte, nicht länger bezweifeln würde, wollte er nicht gegen sich haben. *Und Natalie?*

Nicki sog leise die Luft ein. Wie so oft merkte man ihr nicht an, was sie von der momentanen Situation hielt. Seine Entscheidungsfreudigkeit unterstützte das nicht. Nach wie vor wollte er ihr helfen, doch im gleichen Atemzug fühlte er sich von ihrer plötzlichen Kühle wie vor den Kopf gestoßen. Scheiße, vor Lanas seifenoperreifen Auftritt war doch alles noch gut gewesen! *Und jetzt? Beginnende Eiszeit!*

Schwere Schritte klangen durch die offene Tür an ihr Ohr. Natalie wie Lana sahen alarmiert zur Tür, ehe sie einen Blick miteinander wechselten.

Mit einem Mal wuchs die Anspannung im Raum merklich an. *Hoffentlich nicht Patrick.* Der fehlte Nicki in diesem Zickenkrieg noch.

»Lana?«

Der tiefen Stimme folgte eine Sekunde später ein hochgewachsener Mann mit breiten Schultern. Obwohl Nicki ihn nie zuvor gesehen hatte, wusste Nicki sofort, dass er sich hier Lanas und Natalies Vater gegenübersah – er hatte die gleichen blauen Augen wie Lana. »Was ist hier los? Natalie?«

Er sah zwischen seinen Töchtern hin und her, bis sein Blick an Nicki hängen blieb. Tiefe Falten zogen sich über seine Stirn. »Und wer ist das?«

Das Blut schoss Nicki ins Gesicht und jagte bis in seine Ohrspitzen. Nur zu gern würde er Lana wie eine lästige Fliege von seinem Arm abschütteln, denn der Blick ihres Vaters gefiel ihm gar nicht. »Äh.«

»Das ist Nicki«, flötete Lana. Den Streit mit ihrer Schwester schien sie vergessen zu haben. »Er hat geholfen, das Alpaka nach Hause zu bringen, Daddy.«

Die Augen ihres Vaters verengten sich zu schmalen Schlitzen. Abschätzend wanderte sein Blick an Nicki hinunter, und Nickis Unbehagen wuchs mit jeder Sekunde mehr, die er in diesem Raum verbringen musste.

»So?«, fragte Herr Weißer scharf.

Natalie trat nach vorn. »Sein Name ist Nikolas Brandl. Was *Lana* nicht erwähnt hat, ist, dass er von *ihr* Nökkvadís bekommen hat.«

»Was?!«, entfuhr es ihrem Vater.

»Das stimmt nicht!« Lana warf Natalie einen empörten Blick zu. Ihre Finger krallten sich in seinen Oberarm. Sie erwiderte Nickis entgeisterten Gesichtsausdruck mit einem zuckersüßen Lächeln. »Er hat mir geholfen, sie wiederzufinden, und dann hat er sie nach Hause gebracht. Nicht wahr, Nicki?«

*Scheiße, was wird das?* Er erinnerte sich an Natalies Bemerkung, wie Lana alles und jeden dazu überreden konnte, nach ihrer Pfeife zu tanzen. Der Ausdruck in ihren blauen Augen strotzte vor dem klaren Befehl mitzuspielen. »Ähm …«

»Sie hat das Tier Nicki als Gewinn für so eine Instagram-Challenge gegeben«, setzte Natalie kühl nach. Sie griff nach Nickis Handy und streckte es ihrem Vater entgegen. »Hier steht alles.«

Lana riss den Kopf herum. Ihre Fingernägel bohrten sich in Nickis Haut. »Was ist das?«

»Ein Smartphone, du Trutschen.«

»Das weiß ich.« Lanas Antwort war ein genervtes Zischen, doch Nicki bekam ihr wachsendes Unbehagen sofort mit, als der ältere Mann nach dem Handy griff.

»Das ist Nikolas' Handy.« Natalie ignorierte den Einwurf ihrer Schwester und wandte sich wieder ihrem Vater zu, der den Chat mit Lana las. Mit jedem Satz, den er sich vorarbeitete, gruben sich die Furchen in seiner Stirn tiefer in die sonnengegerbte Haut.

»Er hat es in der Tragetasche vergessen, die ich ihm für Nökkvadís auf der Trekkingtour überlassen hatte. Lana hat sie ihm abgenommen, nachdem sie den Kroiß-Jungen überredet hatte, Nökkvadís gemeinsam mit ihr und dem Pfeiffer gestern Nacht abzuholen.«

»Hey, also eigentlich habe ich es nicht vergessen, ich …« Nicki verstummte, als er Natalies Blick bemerkte. Vermutlich war es nicht das Klügste, ihr zu erzählen, dass er sich mit dem Packsattel einfach hatte absetzen wollen. Verlegen fuhr er sich über die Nase. Das lief nicht so, wie er es sich vorgestellt hatte. *Scheiße, nein, wie wir es uns vorgestellt hatten!*

In seiner Vorstellung hatten sie als Team gearbeitet. Natalie hatte es aber offenbar anders geplant, denn in ihrer Erklärung an ihren Vater kam er wie ein dummer Junge rüber, der ohne nachzudenken ein Alpaka als Gewinn akzeptiert hatte. Seine Enttäuschung, dass sie ihn nach wie vor wohl als schwindelnden Idioten in nassen Sneakers sah, verhehlte er nicht und er wandte den Blick von ihr ab.

*Miststück.*

Der dumpfe Verdacht, dass nicht alles von Lanas Bemerkungen an den Haaren herbeigezogen war, wuchs in seinen Gedanken, genau, wie der Frust in ihm wieder erstarkte. Er fühlte sich so unbedeutend und verletzt wie damals, als Laura gegangen war. Mit einem Mal war jede charakterliche Größe, die er gewonnen geglaubt hatte, dahin. *Habe ich mich so in ihr getäuscht?*

Herr Weißer senkte das Smartphone und sah zwischen den beiden Frauen hin und her. »Natalie, Lana, mitkommen!«

Lana ließ ihn los. Mit gerecktem Kinn stolzierte sie neben ihrer Schwester auf ihren Vater zu, der mit dem Handy auf die Tür wies.

»Ich will jetzt in Ruhe die ganze Geschichte hören«, erklärte er. Mit der freien Hand griff er nach dem Türgriff.

Als Natalie und Lana im Dunkel verschwanden, zog Herr Weißer die Tür hinter sich zu. Verdutzt beobachtete Nicki, wie die Tür ins Schloss fiel, und wie ferngesteuert hob er den Zeigefinger. Die Schritte vor der Tür wurden leiser und verklangen letztlich.

»Äh, hallo?!«

## *Ein Rückfahrschein*

Es überraschte ihn wenig, dass niemand zurückkam, um ihn abzuholen. Da Herr Weißer dankenswerterweise darauf verzichtet hatte, ihn einzusperren, trottete er aus der Abstellkammer. Alles, was Nicki nun tun konnte, war, zu warten. Dazu musste er sich aber nicht neben vollen Mülltüten und Tomatenstangen verstecken, denn das konnte er genauso gut bei einer Maß Bier.

In der Zwischenzeit hatte sich der Hof gefüllt. Die silberne Mercedes-Limousine aus dem Landkreis Traunstein war wohl Amelias und Roberts Mitfahrgelegenheit, aber die S-Klasse war es nicht, die seine Aufmerksamkeit auf sich gezogen hatte.

Nickis Schritt verlangsamte sich, und er beobachtete das Trio bei dem schwarzen 5er BMW. Lorenzo lud eben seinen Rucksack in den Kofferraum der Limousine, dann schlug er die Heckklappe hinunter. Das Pärchen redete miteinander. *Sie* war ohne Zweifel genervt. Energisch schüttelte sie die blonden Haare, als *er* zurück zu seinem Cousin Lorenzo ging.

Mit einem Mal fiel es Nicki wie Schuppen von den Augen. Die Männer sahen beide so aus, als ob sie einer Espresso-Werbung entsprungen wären. Die dunklen Haare lagen perfekt, ihr gebräunter Teint erinnerte an den letzten Urlaub in der Heimat, die Outfits betonten ihre Fitness, und beide glänzten mit einer Körperhaltung, die von purer Männlichkeit strotzte.

Das kann einfach nicht sein, sagte er sich.

Als er Nummer 66 auf der Weide entdeckt hatte, hatte Nicki sich gefragt, ob dieser Tag nach allem, was bisher geschehen war, noch beschissener werden konnte. Letztlich hatte er es verkraftet, Natalie die ganze Wahrheit über sich und das Alpaka zu erzählen. Sogar Lanas Auftritt in der Abstellkammer hatte er überstanden. Auf diese Begegnung hier war er aber nicht vorbereitet.

*Wie kommt Laura hierher?*

Lorenzo sagte etwas zu ihr. Laura strich sich eine blonde Locke hinters Ohr, dann verdunkelte sich ihre Miene, und giftig verfolgte sie die weitere Unterhaltung der Cousins. Mit trockenem Mund überlegte Nicki, auf dem Absatz kehrtzumachen und zurück in die Scheune zu fliehen. Bevor er aber eine Entscheidung treffen konnte, bemerkte sie ihn. Der genervte Zug um ihre Lippen wich einem breiten Lächeln, und ihr Gesichtsausdruck hellte sich auf. Sie eilte über den Parkplatz.

»Nicki!« Ehe er sich versah, fiel sie ihm um den Hals. »Das ist aber eine Überraschung!«

»Ähh …« Ihr Parfüm, er wusste nicht, ob er es ihr geschenkt hatte, streichelte um seine Nase, und ihre blonden Haare kitzelten seine Wangen und seinen Hals. Für einen Moment drückte sie sich an ihn, während er sich dämlich vorkam und nicht wusste, wo er mit seinen Armen und Händen hinsollte. *Was macht sie hier?*

Laura löste sich von ihm und trat einen Schritt nach hinten. Sie musterte ihn eingehend von oben bis unten, und ein keckes Lächeln schlich sich auf ihre Lippen. »Was machst du denn hier?«

»Ich …« Sein Blick wanderte zu Lorenzo und Stefano.

Die beiden Männer scherzten und lachten miteinander. Stefano interessierte Lauras Abgang und ihre Freude über dieses unerwartete Wiedersehen offenbar gar nicht. Im Stillen setzte Nicki die Puzzleteile, von denen Lorenzo ihm im Wald erzählt hatte, zusammen, und er wusste nicht, ob er lachen oder weinen sollte. *Das ist doch verrückt!*

Stefano war der Cousin, der Lorenzo die Idee mit dem Pony unter der Nase weggeschnappt und sich auf einen Reiterhof eingenistet hatte, um die Wette zu gewinnen. Die Wahrscheinlichkeit dafür hätte Nicki wirklich gering eingeschätzt, sie war beinahe gegen null gegangen. Trotzdem standen Lorenzo und Stefano hier und unterhielten sich wie beste Freunde.

*Die Wette.*

In Nicki zog sich etwas zusammen, als er das bizarre Bild, das sich ihm so bot, in seiner vollen Pracht erfasste. Im ersten Moment kam die Wut. Aber dann folgte die nüchterne Erkenntnis, dass er es sich zu einfach machte: Ihnen die Schuld zu geben, war falsch. Nicht alles, was Laura ihm vorgeworfen hatte, war von der Hand zu weisen, wie er vor einigen Minuten erkannt hatte. Dennoch hatte diese Wette, so lächerlich und unwahrscheinlich es in seinen Ohren klang, ihren Teil zum Ende seiner Beziehung beigetragen, sie hatte das Fass zum Überlaufen gebracht.

»Wieso hast du dich nicht mehr gemeldet?« Lauras Frage riss ihn aus seinen Gedanken.

»Wie bitte?« Ihr anklagender Tonfall verblüffte ihn, jeder Gedanke an diese Ironie verpuffte, und Nickis Haltung versteifte sich, denn er kannte und hasste es, wenn Laura so mit ihm sprach.

Sie verschränkte die Arme. »Na, auf meine Nachrichten?«

»Ich …« Nicki wusste nicht, was er darauf erwidern sollte. In ihren braunen Augen lag ein ebenso herausfordernder wie anklagender Ausdruck, und Nicki starrte sie sprachlos an.

*Das ist ihr Ernst.* Die Erkenntnis traf ihn wie ein Schlag ins Gesicht. Seine innere Fassungslosigkeit wuchs mit jedem Augenblick, den Laura auf eine Antwort wartete, und er konnte kaum glauben, dass sie ihm nun Vorwürfe machte.

Scheiße, *sie* hatte doch Schluss gemacht, was wollte sie jetzt hier? Zufall?

Seine Verwirrung wich dem Ärger. Er erinnerte sich an seine Verwunderung über ihre erste Nachricht nach wochenlanger Funkstille und ihr vermeintliches Interesse an seinem Leben. Später waren schnell die Geschichte mit Christina und ihr Gejammer über Stefano aufgekommen. Beinahe unmerklich waren seine Erlebnisse aus dem Fokus gedrängt worden, um ihm von ihrem Leben zu erzählen und ihm ihr Leid zu klagen. So war es immer gewesen – vor Tagen, vor Wochen, vor Monaten und sogar vor Jahren –, aber er hatte es in seiner Liebe nie bemerkt.

Er streckte den Rücken durch. »Nein.«

»Wie?« Laura hob eine Augenbraue. Ihre Stimme gewann an Schärfe. »Was soll das denn heißen?«

»Warum sollte ich mich melden?«

»Weil …« Sie zögerte. »Mann, Nicki – das ist absolut unreif, wenn du jetzt auf eingeschnappt tust! Werd' endlich erwachsen!«

»Ich bin nicht eingeschnappt.« Von Erwachsensein fing er besser nicht an. In den letzten Wochen hatte er sich, was das anbelangte, nicht gerade mit Ruhm bekleckert.

»Natürlich!« Laura verdrehte die Augen.

»Erstens war mein Handyakku fast leer. Zweitens ist mir mein Handy irgendwann mit diesem verdammten Alpaka abhandengekommen, und drittens habe ich einfach keine Lust, als Abladeort für dein Gejammer zu dienen, weil dein Neuer dir nicht zuhört!«

»Was für ein Alpaka?!« Lauras Gesichtsausdruck entgleiste regelrecht. »Spinnst du jetzt komplett?«

»Nein!« Nicki schnaubte. »Ich habe keine Lust mehr, mich von dir ausnutzen zu lassen. *Du* hast Schluss gemacht.« Er verzichtete darauf, ihr aufzudröseln, was an ihren vermeintlichen Gründen für die Trennung alles nun so vorgeschoben erschien wie ihre Angst um Christina.

Mit einem Mal erkannte er auch die Ironie – genau diesen Rat hatte er Henry vor vier Tagen gegeben und war sich dabei unglaublich klug vorgekommen. Letztendlich war er in seiner Verliebtheit kein bisschen besser als Henry gewesen. *Und da erzähle ich …* Er beendete den Gedanken nicht. Jetzt ging es um Laura und ihn.

»Als ob ich dich ausnutze!« Unter Lauras Make-up zeichnete sich eine wütende Röte ab.

»Schau nicht so dramatisch wie ein Klodeckel«, gab er lahm zurück. »Ich habe lange gebraucht, um das festzustellen, aber letztendlich sollte ich wohl einfach Danke sagen, dass du mir die Augen geöffnet hast.«

»Wie bitte?!« Ihre Stimme überschlug sich. »Klodeckel?!«

Nicki rollte mit den Augen. »*Das* ist dein größtes Problem?«

»Du nennst mich einen Klodeckel?!«

»Ich habe dich mit einem Klodeckel verglichen«, verbesserte Nicki gelangweilt. Seltsamerweise berührte ihn ihr Ärger über seine vermeintliche Beleidigung nicht, und ihn erfasste eine seltsame, beinahe melancholische Ruhe. »Das ist etwas ganz anderes.«

»Bist du jetzt komplett blöd geworden?« Sie schnaubte. Jeder Anflug von Wiedersehensfreude war aus ihrer Miene verschwunden, und sie schien nur noch Verachtung für ihn übrig zu haben. »Vermutlich kannst du nicht einmal eine Gelegenheit nennen, bei der ich dich angeblich ausgenutzt habe, so bin ich nämlich nicht.«

»Oh, da fällt mir einiges ein.« Manches war nicht einmal schmeichelhaft für ihn, aber er konnte es im Nachhinein nicht mehr ändern, und für Vergangenes musste er sich nicht einmal ihr gegenüber rechtfertigen.

»Eigentlich ist es eher andersrum!«

»Wie bitte?« Nicki hob eine Augenbraue.

»Klar.« Sie reckte die Nase und musterte ihn verächtlich. »Was hast du schon zu bieten?«

Nicki blinzelte. Er wusste nicht so recht, was er darauf erwidern sollte. Sicher, er fuhr keinen dicken BMW, sondern ein Mountainbike, ging einem langweiligen Bürojob nach, und bestimmt kaufte er sich keinen Friesenhengst, sondern teilte seine Wohnung weiter mit einem pflegeleichten Weberknecht. Lauras Oberflächlichkeit war ihm bisher nie aufgefallen. »Wow. Ich hoffe wirklich, dass du das nur sagst, weil du wütend bist und nicht, weil du es tatsächlich denkst.« Er lächelte schwach. »In dem Fall tust du mir leid.«

»Dein Mitleid brauche ich nicht!«, zischte Laura.

»Wie du meinst.«

»Oho, haben wir unsere coole Seite entdeckt?«, stichelte sie.

»Klar.« Nicki verzog den Mund. »Ich bin jetzt cool und brauche dafür nicht einmal einen aufgemotzten BMW. Musstest du dich eigentlich wegen der Felgen langweilen, oder hat es so lange gedauert, in dem Schiff einen neuen Duftbaum aufzuhängen?«

»Genau wegen solcher Sprüche habe ich dich verlassen!«, zischte Laura.

»Bestimmt.« Früher hatte sie seine Sprüche lustig gefunden.

»Du hast einfach keine Ahnung!«

»Was die Auswahl des richtigen Duftbaumes anbelangt: sicherlich.« Er verzog den Mund. Lauras Verhalten war total kindisch. Eigentlich wollte er dieses Gespräch nur noch so schnell wie möglich hinter sich bringen, denn er hatte im Moment tatsächlich andere Probleme. »Vermutlich sagst du als Nächstes, dass ich keine Ahnung habe, was ich an dir verloren habe, und nie wieder eine wie dich finden werde?«

»Du bist doch ein …« Ein wütendes Fauchen fegte über ihre Lippen. »Arschloch!«

Nicki lächelte und sah zu den italienischen Cousins. Es war nicht das Netteste, aber wenn sie ihn so sehen wollte, bekam sie ein Arschloch. »Und noch etwas – du solltest Stef mal fragen, wie es von seiner Seite mit der Wette aussieht. Lorenzo liegt wohl gut im Rennen, und Bettinas Hintern …« Nicki hob den rechten Daumen, obwohl er sich in Lorenzos Erzählungen an keine Bettina erinnerte, aber das war sowieso zweitrangig.

Die Geste verriet Laura genug. Sie riss ihre Augen auf, vergaß wohl ihren Ärger über Nickis frisch entdecktes Arschlochdasein oder das sexistische Getue und wirbelte herum. Mit schlagenden Absätzen eilte sie zurück zu den Cousins. Ein lautes »Was?« scholl über den Alpakahof. Sie packte Stefano am Arm, während Lorenzo einen Satz nach hinten machte.

»Viel Spaß!«, murmelte Nicki. Das Grinsen verkniff er sich nicht. Es erfüllte ihn mit einer gewissen Genugtuung, dass Stefano sich in den nächsten Minuten einer fuchsteufelswilden Laura gegenübersah. Diese Beziehung – wenn es denn jemals eine gewesen war – fand sicher schneller ein Ende, als er es sich vor ein paar Tagen noch vorstellen hätte können. Der Gedanke, daran nicht ganz unschuldig zu sein, gefiel ihm. Zwar nicht ganz so, wie er es sich vorgestellt hatte, aber … Sein Grinsen wuchs in die Breite. Dann bemerkte er eine Bewegung im Augenwinkel.

Natalie kam auf ihn zu. Sie hatte die Arme vor ihrer Brust verschränkt und blickte zu Laura, die lauthals mit Stefano stritt und so langsam die Aufmerksamkeit der anderen Besucher des Alpakahofes auf sich zog. Ava und Emma standen am Zugang zum Biergarten und sahen neugierig hinüber.

Lorenzo war hinter Stefanos BMW in Deckung gegangen und stützte sich auf dem Dach ab. Er winkte in Nicki und Natalies Richtung, und Nicki grinste zurück.

Nicki wandte sich zu Natalie um. »Das ging ja schnell.«

Sie zuckte mit den Schultern. »Ein paar Details habe ich ausgelassen. Pa besteht darauf, dass Lana den Fernsehleuten erklären muss, dass alles ein abgekartetes Spiel war und das Alpaka nie gestohlen wurde. Die Polizei ist ebenfalls benachrichtigt – das wird interessant«, erklärte sie. »Der Haussegen hängt ziemlich schief.«

»Nicht nur bei euch.«

Sie streckte ihm sein Handy entgegen. »Danke.«

Verdutzt nahm Nicki es ihr ab. »Braucht ihr das nicht mehr?«

Sie schüttelte den Kopf.

»Und bist du jetzt hier, um abzukassieren?«

Natalie hob eine Augenbraue. »Wofür?«

»Für den überteuerten Instantkaffee und die exquisiten Variationen von Dosenfraß.«

Sie verzog den Mund. »Ist schon okay.«

»Super.« Nicki fuhr sich über die Lippen. Von *super* war vermutlich alles wieder so weit entfernt wie in dem Moment, als er Nummer 66 in seiner Dusche entdeckt hatte. Die ganze Sache konnte aber nicht umsonst gewesen sein.

Von den parkenden Autos her erklang ein weiterer wütender Ruf, und Natalie sah erneut zu den beiden Italienern und Laura. Ein paar Sekunden verstrichen. »Das ist Laura?«

»Ja.«

»Und sie ist …« Natalie legte die Stirn in Falten, aber zu seinem Bedauern wollte sie ihm offenbar nicht verraten, wie sie Laura erkannt hatte. »Das ist Lorenzos Cousin, mit dem er gewettet hat?«

Seine Kehle wurde trocken. »Du weißt von der Wette?«

Natalie lächelte. »Natürlich weiß ich von der Wette.«

»Oh.« Nicki erinnerte sich an Lorenzos Andeutungen, nachdem sie Eggersberg erreicht hatten. Bisher war es nur eine heimliche Befürchtung seinerseits gewesen, dass zwischen den beiden mehr lief, aber nun?

Er sah zu Stefano, Lorenzo und Laura hinüber. Lanas spöttische Worte in der Werkstatt kehrten in seine Gedanken zurück. Vor seinem inneren Auge wiederholte sich Lorenzos und Natalies Schauspiel unter dem Elsternnest, und leider überzeugte es ihn nun mehr, als er es sich je erhofft hätte. Enttäuschung breitete sich in ihm aus, aber er wollte einfach kein weiteres Scheitern hinnehmen – charakterliche Formung, schön und gut, aber ein Teil von ihm wünschte sich anderes, und da waren die Zweifel.

»Natalie?«

»Ja?«

»Wie hast du Laura erkannt?«

Sie schnaubte abfällig. »Reine Logik. Du hast dich mit ihr unterhalten, deine Körperhaltung sprach dafür, dass du sie kennst.« Ein rosafarbener Anflug zeigte sich auf ihren Wangen. »Und wie du sie angesehen hast«, fügte sie leise hinzu.

»Und was ist mit Lorenzo?«

Natalie hob eine Augenbraue. »Was soll mit ihm sein?«

Nicki nahm all seinen Mut zusammen. »Er hat angedeutet, dass er durchaus Erfolg gehabt hat.«

Sie grinste. »Mach dich nicht lächerlich.«

»Keine Wetten?«

»Nein.«

»Keine Spiele?«

Sie betrachtete ihn für einen Moment. Nach einigen Sekunden vertieften sich die Grübchen an ihren Mundwinkeln, und wie schon öfter breitete sich bei diesem Anblick Verzückung in ihm aus. »Nein, nicht *solche.*«

Sie musste es nicht einmal erklären, ihr Tonfall verriet ihm genug, und er lächelte. »Gut zu wissen.«

»Soll ich dich zum Bahnhof fahren?«

Nicki warf einen letzten Blick zu Stefano, Lorenzo und Laura. Vor ein paar Tagen hätte er dieses Angebot noch schneller angenommen, als sie die Frage zu Ende hätte stellen können. Nun war er aber neugierig auf das Spiel, und die Erinnerung an die kurzen Momente seltsamer Vertrautheit zwischen ihnen jagte ihm einen wohligen Schauer über den Rücken. Er schüttelte den Kopf. »Ich glaube nicht.«

»Bist du dir sicher?«

Das Handy vibrierte in seiner Hosentasche, und Nicki griff nach dem Gerät. Er schaltete das Display ein und wunderte sich über den eingeschalteten Vibrationsalarm. Die Restladung lag bei mageren drei Prozent. »Ja, aber wenn du vielleicht ein Handyladekabel übrig hättest?«

Sie lächelte. »Kein Problem.«

Nicki wechselte zu den SMS und stellte überrascht fest, dass sie von Judith kam. *Was will die denn?*

Ihre vorige SMS war aus dem vergangenen Jahr. An die Nachricht, dass sie die Kehrwoche getauscht hatten, erinnerte er sich genauso wenig wie an ihre letzte Unterhaltung. Mit jedem Wort, das er las, wuchs das Entsetzen in ihm und erfasste jede Faser seines Körpers, während ihm mehr und mehr klar wurde, dass er alles, was er gerade gewonnen geglaubt hatte, wieder verlor.

*Wir müssen reden. Ich bin schwanger.*

# *Der Anfang*

Mit Laura war es einfacher gewesen. Am Anfang war das berühmte Doppeldate gestanden. Nicki hatte es nie als Date gesehen, aber Klaus hatte mit Georgina ins Kino gehen wollen. Damals waren die Zwillinge noch unzertrennlich gewesen. Damit sich Laura nicht wie das fünfte Rad am Wagen vorgekommen wäre, wenn Klaus und Georgina im Dunkeln losgelegt hätten, hatte Klaus Georgina ein unvorteilhaftes Foto von seinem Singlefreund Nicki – »Bisschen langweilig, aber nett« – geschickt, und Laura hatte ihn als Begleitung akzeptiert. Aus einem Kinobesuch waren zwei geworden, das Taxigeld hatten sie sich geteilt, und nach Mitternacht waren sie neben Schiller im Bett gelandet. Drei Jahre lang waren sie ein Paar gewesen.

Er drückte auf den Knopf neben dem Klingelschild und blickte über die Schulter. Seit ein paar Minuten regnete es. Im Rinnstein floss ein Bächlein zum nächsten Gully, und Nicki ärgerte sich ein weiteres Mal darüber, seinen Regenschirm vergessen zu haben. *Planen? Immer noch nicht meine größte Stärke.*

Der Türöffner brummte, und Nicki drückte die Tür auf.

Mit Natalie war es anders. In der Zwischenzeit hatten sie sich mehrmals getroffen. Trotz Kinobesuchen, Kaffee trinken in der Mittagspause und einem gemeinsamen Besuch im Museum Moderner Kunst in Passau wusste Nicki nach wie vor nicht, was zwischen ihnen lief.

In seinen Gedanken hörte er Klaus' Stimme, während er die Treppe nach oben ging. Die Geschichte mit Nummer 66 hatte Klaus mehr zu interessieren begonnen, nachdem Natalie ins Spiel gekommen war. Das hatte vor allem an ihrem Profilbild gelegen. Bis heute hatte Nicki Klaus' Frage, wieso er Natalie nicht längst flachgelegt hatte, nicht beantwortet, sondern zweifelnd über den

Rand seines Bierkruges zu seinem Kumpel geschaut. Zu Nickis Leidwesen hatte das Klaus nur weiter angespornt.

Er kam im zweiten Stock an. Es roch wie bei dem Italiener, den sie vor zwei Wochen besucht hatten.

»Hey.« Sie lehnte mit verschränkten Armen am Türrahmen.

Dummerweise wusste er selbst nicht, wieso er sich noch nicht weiter vorgewagt hatte, denn Natalie war humorvoll, selbstständig und äußerst attraktiv. *Vor allem, wenn sie mal lächelt …*

Sie trug ein schwarzes knielanges Kleid mit roten Stickereien, die Vögel mit großen Schnäbeln und blütenbesetzte Ranken zeigten. Ihre blonden Haare fielen in Wellen über die Schultern, und bei diesem Anblick erfasste ihn das mittlerweile sehr vertraute Gefühl der stillen Erwartung. Die sich bisher nicht erfüllt hat, ergänzte er zynisch.

Dummerweise war er daran nicht ganz unschuldig.

Lächelnd kam er ihr entgegen. Es gehörte aber zu dem Spiel, dem sie sich seit dem ersten Nachmittag auf dem Alpakahof mit Spaß und manch derbem wie verheißungsvollem Scherz widmeten.

Ihr Blick wanderte abwägend an ihm hinunter. Für einen Moment blieb ihre Aufmerksamkeit an seinen in den Manteltaschen versenkten Händen hängen, und ein argwöhnischer Ausdruck zeigte sich in ihren Augen.

*Typisch.* Er räusperte sich vernehmlich.

»An die Brille werde ich mich wohl nie gewöhnen«, sagte Natalie, stieß sich vom Türrahmen ab und wies in ihre Wohnung. »Komm rein!«

Nicki verzog den Mund und kam ihrer Aufforderung nach. Für ihn war der Blick in den Spiegel ebenfalls noch seltsam. »Bei der Größe eurer Namensschilder war ich ganz froh, meine Eitelkeit heute Abend ignoriert zu haben.«

»Das kann ich noch nicht beurteilen.« Natalie schloss die Wohnungstür hinter sich.

Im Gang drehte er sich um. »Oder hast du ein paar hübsche Nachbarinnen?«

»Ich achte eigentlich nur auf die männlichen Nachbarn.« Natalie kam auf ihn zu. Sie nickte kaum merklich in Richtung der Garderobe, an der die ihm vertraute Outdoorjacke hing. »Willst du deinen Mantel nicht ausziehen?«

»Mhm ...« Nicki blickte auf seine feuchten Schuhspitzen. Seine geliebten Sneakers hatten die Wanderung letztlich nicht überlebt. »Es gibt da so eine Sitte, dem Gastgeber ein Geschenk mitzubringen.«

»Mir schwant Böses.«

Nicki grinste. »Ich habe etwas für dich.«

»Lass mich raten.« Ihr Blick wanderte an ihm auf und ab. »Im Mantel?«

»Klar.«

»O weh.« Sie hob eine Augenbraue. »Das klingt wie in einem schlechten Pornofilm.«

»Du kennst schlechte Pornofilme?«

Natalie verdrehte die Augen. »Du hast jetzt aber nicht vor, den Film weiter abzuspielen, oder?«

»Hey.« Nicki wies mit beiden Zeigefingern nach unten. »Es ist ein Kurzmantel, und ich trage meine Jeans ... Was denkst du eigentlich von mir?«

»Du glaubst gar nicht, wie beruhigt ich bin, dass du dich auch wie ein normaler Mensch anziehen kannst.«

Er verzog den Mund. Auf die Antwort, sich auch genau wie ein normaler Mensch – was war das in ihren Augen überhaupt? – *ausziehen* zu können, verzichtete er und fuhr mit der linken Hand in seine Manteltasche. Nicki hatte lange überlegt; er hatte kurzfristig den Gedanken sogar verworfen, weil es im Grunde eine vollkommen alberne Sache war, aber irgendwie ...

Klaus hatte recht. Es war Zeit für den nächsten Schritt.

Den Handgriff hatte er vor dem Spiegel geübt. Nach einem Moment zog er die Hand wieder hervor und hielt sie vor ihr in die Höhe. Natalies Augen weiteten sich, und sie starrte auf die plüschige Handpuppe.

»Äääh ... äääh ...«, machte Nicki.

Mit jeder Sekunde, die er ihr seinen Arm weiter entgegenstreckte und immer wieder Daumen und Zeigefinger einander annäherte und wieder abspreizte, wuchsen die Zweifel in ihrem Blick.

»Wääh-wäääh«, machte er.

Natalie fasste sich an die Stirn. »Ist das dein Ernst?«

»Knuddel mich«, setzte er gespielt verzweifelt nach.

»Hast du die Laute gegoogelt?«

»Ja«, gestand Nicki und drehte die Handpuppe um. Er wackelte erneut mit den Armen des Stofftiers. »Gebe ich ein überzeugendes Faultier ab?«

»Das Faultier nimmt man dir auch ohne Laute ab.« Sie zögerte. »Und ohne Handpuppe.«

Gewohnt charmant, stellte er fest.

Die Frage, ob die Idee wirklich so gut gewesen war, kehrte in seine Gedanken zurück, und er blickte in die leblosen Augen der Handpuppe. Sonderlich gut getroffen war das Faultier nicht, aber es war irgendwie niedlich – soweit Nicki das beurteilen konnte. »Nicht sehr nett.«

Sie schüttelte den Kopf. »Du bist echt ...«

Nicki drehte die Handpuppe wieder zu ihr und breitete die Arme des Faultiers aus. »Süß?«

Natalie verzog den Mund. »Zieh die Schuhe bitte aus, ich muss nach der Lasagne schauen.«

»Lasagne?«

Sie ließ ihn allein im Flur stehen. Nickis Blick wanderte zu der Garderobe, ehe er aus seinen Schuhen schlüpfte und sie neben ein Paar schwarze Stiefeletten stellte. Er kämpfte sich mit dem Faultier durch den Ärmel, klopfte die Regentropfen von den Schultern des Mantels und hängte ihn auf.

Dann folgte Nicki dem Duft, der in der Luft lag. Es überraschte ihn wenig, unter der Fülle von Gerüchen den markanten von Knoblauch wahrzunehmen, und er schmunzelte, als er in der Küchentür stehen blieb. Die Küche war klein. Neben der Tür befand sich ein Esstisch für zwei Personen, und von Nickis Platz aus blickte man direkt auf den Backofen. Natalie stand an der Spüle.

»Schöne Wohnung.« Er spielte an der Nase der Handpuppe herum und erinnerte sich an das Zimmer auf dem Alpakahof. »Nett eingerichtet.«

Sie zuckte mit den Schultern, drehte sich aber nicht um.

»Was ist eigentlich aus der One-Pot-Pasta geworden?«, fragte er.

»Vermisst du sie?«

Er reckte den Kopf ein wenig. Die Lasagne sah gut aus. Der geschmolzene Käse wies genau die richtige Bräunung auf, am Rand warf sie große Blasen, und wie auf Kommando knurrte sein Magen leise. »Nein.«

»Gibst du mir bitte die Handschuhe?«

Nicki entdeckte das Gesuchte neben dem Pappkarton mit den Lasagneplatten. Mit dem Faultier packte er die zwei Handschuhe, stieß sich vom Türrahmen ab und streckte sie Natalie entgegen.

Im ersten Moment blickte sie nur auf das Plüschtier hinunter, dann schüttelte sie den Kopf und nahm die Handschuhe.

»Das heißt *Danke!*«

Natalie ignorierte ihn, öffnete die Backofentür und ging daneben in die Knie. Sie zog einen Handschuh über, den zweiten legte sie in ihren Schoß. »Ist dieses kindische Verhalten eigentlich eine unerwünschte Begleiterscheinung deiner wiedergewonnenen Freiheit?«

Nicki senkte das Faultier. »Fängst du wieder damit an?«

»Entschuldigung.« Sie betonte das Wort auf die übliche, absolut nicht ernst zu nehmende Art, zog das Blech mit der Lasagne heraus und blickte zu ihm auf. Ein hinterhältiges Lächeln lag auf ihren Lippen. »Es ist immer wieder lustig.«

»Ich fand es weniger lustig.«

»Das liegt daran, dass du der Verlierer in dieser Geschichte bist«, erwiderte Natalie im Plauderton. »Aber Mark – oder wie heißt er? – ist wohl der Sieger.«

»Bestimmt.« Den Sarkasmus sparte er sich nicht.

Er hatte sich eine andere Reaktion erhofft, als er ihr von Judiths SMS erzählt hatte. Damals wie heute hatte Natalie darüber nur gegrinst.

Nicki seufzte und blickte auf das Faultier an seiner Hand hinunter. »Eigentlich müsstest du Mitleid mit mir haben, Nat.«

»Mitleid?«

»Natürlich. Immerhin bin ich nun«, er spreizte die Finger in der Handpuppe und streckte ihr den Arm entgegen, »ein sehr einsames Faultierchen, keine sexuell interessierte Nachbarin, kein Kind ...«

Natalie richtete sich auf, legte die Handschuhe zur Seite und trat an ihn heran. Sie blickte auf das Faultier hinunter. »Du willst wirklich Mitleid?«

Er zuckte mit den Schultern. »Man nimmt, was man kriegen kann.«

»Ja, das passt zu einem Faultier.«

Nicki verzog den Mund. »Gut, sonderlich schmeichelhaft ist diese Feststellung wieder einmal nicht, aber nach der Trekkingtour wissen wir beide, dass ich damit kein Problem habe. Aber wie ist das bei dir?«

»Bei mir?«

»Klar.« Er nickte emsig mit dem Faultier in ihre Richtung. »Macht dich das mit Judith nicht wütend?«

»Wütend?« Sie prustete. »Wieso sollte ich wütend sein?«

»Na.« Nicki sah sich rasch um, dass nichts in ihrer Griffweite lag, was ihm irgendwie gefährlich werden konnte. »Da sind wir uns endlich vertrauter geworden, und dann kommt so eine Ziege dahergelaufen, mit der ich ab und an Sex hatte, und erzählt mir, dass sie schwanger ist. Das muss doch«, er überlegte, »deine Eifersuchtsfühler in helle Aufregung versetzt haben.«

Natalie legte die Stirn in Falten. »Nein, eigentlich nicht.«

»Mhm ...« Seine Schultern sackten nach unten. »Dann sind sie wohl defekt.«

Sie lächelte. »Ich glaube nicht«, sagte sie und trat auf ihn zu. Vorsichtig nahm sie ihm die Brille ab und betrachtete sie nachdenklich, ehe sie sie zusammenklappte und neben die Lasagneplatten legte. Dann hob sie beide Hände zu seinen Wangen und sah ihn an. Die plötzliche Nähe betörte ihn, und er hatte das Gefühl, unter der Berührung dahinzuschmelzen, so heiß wurde ihm.

»Wir wissen doch beide, dass du ein total braves Kerlchen bist, nie etwas Unanständiges oder gar Verbotenes tust und mir keinen Grund zur Eifersucht geben würdest.«

»Muss ich dir jetzt ernsthaft erzählen, wie das mit den Bienchen und Blümchen ist?« Er verzog den Mund. »Ich war schon immer mies im Erklären.«

Sie lächelte und streckte sich ihm entgegen. Im ersten Moment tanzten ihre Lippen federleicht über seine, und er genoss die Süße, die diese zarte Berührung mit sich brachte und die er sich so lange ersehnt hatte. Sie tastete sich vor. Der sanfte Tanz gewann an Tempo. Ihr Griff wurde fester und Natalie zog ihn zu sich. Dem fordernden Spiel ihrer Zunge gab er letztlich nur allzu gern nach, denn das hatte er sich bei jedem Treffen nach der Wanderung und vermutlich, er wusste es nicht genau, schon zuvor immer wieder still erhofft.

Das Faultier glitt von seiner Hand und fiel auf den Boden. Wie ferngesteuert legte er beide Hände an ihre Taille, doch das wachsende Verlangen ließ ihnen wie dem Rest seines Körpers keine Ruhe. Hitzig wanderten sie über den weichen Stoff ihres Kleides.

Ihre Finger krallten sich in seine Haut. Jedes Piksen, jedes Bohren jagte eine weitere heiße Welle der Erregung durch ihn hindurch, und er drückte sich gegen sie.

Dann hielt sie inne.

Ihre Lippen lösten sich von seinen, und er öffnete die Augen. Ihr Atem bebte, und sie legte ihre Stirn an seine. Sie blieb ihm dennoch so nah, dass er das aufgeregte Beben ihrer Hüften und ihr leichtes Zittern – sie stand auf Zehenspitzen – spüren konnte. Ihre Daumen strichen über den Ansatz seiner Wangen, ihre Finger wühlten in seinen Haaren und er sah, dass sie die Augen geschlossen hatte.

»Eigentlich wollte ich mit diesem Opfer bis zum Nachtisch warten«, flüsterte sie.

»Opfer? Wieso?«

»Zur Ablenkung.« Natalie verzog den Mund, dann löste sich ihr Griff und sie wich von ihm zurück. Die Hitze in ihrem Blick traf ihn mit voller Wucht, und in seiner Hose begehrte man, kämpferisch und fordernd, gegen störrischen Stoff auf. »Das Tiramisu ist eine Katastrophe.«

*Miststück.*

»Na dann ...« Er blickte demonstrativ an sich hinunter. »Ich sollte eh etwas abnehmen. Körperliche Betätigung soll da ga-«

Natalie schnellte vor. Ihr Ansturm jagte ihn gegen den Stuhl, der gegen die Tischkante krachte – den kurzen Moment des Schmerzes ignorierte Nicki, denn nun interessierte ihn nur eines. Genauso unnachgiebig und fordernd wie sie gab er sich ihrem stürmischen Kuss hin, er zog sie zu sich und riss sie herum gegen den Türrahmen.

Ihr entfuhr ein kurzes, schmerzvolles Stöhnen. Nur einen Augenblick später versiegelte er ihre Lippen erneut mit einem verlangenden Kuss, und als sie aus der Küche stolperten, wusste er, dass sein hungriger Magen warten musste und erst ein anderer Hunger gestillt werden würde.

Nach einem Zwischenstopp am Sideboard im Flur, der dem Router dank Nickis Hemd einen Freiflug in Richtung Boden beschert hatte, waren sie im Wohnzimmer gelandet.

Der Akt hatte gebrannt vor aufgestauter Leidenschaft und hatte ihn daran erinnert, wie es war, tatsächlich zu lieben. Nun entspannte sich ihr nackter, heißer und feuchter Körper zwischen seinen Schenkeln. Sie hatte ihr linkes Bein angezogen, und seine linke Hand ruhte auf ihrem schlanken Bauch.

Er wusste nicht, wohin dieser Abend führen würde, aber es fühlte sich gut an – sie hatten sich gegenseitig und doch im Zusammenspiel ihres Verlangens zum Höhepunkt getrieben. Sein Blick schweifte nach unten.

Natalies Kleid spitzte unter seinem Hintern hervor und über den Rand des großen Ecksofas. Zwischen dem Fuß der Couch und dem Bein des Couchtisches lag ihr schwarzer Spitzen-BH.

Passend zum String.

Die flüchtige Feststellung, dass ihr BH und Slip zueinanderpassten, anders konnte man es in der Sekunde, die der String gebraucht hatte, um zu fallen, nicht nennen, hatte ihn amüsiert. Ihre

Unterwäsche war für ihn der letzte Beweis gewesen, dass Natalie, genau wie er, ihre Beziehung auf die nächste Stufe hatte befördern wollen.

Der Teller mit dem Lasagnestück, den Natalie, nachdem sie erschöpft auf dem Sofa zusammengesunken waren, aus der Küche geholt hatte, stand neben zwei vollen Rotweingläsern. Die aufgerissene Kondomverpackung hatte er vergessen, als er ins Bad gegangen war.

Immer wieder griff er nach einer ihrer Haarsträhnen, hob sie und ließ sie wieder fallen, während sie einfach nur ihren Gedanken nachhingen.

Keine Zitrone, stellte er fest.

»Mein Vater hat übrigens gefragt, ob du Interesse hast, bei einigen Tagestouren den Llamero zu mimen.«

Verdutzt sah Nicki auf sie hinunter und legte die Hand zurück auf ihren nackten Bauch. »Wie bitte? Den *was?*«

»Ein Llamero ist ein Lamaführer«, erklärte Natalie und zupfte an seinen Beinhaaren. »Zur Zeit der Inkas war das ein hoch angesehener Rang, er hat die Macht über die Alpaka- und Lamaherden des Herrschers.«

»Und wie kommt dein Vater auf die Idee, dass ich ...« Nein, die Idee war lächerlich. »Ich mag keine Wanderungen und ...« Nach allem, was gerade heute zwischen ihnen passiert war, war es absolut unangebracht zu erwähnen, dass er eigentlich kein Interesse hatte, den Hof der Weißers und vor allem die Alpakas noch einmal zu besuchen. »Er weiß, dass ich nicht so der tierliebe Typ bin?«

Natalies kurzes Schnauben klang wie ein verunglückter Lacher. »Klar weiß er das.«

»Und?«

Sie stemmte sich in die Höhe, drehte sich halb um und stützte sich unsanft auf seinen Oberschenkeln ab. »Erinnerst du dich noch an die Geschichte von dem Hirten und der Tochter des Apu Ausangate?«

»Ja?«

»Du bist der faule Hirte.«

Nicki runzelte die Stirn. »Findest du diesen Vergleich nicht etwas übertrieben?«

»Du hast ein Händchen für Alpakas. Etwas *faul*, aber mit der ganzen Aktion hast du bewiesen, wie zäh du bist.« Ihre Fingerspitzen tanzten über seine Haut, und es kribbelte erneut in jeder Faser seines Körpers. »Nachdem Pa seinen Ärger über den ganzen Mist, den Lana da eingeläutet hatte, überwunden hatte, konnte er darüber lachen, und – nun ja – die Alpakatouren laufen gut, und er hat zu wenig Leute.«

Nicki schüttelte den Kopf und beugte sich vor. Er fingerte nach der Gabel und pikste ein weiteres Stück Lasagne auf. Er lehnte sich zurück und betrachtete die Käsekruste. »Du weißt, dass deine ganze Familie verrückt ist, oder?« Er schob sich das erkaltete Stück zwischen die Zähne und legte die Gabel auf den Tisch.

»Klar, und kennst du das Sprichwort: ›Gleich und gleich gesellt sich gern‹?« Natalie streckte sich ihm entgegen. Ihre Hände kraulten durch seine strubbeligen Haare. »Du hast ja schon fast die Frisur eines knuddeligen, süßen Alpakas.«

Er schluckte hinunter. »Hatten wir uns nicht auf Faultier geeinigt?«

»Dazu musst du wohl erst wieder ein, zwei Wochen einen Bogen um eine Dusche machen.«

»Es waren ein paar Tage«, erklärte er, aber er verzichtete darauf, ihr von seiner Duschsession mit Extra bei Judith zu erzählen. »Bist *du* dann eigentlich die wegschwimmende Göttertochter?«

»Nun, wenn du einen Fehler machst.« Erwartungsvoll sah sie ihn an.

»Mhm.« Nicki legte den Kopf in den Nacken und schloss die Augen. Wenn er für sie den Hirten geben sollte, konnte sie das gern haben. Er konnte sich mit Alpakas immer noch nicht so recht anfreunden, aber er hatte sich schon einmal für eine Freundin überwunden, obwohl er kein Tierfreund war. In dieser Hinsicht wollte Nicki nichts gelernt haben, denn für ihn gehörte es dazu, sich für die Liebe zu verbiegen. Sicherlich waren diese Gedanken seiner Verliebtheit geschuldet, vielleicht würden sie sich im Lauf der Zeit ändern, aber im Moment würde er für sie wieder und wieder quer durch den Bayerischen Wald laufen. Ob mit oder ohne Alpaka war egal. Mit ihrer Rolle als Herrin der Alpakas würde er es ihr aber nicht so einfach machen und das in jeder Hinsicht. Nicki lächelte und öffnete die Augen. »Geh runter von mir!«

»Wieso?«

Er beugte sich vor und küsste ihre samtweichen Lippen um ein weiteres Mal. Wieder schmeckte er die verlockende Süße, die in ihrer zögerlichen Erwiderung lag, und hoffte, es würden noch viele weitere Küsse folgen. Er wich zurück und öffnete die Augen.

Ein zweifelnder Ausdruck lag auf ihrem Gesicht; der Anblick weckte wieder das vertraute Kribbeln in ihm, und er lächelte, gespielt unschuldig und doch herausfordernd. »Ich muss ins Bad und den Klodeckel runterklappen, das habe ich vorhin vergessen.« Sein Lächeln wuchs in die Breite. »Sonst springst du noch hinein und tauchst ab.«

**Ende**

# Danksagung

*Am Anfang stand ein Alpaka in der Dusche; die Dusche aber war alt und schmutzig, Staub lag auf dem Fensterbrett, und Walburga Webers Geist schwebte über dem Wasser.*

So – oder so ähnlich – lauteten die ersten Gedanken zu *Alpaka 66*. Schon bald war klar, dass es bei dieser Idee bleiben würde, denn die Alternativen klangen zwar populärer *(Bad Boy trifft Alpakazüchterin)*, aber auch weniger humorvoll, was – zumindest für mich – bei Geschichten durchaus wichtig ist.

Nun ist es also so weit, sich über eine Danksagung Gedanken zu machen, und das erweist sich als mindestens genauso schwierig wie einen passenden Einstieg in eine Geschichte über Neuweltkamele zu finden. *Nun denn …*

Auch wenn die Leser und Leserinnen es sicher nicht mehr lesen können, gebührt der größte Dank wohl meiner **Familie**, die mir öfter den Rücken und vor allem die Hände frei hält, Abende mit One Pot Pasta ohne Murren, dafür mit Zucchini oder garstigen Süßkartoffeln hinnehmen musste und meinen Laptop lang genug am Leben gelassen hat, bis *Alpaka 66* aus dem Gröbsten heraus war.

Ein dickes Dankeschön geht auch an meine drei Testleserinnen, die den Pausenkasper Nicki auf seiner Wanderung durch den Bayerischen Wald begleitet haben:

**Bianka** – vielen Dank für kleine Lästereien über manches Klischee, das Zur-Stelle-Sein, wenn ich mal wieder nicht weiterwusste, und die Gespräche über alles Mögliche, wenn ich von der frustvollen Synonymsuche für »Baum« Ablenkung gebraucht habe.

**Stephanie** – ein Dativ hier, ein Dativ da. Irgendwie kann man beinahe sagen, dass Nicki einen Teil seiner Abenteuer dir verdankt, denn sonst wäre ihm vermutlich keine Trekkinggruppe mit Alpakas über den Weg gelaufen, sondern … *eine Kuh?*

**Bea** – ebenfalls eine Kämpferin für den Dativ, aber auch für Gedankenstriche (»Ich dachte, dein neuer Lieblingsfehler seien falsche Gedankenstriche«). Du bist dafür verantwortlich, dass Wilhelm und Karl sprechen können. *Oder so etwas in der Art …*

Ein weiterer Dank geht an meine Lektorin **Julia Feldbaum** und an das **Team von PIPER Digital**. Danke für die Geduld und die Chance, diese Geschichte in die große weite Welt zu entlassen.

Ein letzter Dank geht an dich, **den Leser** oder **die Leserin** dieser Geschichte – vielen Dank für das Lesen meiner Erzählung über ein Alpaka in der Dusche. Ich hoffe, sie hat dir vielleicht ein Lächeln entlockt, dich mitfiebern lassen oder dir einfach nur gefallen.